Fairies. Amethystviolett

© privat

Stefanie Diem arbeitet und lebt gemeinsam mit ihrer Familie im Allgäu. Schon als kleines Kind verfügte sie über eine lebhafte Fantasie und dachte sich die tollsten Geschichten aus, die sie zu Papier brachte, sobald sie schreiben konnte. Das Schreiben hat sie seither nicht mehr losgelassen und zählt neben dem Lesen zu ihren größten Leidenschaften.

Stefanie Diem

fairies

AMETHYSTVIOLETT

im.press
CARLSEN

Von Stefanie Diem außerdem bei Carlsen und Impress erschienen:

Fairies, Band 1: Kristallblau
Fairies, Band 3: Diamantweiß
Fairies, Band 4: Opalschwarz
Plötzlich Amor!

MIX
Papier aus verantwortungsvollen Quellen
FSC® C083411

Ein *Impress*-Titel im Carlsen Verlag
Dezember 2018

Umschlagbild: shutterstock.com © Jica / Andrii Muzyka / dpaint / Andrey Arkusha / Reamolko
Umschlaggestaltung: formlabor
Corporate Design Taschenbuch: bell étage
Gesetzt von Dörlemann Satz, Lemförde
ISBN: 978-3-551-31755-1

PROLOG

Sie war blass, sah abgekämpft aus, doch ihr leicht gebräunter Teint erschien ihm makellos und schön wie eh und je. Er betrachtete die langen, leicht gewellten, dicken Haare, die sanft ihr ovales Gesicht umrahmten, die vollen Lippen, und beobachtete, wie sich ihre Brust unter der leichten Decke bei jedem Atemzug langsam hob und senkte.

Wie lange hatte er sich nach diesem Moment gesehnt? Wie oft hatte er sich eben diesen Augenblick in Gedanken vorgestellt und jetzt, wo sie tatsächlich vor ihm lag, vermochte er sein Gefühl kaum in Worte zu fassen.

Sein Herz klopfte wild, er wollte nach ihrer Hand greifen, ihr übers Haar streichen, ihr zärtliche Worte ins Ohr flüstern und sanft ihre Lippen mit den seinen berühren.

Doch er hielt sich zurück.

Er durfte nicht, konnte nicht.

Erst musste sie mit ihm sprechen, ihm sagen, dass er all die Jahre nicht umsonst gewartet hatte, dass sie seine Gefühle noch immer erwiderte, auch jetzt – mit einer neuen menschlichen Seele.

Aber was, wenn sie ihn nicht mehr liebte?

Wenn ihre Gefühle jemand anderem galten?

Er dachte an den Kuss, der sie ihm überhaupt erst zurückgebracht hatte.

Nein, er durfte gar nicht daran denken, dass ihre Liebe einem anderen gehörte und nicht ihm!

Das würde sein Herz nicht überleben.

* * *

Nur wenige Stunden zuvor blickte ein anderer, junger Mann in ein vollkommen verdrecktes, von blutigen Kratzern durchzogenes Gesicht. Dunkle Augen blickten ihm verwirrt und beinahe verzweifelt entgegen.

Sein Leben war vollkommen aus dem Ruder gelaufen.

Verächtlich spuckte er aus, in das kleine Becken, über dem er versucht hatte sich den Schmutz notdürftig aus dem Gesicht und vom Körper zu waschen.

Erneut fiel sein Blick auf sein Spiegelbild.

So hatte er nie enden wollen. Liebeskrank, vollkommen eingenommen von einer Frau.

Doch sie war nicht irgendeine Frau. Sie war eine der mächtigsten Fairies der Welt.

Ihr Gesicht schwebte so deutlich vor seinen Augen, als stünde er ihr und nicht einem Spiegel gegenüber.

Das ovale, schön geformte Gesicht mit dem leicht gebräunten Teint, den schön geschwungenen Augenbrauen, den langen, dichten Wimpern, den vollen Lippen und den eisblauen Augen, von denen er glaubte, sie könnten in sein Innerstes blicken.

Mit geballter Faust schlug er wütend auf das Porzellan des Waschbeckens.

Jetzt war alles anders.

KAPITEL 1

Ein Krachen und Dröhnen durchbrach die Stille.

Es klang wie eine Explosion und ruckartig drehten sich alle Köpfe in Richtung des Ausgangs der Dimension, verängstigt und blass. Die vergangenen Geschehnisse saßen uns noch tief in den Knochen und jedes ungewohnt laute, dumpfe Geräusch ließ uns verschreckt zusammenzucken.

Es krachte erneut, dann näherten sich Schritte, die auf dem Boden der felsigen Steinwüste knirschten. Energisch stapfte eine Frau in engen grauen Jeans, einem schwarzen Tanktop und ledernen, hellgrauen Bandagen um die Handgelenke in die Mitte des Kreises aus gläsernen Stühlen. Ihre braunen Haare hatte sie straff zu einem dicken Knoten im Nacken zusammengebunden und mit ihren grünen Augen musterte sie ihre Umgebung.

Wir befanden uns in einer uns noch unbekannten Dimension, einer seltsamen Steinwüstendimension, und wussten nicht, was auf uns zukommen würde. Für die Theoriestunden wählte Miss Ishanti normalerweise ihre Weltraumdimension. Ich beobachtete unsere Lehrerin, die heute so untypisch gekleidet war, als würde sie ein Überlebenstraining leiten.

Sie wirkte wie immer in letzter Zeit abgespannt, müde und hatte dunkle Ringe unter den Augen. Das tat ihrem guten Fairy-Aussehen jedoch keinen Abbruch, machte sie im Gegenteil sogar etwas sympathischer.

Woche um Woche war nach den schrecklichen Vorkommnissen an Samhain vergangen, an denen die Shuk uns so schändlich und heimtückisch während der Abschlussfeierlichkeiten angegriffen hatten. Über zwei Monate waren verstrichen, ohne ein Lebenszeichen von Ralph oder Taylor. Tagein, tagaus wurden wir mit neuen Erkenntnissen, Untersuchungen und Maßnahmen dieses Massakers konfrontiert, sei es aus den Medien oder direkt über die Zirkeleinheiten. Wir lebten mit unseren eigenen Albträumen, lernten mit den Ängsten und Sorgen umzugehen, und je mehr Zeit verstrich, desto besser gelang es uns.

Lila und mir hatte man irgendwann eine Innenkabine auf Deck 10 zugewiesen. Und eines Tages hatte auch der Unterricht wieder begonnen. Endlich ein wenig Normalität. In den Einheiten konnten wir zumindest für eine Weile von der Trauer und der Angst abschalten und uns auf die bevorstehende Beltane-Zeremonie vorbereiten, ein Ereignis, auf das wir nun mit noch größerer Sorge blickten.

Die Elementar-Einheiten wurden anstrengender, härter, die Theorie-Kurse stoffintensiver und komplizierter. Ich hing mich wie eine Wahnsinnige in den Unterricht. Zum einen, um einen guten Start in die nächste Zirkelstufe hinzulegen, zum anderen, um mich von der Abwesenheit der vielen Mitschüler, die wir nach dem Samhain-Anschlag verloren hatten, abzulenken. Vor allem im Feuerunterricht vermisste ich schmerzlich Ralph und nicht selten kam es vor, dass ich mich kurz beruhigen und mir die eine oder andere Träne aus dem Gesicht wischen musste. Und ich war nicht die Einzige, der es so ging. Tanja, unsere gehasste Barbie, war nicht mehr sie selbst. Beim kleinsten lauten Geräusch zuckte sie zusammen, brach in Tränen aus und ließ sich nur mit Mühe wieder beruhigen. So leid sie mir auch tat, ich versuchte mich so gut es ging von ihr fernzuhalten. Im Allgemeinen hatte sich diese Taktik für mich als äußerst praktikabel erwiesen, Augen zu und alles nicht näher an mich heranlassen.

Ich hatte auch den empfohlenen Psychiater-Termin abgesagt und die komplette Therapie ausgeschlagen. Ich wollte das nicht. Ich wollte niemandem erzählen, wie es mir ging, auch nicht, dass mich Albträume von der Samhain-Nacht verfolgten, die noch grausamer waren als die schlechten Träume, die ich sowieso schon hatte. Ich wollte niemandem sagen, dass ich Taylor vermisste, dass es mich fertigmachte, nicht zu wissen, was mit ihm geschehen war, dass niemand ihn bisher hatte finden können. Ich wollte nicht, dass jemand erfuhr, wie stark mich die Angst beherrschte. Angst vor der Vergangenheit, vor der Gegenwart und vor allem vor der Zukunft.

Die einzige Person, der ich mich anvertraute, war Lila. Weil sie meine Ängste teilte.

Miss Ishanti räusperte sich und ließ ihren Blick über den auf fünfzehn von einstmals dreißig Schülern geschrumpften Zirkel wandern.

Wir wagten kaum zu atmen, jeder war gespannt, welches Thema wir heute behandeln beziehungsweise welche Lektion sie uns erteilen würde.

Sie atmete lange aus, schloss dann die Augen und warf schließlich ein einziges Wort in den Raum: »Tanian.«

Die Stille war gespenstisch und die Atmosphäre zum Zerreißen angespannt.

Ich merkte, wie ich nervös begann mit meinen Fingern zu spielen und mit den Augen förmlich an den Lippen meiner Lehrerin hing, die sich erneut räusperte.

»Dieses Thema, das ich heute behandeln möchte, ist eigentlich für den Unterricht in den Theoriezirkeln späterer Stufen vorgesehen. Doch angesichts der vergangenen Ereignisse möchte ich es bereits heute behandeln.«

Sie machte erneut eine theatralische Pause.

»Tanian KANN nicht wiedererweckt werden. Ein gewagtes Statement, dessen man sich in den letzten Wochen nicht mehr ganz so sicher ist wie noch vor einigen Monaten. Es wurden Stimmen laut, dass Tanian mit den Shuk im Bunde sei.«

Sie sah in die Runde und musterte jeden genau. Ihr Prueba schillerte in der grellen Sonne dieser Dimension in allen Farben des Regenbogens.

»Ich und auch die gesamte Regierung sagen: Das ist nicht möglich und vollkommener Unsinn!«

Sie erhob die Stimme und ich zuckte ein klein wenig zusammen.

»Wie ich bereits in früheren Zirkel-Lektionen erzählte, ist

Tanian einige Male hier auf der Erde erwacht und jedes Mal gelang es uns, sie zu jagen und zu töten.«

Ein Finger erhob sich neben mir. Lila hatte sich gemeldet und wurde aufgerufen.

»Tanian ist eine Urfairy, eine der mächtigsten Fairies überhaupt. Wie konnte man sie eigentlich so einfach jagen und hinrichten?«, stellte sie ihre Frage.

Miss Ishanti lächelte. »Eine berechtigte Frage, Lila. Eine sehr berechtigte Frage. In der Tat, Tanian war eine der mächtigsten Fairies unter der Sonne, das ist nicht zu bestreiten. Aber auch die Mächtigsten unter uns haben Schwächen, die man ausnutzen kann, so auch sie. Tanians Schwäche war ihre Eitelkeit, ihr Hochmut, ihre Bosheit, ihre Verbitterung und vor allem ihr Egoismus. Dieser wurde ihr immer wieder zum Verhängnis. Sie war stets die Außenseiterin unter den Schwestern, eine Einzelgängerin. Allein war sie mächtig, ja, aber die Schwestern waren gemeinsam noch mächtiger als sie. Und schließlich gelang es ihnen – wie Sie alle wissen –, eine Möglichkeit zu finden, wie sie nicht mehr erweckt werden kann.«

»Und wie genau kann man das denn verhindern?«, fuhr ich dazwischen, diesmal in einem Ton, den ich selbst nicht an mir kannte. Er klang trotzig und beinahe wütend. Dazu lehnte ich mich zurück und verschränkte bockig die Arme vor der Brust. Ich wusste, dass sie mir – wie schon in einer früheren Zirkeleinheit – diese Frage nicht beantworten würde, aber dennoch drängte etwas in mir immer wieder, nachzubohren.

Miss Ishanti starrte mich an, antwortete jedoch zu meiner Überraschung: »Das, liebe Sophie, ist das erste Mal, dass ich die Hintergründe hierfür nennen darf. Auf allerhöchsten Wunsch wurden alle Lehrkräfte angewiesen in ihren Zirkeln zu erklären, weshalb Tanian nicht wiedergeboren werden kann, um damit ein für alle Mal den Zweifel zu beseitigen, der in der letzten Zeit durch die Medien geschürt wird und in aller Munde ist. Wir haben es der Schicksalsfairy Mandaya zu verdanken, die als Urfairy die Eigenschaft einer besonderen Gesundheit schenken kann und somit ein gewisses Talent für alle Tränke und Zauber hat, die die Sinne benebeln. Sie entwickelte gemeinsam mit Ahilea, der Geduld, und Dimeloe, der Begabung, eine Art Zaubertrank, der in jedem Prueba-Serum enthalten ist. Somit nehmen ausnahmslos alle jungen Fairies schon bei ihrer Zeichnung durch die Seeker diesen Trank zu sich.«

»Und wenn jetzt eine von uns als Tanian hätte wiedergeboren werden sollen, was passiert dann an Beltane mit derjenigen?«, warf Lila ein und Miss Ishanti zog die Lippen zusammen.

»Dies kam bis jetzt ein Mal vor. Das junge Mädchen …« Sie stockte und sah zu Boden. »Sie ging vor uns in Flammen auf.«

Erschrockenes Aufkeuchen. Ein Raunen und Geflüster ging durch die Klasse, viele wirkten schockiert und entsetzt. So auch ich und Lila. Wir warfen uns einen stummen Blick zu und mir kam einer meiner Träume in den Sinn, in dem ich selbst in Flammen gestanden hatte. Der Traum war wie alle sehr real gewesen und so spürte ich noch jetzt die Schmerzen, die Hitze, den Rauch ...

»Aber wie gesagt, es kam bisher erst einmal vor. Die Wahrscheinlichkeit, dass es jemanden aus diesem Zirkel trifft, ist verschwindend gering«, beschwichtigte Miss Ishanti.

Ich hob meinen Finger in die Luft und wurde von der Lehrerin mit einem schrägen Blick aufgerufen. Langsam kehrte wieder etwas Ruhe ein und alle waren gespannt auf meine Frage.

»Wie genau wurde Tanian getötet?«

Diese Frage brannte mir schon länger unter den Fingernägeln und ich konnte Miss Ishanti ansehen, dass sie nicht leicht zu beantworten war.

»Die Schicksalsschwestern und Angehörigen des Rates haben sich damals viele Gedanken gemacht und überlegt. Und wie ich bereits erwähnte, waren es die Schwestern, die sich gegen eine der Ihren wandten. Genauer gesagt war es eine der jüngsten, Ambrosora, die Tanian verriet.«

Plötzliche Wut überkam mich. Schon allein beim Erwähnen von Ambrosoras Namen drehte sich mir der Magen um, ich krallte mich an meinem Stuhl fest und biss die Zähne zusammen. Mein ganzer Körper war aufs Äußerste gespannt, es fehlte nur noch ein Funke und ich würde wie eine Rakete an die Decke gehen. Nein, das durfte nicht passieren! Wieso jetzt? Wieso schon wieder? Ich dachte, diese Gefühle hätten sich gelegt? Wieso verspürte ich jetzt schon allein bei der Erwähnung dieses Namens eine ungeheure Wut und diesen Hass, ohne dass sich die Urfairy überhaupt in meiner Nähe befand? Das musste aufhören! Jetzt sofort! Ich schloss die Augen, atmete tief ein und wieder aus.

Noch einmal, tief einatmen, ausatmen, an etwas anderes denken, denk an Taylor, denk an Taylor, denk an den armen Ralph! Denk an Ralph! Wer weiß, was er momentan bei den Shuk durchmachen muss?

Der letzte Gedanke half und ich merkte, wie die Wut verrauchte und mein Körper sich langsam entspannte. Ich öffnete die Augen wieder. Lila beugte sich aus ihrem Glasstuhl herüber zu mir und sah mich besorgt an.

»Alles in Ordnung bei dir?«

Ich nickte und atmete erneut tief durch.

Der Blick, den sie mir zuwarf, war sehr skeptisch, doch sie sagte nichts weiter.

Miss Ishanti hatte zum Glück nichts von meinem wirren Gefühlschaos mitbekommen und beendete gerade ihren Monolog über die unmögliche Wiedererweckung Tanians.

»... und deshalb möchte ich euch noch einmal sagen, dass die aktuellen Gerüchte über diese schwarze Fairy nicht stimmen und dumme, von absolut Unwissenden in die Welt gesetzte Geschichten sind, die die Stimmung aktuell ausnutzen, um die Angst noch weiter zu schüren. Lassen Sie sich nicht verunsichern. Glauben und vertrauen Sie unserer Regierung und den Urfairies. Es wird alles getan, damit die Situation in absehbarer Zeit wieder unter Kontrolle ist.«

* * *

Schon bald erfuhren wir, wofür die Steindimension vorgesehen war.

»Ahhhh!«, schrie ich und rieb mir die Wange. Für einen kurzen Moment sah ich Sterne vor den Augen und schwankte leicht.

Ein Pfiff ertönte und zwei Fancys kamen in exakt demselben Tempo auf mich zu. Erst als sie mich erreicht hatten, verschmolzen sie wieder zu einer Person und sahen mich besorgt von oben an, wie ich so am Boden lag und mir meinen schmerzenden Arm rieb.

»Sophie, alles in Ordnung?«

Ich versuchte alle meine Glieder zu bewegen.

»Ja, ich glaube schon«, murmelte ich dann.

»Sorry, ich habe eigentlich gar nicht so fest zugeschlagen.« Das war Erica, eine Tonne von Mädchen, gegen die selbst ich sehr schlank wirkte. Sie war eine der Frisch-Gezeichneten, die sich nach dem Samhain-Fest blindlings auf die Fairytale gerettet hatten und eigentlich Schülerin einer anderen Akademie war. Und sie war mein fleischgewordener Albtraum. Ich hatte noch nie ein Mädchen gesehen, das weniger Mädchen war als Erica. Sie war groß, dick, hatte ein kantiges Gesicht mit einer bolligen Nase, wulstigen Lippen und stank fast immer übelst nach Schweiß. Dazu trug sie meist abgewetzte, übergroße Jeans, Kapuzenpullis und derbe Stiefel und stampfte breitbeinig wie ein Junge, die Hände in den Hosentaschen vergraben, an Deck herum. Sie war fies, hatte es immer auf andere abgesehen und konnte zuschlagen wie ein erwachsener Mann. Sie war auch ständig in irgendwelche

Prügeleien oder Streitereien verwickelt und traktierte mit Vorliebe kleinere, schwächere Mädchen – so wie mich. Diesmal sogar mitten im Unterricht.

»Wir trainieren hier Selbstverteidigung! Hast du denn die Griffe nicht angewandt?« Oh, das war an mich gerichtet. Fancy kniete immer noch neben mir. Natürlich hatte ich versucht die Griffe anzuwenden, was dachte er denn? Aber angesichts dieser Walze, die wie ein Bulldozer auf mich zugerollt war, hatte mein Gehirn für einen Moment wohl vor Schock ausgesetzt.

Gott, wie sehr wünschte ich mir manchmal die fiesen verbalen Sticheleien der Barbies zurück statt dieses Fleischbergs, vor dem sogar die Jungen unserer Altersstufe Reißaus nahmen. Es war schwer vorzustellen, dass sich Erica einmal nach der Beltane-Zeremonie in ein elfengleiches, wunderschönes Wesen mit Stil und Charakter verwandeln sollte.

»'tschuldigung, ich hab's ja probiert«, sagte ich kläglich und nahm die Hand, die mir mein Lehrer entgegenstreckte, dankbar an.

»Kommt einmal alle her!«, rief Fancy laut in die große Steinwüste, in der sich überall Gruppen von Schülern miteinander prügelten und die Selbstverteidigungsgriffe ausprobierten, die unser Lehrer uns beigebracht hatte. Sie hielten inne und joggten dann zu uns herüber, wo sie sich im Kreis um uns drapierten. Lila eilte an meine Seite und warf mir einen mitleidigen Blick zu. Sie selbst hatte Glück gehabt und war mit Oliver in einer Gruppe, der sich gemeinsam mit seinen Freunden Vin und Mike ebenfalls auf die Fairytale hatte retten können und die so zu unseren Zirkelkameraden geworden waren.

»Ihr wisst doch ganz genau, weshalb diese neue Zirkeleinheit eingeführt worden ist, oder?«

»Ja?«, rief Fancy einen Jungen auf, von dem ich meinte, er hieß Jörg, ich war mir aber nicht sicher.

Nach den Samhain-Vorfällen waren wir ein bunter Haufen von Fairytale- und Nicht-Fairytale-Zugehörigen, die sich erst noch genauer kennenlernen mussten. »Um uns besser gegen Shuk und andere Dämonen wehren zu können«, erklärte der Junge mit fester Stimme und Fancy nickte.

»Genau. Dazu gehört aber auch, dass ihr euch von eurem Gegenüber nicht einschüchtern lasst. Die Shuk werden nicht zögern und euch überwältigen, wenn sie die Möglichkeit dazu haben. Sie werden noch schneller, noch gemeiner, noch böser sein, als ihr es euch überhaupt vorstellen könnt. Die meisten von euch sind ja leider bereits in den Genuss gekommen, die Shuk aus nächster Nähe zu sehen, und daher muss ich euch nicht weiter erklären, was für euch auf dem Spiel steht. Nicht wenige von euch haben gute Freunde an den Feind verloren.«

Lila und ich warfen uns einen traurigen Blick zu.

»Umso wichtiger ist es daher, dass ihr lernt euch selbst zu verteidigen. Sowohl mit Magie als auch ohne. Natürlich ist uns auch klar, dass eure Mitschüler bei Weitem nicht die Stärke und Schnelligkeit echter Shuk simulieren können. Aber das muss für den Anfang auch gar nicht sein. Ich will, dass euch die Griffe und Taktiken in Fleisch und Blut übergehen, und das funktioniert am besten, wenn ihr das erst einmal langsam einübt und trainiert. Also, bitte macht weiter.«

Ich verdrehte die Augen. Was dachte er? Dass ich mich nicht genug anstrengte? Dass mir die Griffe und Taktiken noch nicht in Fleisch und Blut übergegangen waren? Wie denn auch, wenn sich meine Gegnerin immer mit brachialer Gewalt auf mich warf, mich bewegungsunfähig machte und dann mit heller Freude auf mich einprügelte?

Ich betete schon jeden Abend für einen neuen Sparringpartner. Bisher ohne Erfolg.

Nach der Stunde humpelte ich gemeinsam mit Lila, Oliver und Mike aus der Steindimension. Weshalb dieses Training in einer steinernen Wüste abgehalten werden musste, war mir nach wie vor schleierhaft. Die Hitze hier war unerträglich und jedes Mal, wenn ein Schüler stürzte, landete er auf spitzen Steinen oder kantigen Felsen und musste sich verstaubt und oftmals hustend wieder hochrappeln. Eine Gummidimension wäre doch durchaus praktischer oder eine überdimensionale Hüpfburg, butterweich ausgepolstert. Aber wahrscheinlich wollten die Lehrkräfte das Training so authentisch wie möglich gestalten.

»Wieso muss ausgerechnet immer ich Erica bekommen?«, murmelte ich, rieb mir stöhnend den Rücken und klopfte mir den Staub von der grauen Stoffhose.

»Tja, das Los der Schwächsten«, sagte Oliver lachend und streckte seinen Oberkörper durch, bekam von Lila jedoch sofort einen Stoß in die Rippen und einen bösen Blick hinterher.

Ich sah ihn ebenfalls böse an, konnte dann aber ein Lächeln nicht mehr zurückhalten.

»Na ja, immerhin musst du nicht mit Vin trainieren. Der macht einen wirklich fertig!«, versuchte Mike mich aufzuheitern.

Der muskelbepackte Vin war jedoch meistens nicht mehr mit seinen Freunden von der MS Daytona zusammen unterwegs. Er hatte neue Kumpels gefunden, die mit ihm das Fitnessstudio besuchten oder joggen gingen. Aber ab und zu frühstückte er mit uns oder begleitete uns auf eine der nur noch selten stattfindenden Partys im Elements. Besonders meine alte Kabinengenossin Claire hatte es ihm angetan. Doch auch Claire war nicht mehr dieselbe. Sie hatte ihren Freund Brian an Samhain verloren, und das hatte aus der selbstbewussten Fairy eine verbitterte Frau gemacht, die nur noch selten lächelte und sich von anderen zurückzog. Selbst ihre Freundinnen Rachel, Natalie und Tina kamen nicht mehr an sie heran. Auch ich erkannte sie kaum wieder.

Doch mit Vin verstand sie sich – wieso auch immer. Die beiden hatten einen Draht zueinander, auch wenn es von Vins Seite wohl eher Schwärmerei und Verliebtheit war, die allem Anschein nach nicht erwidert wurde. Er versuchte es tapfer weiter.

Der dickliche Mike hatte die Ehre, in Fancys Selbstverteidigungskursen gegen ihn antreten zu dürfen, und zog natürlich immer den Kürzeren.

»Wir sollten gegeneinander kämpfen«, schlug Mike vor und stieß mich freundschaftlich an.

»Ah«, stöhnte ich auf und rieb mir wieder den schmerzenden Ellenbogen.

»Sorry«, sagte Mike. »Aber im Ernst, da hätten wir, denke ich, wirklich reelle Chancen!«

Ich lächelte ihn an. »Danke, das ist lieb von dir. Aber ich glaube nicht, dass uns Fancy tauschen lässt.«

Da kam mit einem »Bing« der Aufzug und wir traten ein. Lila drückte den Knopf für das zehnte Deck.

»Sophie, wollen wir nicht noch shoppen gehen für den Weihnachtsball?«, störte Lila meine Unterhaltung.

Ich zuckte die Schultern. »Eigentlich hab ich keine Kohle. Ich werd' einfach irgendein Kleid anziehen, das ich schon habe.«

»Kommt gar nicht infrage.« Sie schüttelte vehement den Kopf. »Du hast dir schon das Samhain-Kleid nicht geleistet! Dann gönn dir wenigstens eines für Weihnachten!«

»Du kannst doch dein Samhain-Kleid anziehen. Da der Samhain-Abschlussball nicht stattgefunden hat, ist es doch noch neu und ungetragen«, warf ich ein.

»Ja schon ...« Lila legte den Kopf schief und kräuselte die Lippen. »Aber die Verlockung ist einfach zu groß. Ich habe unten in *Madame Pompadours Boutique* ein irres Kleid gesehen, mit Schleppe! Das muss ich einfach haben! Und das Samhain-Kleid kann ich ja auch zum Beltane-Abschlussball anziehen, ohnehin ein viel passenderer Anlass!«, schwärmte sie weiter.

»Also, wenn du mich fragst, siehst du jetzt schon perfekt aus«, sagte Oliver leise und ließ seinen Blick über die Aufzugknöpfe fliegen, so als wäre dieser Satz absolut unwichtig. Doch ich sah, wie Lila puterrot anlief, und fragte mich, ob Oliver und sie vielleicht ... Hatte sie Ralph so schnell vergessen?

»Ich kann dir Geld für dein Kleid leihen«, sagte Mike da und drückte sich näher an mich.

Ich seufzte. »Danke, Mike, das ist echt lieb von dir. Aber ich denke, für Weihnachten brauche ich wirklich nichts Neues. Ich habe noch ein schwarzes Kleid, das ...«

»Schwarz? Zum Weihnachtsball?«, fuhr Lila dazwischen. »Du gehst doch nicht zu einer Beerdigung!« Sie schüttelte protestierend den Kopf.

»Es macht mir wirklich nichts aus. Ich habe recht gute Noten und daher ein entsprechendes Konto«, meldete sich Mike wieder zu Wort.

Ein Klingeln ertönte, die 10 leuchtete auf und die Aufzugtüren öffneten sich.

»Das ist wirklich sehr nett von dir, Mike«, sagte ich, während ich meinen Fuß über die Aufzugschwelle setzte. »Aber nicht nötig. Danke noch einmal.«

Dann schlossen sich die Aufzugtüren und Lila und ich standen allein auf dem Flur. Sie sah mich vorwurfsvoll an.

»Der arme Mike ist total verschossen in dich. Gönn ihm doch die Freude und lass ihn ein bisschen Geld für dich ausgeben«, sagte sie und hakte sich bei mir unter.

»Ich möchte ihn nicht auch noch auf den Gedanken bringen, dass ich seine Gefühle erwidere«, erklärte ich sachlich. »Ich finde ihn ja nett, aber er ist einfach nicht mein Typ.«

»Ich weiß schon, dein Typ sind große, dunkelhaarige Seeker, die für dich ihr Leben einsetzen«, sagte sie und ich blieb stehen. Die Beschreibung von Taylor versetzte mir einen Stich und die ganze Trauer und Ungewissheit brach wie eine Welle über mir zusammen.

»Oh, sorry«, murmelte Lila, der gerade bewusst wurde, was sie gesagt hatte. »Tut mir leid.«

Schweigend liefen wir weiter zu unserer Zimmertür, über der Lila einen Mistelzweig aufgehängt hatte, in der Hoffnung, hier einmal mit dem passenden Jungen zu stehen und ihm so einen Kuss abringen zu können. Natürlich hatte sie hierbei an Ralph denken müssen und gemeinsam hatten wir uns überlegt, wie er wohl über den Zweig gedacht hätte.

Lila hielt einen Kristall vor das gelbe, nervös hin und her zuckende Auge unserer Kabine, das daraufhin wild zu blinzeln begann.

»Krieg dich wieder ein, Earl«, sagte Lila und rollte mit den Augen.

Daraufhin beruhigte sich Earl, unser Scanner, und die Tür öffnete sich mit einem *Klack*.

Manchmal wusste ich nicht, wer besser war: das divenhafte Scannerauge meiner alten Kabine, das wir Elvira getauft hatten, oder unser nervöser, hibbeliger Earl.

Ich wollte eintreten, stutzte jedoch augenblicklich.

Earl zwinkerte mir zu und es schien beinahe, als wolle er samt Augapfel aus der Tür hüpfen. Dann registrierte ich den kleinen goldenen, tropfenförmigen Kristall, der ihm soeben als Träne aus dem Augenwinkel rann.

Ich hob ihn auf und hielt ihn vor mein Prueba. Goldene

Buchstaben tauchten wie von Zauberhand vor meinem Auge auf.

Sophie Kramer, für Sie wurde ein Paket abgegeben. Dieses kann zu den üblichen Öffnungszeiten an der Rezeption abgeholt werden.

»Ein Paket?«, fragte Lila, als ich ihr von der Nachricht erzählte.

»Hm, keine Ahnung. Ich habe nichts bestellt. Wahrscheinlich falsch adressiert. Ich gehe später runter.«

Ich ging hinüber zu meinem Bett, zog mich aus und legte die verstaubten und verschwitzten Trainingssachen auf den Boden, um mir bequeme Jeans und einen Pullover überzustreifen.

»Och bitte, bitte, magst du es nicht gleich holen? Ich liebe Pakete, egal was drin ist!« Lila benahm sich wie ein Kind, wie sie sich so auf ihr Bett warf, mit den Beinen in der Luft strampelte und mich mit Schmollmund ansah.

Ich seufzte. »Na schön. Dann gehen wir gleich.«

»Au prima.«

So schnell, wie sie sich aufs Bett geworfen hatte, war sie auch schon wieder auf den Beinen und hakte sich bei mir unter, während wir uns auf den Weg zurück zu den Aufzügen machten.

* * *

»Sophie Kramer?«, fragte die junge Rezeptionistin mich mit strengem, aber nicht unfreundlichem Blick.

Zur Überprüfung meiner Identität wurde mein Prueba mittels eines blau leuchtenden Irrlicht-Kristalls gescannt.

»Ah, wunderbar. Einen Moment.«

Sie verschwand in einem Hinterzimmer und kehrte später mit einem großen braunen Karton zurück, den sie zu mir herüberschob. In großen Druckbuchstaben stand mein Name darauf, sonst nichts, kein Absender, nicht einmal ein Postaufkleber oder eine sonstige Marke.

»Entschuldigen Sie, Miss, aber wissen Sie zufällig, wer das für mich abgegeben hat?«, fragte ich die Fairy.

Diese zuckte nur mit den Schultern. Wenig später wandte sie sich mit einem entschuldigenden Blick an mich.

»Es tut mir leid. Ich kann ihnen leider nicht sagen, woher das Paket stammt. Wollen Sie es nicht annehmen?«

»Doch, doch«, antwortete ich schnell. »Es ist nur, ich habe nichts bestellt und ...«

»Keine Sorge«, fiel sie mir ins Wort. »Alle Pakete, die das Schiff erreichen, durchlaufen sorgfältige Sicherheitskontrollen und Scans. Sie können es unbesorgt öffnen.«

Ich zog die Augenbrauen hoch. Der Gedanke war mir noch gar nicht gekommen, dass mir hier jemand eine magische Bombe hätte schicken können.

* * *

»Jetzt mach schon endlich auf!«, sagte Lila, kaum dass wir zurück in der Kabine waren und ich das Paket auf einem Bett abgelegt hatte.

»Ja doch«, sagte ich und kramte in einer Schublade nach einer Schere, mit der ich das Paketband durchschneiden wollte.

Doch nicht nötig. Mit der brachialen Gewalt ihrer lila Fingernägel hatte Lila das bereits für mich übernommen. Ich rollte mit den Augen. Sie war echt schlimmer als ein Kind an seinem Geburtstag.

Zuallererst flog uns ein kleiner Kristall entgegen, und noch bevor ich ihn prüfen konnte, hielt Lila ihn sich bereits an ihr Prueba.

»*Ein verfrühtes Weihnachtsgeschenk. Alles Liebe. Hoffe, es passt. Du wirst toll aussehen*«, las sie laut vor und runzelte die Stirn.

»Wie, das ist alles? Kein Name?«, fragte ich und sie reichte mir wortlos den Kristall, damit ich mich selbst überzeugen konnte.

Nachdem ich die wenigen Zeilen noch einmal mit meinen eigenen Augen überflogen hatte, zuckte ich die Schultern, legte den Kristall beiseite und faltete das leichte Papier auseinander, in das mein Geschenk eingeschlagen war. Ich keuchte auf.

»Ach, du meine Güte!«

»Wahnsinn!«, stieß auch Lila aus und hielt sich die Hände vor den Mund.

Vorsichtig, um es nicht zu zerstören, nahm ich das schillernde rote Kleid an dem einen Träger aus dem Karton und hielt es staunend in die Höhe.

»Das ist das Kleid von *Alpha&Omega*!«, stieß ich aus. »Das, das ich mir für Samhain kaufen wollte!«

»Irre!« Lila strich über den glitzernden Tüll, der sich locker über den roten Satin legte. »Aber wer wusste denn, dass du das wolltest?«

Ich runzelte die Stirn. »Eigentlich nur Claire und ... Taylor.«

Wir sahen uns sprachlos an.

»Meinst du, dass ...?«, setzte sie an, sprach allerdings nicht weiter.

Ich schüttelte den Kopf. »Nein, niemals. Das kann nicht sein. Ich habe seit Samhain nichts mehr von ihm gehört. Auch Frankie nicht oder sonst jemand. Wenn er jetzt so einfach hier auftaucht ...«

»Meinst du, er ist auf dem Schiff?«, fragte sie und meine Gedanken überschlugen sich.

»Nein, nein, das glaube ich nicht. Er kann das Paket auch geschickt haben.«

»Oder es stammt von Claire?«

Ich schüttelte den Kopf. »Nein, das würde sie nicht machen. Sie würde mir kein Kleid kaufen und es dann an der Rezeption abgeben. Sie würde mich in den Laden schleppen, mich zwingen das Kleid anzuprobieren und mich dann überreden es zu kaufen.«

»Das war die alte Claire«, warf Lila ein. »Die neue würde es vielleicht machen.«

»Nein, definitiv nicht. Die neue Claire denkt nur noch an sich und versinkt in ihrer Melancholie.« Ich sah traurig auf meine Bettdecke.

»Dann muss es Taylor sein.« Lila verschränkte entschieden die Arme vor der Brust und sorgte mit ihrem Satz dafür, dass mein Puls in die Höhe schnellte.

»Oder ein heimlicher Verehrer hat dich damals beobachtet. Aber da wir Mike da noch nicht kannten ...«

»Ach, halt die Klappe!«, sagte ich lachend und warf ihr ein Kissen ins Gesicht, das sie spielerisch fing und kichernd meinte: »Jetzt überleg doch, so abwegig ist die Geschichte nicht. Vielleicht hast du ja noch einen weiteren Verehrer, der sich so deine Gunst erkaufen will!«

»Und keinen Namen draufschreibt? Ganz schön doof, der heimliche Verehrer.« Ich zog eine Augenbraue hoch.

»Halloho? Heimlich!« Sie streckte den Kopf theatralisch nach vorn und riss die Augen auf.

»Nein, das glaube ich nicht. Frankie käme eventuell noch infrage. Aber woher sollte er von dem Kleid wissen?«

Lila schüttelte den Kopf. »Nein, ich glaube nicht, dass es Frankie war. Es war sicher Taylor.«

»Und wo kommt er jetzt so plötzlich her? Warum hat er sich dann seit Samhain kein einziges Mal gemeldet? Nein, das glaube ich wirklich nicht, er muss gewusst haben, dass ich halb krank bin vor Sorge um ihn. Mit Sicherheit war es nicht er.«

»Keine Ahnung. Du wirst es erfahren. Jetzt probier schon an!«

* * *

Es war der Morgen des vierundzwanzigsten Dezember und ich war aufgeregt wie ein kleines Kind, weil heute Abend der Weihnachtsball stattfinden würde. Bereits um 6 Uhr war ich hellwach und konnte nicht mehr schlafen. Lila im Bett neben mir grummelte im Schlaf vor sich hin und so tappte ich so leise wie möglich im Dunkeln hinüber ins Badezimmer und wusch mich.

Nachdem ich mich geduscht und angezogen hatte, überlegte ich, was ich mit dem noch langen Tag anstellen sollte. Ich hinterließ Lila eine Nachricht, die Earl ihr überbringen würde, und machte mich auf den Weg in die Sunset Cafeteria, in der ich frühstücken wollte.

Ich genoss die Zeit allein heute so richtig, bediente mich ausgiebig am aufgebauten Buffet, las ein wenig in den bereitgelegten Zeitungen und verließ das Café erst nach zwei Stunden.

Ich überlegte kurz, ob ich zurück in unsere Kabine schauen sollte, entschloss mich dann jedoch für einen Bummel an Deck.

Das ganze Schiff war weihnachtlich dekoriert. Überall glitzerten Weihnachtsbäume mit Girlanden und Christbaumkugeln um die Wette, es waren verschiedene schwebende Lichterketten in Eiszapfen-, Sternen- und Tannenbaumform um sämtliche Säulen und Treppengeländer geschlungen und sogar im Aufzug saß ein kleiner Kunststoffweihnachtsmann, von dem ich mir nicht sicher war, ob er lebendig war oder nicht, und trällerte »Jingle Bells« vor sich hin, sobald man in seine Nähe kam.

»Das Ding nervt«, sagte ein junger Fairy, als ich zu ihm in die Kabine stieg und der kleine Mann sofort begann zu singen.

Ich grinste ihn an und drückte dann auf die 15.

Oben auf dem Freideck angekommen, schlug mir eine kalte Brise entgegen. Für Ende Dezember genau das richtige Wetter. Ich kuschelte mich enger in meine dicke Daunenjacke und lief langsam an der Reling entlang. Mein Atem gefror zu kleinen Wölkchen in der kalten Luft und auf der Eisenstange bildeten sich Eiskristalle. Auch hier hatte sich Weihnachtsstimmung ausgebreitet. Blinkende Kristalllichter wanden sich um die Reling und silberne Sterne funkelten im spärlichen Sonnenlicht. Es war ein wundervoller Tag.

Ich setzte mich auf eine der weißen Bänke in die Sonne und beobachtete das Treiben. Natürlich waren wieder einige der Sportler unterwegs und drehten joggend ihre Runden auf dem Trail. Mehrere Pärchen schlenderten verliebt Hand in Hand entlang der Reling, sahen verträumt auf das Meer hinaus und küssten sich.

Ich seufzte und hielt unwillkürlich Ausschau nach einem bestimmten Jungen mit dunklen Haaren, einem durchtrainierten, schlanken Körper und tiefschwarzen Augen, den ich natürlich nirgends fand.

Ich schüttelte den Kopf. Die Hoffnung, Taylor jemals wiederzusehen, hatte ich bereits vor Wochen aufgegeben, und jetzt wieder die Möglichkeit zu erwägen, er könnte doch noch am Leben sein, war absurd. Es war albern zu glauben, Taylor würde plötzlich wie aus dem Nichts auftauchen. Aber dieses Kleid hatte alles durcheinandergewirbelt, vor allem mein gesamtes Gefühlsleben, das gerade angefangen hatte wieder einigermaßen zur Ruhe zu kommen.

Und was, wenn er wirklich auftauchte? Was dann? Wie würde er sich mir gegenüber verhalten? Wie sollte ich mich ihm gegenüber verhalten? Ich fuhr mir durch die Haare und merkte, wie meine Knie zitterten.

Ich sah auf die Uhr. Es war erst kurz vor Mittag! Gott, wie sollte ich den Tag nur überstehen? Ich war doch schon jetzt ein nervliches Wrack!

Den Nachmittag verbrachte ich mit Lila im Schwimmbad, genauer gesagt saßen wir den halben Tag im heißen Whirlpool und betrachteten durch die Fenster das offene Meer. Die Kälte draußen ließ den Dampf innen an den Scheiben anlaufen und wir malten ein paar Figuren mit den Fingern auf das Glas. Na gut, Lila malte Herzchen mit Pfeilen und machte sich über mich lustig, weil mich die Sache mit dem Kleid so nervös machte. Wobei sie selbst jedoch nicht weniger unruhig war. Ihre Begleitung für den heutigen Ball war niemand anderer als Oliver. Sie war sich über ihre Gefühle ihm gegenüber nicht sicher, dachte sie so oft noch an Ralph? Wo er wohl dieses Weihnachten verbrachte? Ob er sich wohl bereits in einen Shuk gewandelt hatte? Oder war er etwa tot? Wir wollten uns gar nicht ausmalen, was ihm bisher widerfahren war.

»Meinst du, man kann ihn irgendwie retten?«, fragte ich und starrte auf die blubbernden Luftblasen, die um uns herum im Wasser aufstiegen.

Lila schüttelte betrübt den Kopf.

»Ich glaube nicht, dass jemals ein Frisch-Gezeichneter von den Shuk zurückgeholt wurde. Und wenn, dann war er sicher nicht mehr derjenige, der er vor seinem Kidnapping war.«

Ich nickte und sah schweigend aus dem Fenster.

* * *

Dann endlich war es so weit und wir machten uns fertig für den Ball. Lila hatte sich nun doch dafür entschieden, ihr Samhain-Kleid anzuziehen, und stand in einem lila und fliederfarbenen Rüschenmeer vor dem Spiegel, drehte und wendete sich und strahlte angesichts ihrer hoch aufgetürmten Haare, die sie zu allem Überfluss auch noch mit lila Kunststoffblumen gespickt hatte.

Ich selbst steckte in dem atemberaubenden roten Traum und wusste nicht, was ich mit meinen Haaren anstellen sollte. Ich sehnte mich nach Claire, die mir sonst immer für mein Outfit mit Rat und Tat zur Seite gestanden hatte. Doch sie hatte abgelehnt uns zu begleiten. Sie wollte den Abend allein verbringen und würde nicht auf den Ball gehen.

»Ich möchte niemanden sehen«, hatte sie gesagt und die Worte hatten mich sehr getroffen. Claire litt so sehr unter ihrer Trauer und ich fühlte mich so hilflos. Sie zog sich ganz in ihr Schneckenhaus zurück und schien von Tag zu Tag mehr zu verschwinden.

Schließlich entschloss ich mich, meine Haare einfach offen zu lassen und dieser Entschluss kam keine Sekunde zu spät, denn in der nächsten Minute klopfte es an der Tür und Oliver und Mike standen davor, um uns abzuholen.

»Wow! Du siehst ...« Mike machte eine Pause und es schien fast, als fehlten ihm die Worte. »... Hammer aus!«, vollendete er dann seinen Satz und starrte mich bewundernd an.

Ich wurde rot, lächelte ihn dankbar an und hakte mich bei ihm unter.

»Du stehst ihr natürlich in nichts nach«, hörte ich Oliver hinter mir leise zu Lila sagen.

»Danke«, antwortete sie geschmeichelt. »Aber Sophie sieht in diesem Kleid einfach wahnsinnig toll aus.«

Ich lächelte bei diesen Worten und fühlte mich, als wäre ich plötzlich um einige Zentimeter gewachsen. So beflügelt, lief ich in den wackeligen High Heels an der Hand von Mike den Flur entlang zu den Aufzügen.

* * *

Über ein Portal, das vom Unterrichtsplateau zu erreichen war, gelangten wir in eine andere Dimension, in eine wahre Weihnachtsdimension. Ich traute meinen Augen beinahe nicht.

Die Welt, die sich vor mir erstreckte, war mit feinem Puderschnee bedeckt, der funkelte und glitzerte und in großen, dichten Flocken vom Himmel schwebte und sich wenige Zentimeter über unseren Köpfen in Luft auflöste, sodass wir nicht durchnässt wurden. Wir befanden uns auf einer Lichtung mitten im Wald, die wir über ein weißes, übergroßes Tor betreten hatten, um dessen Flügel sich goldene Ranken wanden. Überall standen runde Tische mit blütenweißen Tischdecken, die sich wallend über den Boden erstreckten und vom Schnee begraben wurden. Verspiegelte Wege, die wie zugefrorene Bäche aussahen, führten verschlungen um sie herum und zu einer großen, ebenfalls verspiegelten, rechteckigen Tanzfläche, über der funkelnde Eiskristalle schwebten und alles in romantisches Licht tauchten. Die Lichtung selbst wurde umrahmt von unzähligen Tannenbäumen, allesamt dekoriert mit weißen, silbernen und gläsernen Kugeln, über denen goldene Irrlichtkristalle glitzerten.

»Wow!«, fasste es Mike neben mir ziemlich treffend in Worte, blickte sich mit großen Augen auf der Lichtung um und unwillkürlich stellte ich mir Ralph vor, wie er hier wohl gestanden hätte, cool die Hände in den Anzugtaschen vergraben. Wahrscheinlich wäre ihm ein »Krass« entfahren und er hätte Lila breit grinsend seinen Arm geboten.

»Dürfen wir uns hier einen Sitzplatz aussuchen oder stehen hier Sitzkarten oder Kristalle, oder wie?«, hörte ich meine Freundin hinter mir leise murmeln.

Mein Blick huschte über einige Tische, die in unserer Nähe standen.

»Nein, keine Karten oder Kristalle oder sonstigen Namensindikationen in Sicht. Also nehme ich an, wir dürfen uns hinsetzen, wo wir wollen.«

Sie nickte und überflog prüfend die Tischreihen, auf der Suche nach dem möglichst günstigsten Platz. »Ich schlage vor, wir nehmen gleich einen vorne an der Tanzfläche! Oh, wir müssen uns beeilen, die sind gleich alle besetzt!«

Damit packte sie Oliver am Ärmel und zog ihn mit sich. Mike und ich folgten achselzuckend.

Nachdem wir an einem der vordersten Tische auf den mit weißen Stuhlhussen bezogenen edlen Stühlen Platz genommen hatten, sahen wir uns in aller Ruhe um – bis auf Mike, der studierte das Menü, das in goldenen Buchstaben vor uns auf einem Spiegel zu lesen war, der wenige Zentimeter über der Tischplatte schwebte.

Mein Blick flog über sämtliche Tische, hin zu einer großen Bühne, auf der sich soeben ein Orchester aus weiß gekleideten Fairies einspielte, weiter über die dichten Christbäume, zurück zu den Tischen auf der Suche nach ... ja, nach was? Nach einem Tisch für Lehrkräfte? Nach einem Tisch für Seeker? Ich seufzte. Ich suchte nach Taylor. In dieser ganzen Dimension suchten meine Augen nur nach dem einen vertrauten Gesicht mit den dunklen Augen und den schönen halblangen Haaren. Und natürlich war es nicht da. Wie immer.

»Lachscremesuppe als Vorspeise! Entenkrustenbraten als Hauptspeise ...«, verkündete Mike neben mir begeistert und ich lächelte. Er war so ein sympathischer, guter Junge und er meinte es anscheinend wirklich ernst mit mir, wenn man Lila – die das wiederum von Oliver wusste – Glauben schenken wollte.

»Hör auf!«, zischte Lila neben mir und sah mich warnend an. »Er ist nicht da.«

Gott, war es so offensichtlich? Ich nickte beschämt und begann mich mit Mike über sein Lieblingsthema zu unterhalten – das Essen.

Wenig später, nachdem auch alle anderen Plätze besetzt waren, hielt Miss Ishanti eine ergreifende Begrüßungsrede. Sie war schlicht, kurz und beinhaltete doch alles, was man sich für eine Rede wünschte. Sie erwähnte die vergangenen Ereignisse an Samhain mit keiner Silbe, das war die Wochen und Monate zuvor bereits ausgiebig erörtert worden. Stattdessen bedankte sie sich bei allen, Schülern, Lehrern, dem Personal, den Defenderre und auch den anwesenden Seekern – allein bei der Erwähnung des Wortes »Seeker« schlug mein Herz höher und ich reckte und streckte meinen Hals in alle Richtungen, um einen Blick auf die anwesenden Seeker erhaschen zu können – für ihre Leistungen, ihr Engagement und ihre Hilfsbereitschaft in der Vergangenheit, vor allem natürlich in den letzten Wochen. Sie blickte auf herausragende Ereignisse zurück, hervorragende Abschlussjahrgänge, Lehrer und Schüler, die uns in diesem Jahr verlassen hatten (dabei erwähnte sie nicht, ob diese gestorben oder auf andere Weise von Bord der Fairytale gegangen waren), und sonstige Ereignisse und schloss mit einem aussichtsreichen Ausblick auf das kommende Jahr. Anschließend wünschte sie uns einen wunderschönen Abend und gab dem Personal einen Wink, damit die Vorspeise, sprich die Lachscremesuppe, serviert werden konnte.

Während der Gänge spielte das Orchester leise Musik. Zarte Geigenklänge begleiteten jeden Happen und ich kam mir vor wie in einem Freiluft-Nobelrestaurant, und dementsprechend versuchten wir auch alle uns zu benehmen. Jeder saß in aufrechter Haltung vor seinem Teller, kaute jeden Bissen unendlich lange, bemühte sich die Gläser edel zu halten und immer nur wenige Schlucke zu nehmen. Immer wieder wanderten meine Blicke fasziniert über die Lichtung, den Schnee über unseren Köpfen, die glitzernden Bäume, die Spiegelwege. Ich wunderte mich nicht, dass ich trotz des fallenden Schnees und des Eises hier in meinem schulterfreien dünnen Kleid nicht fror. Irgendwann hörte man auf, sich über solche Dinge in anderen Dimensionen Gedanken zu machen.

Nach dem ersten Gang zeigte eine Fairy-Artistengruppe ihr Können. Eine Seiltänzerin vollführte waghalsige Bewegungen in luftiger Höhe auf einem – wie ich vermutete – unsichtbaren Seil, doch Oliver behauptete, sie tänzle einfach so in der Luft, ein Feuer-Elementarier zeigte als magischer Feuerspucker und Magier sein Können und eine Art Fairy-Komiker versuchte das Publikum mit schlechten Scherzen zu belustigen. Letzteres war weniger mein Fall.

Der dritte und letzte Gang hieß »Holunder-Quark-Schaum mit Kirschragout, Zitronenpfefferbiskuit und Kirschsorbet« und war ein Gedicht aus Zucker und sonstigem süßem Zeug. Danach durfte endlich getanzt werden, was vor allem Lila und Oliver freute. Die beiden sprangen auf, nachdem Miss Ishanti dazu aufgefordert hatte, und eilten nach vorn.

»Willst du auch?«, fragte Mike, noch immer kauend (er aß

die Reste von Lilas Dessert, die nicht alles hatte bewältigen können), und ich schüttelte den Kopf.

»Gut«, mampfte er weiter. »Ich bin kein besonders guter Tänzer.«

Ich grinste ihn an.

»Ich meine, ich kann es schon«, fuhr er fort, »nur vergess ich immer die Schritte und trete den Frauen ständig auf die Füße. Das wäre kein Spaß für dich.«

Ich lachte. »Geht mir genauso. Ich glaube, ich habe zwei linke Füße.«

»Vielleicht ist es nach der Beltane-Zeremonie besser!«, fügte er hinzu und wir brachen beide in lautes Lachen aus.

Aber nach drei, vier Tanzrunden, während deren wir uns nur zu zweit am Tisch befanden, ging uns langsam der Gesprächsstoff aus und wir begaben uns dann doch zu den ausgelassen tanzenden Pärchen, unter denen sich immer noch Oliver und Lila befanden. Und es stellte sich heraus, dass wir beide nicht gelogen hatten. Es war eine Katastrophe, wie wir uns auf der Tanzfläche bewegten. Ein Gestolpere, Gelächter und Gehampel. Absolut erbärmlich, aber wir hatten sehr viel Spaß zusammen.

In einer der Pausen setzten wir uns mit Lila und Oliver an eine Bar, deren verspiegelte und mit blau-weißen Irrlicht-Kristallen beleuchtete Theke sich entlang des Christbaumwaldes schlängelte, und bestellten Sekt.

Es war kein Heiligabend, wie ich ihn von zu Hause kannte mit meiner Oma. Sie hatte eine fantastische Ente gemacht und wir hatten gemeinsam Weihnachtslieder gesungen, bevor wir dann Bescherung gefeiert hatten. Beim Gedanken daran wurde mir schwer ums Herz. Mit wem würde sie den heutigen Abend verbringen? Allein? In einem Heim? Seltsam. Bisher hatte ich keinen einzigen Gedanken an sie verschwendet. Wieso jetzt? Vielleicht war das ein magischer Vergessenszauber, den wir mit dem Prueba-Trank zu uns genommen hatten und der langsam seine Wirkung verlor?

»Hey, was sind denn das für traurige Augen an einem so schönen Abend?«, versuchte Mike mich aufzuheitern. Ich schüttelte meinen Kopf, als wolle ich die trüben Gedanken so vertreiben, und drehte mich lächelnd zu ihm um.

Mein Lächeln erstarb augenblicklich. Sprachlos starrte ich den Jungen an, der da vor mir stand.

Ich merkte, wie mein ganzer Körper zu zittern begann, meine Lippen bebten, meine Augen füllten sich mit Tränen und dann brach die Anspannung mit einem Mal in mir zusammen. Ich schwankte, wurde von ihm aufgefangen, gestützt und dann schlang ich wie eine Ertrinkende die Arme um seine Schultern, drückte mich an ihn, hielt ihn fest und schluchzte hemmungslos.

»Ich dachte, ich seh dich nie wieder!«, brachte ich heraus.

Zunächst war er wohl überrumpelt.

Dann jedoch erwiderte er die Umarmung, schloss schützend die Arme um mich, strich mir beruhigend über die bebenden Schultern und meine Haare.

»Schsch, ist ja gut. Beruhige dich«, sagte er und es klang fast ein wenig unsicher. »Komm, die Leute gucken schon. Hör auf zu weinen.«

Er zog sich einige Meter zurück und wischte mir zärtlich die Tränen von den Wangen.

Ich stutzte.

Konnte es sein? War ihm die Situation unangenehm? Ich löste mich sofort von ihm, wischte mir selbst die Tränen von den Wangen und schniefte noch einmal.

»T-t-tut mir leid«, stammelte ich dann und starrte auf den Boden. »Es ist-ist nur ...«

Er rieb sich verlegen den Hinterkopf. In diesem Moment setzte die Musik wieder ein und die Paare strömten zurück auf die Tanzfläche.

»Hast du Lust zu tanzen?«

Ich schüttelte den Kopf und wischte mir die Tränen aus dem Gesicht. Mein Wiedersehen mit Taylor hatte ich mir verdammt ... ja, wie? Romantischer? Bedeutsamer vorgestellt? Ich hatte tausend Fragen an ihn. Wo war er die letzten Monate gewesen? Wie war er an Samhain entkommen? Wieso hatte er sich nicht ein einziges Mal bei mir oder Frankie oder sonst irgendjemandem gemeldet? Und wieso tauchte er so plötzlich einfach wieder auf? Als wäre nichts passiert? Doch stattdessen sagte ich einfach nur: »Ich kann nicht tanzen.«

»Das habe ich gesehen.« Taylor lachte leise und reichte mir die Hand.

Trotzig schob ich meinen Hintern auf einen Barhocker und drehte mich demonstrativ von ihm weg.

Dabei fiel mein Blick auf Lila, Oliver und Mike, die sich ruckartig in Richtung Bühne drehten und plötzlich lautstark begannen über die Band zu diskutieren, die dort soeben ihre

Instrumente aufbaute. Lila sah sich ab und zu verstohlen nach mir um, doch ich bedeutete ihr mit strengem Blick, wieder nach vorn zu sehen.

»Aber es schien mir, als hättest du Spaß am Tanzen.« Taylor hatte sich neben mich gestellt und blickte mich schief von der Seite an. Sein Lächeln wirkte krampfhaft.

Ich schwieg immer noch.

»Na komm, dir fehlt nur ein richtiger Tänzer, der dich anständig führt.«

Er hielt mir seine Hand vor die Nase.

»Ich hatte bereits einen richtigen Tänzer. – Mike, hast du Lust auf die nächste Runde?«

Ich wusste selbst nicht, was mich da ritt, hüpfte von meinem Barhocker, hakte mich bei dem vollkommen überrumpelten Mike unter und eilte zur Tanzfläche. Aus den Augenwinkeln sah ich, wie Taylor den Kopf schüttelte, sich auf dem eben noch von mir besetzten Hocker niederließ und etwas bei der jungen Barkeeperin bestellte. Dann begann er mit Lila und Oliver ein Gespräch.

»Wer war das denn?«, fragte Mike. »Etwa dein Seeker?«

Ich nickte und bemühte mich sehr, diesmal eine gute Figur beim Tanzen zu machen, was mit Mike natürlich nicht ganz einfach war.

»Der, der dich an Samhain gerettet hat?«, wollte er weiter wissen.

Ich nickte wieder verbissen.

»Wow, das ist also Taylor Tayugan!«

»Jep«, zischte ich zwischen zusammengebissenen Zähnen.

»Können wir nicht wieder zurückgehen? Ich würde ihn gerne persönlich kennenlernen.«

»Was? Jemanden, der mich rettet, dann spurlos verschwindet, sich über zwei Monate nicht meldet und mich dann mit den Worten ›Hör auf, die Leute gucken schon‹ begrüßt?« Ich merkte erst jetzt, wie sauer ich eigentlich war.

»Na ja, die Leute haben ja auch geguckt. Ich mein', du bist plötzlich in Tränen ausgebrochen. Da hab ich auch erschrocken geguckt«, erwiderte er achselzuckend.

Ich war sprachlos und hörte auf, mich nach den Klängen der Musik zu bewegen.

»Dann geh doch zu ihm und lern ihn kennen.«

Damit drehte ich mich um, ging zurück an unseren Tisch, packte meine Handtasche und wollte nur noch weg. Ich blickte mich um, suchte nach dem großen Tor, durch das wir den Saal betreten hatten. Verdammt! Es war nicht zu sehen!

Das Ganze war ein einziger Albtraum, der so schön angefangen hatte. Wieso war ich eigentlich so sauer? Und wieso reagierte ich so impulsiv? Das war eigentlich gar nicht meine Art. Aber im Moment wollte ich niemanden mehr sehen, und auf gar keinen Fall Taylor Tayugan. Und dabei hatte ich mir unser Wiedersehen so schön ausgemalt – wie ich ihm tränenüberströmt in die Arme fallen würde –, na ja, so weit war mein Traum ja wahr geworden. In meiner Vorstellung hatte Taylor mich jedoch dann getröstet, gestreichelt, mir gesagt, wie tapfer ich gewesen sei, wie stolz er auf mich war, er hatte mich zur Seite genommen, mich ernst angesehen, dann hatte er mit mir den Ball verlassen, wir waren nach oben an Deck gegangen und dort hatte er mich ...

»Sophie?«, riss mich eine Stimme aus meinen aufgewühlten Gedanken. O nein, er war mir nachgelaufen.

Ich blieb nicht stehen, tat so, als hätte ich nichts gehört, lief schneller, blindlings hinein in den Christbaumwald, blieb an einigen Girlanden und schwebenden Eiskristallen hängen, eilte stolpernd weiter.

»Sophie, bleib stehen, ich weiß, dass du mich gehört hast!«

Verdammt, seine Stimme war ziemlich nah. An einem besonders großen Christbaum mit bauchigen gläsernen Kugeln hatte er mich schließlich eingeholt, packte mich heftig am Arm und drehte mich zu sich.

»Sophie, es tut mir leid!«

Ich starrte auf seine blank geputzten schwarzen Schuhe und die dazu passende schwarze Hose.

»Komm, schau mich an.«

Er legte einen Finger sanft an mein Kinn und hob es an, sodass ich ihm zwangsweise ins Gesicht sehen musste. Tiefschwarze Augen blickten mich ernst an.

»Es tut mir wirklich leid«, wiederholte er und ließ mein Gesicht wieder los.

Ich schwieg weiter, merkte jedoch, wie meine Wut langsam verrauchte.

»Ich hatte nur nicht damit gerechnet, dass du gleich in Tränen ausbrichst, wenn du mich siehst«, sagte er lächelnd und rieb sich wieder verlegen den Hinterkopf. »Weißt du, normalerweise weinen die Mädchen nicht, wenn sie mich wiedersehen.«

Er hatte es geschafft, ein Lächeln stahl sich auf mein Gesicht.

»Wo verdammt hast du die letzten Monate gesteckt?«, wollte ich von ihm wissen.

Sein Lächeln verschwand, er sah sich im Wald um, ließ seinen Blick über die umstehenden Bäume wandern und er wurde ernst, begann herumzudrucksen.

»Na ja, ich bin dir – um ehrlich zu sein – damals in Samhana nicht nachgelaufen.«

»Wie?«, hakte ich nach. »Wie du bist mir nicht nachgelaufen? Wolltest du nicht auch zu den Schiffen?«

Er schüttelte nervös den Kopf, blickte sich wieder in alle Richtungen um. »Ich hatte nie vor, zum Hafen zu gehen. Ich habe mehrere Shuk in unserer Nähe, am Fuß des Vulkans entdeckt. Sie hatten dich als Frisch-Gezeichnete noch nicht bemerkt, also habe ich auf mich aufmerksam gemacht, um sie von dir abzulenken.«

Er machte eine Pause und ich starrte ihn einfach nur sprachlos an.

»Es sah nicht gerade gut für mich aus, es waren ganz schön viele. Aber ...«

»Aber!«, drängte ich ihn, da es so aussah, als wolle er ausgerechnet jetzt eine erneute Pause machen.

»Aber ich hatte Glück und wurde gerettet.«

Ich atmete aus. »Von wem? Und wie?«

»Von jemandem, der ... nun ja, sagen wir mal ... nicht ganz

einfach ist. Ich weiß nicht, wie viel ich dir verraten darf, aber ich bin nun eine Art ...«, wieder sah er sich nach allen Seiten um, als erwarte er, jeden Moment Angreifer aus den glitzernden Bäumen auf uns zustürzen zu sehen, »... Agent. Ich stehe in der Schuld der ... Organisation.«

Er rang förmlich nach Worten, wusste nicht, wie er es mir erklären sollte, und ich versuchte krampfhaft ihm zu folgen.

»Wie Agent? Welche Organisation?«

»Na ja, es ist eigentlich nicht wirklich eine Organisation. Vielmehr eine Gruppe, eine sehr einflussreiche Gruppe.« Er ging ein paar Schritte rückwärts.

»Wie Gruppe? Was denn für eine Gruppe? Sind das auch Fairies?«

Er zögerte. »Nicht so richtig.«

»Wie nicht so richtig? Wie kann man keine richtige Fairy sein? Was sind das für Leute?«

Er kratzte sich am Hals. »Sophie, ich kann dir nicht mehr sagen. Fakt ist, dass ich in der Schuld dieser Leute stehe und für sie in den letzten Wochen gearbeitet habe.«

»Aha«, sagte ich nun und verschränkte die Arme vor der Brust. »Und während dieser Arbeit hattest du keinen Kristall, keinen Spiegel, nicht einmal ein Handy oder sonstiges Telefon, um dich vielleicht mal bei irgendwem zu melden. Du hättest ja nicht unbedingt bei mir anrufen müssen! Frankie zum Beispiel wäre genauso froh über ein Lebenszeichen von dir gewesen, vor allem nach seinem Verlust von Natascha!«

Er sah traurig zu Boden. Er wusste es also. »Du verstehst

das nicht. Ich durfte mich bei niemandem melden. Zu eurem und auch zu meinem Schutz nicht.«

»Und wie kommt es, dass du dich jetzt melden kannst? Und dass sich offenbar niemand hier an Bord über dein Auftauchen wundert?«

»Ich habe meinen Dienst getan und wurde für die Weihnachtsfeiertage freigestellt. Außerdem kümmert sich die Organisation um sämtliche Erklärungen und Formalitäten.«

»Und nach den Feiertagen?« Gespannt wartete ich auf die Antwort, die er mir auf diese Frage geben würde.

Er schwieg wieder kurz und atmete tief ein und aus. »Es ist meine Entscheidung, ob ich zurückkomme oder nicht.«

Ich schwieg ebenfalls. Meine Gedanken rasten.

Es ist meine Entscheidung, ob ich zurückkomme oder nicht. Seine Worte hallten in meinem Kopf wider. Zurück zur Gruppe gehen oder was? Erneut als Seeker arbeiten? Erneut eine Urfairy schützen? Oder bei mir bleiben?

»Bleibst du hier?«, fragte ich leise und meine Stimme war fast nur ein Flüstern.

Er schüttelte den Kopf und zerstörte damit meine ganze Hoffnung. »Nein, ich gehe zurück zu der ... Gruppe.«

Ich riss die Augen auf. »Wie, du gehst zurück? Du bleibst nicht hier?«

Er schüttelte erneut den Kopf. »Es hat mir dort sehr gefallen«, sagte er dann achselzuckend. »Und sie bezahlen unverschämt gut. Wieso sollte ich das ausschlagen?«

Wegen mir! Weil du bei mir bleiben willst!, schrie alles in mir, doch das sagte ich natürlich nicht. Stattdessen sagte ich einfach gar nichts, sondern starrte wieder wortlos auf den Boden.

Eine Weile schwiegen wir, dann meinte er: »Bist du traurig?«

Ja, verdammt!, hätte ich ihm am liebsten ins Gesicht geschrien, zuckte aber wieder nur mit den Schultern.

»Wenn es dir dort so gut gefällt, bei der ... Gruppe oder ... Organisation.«

Schmollend drehte ich mich ein wenig zur Seite.

»Hey.« Er kam näher und legte mir freundschaftlich einen Arm um die Schulter. »An Beltane sehen wir uns wieder! Ich muss doch sehen, welche Fairy-Seele in dir schlummert!«

Ich lächelte matt.

»Komm, gehen wir tanzen!« Er nahm meinen Arm, legte ihn über seinen und zog mich zurück zur Lichtung, die gar nicht so weit entfernt war, wie ich gedacht hatte. Mir wurde mulmig und ich stemmte mich gegen ihn.

»Nein, bitte nicht! Ich tanze wirklich grauenhaft! Das hast du doch gesehen!«

»Ich sagte doch schon, du brauchst nur den richtigen Partner! Jetzt zier dich nicht so!«

Und natürlich hatte ich keine Kraft, mich gegen ihn zu wehren. Ich stolperte hinter ihm her und befand mich bald wieder auf der Tanzfläche, wo gerade ein Walzer gespielt wurde. O Gott, mein persönlicher Albtraum! Diesen Viereckstanz hatte ich noch nie verstanden! Um uns herum drehten sich bereits die Paare, als er mir seinen rechten Arm um die Taille legte und ich zitternd meine rechte in seine linke

Hand gab. Der nächste Takt und schon hatte er mich in eine Drehung gelenkt, als wäre es ganz einfach.

Und mit ihm war es auch einfach, wie in einem Traum. Himmel, ich konnte ja doch tanzen! Gemeinsam schwebten wir übers Parkett und er konnte sich ein Lachen nicht verkneifen.

»Na also, geht doch!«

Ich sah ihn böse an.

»Übrigens, tolles Kleid«, fügte er dann hinzu und zog mich ein Stückchen näher an sich heran.

»Hab ich von einem Freund«, antwortete ich selbstsicher und er lächelte wieder. Oh, wie ich dieses Lächeln vermisst hatte!

»Dein Freund hat Geschmack«, sagte er und legte den Kopf schief.

Ich seufzte theatralisch. »Ja, das hat er!«

So tanzten wir und tanzten, ich vergaß alles und jeden um mich herum und bemerkte gar nicht, wie mein Unterbewusstsein wieder einmal in eine andere Welt hinüberglitt.

Es war ein rauschendes Fest. Paare drehten sich geschwind um mich herum und ich mich im Takt mit ihnen, gehalten von den starken Armen meines Engels. Wir waren die Stars des Abends, alle Blicke waren auf uns gerichtet, doch wir hatten nur Augen füreinander. Wir wussten beide nicht, was mit uns geschehen würde oder wie es weitergehen sollte; alles, was wir wussten, war, dass wir diesen Augenblick miteinander festhalten wollten, so als solle er nie vergehen. Dann ertönten die Schreie.

Zutiefst verzweifelte Schreie, die übergingen in ein Drängen, Laufen, Rufen. Ich wurde von ihm weggerissen, verschwand in der panischen Menge, stürzte zu Boden ...

Ich kam wieder zu mir, in meine eigene Realität und bemerkte, dass ich aufgehört hatte zu tanzen. Ich stand mitten auf der Tanzfläche und starrte Taylor entgeistert an, der mir verwundert entgegensah.

»Sophie? Alles in Ordnung?«, fragte er und zog mich beiseite.

Ich rieb mir den Kopf. »Ja, schon in Ordnung. Das sind nur diese Tagträume.«

Der letzte Satz war mir irgendwie so rausgerutscht und ich bereute sofort, ihn ausgesprochen zu haben.

»Tagträume?«

»Ja.« Ich machte eine saloppe Handbewegung, als wolle ich das Ganze abwerten. »Ich ... ach, ist nicht so schlimm. Komm, lass uns weitertanzen.«

Er schüttelte den Kopf. »Nein, komm, wir gehen zurück aufs Schiff. Du brauchst richtige frische Luft. Nicht diese verzauberte, stickige Hitze im Schnee.«

Ich schluckte einen Kloß hinunter, folgte ihm jedoch brav wie ein kleines Schulmädchen, das von seiner Mutter an der Hand vom Schulhof geführt wird. Bei Lila machten wir kurz halt, um meinen Freunden Bescheid zu geben.

»Frische Luft?«, fragte Lila und sah mich schräg an. »Geht's dir nicht gut?«

»Doch, doch, es ist nur ...« Ich kratzte mich verlegen am Kinn.

»… die heiße, stickige Luft hier drin macht ihr zu schaffen«, sprang Taylor für mich in die Bresche. »Wir sind in einer halben Stunde oder so wieder da.«

Oder so? Was bedeutete *oder so*? Und vor allem, wie lange dauerte *oder so*? Lila sah mir mit einer sehr skeptischen Miene hinterher, zwinkerte dann jedoch, als wir hinter einer großen Tanne verschwanden. Vor uns tauchte das Tor auf, als wäre nichts geschehen. Wieso hatte ich es vorhin nur nicht entdecken können?

* * *

Im Aufzug stellte sich Taylor mir gegenüber und sah mich sehr ernst an.

»Was sind das für Tagträume?«

Oje, er würde auf diesem Thema herumreiten.

»Keine Ahnung – Träume halt«, sagte ich seufzend und sah auf meine Fußspitzen.

»Siehst du Dinge, die noch geschehen werden? Hast du Visionen?«, hakte er nach und ich schüttelte den Kopf.

»Nein, es ist wie … wie …« Ich suchte nach den richtigen Worten und er zog die Augenbrauen in Erwartung hoch.

»Ich weiß nicht – wie Erlebnisse.«

Er legte den Kopf schräg. »Du meinst, Erinnerungen?«

Ich nickte. »Ja, Erinnerungen, das ist ein gutes Wort.«

Er schwieg eine Weile nachdenklich und nickte dann. »Ich denke, es könnten Erinnerungen deiner Fairy sein. Das wäre nicht ungewöhnlich. Viele Fairies und auch bereits

Frisch-Gezeichnete können Visionen von ihrem früheren Leben haben. Was passiert in deinen Träumen?«

Bing – der Aufzug stoppte, ließ uns aussteigen und ich war froh, vorerst nicht antworten zu müssen. Wortlos ging Taylor weiter neben mir her, öffnete dann die Glastür und ließ mir den Vortritt. Kalte Luft schlug uns entgegen und ich bereute, dass ich mir nicht vorher einen Mantel geholt hatte. Wir waren auf dem Freideck und hier sorgte kein magischer Zauber für gemäßigte Temperaturen. Fröstelnd schlang ich meine Arme um meinen Oberkörper. Taylor reagierte sofort und legte mir sein Jackett über die Schultern. Mein Herz klopfte mir bis zum Hals. Eingehüllt in seinen ganz eigenen Geruch nach Feuer und Wasser, gemischt mit einem unwiderstehlichen Rasierwasser, wurden mir schon jetzt die Knie ganz weich.

»Besser?«, fragte er und ich nickte mit zusammengebissenen Zähnen.

»Sollen wir wieder reingehen?«, hakte er nach und ich schüttelte vehement den Kopf, da ich merkte, dass mir die echte frische Luft wirklich guttat. Er lächelte.

»Also, was siehst du in deinen Träumen?«, fragte er erneut und machte Anstalten, den Training-Parcours entlangzulaufen. Ich folgte ihm.

»Ganz normale Erinnerungen eben«, erwiderte ich achselzuckend. Himmel, konnte er dieses Traumthema nicht einfach lassen? Es war mir unangenehm, darüber zu reden. Das musste er doch merken? Doch er ließ nicht locker.

»Was hast du eben gesehen?«

Ich zuckte erneut die Schultern. »Ich habe getanzt, wie wir beide. Walzer.«

»Und dann?«

»Wie und dann?«

Er seufzte. »Irgendetwas muss passiert sein, sonst hättest du nicht aufgehört zu tanzen und hättest mich nicht so entgeistert angestarrt.«

Ich kaute auf meiner Unterlippe. »Da war dann einfach Tumult auf der Tanzfläche und alle haben aufgehört zu tanzen und haben sich angestarrt. Ich weiß nicht, warum.«

Die Schreie verschwieg ich absichtlich, ebenso wie die Panik und dass ich niedergetrampelt worden war. Er sah mich zweifelnd an.

»Hast du mit mir getanzt?«

Ich schüttelte den Kopf.

»Hast du den Mann gekannt, mit dem du getanzt hast?«

»Nein«, log ich. Natürlich hatte ich wieder mit Azarael getanzt, aber das konnte ich ihm ja wohl schlecht sagen.

Er seufzte.

»Gut – was war bei deinen früheren Visionen? Was hast du da gesehen?«

Ich zuckte wieder die Schultern.

»Sophie!«, drängte er mich.

»Keine Ahnung – ganz normale Sachen eben. Einmal war ich einkaufen, einmal auf irgendeinem Markt«, log ich und vermied es, ihm in die Augen zu sehen.

»Gut, du willst nicht darüber sprechen. Zumindest nicht mit mir.«

Er steckte die Hände in die Hosentaschen, offensichtlich gekränkt.

»Taylor, versteh doch, das ist alles sehr verwirrend für mich«, versuchte ich mich zu erklären und klang dabei sehr verzweifelt.

»Nein, nein, schon in Ordnung. Ich hoffe, du findest irgendwann den Mut, darüber zu sprechen. Es könnte bald sehr wichtig sein.«

Er drehte sich von mir weg, hin zum offenen Meer, auf dessen Wellen sich das Mondlicht glitzernd brach. Sein letzter Satz machte mir Angst.

»Was meinst du damit?«

»Nichts, ich sage nur, dass Visionen eine ernste Sache sind. Sie können auch Warnungen sein, Warnungen vor zukünftigen Geschehnissen.«

Angst kroch in mein Herz und ließ mich schneller atmen. Zukünftige Geschehnisse? Die Schreie von eben waren mir noch gut im Gedächtnis.

Ich stellte mich neben ihn und starrte auf die offene See. Sämtliche Träume kamen mir in den Sinn. Zukünftige Geschehnisse? Würde das alles noch mit mir geschehen? Aber wer würde mich jagen? Die Shuk? Würde Azarael mich retten, wie er es einmal getan hatte? Azarael, der mich doch gar nicht kannte? Oder doch? Ich fuhr mir zittrig durch die Haare und klammerte mich an die eiskalte Reling. Eine Idee, eine Vorstellung reifte in mir heran, die ich bisher nie zugelassen hatte. Konnte es sein, dass ich …? Nein, nein, nein, das durfte ich mir gar nicht vorstellen. Aber hieß es nicht immer, sie sei mehrere Male erwacht, sei verfolgt und gehetzt und immer wieder getötet worden? Und Taylor hatte angedeutet, dass meine Träume Erinnerungen sein könnten. War das möglich? Konnte das sein? War ich Tanian? Aber nein, ich war keine Fünffach-Elementarierin, ich war zu untalentiert in den Unterrichtsfächern, zu unbegabt, als dass ich hätte eine der mächtigsten Fairies der Welt sein können. Dazu noch die dunkelste Fairy, die je gelebt hatte. Nein, ich konnte unmöglich ...

Da legte sich eine Hand sanft auf meine rechte. Mein Herz schlug schneller, als Taylor sich näher zu mir stellte.

»Ich bin übrigens sehr stolz auf dich.«

Ich schwieg, unfähig mich zu bewegen, wartete auf seinen nächsten Satz.

»Ich meine, du hast mir an Samhain vertraut und warst so tapfer, so stark. Ich war, nein, *bin* wirklich sehr stolz auf dich.«

Den letzten Satz hauchte er fast, so leise war er geworden. Ich wagte es und drehte mich ein Stück weit zu ihm um, blickte in seine tiefschwarzen Augen, die mich intensiv und sehr ernst ansahen.

»Sophie, ich weiß nicht, was mit mir geschehen ist. Du musst wissen, ich bin eigentlich kein Mann für eine Frau ...«

Ich zog die Augenbrauen hoch. Konnte es sein? Führten wir wirklich so ein Gespräch?

Er kratzte sich etwas verlegen am Hinterkopf.

»Was ich sagen will, ich ... ich ... Ach, zum Teufel.«

Mit einer schnellen Bewegung zog er mich zu sich, legte eine Hand sanft an meine Wange und dirigierte meinen

Kopf zu seinem. Er schloss die Augen und ich ebenfalls, wagte kaum zu atmen. Ich spürte seinen Atem auf meinen Lippen, mein ganzer Körper kribbelte.

Da erklang Gelächter und die Glastür in unserer Nähe wurde aufgerissen. Ein paar Jungen und Mädchen stürmten hinaus ins Freie, lachten und tanzten ausgelassen.

Erschrocken ließen wir voneinander ab, drehten uns wieder zum offenen Meer, schwiegen peinlich berührt und lauschten dem Treiben hinter uns.

Es wurde gekichert, dann hörte man einen Sektkorken knallen. Anscheinend hatte die Gruppe vor, hier länger zu feiern. Verdammt, wieso blieben die nicht in der warmen Weihnachtswunderdimension?

Mein Herz raste. Ich wagte nicht mich zu bewegen. Da vernahm ich Schritte hinter uns.

»Hey, bist du nicht Taylor Tayugan?«, hörte ich eine weibliche Stimme ganz nah.

Taylor drehte sich um, lächelte gezwungen. Ich beobachtete ihn aus den Augenwinkeln.

»Jessica Wilcona.«

Es war eine blonde Fairy, die ihm da ihre Hand entgegenstreckte und ihn bewundernd anblinzelte.

»Angenehm«, sagte Taylor und die beiden schüttelten die Hände.

Dann hakte sie sich bei ihm unter und zerrte ihn von mir weg.

»Du musst unbedingt die anderen kennenlernen. Die werden staunen, wenn ich ihnen sage, wer du bist!«

Er warf einen Seitenblick auf mich, löste sanft ihren Arm von seinem und sagte entschieden: »Tut mir leid, Jessica. Ich kann jetzt nicht. Vielleicht später, ja?«

Bei diesem Satz fing mein Herz noch schneller an zu rasen. Er sagte ihr ab, wegen ... mir!

Jessica hielt inne, blickte irritiert von mir zu ihm.

»Ist das etwa ... deine ...?« Sie runzelte die Stirn.

»Nein, nein. Das ist mein Schützling«, erklärte Taylor nüchtern und mir war, als hätte mir jemand einen Eimer kaltes Wasser ins Gesicht geschüttet.

Jessica hingegen atmete auf.

»Ach so, als Seeker – verstehe.« Sie kräuselte die Lippen, überlegte einige Sekunden, dann lehnte sie sich erneut zu Taylor. Verdammt, das Biest gab so schnell nicht auf.

»Es wäre aber trotzdem gut, wenn du mitkommen würdest.« Sie schenkte ihm einen vielsagenden Blick und zog kurz die Augenbrauen hoch. Taylor stutzte und musterte sie eindringlich. Sie nickte und formte mit ihren Lippen irgendein Wort, das mit A begann. Den Rest konnte ich nicht deuten. Augenblicklich veränderte sich Taylors abweisende Haltung ihr gegenüber. Er nickte entschlossen und drehte sich zu mir um.

»Tut mir leid, Sophie, kannst du mich für einen Moment entschuldigen?«, fragte er mit gequältem Blick.

»Sorry«, mischte sich sofort Jessica in unsere Unterhaltung ein. »Ich weiß nicht, ob es nur für einen Moment ist.« Und wieder dieser vielsagende, geheimnistuerische Augenkontakt.

Ich zuckte mit den Achseln. »Wenn es so wichtig ist.«

Natürlich klang ich wie eine pubertierende Zicke, aber das war mir in dem Moment egal. Ich verstand ohnehin die Welt nicht mehr.

»Ich verspreche dir, ich ...«, setzte Taylor erneut an.

»Ja, ja«, würgte ich ihn schnell ab und setzte in etwas versöhnlicherem Ton hinzu: »Schon in Ordnung.«

Er nickte dankbar, wandte sich Jessica zu und begleitete sie. Ich beobachtete die beiden nicht weiter. Mir ging nur ein Gedanke durch den Kopf: Weg von hier!

Hastig schüttelte ich sein Jackett ab, raffte so schnell ich konnte mein Kleid und stürzte hinüber zur Glastür, riss sie auf und eilte davon. Ich wollte einfach nur fort! Am besten in ein Mauseloch versinken und nie wieder auftauchen.

* * *

Es war ungefähr halb drei, als Lila zurück in unsere Kabine kam. Ich lag noch wach, mit verheulten Augen, und verfluchte diesen verdammten Abend.

Zunächst bemerkte sie nicht, dass ich noch nicht schlief, summte leise vor sich hin, während sie sich aus den lila Volants schälte. Ich bewegte mich nicht, starrte an die Zimmerwand, hoffte, dass sie nichts merkte. Doch so einfach ließ sie sich nicht täuschen.

»Sophie? Du bist ja noch wach?«, stieß sie überrascht aus und ließ sich auf meinen Bettrand plumpsen.

»Oh, wie schön! Ich muss mit jemandem quatschen, sonst

platze ich! Stell dir vor, er hat mich geküsst!«, sagte sie, aber es klang nicht so jubelnd wie damals, als sie von ihrem und Ralphs erstem Kuss erzählt hatte.

Ich musste nicht raten, von wem sie sprach. Ich schluckte meinen Kloß im Hals hinunter, wischte mir rasch die Tränen von den Wangen, setzte mich auf und bemühte mich meine Haare ins Gesicht zu streichen, damit man meine verquollenen Augen nicht sah. Dann setzte ich mein bestes Lächeln auf.

»Oliver? Wie schön. Wie?«, fragte ich dann, weil es die Pflicht einer besten Freundin ist, so etwas zu fragen, auch wenn einem momentan absolut nicht danach ist, die Lovestory seiner Freundin zu hören.

Und dann legte sie los. Ich bekam nur die Hälfte mit, so schnell plapperte sie alles herunter. Lila konnte reden wie ein Maschinengewehr und bombardierte mich buchstäblich mit ihrer Erzählung. Kurz gefasst, Oliver hatte sie während des Balls beiseitegenommen, sie in den Christbaumwald geführt, der für solch romantische Vorhaben ja geradezu prädestiniert war, und sie dort neben einer golden funkelnden Tanne geküsst. Auf meine einfache Frage, ob die beiden jetzt ein Paar waren, antwortete Lila mit einer Salve von Ausflüchten. Sie wusste es anscheinend nicht so richtig und druckste herum. Ralph erwähnte sie dabei mit keinem Wort, obwohl ich ihr genau ansah, dass er mit ein Grund war, weshalb sie Olivers Gefühle für sie nicht so erwidern konnte, wie er sich das wahrscheinlich wünschte. Dann fielen ihr meine roten Augen auf, sie wurde stutzig und hakte vorsichtig nach.

Da war es vorbei und die Tränen flossen wieder von Neuem. Unter Schluchzern, den Kopf in ihren Schoß gebettet, erzählte ich ihr von unserem Beinahe-Kuss an Deck.

Sie lächelte. »Aber, aber, das ist doch kein Grund, so zu weinen! Im Gegenteil, er wollte dich küssen! Das ist doch ein Grund zu feiern!«

»Aber ... aber ... dann ... dann ... hätte ... hätte er sich nicht von dieser Zicke wegziehen lassen!« Ich konnte vor Schluchzern kaum sprechen und brach sofort wieder in Tränen aus.

Sie streichelte mir beruhigend den Kopf.

»Jetzt schlaf erst einmal eine Nacht darüber. Ich bin sicher, Taylor kommt dich morgen besuchen.«

Darauf vertraute ich schließlich und fand irgendwann in einen unruhigen Schlaf.

* * *

Aber Lila lag falsch. Weder am ersten Weihnachtstag noch am zweiten ließ er sich blicken. Nicht in meiner Kabine und auch nicht am Tisch der Lehrkräfte oder Seeker.

»Verdammt, das ist ein Schiff! Er kann doch nicht einfach so verschwinden!«, sagte ich einmal mehr zu mir selbst als zu Lila und Oliver, die mir gegenüber am Frühstückstisch saßen.

Doch die beiden bekamen meine Flüche nur mit einem halben Ohr mit, so waren sie miteinander beschäftigt. Immer wieder warfen sie sich heimliche Blicke zu, wurden rot, sahen beiseite, nur um kurz darauf wieder die Augen des anderen zu suchen. Mike, der ebenfalls mit von der Partie war, nippte lustlos an seiner Tasse Kaffee.

Irgendwann beugte sich Lila zu mir und flüsterte mir leise etwas zu. Sie wirkte dabei sehr nachdenklich.

»Sophie, ich finde das Ganze recht merkwürdig.« Sie nahm einen tiefen Schluck. »Ich meine, überleg doch, Taylor verschwindet an Samhain, keiner findet auch nur die leiseste Spur von ihm und jetzt taucht er so mir nichts, dir nichts hier auf, verhält sich merkwürdig und verschwindet genauso schnell wieder.«

»Worauf willst du hinaus?« Ich zog die Stirn in Falten.

Sie riss die Augenbrauen hoch und beugte sich noch weiter über den Tisch. »Was, wenn er ein Spion der Shuk ist?«

»Was?«, stieß ich entrüstet aus und sie warf mir einen warnenden Blick zu. Oliver und Mike sahen uns stirnrunzelnd an, konnten aber unsere jetzt geflüsterte Unterhaltung nicht mitverfolgen.

»Wer sagt dir denn, dass er nicht von den Shuk gefangen genommen wurde, sie sein Gedächtnis verdreht haben und er jetzt über dich an Frisch-Gezeichnete herankommen will? Hast du ihn gefragt, wie er überhaupt aufs Schiff kam? Finde ich auch sehr merkwürdig, dass niemand sonst auf dem Ball ihn bemerkt zu haben schien. Ich meine, hallo, es ist Taylor Tayugan und niemand – bis auf uns – flippt vor Freude und Überraschung aus, ihn wiederzusehen?«

Ich runzelte die Stirn, schwieg, machte mir meine eigenen Gedanken darüber. Es war natürlich eine ungeheuerliche Unterstellung von Lila, aber andererseits … Wenn ich es genau bedachte, war es in der Tat merkwürdig, dass er einfach so hier erschien, als wäre nichts gewesen, mir etwas von irgendeiner Organisation erzählte, die ihn gerettet hatte, dabei mehr herumdruckste und vieles offenbar verschwieg und jetzt wieder wie vom Erdboden verschluckt war.

Aber es war Taylor! Mein Taylor!

Ich schüttelte vehement den Kopf. Nein, ich weigerte mich, das zu glauben!

* * *

Einen Tag vor Silvester bekam ich Taylor endlich wieder zu Gesicht und unser Aufeinandertreffen war auch eher zufällig.

Ich war unten an der Rezeption, um etwas von meinen hart erarbeiteten Schulleistungen in bares Geld umzuwandeln, als er einfach so ein paar Schalter neben mir auftauchte. Er schien sehr in Eile, seine Haare waren zerzaust, seine Kleidung ein wenig zerknittert und – konnte es sein – schwitzte er?

»In welcher Stückelung möchtest du dein Geld?«, fragte mich die Rezeptionistin, doch ich reagierte gar nicht.

»Check-out bitte«, sagte Taylor hastig und fuhr sich nervös durch das Haar.

»Hallo?«, sagte die ganz in Rosé gekleidete Fairy mir gegenüber.

»Wie? Was?« Ich sah sie erschrocken an.

»Welche Stückelung? Wie du die Münzen aufgeteilt haben möchtest«, fragte sie etwas milder.

»Ach so, egal«, murmelte ich und beobachtete Taylor, wie er hektisch in seiner Tasche kramte. Er reichte der ihm gegenüberstehenden abwartenden Fairy einen kleinen Kristall, nickte höflich und wandte sich zum Gehen. Dann fiel sein Blick auf mich. Er schluckte, zögerte, wollte sich umdrehen, weggehen und entschied sich dann jedoch dafür, langsam auf mich zuzugehen.

Mein Herz setzte einen Moment aus, um dann loszurasen.

»Sophie«, begann er zögernd.

»Hier, deine Münzen.« Das war die Rezeptionistin, die mit meinem Geld zurückkam. »Oh, hallo, Taylor«, fügte sie mit bezauberndem Lächeln an ihn gewandt hinzu und ich verdrehte genervt die Augen. Gab es eigentlich irgendeine Fairy-Dame an Bord, die ihn nicht kannte oder attraktiv fand?

»Danke«, sagte ich, nahm die sonnen- und mondförmigen Münzen, ohne nachzuzählen, und steckte sie in meine Geldbörse.

»Ich hab wenig Zeit«, sagte Taylor, an mich gewandt.

»Was du nicht sagst«, erwiderte ich.

Wir gingen ein paar Schritte nebeneinander her und stoppten in einer Nische.

»Die ... Organisation braucht mich«, erklärte er schließlich geheimnisvoll.

»Aha«, sagte ich nur.

»Ja, sie ... sie haben sich bei mir gemeldet. Ein Notfall. Ich werde abgeholt.«

»Aha.«

»Sophie, was da oben an Deck passiert ...«

»Fast passiert!«, korrigierte ich.

»Ja, fast passiert wäre«, sagte er, sichtlich nervös, strich sich schon wieder durchs Haar. »Hör zu ...«

»Vergessen wirs«, fuhr ich dazwischen, plötzlich aggressiv.

»Wie?« Er sah mich verwundert an.

»Vergessen wirs«, wiederholte ich und wunderte mich selbst, was da plötzlich in mich fuhr.

»Oh ... okay«, stammelte er und es kam mir vor, als fühlte er sich überrumpelt.

»Ja, dann«, begann er von Neuem.

»Ja, dann«, wiederholte ich.

»Bis bald«, sagte er. Es sah aus, als wollte er mich umarmen, dann zog er sich jedoch zurück, winkte stumpf und drehte sich weg von mir. Ich verfluchte mich selbst und hätte mich am liebsten geohrfeigt. Was war bloß los mit mir?

Dann besann er sich jedoch eines Besseren und kehrte zu mir zurück.

»Hör zu, Sophie«, begann er, jetzt mit fester Stimme. »Du bist mir wirklich sehr, sehr wichtig und ich würde nichts lieber, als mit dir Silvester feiern und ...«, er lächelte mich fast schon schüchtern an, »... noch einmal einen Spaziergang an Deck mit dir wagen. Aber ich muss wirklich gehen.«

Ich nickte einfach nur, unfähig mich zu bewegen oder etwas zu sagen.

Er umarmte mich zögerlich und flüsterte mir ins Ohr: »An Beltane bin ich wieder bei dir.«

Dann drückte er einen kurzen, zögerlichen Kuss auf meine Wange, drehte sich um und verließ die Lobby.

Ich blieb wie angewurzelt stehen, berührte vorsichtig die Stelle in meinem Gesicht, aus Angst, ich könnte dieses Kribbeln einfach so wegwischen, das Taylors Kuss dort hinterlassen hatte, und blickte ihm verwirrt nach. Etwas in mir hüpfte auf und ab wie ein Gummiball: mein Herz. Aber etwas anderes in mir mahnte mich zur Vorsicht. Konnte ich Taylor überhaupt noch trauen?

KAPITEL 2

Die Zeit verging wie im Flug und mit rasenden Schritten näherten wir uns Beltane. Ich dachte oft an Taylor, der wieder komplett von der Bildfläche verschwunden war, und ertappte mich manchmal sogar bei dem Gedanken, ob ich mir nicht vielleicht die Begegnung mit ihm an Weihnachten nur eingebildet hatte.

Doch mir blieb nicht viel Zeit, um näher über ihn, sein merkwürdiges Verhalten und Lilas Thesen nachzudenken, denn der Unterricht und die Vorbereitungszirkeleinheiten für Beltane ließen mir kaum Raum für andere Tätigkeiten. Wir trainierten von morgens bis abends unsere Elementarkräfte, büffelten die Geschichte der Fairies, attackierten uns in den Verteidigungszirkeln und übten Schutzzauber. Die Zirkelstunden waren zudem bis auf den späten Nachmittag ausgedehnt worden, sodass ich mir bald vorkam wie eine Maschine, die nichts anderes tat als schlafen, essen, lernen und trainieren.

Eines Abends kehrte ich gerade von einer späten Feuereinheit bei Fancy zurück und entschied mich, noch ein wenig an Deck frische Luft zu schnappen, wenigstens für eine halbe Stunde, als ich sie entdeckte. Claire, meine alte Kabinenbewohnerin, saß gedankenverloren in einem großen, breiten Korbstuhl und blickte blass und mit ernstem Gesicht auf den Boden. Mit den Händen umklammerte sie eine Tasse mit dampfendem Inhalt.

Ich zögerte, überlegte, ob ich weitergehen oder mich zu ihr setzen sollte. Bei Claire wusste man in der letzten Zeit nicht, wie man sich ihr gegenüber verhalten sollte. Doch sie war immerhin meine alte Freundin, die mir schon so oft geholfen hatte. Also trat ich zögernd neben sie und sprach sie an.

»Claire? – Alles in Ordnung?«

Sie bewegte sich nicht, starrte einfach weiterhin zu Boden. Ich wollte schon erneut ansetzen, da regte sie sich, blinzelte und sah zu mir auf.

Ich erschrak. Sie war nicht einfach nur blass, sie wirkte kalkweiß um die Nase und ihre Augen waren rot und verquollen, als hätte sie stundenlang geweint.

Bestürzt ging ich in die Knie und legte ihr eine Hand auf die Knie.

»Was ist denn passiert?«, fragte ich und sie senkte den Kopf, zuckte kurz mit den Schultern.

Dann rieb sie sich über die Stirn, atmete kurz durch und erwiderte: »Ich schaffe die Schule nicht.«

Ich runzelte die Stirn, überlegte, ob ich ihre Worte wohl richtig verstanden hatte.

»Wie, du schaffst die Schule nicht?«

Sie stieß ein Lachen aus, das mehr wie ein Husten oder Krächzen klang.

»Ich bin bereits durch sämtliche Prüfungen gefallen und das Jahr hat gerade erst begonnen. Und meine Leistungen werden immer schlechter.«

Besorgt setzte ich mich in einen Stuhl neben sie und versuchte ihr Mut zu machen.

»Genau wie du sagst, das Jahr hat doch gerade erst begonnen. Du kannst das alles wieder aufholen. Du bist doch eine gute Schülerin, Claire, und so eine begabte Fairy!«

Doch sie schüttelte den Kopf.

»Du verstehst das nicht, Sophie. – Ich ... ich will einfach nicht mehr.«

Ich stutzte, überlegte erneut.

»Wie, du willst nicht mehr? Aber, Claire, du wirst doch jetzt nicht aufgeben? Du stehst so kurz vor dem Abschluss!«

Doch sie schüttelte einfach nur den Kopf und blickte wieder resigniert zu Boden.

»Für mich macht alles keinen Sinn mehr, seit ... seit ...« Sie brach ab, legte den Kopf in die Hand.

Ich sah sie besorgt an, wollte ihr am liebsten über die schönen blonden Locken streichen, ihr sagen, dass alles gut würde und sie nur wieder zu sich selbst finden musste, aber hierbei waren bereits die geschulten Fairy-Heiler und Psychiater gescheitert.

»Claire, du wolltest doch immer eine Seekerin werden, so wie Taylor, und jungen, noch ungezeichneten Fairies die Schönheit unserer Welt zeigen. Willst du das denn alles aufgeben?«

Claire rührte sich nicht.

»Was soll dann aus dir werden, wenn du abbrichst?«

Sie zuckte mit den Schultern. »Viele Fairies, die den Abschluss nicht schaffen, sind trotzdem glücklich. Ich könnte unten in den Boutiquen arbeiten.«

Ich seufzte und zog die Augenbrauen hoch. »Was? Zusammen mit den Seeker-Studentinnen?«

Taylor hatte mir einmal gesagt, dass fast alle Fairy-Studenten, die eine Ausbildung zum Seeker, zur Desideria, zum Defenderre oder sonst einem magischen Beruf begonnen hatten, während der Semesterferien auf den Akademien jobbten, um sich die doch recht teure Weiterbildung leisten zu können. Er selbst hatte das glücklicherweise nicht gemusst, da er als absolutes Ausnahmetalent Jahrgangsbester geworden war und daher bereits als Akademieabgänger sozusagen im Geld geschwommen hatte. Noch nie war mir in den Sinn gekommen, dass es auch Schüler gab, die den normalen Abschluss an den Akademien nicht schafften, und wie ihre Laufbahn sich dann wohl gestaltete. Natürlich konnte ich mir Claire gut als Verkäuferin in einer der Boutiquen vorstellen, die alte Claire zumindest, gar keine Frage, nur ob sie auf Dauer in diesem Beruf glücklich wäre?

Claire indessen grübelte über meinen letzten Satz nach und zuckte lustlos die Schultern.

»Ich kann nichts Schlechtes an diesem Beruf finden.«

»Claire, bitte handle nicht unüberlegt«, versuchte ich sie noch einmal zu überreden. »Wirf deine Träume nicht über Bord. Mach die Ausbildung an der Fairytale zu Ende, bewirb dich an einer Seeker-Akademie und dann kannst du ja in den Semesterferien hier in den Boutiquen jobben.«

Doch sie zuckte nur mit den Schultern.

»Du willst doch bloß, dass ich an deiner Beltane-Zeremonie dabei bin.«

Ich schluckte eine zornige Bemerkung hinunter, konnte mir einen bissigen Unterton allerdings nicht verkneifen.

»Nein, Claire, das will ich nicht. Ehrlich? Es ist mir sogar mittlerweile herzlich egal, wer dort alles zugegen ist, solange es keine Shuk sind. Aber mir ist nicht egal, wie du dich gehen lässt, nur weil Brian ...«

Jetzt war ich zu weit gegangen.

Sie sprang auf. Ihre Tasse fiel ihr aus den Händen und die Scherben verteilten sich um ihre Füße. Sie beachtete es nicht. Sie hatte die Hände zu Fäusten geballt und starrte mich wütend an.

»Geh! Geh einfach! Wir haben uns nichts mehr zu sagen!«

Ich schluckte schwer.

Doch ich erwiderte nichts mehr darauf, drehte mich um und ging. An der Glastür, die zu den Aufzügen führte, drehte ich mich noch einmal zu ihr um, nur um zu sehen, dass sie die Scherben melancholisch betrachtete, als wären sie ein magisches Omen, und sich dann wieder kraftlos in ihren Sessel fallen ließ.

Ich blieb stehen, überlegte, ob ich zurückgehen und wieder mit ihr reden sollte, schüttelte dann aber traurig den Kopf. Die Wahrheit war, mit Claire konnte man nicht mehr reden. Aus ihrem tiefschwarzen Loch der Trauer konnte sie sich nur noch allein herausziehen. Alle waren bei dem Versuch, ihr zu helfen, gescheitert. Vielleicht musste sie diesen harten Weg gehen, um zu begreifen, dass ihr Leben nicht gemeinsam mit Brian verschwunden war und sie einem Neuanfang einfach nur eine Chance geben musste.

* * *

»Wir nähern uns mit großen Schritten dem wohl bedeutendsten Moment in Ihrem Leben als Fairy.«

Wir saßen in Miss Ishantis Vorbereitungszirkel für Beltane wie üblich in der Weltraumdimension und lauschten mehr oder weniger gebannt ihrem Vortrag.

»Ausnahmslos alle Fairies erinnern sich an ihre Beltane-Zeremonie, an das Gefühl, wie sich der Körper verwandelt, wie man zu jemand anderem wird.«

Die Lehrerin blickte fast schon träumerisch in den sternenübersäten Himmel und machte einen Moment Pause, in Gedanken wahrscheinlich bei ihrer Verwandlung.

Als sie sich jedoch wieder an ihren Zirkel wandte, war ihre Miene ernst.

»Allerdings kommt danach eine Phase, die für viele von Ihnen sehr anstrengend und mühsam sein wird. Eine Phase, in der sich Ihr Charakter, ja Ihr gesamtes Wesen neu finden muss.«

Erneut folgte eine Pause. Eine fast schon beängstigende, spannungsgeladene Stille legte sich über die Dimension.

»Die Fairy, die in Ihnen erwacht, hat einen ganz eigenen

Charakter, ein eigenes Wesen, und das wird in Ihren Handlungen und Gefühlen zum Ausdruck kommen, zunächst vollkommen unbewusst, und Sie werden denken: Was ist denn heute mit mir los? Habe ich einen schlechten Tag? Aber es ist die Fairy, die Ihr Denken und Handeln beeinflusst. Ihre größte Aufgabe wird fortan sein, aus sich selbst und Ihrer Fairy-Seele eine Einheit zu bilden, mit eigenem Charakter. Daran werden wir in den kommenden Jahren arbeiten, aber Sie alle werden diese Herausforderung meistern, wie schon so viele vor Ihnen.«

Ein mulmiges Gefühl machte sich in meiner Magengrube breit. Was, wenn meine Fairy eingebildet und egoistisch war und ich diese Eigenschaften von ihr übernahm? Würden sich meine jetzigen Freunde dann von mir abwenden? Und was wäre mit Taylor? Würde er einer veränderten Sophie dieselben Gefühle entgegenbringen wie jetzt? Taylor, immer wieder Taylor!

Ich schüttelte meinen Kopf, um meine wirren Gedanken zu vertreiben.

Ich muss aufhören mich selbst in den Wahnsinn zu spekulieren!, sagte ich mir. Am besten positiv denken und alles in Ruhe abwarten. Vielleicht änderte sich ja auch nichts, oder zumindest nicht viel.

Aber es gab noch einen anderen Grund, weshalb wir alle dem Beltane-Fest mittlerweile mit zitternden Knien entgegensahen.

Je näher Beltane rückte, desto schärfer wurden die Sicherheitsvorkehrungen an Bord und umso mehr wurden uns wieder die Geschehnisse von Samhain ins Gedächtnis gerufen, sei es im Fernsehen oder im Unterricht. Mir kam es vor, als wären die Lehrer noch strenger mit uns, noch härter, forderten uns noch mehr, brachten uns an unsere Grenzen. Gerade nach den anstrengenden Einheiten, wie dem Feuerunterricht oder simplem Ausdauertraining, war ich oft so am Ende, dass ich mich nach der Schule erst einmal aufs Ohr legen musste, um ein wenig zu verschnaufen. Lila ging es nicht anders.

Sobald man den Fernseher anknipste und auf einen der Fairy-Sender zappte, sah man nur eines: vergangene Berichte über Samhain, meist in Verbindung mit Nachrichtensprechern, die dann seltsame Blicke in die Kamera warfen und die Frage stellten: »Was wird uns an Beltane erwarten?«

Ich war der Meinung, die aufgestockten Seeker- und Defenderre-Armeen würden einen Anschlag schon zu verhindern wissen und die Shuk waren sicher nicht so dämlich, schon wieder an einem für uns so ereignisreichen Fest zuzuschlagen, vor allem dann nicht, wenn alle bereits damit rechneten. Nein, die Shuk würden dann angreifen, wenn man es am wenigsten von ihnen erwartete. Außerdem hatten sicher auch sie Verluste hinnehmen müssen und würden sich vielleicht noch einige Monate mehr Zeit lassen, um sich zu sammeln und weiter vorzubereiten.

Was mir Sorgen bereitete, war Lila. Je näher Beltane rückte, umso unruhiger wurde sie, hatte Albträume und lag oft stundenlang wach im Bett, aus Angst, erneut von einem quälenden Traum heimgesucht zu werden. Der Hintergrund war einfach: Sie hatte immer noch die besten Noten von allen, war ein Naturtalent – nicht zu vergessen eine Vierfach-Elementarierin – und das machte sie in ihren eigenen Augen zu dem begehrtesten Ziel der Shuk überhaupt. Nicht umsonst hatten sie vor knapp einem halben Jahr versucht, über einen seltsamen, magischen Drogendealer an sie heranzukommen. Lilas Nerven waren zum Zerreißen gespannt und sie hatte solche Panik. Ich gab mein Bestes, um sie zu beruhigen, ihr Mut zuzusprechen, aber die Träume blieben.

* * *

Ich schlug die Augen auf. Es war der Morgen des dreißigsten April und ich war aufgeregt wie ein kleines Mädchen. Heute legten wir an Beltana an, der magischen Insel, auf der unsere große Zeremonie noch am selben Abend stattfinden würde. Darauf wartete ich, seit ich gezeichnet worden war. Schon seit Tagen befanden wir uns in einem Gewässer mit milden, fast schon sommerlichen Temperaturen um die fünfundzwanzig Grad und es wurde von Tag zu Tag heißer. Ich hatte die Hoffnung, dass Beltana eventuell eine Tropeninsel mit weißen Sandstränden, tiefgrünen Palmen und aquamarinblauem klaren Meer war. Auf jeden Fall stand die Insel für das Symbol von Wasser und Erde, wie wir in den Zirkeleinheiten gelernt hatten; aber anders als von Samhana, von der man uns sagte, die Insel würde aus einem Vulkan bestehen, wussten wir hier nicht, was genau uns erwartete.

Zu gern hätte ich einen Blick aus dem Fenster geworfen,

vielleicht konnte man bereits die Silhouette der Insel erkennen. Doch aus unserer Innenkabine war das schlecht möglich. Alles, was wir sahen, war ein überdimensionales Bild von einem Clownfisch, das über den Kopfenden unserer Betten hing und uns dämlich anzugrinsen schien. Lila hatte es dort aufgehängt, damit es uns jeden Morgen den Tag erheiterte.

Sie schlief noch und ich ließ ihr die Ruhe. Sie hatte heute Nacht wieder einen Albtraum gehabt, hatte sich unruhig im Bett von links nach rechts gewälzt und war schließlich keuchend und vollkommen verstört aufgewacht. Ich hatte sie zwar beruhigen können, aber an Schlaf war dann die nächste Stunde nicht mehr zu denken gewesen.

Ich fuhr nach oben auf Deck 15 und wollte zur Reling eilen, stoppte dann jedoch. Außer mir hatten wohl noch gefühlte tausend andere Schüler die glorreiche Idee, das Anlegen von oben mit ansehen zu wollen. In mehreren Reihen standen sie vor dem Eisengeländer, dicht an dicht gedrängt – ein Durchkommen nach vorn: unmöglich. Ich seufzte frustriert, ließ die Arme hängen und schlenderte weiter in Richtung Café de Paris. Hier war ich mit meiner Clique selten, da es sich um ein eher edleres Café mit gesalzenen Preisen handelte. Der schwarz-weiß karierte Teppichboden sah immer aus, als wäre er frisch gereinigt, die kleinen runden Tische stets mit silbern glänzenden Tischdecken gedeckt, drum herum die tiefrot gepolsterten, lehnenlosen Sessel. Die einzelnen Sitzgruppen wurden von kunstvollen, verspiegelten und silbern glänzenden Statuen voneinander getrennt, hatten jedoch alle einen wunderschönen Blick aufs offene Meer. Und natürlich war hier ebenfalls die Hölle los. Ausnahmslos alle Tische waren besetzt mit Mädchen und Jungen, die ihre Nase an die Scheiben klebten.

Ich erspähte einen freien Hocker an der Bar und nahm darauf Platz. Eine gefühlte Ewigkeit wurde ich von niemandem beachtet, dann erschien eine junge Kellnerin und fragte mich, ob ich etwas trinken wolle. Ich bestellte einen Kaffee, drehte meinen Hocker um und versuchte an den vielen Köpfen vorbei einen Blick auf die Insel zu erhaschen.

Wenig später kam die Bedienung wieder, stellte die Tasse mit der dampfenden dunklen Flüssigkeit vor mir ab und warf mir dann einen strahlenden Blick zu.

»Heute dein großer Tag, was?«, fragte sie und wischte vor mir über die glänzende Tischplatte.

Ich nickte seufzend und sie lächelte mich aufmunternd an.

»Schön! Oh, ich erinnere mich noch genau an meine Beltane-Zeremonie! Als das Wasser über meinen Körper lief und die Schmerzen aufhörten, wie ich merkte, dass mein Körper sich veränderte ...«

Sie stoppte, als sie mein entgeistertes Gesicht sah.

»Schmerzen?«, fragte ich und spürte, wie meine Gesichtszüge entgleisten.

»Hups«, kicherte sie. »Die heißen Details werden euch ja immer verschwiegen. Ich doofe Plappertante.«

Sie hielt sich die Hand vor den Mund, zwinkerte mir aber zu.

»Ich bin ja der Meinung, ihr Frischlinge solltet ruhig wissen, was da auf euch zukommt, aber … sorry, ich werd' den Lehrern nicht in den Rücken fallen.«

Damit zwinkerte sie mir noch einmal zu und stöckelte davon.

Na prima, wenn ich vorhin noch nicht richtig nervös war, dann aber jetzt.

Blöde Kuh, schoss es mir durch den Kopf, während ich ihr nachblickte. Was hatte sie gesagt? Schmerzen? Kein Lehrer hatte je mit einem Wort erwähnt, dass wir bei der Verwandlung Schmerzen haben würden. Wieder warf ich ihr einen Blick zu, wie sie soeben fünf Fairyjungen, die sich um einen winzigen Tisch dicht aneinanderdrängten, abkassierte. Wahrscheinlich war sie einfach nur frustriert, weil sie womöglich keinen Akademieabschluss erhalten und jetzt hier ihren Unterhalt als Kellnerin verdingen musste. Unwillkürlich dachte ich an Claire. Was, wenn sie auch einmal so enden würde?

* * *

»Ach, die wollte dich nur verunsichern. Das Wasser, mit dem wir sozusagen getauft werden, ist dazu da, die Schmerzen zu lindern«, erklärte Lila nüchtern, als ich ihr wenig später in unserer Kabine von meinem Gespräch erzählte.

Mir klappte die Kinnlade herunter. »Wie? Du weißt von den Schmerzen? Woher? Haben wir das mal in den Zirkeleinheiten durchgenommen? Ich kann mich gar nicht erinnern.«

Sie schüttelte den Kopf, während sie irgendeine Schönheitscreme in ihr Gesicht einmassierte. »Das weiß ich von Claire.« Sie runzelte kurz die Stirn und fügte dann mit traurigem Unterton hinzu: »Von der alten Claire. In den Einheiten wollen sie uns nicht beunruhigen – blöd, wenn du mich fragst.«

Sie machte eine kleine Pause und klopfte eine weitere Creme unter ihre Augen.

»Und was hat Claire dir genau erzählt und wieso weiß ich nichts davon? Immerhin habe ich einmal mit ihr eine Kabine geteilt.«

Sie zuckte die Schultern. »Keine Ahnung, vielleicht hat sich das bei euch einfach nie ergeben. Ich für meinen Teil habe einfach bei ihr nachgefragt, weil ich es genau wissen wollte, was bei der Beltane-Zeremonie passiert.«

»Und was passiert genau?«

Mann, wieso ließ sie sich das alles aus der Nase ziehen? Lila hielt inne, atmete tief ein und aus und sah mich an. Dann zuckte sie entschuldigend mit den Schultern.

»Na ja, ganz genau weiß ich es auch nicht, weil Claire es mir ja eigentlich nicht sagen durfte. Ich weiß nur so viel, dass es wohl auf der Insel so etwas wie ein riesiges Taufbecken gibt, in das wir getaucht werden, und wir uns dann verwandeln. Eigentlich sind die Transformationen ja anscheinend richtig schmerzvoll, aber durch dieses besondere Wasser, das die Fairies in den letzten Jahrhunderten entwickelt haben, merkt man nichts davon. Nur am Anfang, wenn's losgeht, wohl so ein Kribbeln.«

Ich sah sie sprachlos an. Wie konnte sie so ruhig und gelassen sein? Gestern und vor allem in der Nacht war sie noch das reinste Nervenbündel gewesen und heute erzählte sie mir in aller Ruhe, dass sie ziemlich genau wusste, was sie erwartete. Mir schwante Böses. Ich legte den Kopf schief und sah Lila prüfend an.

»Hast du was eingenommen?«, fragte ich dann und legte den Kopf schief.

Sie sah mich mit großen Augen an. »Wie kommst du denn da drauf?«

Lila war eine schlechte Schauspielerin. Sie sah mir nicht in die Augen, begann leicht zu zittern und versuchte vom Thema abzulenken. »Hast du Taylor schon gesehen?«

»Lila«, sagte ich mit ruhiger Stimme, aber strengem Unterton. »Hast du was zur Beruhigung genommen?«

Sie schwieg einen Moment und begann dann wie wild ihre Haare zu kämmen.

»Lila!«, wiederholte ich laut.

Sie zuckte zusammen. »Schon möglich«, gab sie dann kleinlaut zu und ich seufzte.

»Was hast du genommen?«

Sie deutete auf ein paar kleine Perlen, die auf ihrem Nachttisch in einer Schale lagen. Auf den ersten Blick hätte man sie für Dekoration handeln können.

»Lila – du solltest es doch besser wissen. Diese Dinger sind gefährlich! Woher hast du die überhaupt? Muss ich dich an Jack'Oh erinnern? Wer weiß, was Fairy-Tabletten mit einer Frisch-Gezeichneten anstellen!«

»Versteh doch, Sophie«, begann Lila und sah mich verzweifelt an. »Ich stehe die Zeremonie sonst nicht durch. Jede Nacht diese Albträume! Was ist, wenn die Shuk auftauchen und mich mitnehmen? Außerdem bin ich allen immer noch ein riesiges Rätsel als Vierfach-Elementarierin. Was, wenn die einen Fehler gemacht haben und ich erwache als Tanian? Es kommt mir immer vor, als starrten mich alle so seltsam an! Vielleicht gehe ich in Flammen auf bei der Zeremonie, wie das eine Mädchen, von dem uns Miss Ishanti mal erzählt hat, du weißt schon, das als Tanian hätte erwachen sollen!«

Ich sah die Angst in ihren Augen, ging zu ihr und nahm sie in den Arm.

»Ich versteh dich doch«, versuchte ich sie zu beruhigen. »Ich bin ja selbst auch wahnsinnig nervös.«

»Du? Du hast doch nichts zu befürchten«, stieß sie schniefend hervor und ich spürte Tränen auf meinem T-Shirt. »Du bist mittelmäßig, aus dir wird sicher eine begabte, schöne, ganz normale Fairy.«

Ich lächelte und strich ihr über den Kopf. »Danke – mittelmäßig.«

»Aber es stimmt doch. Du und Oliver und Mike, ihr seid alle mittelmäßig, ihr werdet nicht mit Argusaugen überwacht und beobachtet …«

Da klopfte es an der Tür und Lila hielt inne. Wir sahen einander an, dann ging ich zur Tür und öffnete. Drei große, gut gekleidete Fairies mit tollen Hochsteckfrisuren traten ein und musterten uns lächelnd. Um ihre Augen und auf ihren

Wangen lag ein subtiles Funkeln und Glitzern, obwohl ich kein Make-up erkennen konnte.

Auf unsere verwirrten Gesichtsausdrücke hin stellten sie sich als Rosalie, Marion und Lukaria vor. Sie würden uns helfen uns für die Zeremonie entsprechend in Szene zu setzen. Gott, die hatten wir ja vollkommen vergessen! Miss Ishanti hatte uns erklärt, dass wir an unserem großen Tag von professionellen Fairies eingekleidet und unterstützt werden würden, und unser Team machte sich auch gleich an die Arbeit. Uns wurden die Haare gewaschen, geschnitten, die Augenbrauen gezupft, Fingernägel geschnitten, gefeilt, lackiert, ebenso die Fußnägel. Beine, Achseln und sogar die Bikinizone wurden gewachst (diese Schmerzen würde ich wohl so schnell nicht vergessen!) und unsere Körper mit duftenden Ölen eingerieben. Wir hatten erwartet, dass uns diese Leute schminken und übermäßig stylen würden, doch stattdessen ließen sie unsere Gesichter so natürlich wie möglich. Mir wurden nicht einmal die Wimpern getuscht. Der Hintergrund war denkbar einfach.

»Ihr sollt bei der Zeremonie so erscheinen, wie ihr seid. Natürlich, ohne Make-up und sonstigen Schnickschnack«, erklärte Rosalie und überprüfte mit zusammengezogenen Lippen ihr Werk.

Lila und ich steckten in seltsamen weißen Roben, die wie die Kutten von Kommunionkindern aussahen. Nur waren diese hier blütenweiß, strahlten fast von innen heraus, als wäre irgendwo eine brennende Neonröhre versteckt, waren weit ausgeschnitten und hatten sogar eine Art Schleppe.

Ich sah mich prüfend im Spiegel an.

Hm, eine Mischung aus Prinzessin Leia aus *Star Wars* (wegen des Kleides) und Hermine Granger aus *Harry Potter* (wegen der Löwenmähne, die wirr mein Gesicht umkräuselte). Dazu trug ich wunderschöne große Lilien im offenen Haar und eine glänzende Perlenkette.

Neben mir drehte und wendete sich Lila. Sie sah ähnlich aus wie ich, ungeschminkt, ein wenig glänzend von dem Körperöl und mit leicht zerzausten, offenen Haaren.

»Weiß ist so gar nicht meine Farbe«, sagte sie mit gerunzelter Stirn und ich grinste.

»Na komm schon, wir müssen los zu den Meditationen. – Außerdem bin ich so gespannt auf die Insel!«

* * *

Wenig später betraten wir das Festland und standen erst einmal vor einer riesigen, mehrere Meter hohen und sehr massiven Steinmauer, die nur von einem großen hölzernen Tor unterbrochen wurde, das im Moment offen stand und vor dem sich bereits eine lange Schlange wartender Fairies gebildet hatte.

Hinter uns, in dem kleinen Hafen, lagen wieder die anderen Schiffe der Akademie-Flotte vor Anker und brachten laufend neue Schülerinnen, Fairies und andere, die uns Frisch-Gezeichneten, die wir uns nun durch unsere blütenweißen Roben noch deutlicher von den anderen abzeichneten, neugierig musterten.

Lila deutete nach oben und ich sah auf der Mauer Männer und Frauen patrouillieren.

»Sie haben die Wachen aufgestockt.«

Ich nickte. »Sehr vernünftig.«

»Komm, wir reihen uns da bei den anderen Frisch-Gezeichneten ein«, sagte sie und zog mich am Ärmel hinter sich her.

Die Warteschlangen vor den Toren waren unendlich und ich hatte das Gefühl, als würden wir selbst in unserer Schlange, die bevorzugt behandelt wurde, überhaupt nicht vorankommen. Dazu war es brütend heiß und ich bereute es sehr, keinen Sonnenschirm mitgenommen zu haben. Die Sonne stand hoch am Himmel und kein noch so kleines Wölkchen wollte ihre erbarmungslosen Hitzestrahlen lindern.

Ich tupfte mir zum wiederholten Male den Schweiß von der Stirn.

»Wenn das so weitergeht, ist mein ganzes glänzendes Körperöl bald weggeschwitzt«, jammerte ich, grinste aber.

»Das wäre zumindest ein Lichtblick«, sagte Lila und grinste zurück. Dabei warf sie einen gequälten Blick auf ihre glänzenden Arme. »Aber mit Sicherheit werden wir vor der Zeremonie noch einmal überprüft! Ah, da sind Oliver und Mike!« Sie hüpfte aufgeregt und winkte den beiden zu, die ein paar Meter vor uns in der Schlange standen.

Wir ernteten aufgebrachte und verärgerte Rufe, vereinzelt wurden wir sogar angerempelt, als wir uns – nachdem uns die beiden zu sich gewunken hatten – auf den Weg nach vorn machten.

»Eigentlich dränge ich mich ja nicht gerne vor«, sagte Lila und warf theatralisch den Kopf in den Nacken (wie viele von diesen Perlen hatte sie genommen?). »Aber wenn es heißt, ein bisschen in den Schatten zu kommen ...«

Sie grinste Oliver breit an, der das Grinsen erwiderte.

Die beiden befanden sich tatsächlich im Schatten, nämlich in dem, den die Mauern und die beiden Tore auf das Kopfsteinpflaster warfen, durch das vereinzelt Grashalme und Moos wuchsen.

Ich stellte mich auf die Zehenspitzen und versuchte einen Blick hinter die Tore zu werfen. Alles, was ich jedoch sehen konnte, war grünes, dichtes Gewächs sowie die Köpfe von unzähligen Fairies, die sich ihren Weg hinein in dieses Gestrüpp bahnten.

»Sieht aus wie ein Dschungel«, meinte Mike. »Hörst du das Geschrei? Da drin scheinen wahnsinnig viele Affen und Vögel und sonstige Wildtiere zu leben.«

Seine Aussage beruhigte mich nicht wirklich, brachte mich aber dazu, genauer nach vorne zu lauschen. Und tatsächlich, man hörte das wilde Schreien von Äffchen, die wohl durch die Baumwipfel sausten, das Krächzen von Papageien und anderer Vögel, sowie das Schnauben und Stampfen größerer, am Boden lebender Tiere – wobei, Letzteres könnte natürlich auch von den vielen Fairies stammen und ich konnte mir ein kleines Grinsen bei meinem letzten Gedanken nicht verkneifen.

* * *

Etwa zwei Stunden später – ich konnte mich schon fast nicht mehr auf den Beinen halten – passierten wir endlich über eine sehr intensive Kontrolle die Eingangstore. Defenderre hatten unsere Pruebas auf magische Weise gescannt, unsere Körper zusätzlich abgetastet und erneut gescannt, damit sich keine Shuk in falschen Körpern einschleichen konnten. Das ganze Screening für jeden Einzelnen zog sich gefühlt endlos hin und erklärte nun, warum es am Eingang so schleppend vorwärtsging.

Oliver zog einen grünen Kristall hervor, den uns die Screening-Defenderre ausgehändigt hatten und der uns die gesamte Insel von oben inklusive aller Wege mithilfe einer kleinen Projektion zeigte, wenn man sie im richtigen Winkel ins Sonnenlicht hielt.

Die dicke Steinmauer war um das gesamte Eiland angelegt und wurde nur an einer Stelle durchbrochen, nämlich an den eben durchschrittenen Toren.

Dann folgte in der Tat fast undurchdringbarer Dschungel. Ein kleiner Waldgnom, oder was auch immer das kleine grauhaarige Männchen an der Wegbiegung darstellte, informierte über gefährliche Insekten (an einer Art Pavillon gab es sämtliche Abwehrkristalle und Schutznetze zu kaufen), wilde Tiere, die sich jedoch vorwiegend in der Nacht zeigten (ein weiterer Pavillon verkaufte Bücher, die verrieten, wie man sich am besten vor ihnen schützte, und vor den Affen, die mittlerweile wussten, wie man den Fairies Essen und sonstige interessante Dinge wie beispielsweise Schmuck und die wertvollen Datenträgerkristalle von oben klaute – auch hierfür gab es einen Pavillon, der über gewisse geheime Abwehrtricks informierte). Ein breiter Weg, auf dem wir uns momentan befanden, führte jedoch sicher durch das dichte Gestrüpp ins Innere der Insel, wo, laut Karte, die »Quelle der Verwandlung« lag. Wir Frisch-Gezeichneten hätten uns gerne die ganze tropische Insel mit all ihren exotischen Pflanzen, Wasserfällen, Palmen und Lianen angesehen (ich war allein schon von dem bisschen, was ich bisher gesehen hatte, absolut fasziniert), doch wir mussten an einem kleinen Pfad rechts abbiegen, der zu den Meditationsräumen führte.

Diese Räume waren einzelne, orientalisch wirkende Pavillons, erbaut aus weißem Marmor, die über verschlungene und mit bunten Mosaiksteinen ausgelegte Pfade zu erreichen waren. Feine, weiße Seidenvorhänge hingen zwischen den verschnörkelten Säulen und dicker, ebenfalls weißer Stoff bedeckte die nach oben spitz und golden zulaufenden Dächer. Kleine weiße Kissen luden innen zum Meditieren ein; im Kreis umringten sie eine weiße Säule mit einer Wasserschale, kristallinen Steinen und vielen Räucherstäbchen. Das Summen von Klangschalen erfüllte die Luft und rückte das Schreien der Tiere in den Hintergrund. Es war hier sowieso bei Weitem ruhiger als vorne an der Hauptstraße.

Einzelne Lehrkräfte sowie weitere Soldaten waren vor jedem Pavillon postiert und musterten mit strengem Blick jeden Schüler, der den Eingang durchquerte.

Lila und ich traten zu dem Pavillon, vor dem sich Miss Ishanti aufgebaut hatte und uns aufmunternd durchwinkte. Innen nahmen wir auf je einem Kissen Platz und sahen uns erst einmal um. Fast alle Kissen waren bereits mit Schülern besetzt, die wir aus unseren Kursen kannten. Mein Blick fiel auf Tanja, alias Barbie, die mir gegenübersaß und Lila böse anstarrte. Wir wussten nicht, wieso, aber in den letzten Monaten, seit dem Verschwinden ihrer beiden besten Freundinnen (Melody war an Samhain getötet und Susanna von den Shuk verschleppt worden), hatte sie einen regelrechten Hass auf uns und vor allem auf Lila entwickelt. Waren es vorher einfach nur böse Sticheleien, die sie uns an den Kopf geworfen hatte, so waren es jetzt ernst gemeinte regelrechte Hetztiraden, die sie uns nachschrie.

»Wenn Blicke töten könnten«, flüsterte Lila neben mir und ich nickte, senkte den Blick und betrachtete voller Bewunderung den schönen Boden, in den geschwungene Linien in allen Tönen von Blau, Grün, Violett und vereinzelt Gold und Silber eingearbeitet waren. Nachdem auch die letzten Kissen besetzt waren, unser Zirkel vollständig vertreten war, trat auch Miss Ishanti ein und entzündete die Räucherstäbchen inmitten des Raumes.

»Diese Meditation am bedeutendsten Tag Ihres Lebens als Fairy soll Ihnen bereits vorab helfen, mit sich und Ihrer inneren Fairy in Einklang zu kommen. Sie wird Ihnen helfen, die Aufregung, Nervosität sowie alle Ängste und Sorgen hinter sich zu lassen, um sich ganz dem zu öffnen, was Sie heute Abend erwartet. Bitte schließen Sie jetzt die Augen.«

Wir taten wie uns geheißen. Mich eingeschlossen, obwohl ich Angst vor jeglicher Art von Meditation hatte, einfach aus dem Grund, weil ich wusste, dass mein Unterbewusstsein in so einer Situation gerne die Oberhand gewann und ich wieder in einen der gefürchteten Alb- oder Tagträume abdriften könnte. Doch diesmal geschah nichts. Ich konzentrierte mich auf mein Innerstes, ließ meinen Körper entsprechend dem leisen Singsang von Miss Ishanti schwer werden und sank immer tiefer ab in mein Unterbewusstsein.

Wir schaffen alle unsere Herausforderungen, wenn wir nur zusammenhalten. Du musst mir nur vertrauen, sagte da eine Stimme in mir und ich erschrak, aber nicht vor Angst. Die Stimme war schön, hell und rein, wie die eines Engels. Sie hallte in meinem Kopf wider und gab mir Halt und Selbstvertrauen.

So gestärkt erwachte ich aus meiner Meditation und lächelte unwillkürlich. Allgemeines Gekicher erwartete mich, als ich langsam wieder Herr meiner Sinne wurde und in viele Gesichter blickte, die mich erheitert ansahen.

Ich schaute zu Lila, die mich ebenfalls anlächelte.

»Was ist?«, fragte ich.

Sie grinste. »Du warst so weggetreten, dass du immer wieder gesagt hast *Ja, wir schaffen das! Ja, wir schaffen das* – wie ein Roboter. Und dann hast du laut geschnarcht.«

Ich lief rot an und versteckte mein Gesicht in meinen Handflächen. »O Gott – wo ist das Loch, in das ich versinken kann!«

»Schsch – Ruhe bitte!«, tönte Miss Ishantis klare Stimme durch den kleinen Raum und langsam legte sich das Gekicher und Getuschel. »Es ist gut, wenn Sie sich so fallen lassen können, Sophie«, meinte sie aufmunternd zu mir. »Ich bin mir sicher, Sie meistern Ihre Herausforderung mit Bravour.«

Ich sah sie stirnrunzelnd an. Warum Herausforderung? Wir würden doch nur von ein bisschen Wasser beträufelt werden und uns dann verwandeln? Warum sprachen immer alle von Schmerzen und großer Aufgabe und so?

»Weil es nicht einfach darum geht, wunderschön aus der Zeremonie hervorzugehen«, antwortete Lila mir, nachdem Miss Ishanti kurz den Pavillon verlassen hatte, um Erfrischungen für ihre Schüler zu holen, und ich die Gelegenheit nutzte, um meiner Freundin diese Fragen zu stellen. »Es geht vielmehr darum, seine eigene Persönlichkeit zu entwickeln und sich nicht von den Gefühlen und Empfindungen, die deine Fairy dir aufdrücken will, überwältigen zu lassen.«

»Aufdrücken? Du meinst …«

»Ja«, sagte die harte Stimme unserer Lehrerin hinter uns, die soeben mit einem Tablett voller Gläser zurückkehrte, die alle mit einer klaren Flüssigkeit gefüllt waren. »Wir haben es bereits mehrmals im Unterricht behandelt, weil es ja genau darum geht, sich zu einer Fairy zu wandeln. Aber besonders heute, an Ihrem großen Tag, möchte ich noch einmal darauf eingehen. Die frisch erweckte Fairy wird versuchen, die Kontrolle über Sie, über Ihre Empfindungen, Gefühle, Reaktionen zu bekommen. Wenn Sie nicht lernen, sich dagegen zu wehren und damit auseinanderzusetzen, werden Sie langsam, aber sicher zu einer anderen Person – einer Person, die mehr Ihrer Fairy gleicht als Ihnen. Das muss nicht schlecht sein, wenn die Fairy Ihrer Persönlichkeit gleicht, kann aber zu einem großen Problem werden, wenn Sie sich von Grund auf unterscheiden. Wird beispielsweise eine selbstbewusste, aufbrausende Fairy im Körper eines schüchternen, zurückhaltenden Mädchens wiedergeboren, was denken Sie, wessen Persönlichkeit wird sich wohl durchsetzen?«

Alle schwiegen, da die Antwort klar auf der Hand lag. Miss Ishanti nickte.

»Der Meinung bin ich auch. Das soll Sie aber nicht beunruhigen, eher anspornen. Denn wie ich schon im Unterricht sagte, daran werden wir in den kommenden Jahren bis zum Ende Ihrer Ausbildung arbeiten: aus Ihnen und Ihrer Fairy ein neues Wesen mit individuellem Charakter und einzigartigen Fähigkeiten zu formen. Sie können sich vollkommen auf den heutigen Abend einlassen und vor allem eines: sich freuen! Und damit sind wir schon bei meinem eigentlichen Punkt: dem Ablauf.«

Sie begann die Wassergläser zu verteilen.

»Wir werden uns hier treffen, zum Einbruch der Dämmerung um 18 Uhr. Dann werden wir – nach Akademien unterteilt – mit Fackeln zur Quelle gehen, an der ich und einige andere Schulleiter ein paar Willkommensworte sprechen werden. Anschließend ...«

»Verzeihen Sie, Miss Ishanti«, wurde die Lehrerin von einer kleinen, zierlichen Frisch-Gezeichneten unterbrochen, die in einer der Ecken saß und ihren dünnen Finger hob.

»Ja?« Miss Ishanti zog die Augenbrauen hoch.

»Ich bin eigentlich von der MS Arkadia und erst seit Samhain hier auf der Fairytale. Mit welcher Schule muss ich einlaufen?«

Miss Ishanti lächelte. »Mit deiner aktuellen Akademie, der MS Fairytale. Wie ich schon sagte, an der Quelle werde ich einige Willkommensworte sprechen. Danach werden die zwölf Zeremonienmeister eintreffen, die eure Verwandlung genauestens überwachen werden. Anschließend werden auch die Urfairies erscheinen. Die Präsidentin befindet sich bereits an der Quelle, denn sie wird noch vor unserer Ankunft Begrüßungsworte an das Publikum richten.«

Sie machte eine kleine Pause.

»Tja, und dann beginnen die Taufen, schön geordnet nach den Akademien. Jede Einzelne von Ihnen wird nach vorne treten, von den Zeremonienmeistern mit dem magischen Wasser benetzt, damit die Verwandlung beginnen kann. Sobald diese abgeschlossen ist, werden Sie von einem der bereitstehenden Seeker in einen separaten Bereich gebracht, in dem Sie sich erst einmal mit Ihrem neuen Körper und den neuen Empfindungen vertraut machen können. – Noch Fragen?«

Mein Gehirn war wie leer gefegt durch das simple Wort »Seeker« und alle Gedanken, die mir vorher durch den Kopf geschossen waren, schienen einfach verpufft zu sein. Stattdessen drehten sie sich jetzt um nur einen Gedanken: Würde Taylor mich nach der Verwandlung abholen? In meinem Bauch flatterten tausend Schmetterlinge, überall kribbelte es und mein Herz galoppierte. Es könnte natürlich auch sein, dass Frankie mich besuchen kam. Bei dem Gedanken an ihn machte sich ein drückendes Gefühl in mir breit. Ich hatte seit unserem Telefonat nach Samhain nichts mehr von ihm gehört. Gerne hätte ich ihm eine Nachricht zukommen lassen, wusste aber nicht, wo genau er sich befand. Inständig hoffte ich, ihn heute Abend zu sehen, mit ihm über ein freudiges Ereignis, meine Verwandlung, sprechen zu können. Vielleicht half ihm das und er konnte die Trauer um Natascha und sein ungeborenes Kind für einen kurzen Augenblick vergessen?

Nur am Rande bekam ich mit, wie meine Klassenkameradinnen ihre Fragen an Miss Ishanti stellten, wie diese geduldig alle beantwortete, dann die Meditation und Vorbereitungszeremonie für beendet erklärte und uns mit den Worten »Viel Erfolg!« wieder in den Dschungel entließ.

Als ich neben Lila aus dem Pavillon trat – stießen wir mit Tanja zusammen, die einen anderen Ausgang genommen hatte und sich uns nun von rechts näherte.

»Mann, pass doch auf«, murmelte Lila und rieb sich den Ellenbogen. Dann erst bemerkte sie, mit wem sie da zusammengestoßen war.

»Na, Fliederhackfresse«, sagte Tanja zwischen zusammengebissenen Zähnen und bitterbösem Gesichtsausdruck. »Schon nervös?«

»Nein«, entgegnete Lila mit fester Stimme, sah jedoch bei Weitem nicht so selbstsicher aus, wie sie sich gab.

»An deiner Stelle würde ich mir in die Hosen machen«, gab Tanja höhnisch zurück. »In ein paar Stunden werden sie erkennen, dass Tanian in dir steckt, und du wirst in Flammen aufgehen, oder noch besser, du wirst gleich an Ort und Stelle auf einem Scheiterhaufen verbrannt!«

Sie lachte böse und starrte Lila unverwandt giftig an.

»Pass du bloß lieber auf, als wer du erwachst!«, fuhr ich sie an, packte Lila und zerrte sie hinter mir her.

»Ich weiß nicht, was in diese blöde Nuss gefahren ist, aber …«

»Ich denke, sie ist eifersüchtig«, unterbrach mich Lila mit nachdenklicher, leiser Stimme.

Ich zog die Augenbrauen hoch. »Wie? Was?«, fragte ich dann entsetzt.

»Na ja.« Lila zuckte mit den Schultern und wir bogen auf den großen Weg ein, der laut Karte zur Arena der Quelle führte. »Sie hat all ihre Freundinnen an Samhain verloren. Und wir haben noch uns beide.«

»Ja, aber wir haben auch Verluste hinnehmen müssen! Natascha zum Beispiel! Und wir haben Ralph verloren!« Ich wurde ungewollt etwas lauter.

»Ja schon, und das ist vielleicht noch viel schlimmer für sie. Ich denke …«

»Was denkst du?«

»Ich denke, sie könnte vielleicht ernsthaftes Interesse an Ralph gehabt haben und nun ist auch er …« Sie brach ab, schluckte und sah zu Boden.

Ich seufzte, atmete einmal tief durch und legte den Arm um sie. Gemeinsam dachten wir an unseren Freund. Was wohl aus ihm geworden war? Ob er noch lebte? Oder schon tot war? Und was war wohl besser für ihn?

»Ach herrje, wir haben ja gleich halb sechs!«, stieß ich aus, als ich zufällig einen Blick auf Lilas kleine, schmale Armbanduhr warf, und wischte mir verstohlen eine Träne aus dem Augenwinkel. »Sagtest du nicht, die wollten noch mal sehen, ob wir uns nach dem Ölbad von heute Morgen groß verändert haben?«

»Hm.« Lila kratzte sich verlegen am Hinterkopf. »Keine Ahnung.«

Wir lächelten uns an.

»Wie seh ich aus?«, fragten wir dann wie aus einem Mund.

»Ganz passabel«, neckte Lila mich und ich gab ihr einen freundschaftlichen Klaps.

»Im Ernst!«, warnte ich sie.

»Gut natürlich, was dachtest du denn. Und ich?«

»Herrlich lila und violett, mit Ausnahme deiner weißen Robe natürlich«, gab ich wahrheitsgetreu zurück.

Sie seufzte. »Na ja, ich bin ja schon froh, dass sie meine Haare einigermaßen in Ruhe gelassen haben und mir lila Blumen ins Haar gesteckt haben. Das ist schon was, angesichts von diesem blass machenden, schrecklichen Weiß.«

Sie zupfte an ihrer Kutte herum und ich lachte.

»Wollen wir uns die Quelle genauer ansehen?«

Ich nickte, hakte mich bei ihr unter und gemeinsam wollten wir uns gerade unter die Menge mischen, die ins Innere der Insel strömte, der Quelle der Verwandlung entgegen. Doch wir kamen nicht sehr weit. Miss Ishanti hielt uns zurück, neben ihr standen unsere Rosalie, Marion und Lukaria, die Bürsten und Kämme bereits mit euphorischem Lächeln in den Händen haltend. Wir seufzten. Dann würden wir die Quelle doch erst bei der Zeremonie zum ersten Mal sehen.

* * *

Um Punkt 18 Uhr abends versammelten wir uns wieder gemeinsam mit den anderen Frisch-Gezeichneten bei den Meditationspavillons und die Aufregung war bereits jetzt fast mit Händen zu greifen. Überall wurde erregt getuschelt, wild gestikuliert, nervös gelacht.

Ich merkte, wie ich zitterte, und verspürte ein aufgeregtes Kribbeln in meiner Magengegend. Lila neben mir hielt sich an meinem Unterarm fest und ich merkte, wie schwitzig ihre Handflächen waren.

»Es wird alles gut«, sagte ich beruhigend zu ihr.

Sie nickte, meinte dann jedoch mit zusammengebissenen Lippen: »Und was, wenn nicht? Was, wenn ich vielleicht doch Tanian bin?«

Ich umarmte sie. »Dann bist du immer noch meine Freundin. Keine Ahnung, vielleicht brennen wir in einem Schlauchboot zusammen durch! Was weiß ich! Eines weiß ich sicher, ich bin und bleibe deine Freundin – egal, wer wir nach der Zeremonie sind!«

Sie lächelte und wischte sich eine kleine Träne aus dem Gesicht.

»Danke dir.«

»So«, nickte ich. »Aber jetzt sollten wir uns freuen. Schließlich haben wir den größten Abend in unserer gesamten Fairy-Geschichte vor uns! Was meinst du, was die Jungen für Augen machen werden, wenn sie uns verwandelt wiedersehen! Ich bin schon so gespannt, wie meine Fairy sein wird, was für ein Wesen sie ist!«

Da erschien Miss Ishanti in einer umwerfend schönen, blutroten Robe. Ihre langen dunkelbraunen Locken fielen in weichen Wellen über ihren Rücken und eine lange Perlenkette legte sich in Kreisen um ihren schlanken Hals.

»Ich bitte um Ruhe«, sagte sie und winkte mit ihren rot behandschuhten Händen. »Ich hoffe, Sie sind alle so weit. Ich möchte Sie bitten, sich gemäß den Akademien in Zweierreihen hinter den Lehrkräften aufzustellen und abzuwarten, bis jeder von Ihnen eine magische Fackel in den Händen hält. Dann gehen wir gemeinsam in gleichmäßigem Tempo zur Quelle. Dort sind in den ersten Reihen Plätze für Sie reserviert, ebenfalls wieder nach Akademien unterteilt.«

Fremde Lehrer begannen brennende, blau leuchtende Fackeln auszuteilen und Lila und ich stellten uns nebeneinander auf, links und rechts von uns jeweils eines der brennenden Feuer haltend.

Es dauerte eine gefühlte Ewigkeit, bis alle Schüler und Schülerinnen mit Fackeln ausgestattet waren und sich der Zug langsam in Bewegung setzte. Ich konnte es kaum mehr erwarten, endlich die magische Quelle zu sehen.

Im schummrigen Licht der wilden Bäume des Urwalds erreichten wir bald ein weiteres, großes Tor, dessen dicke Flügel weit geöffnet waren und einen breiten, gepflasterten und seltsam leuchtenden Weg freigab, der in eine nach unten abfallende, ovale Senke führte. Als die vordersten Schüler den Eingang betraten, ertönte eine wunderschöne Melodie und die Geschwindigkeit passte sich den langsamen Paukenschlägen und imposanten Klängen des Liedes an.

Als Lila und ich an der Reihe waren und das Tor passierten, sah ich, dass der breite Weg, der hinab in die ovale Senke führte, mit bunten Mosaiksteinen in sämtlichen Blau- und Grüntönen gepflastert war, die im matten Schein der Fackeln glitzerten und glänzten. Von allen Richtungen schossen Wasserfälle in die Tiefe und ließen dazwischen Platz für die unzähligen Balkone und Emporen, auf denen die Zuschauer heftig applaudierten. Es mussten mindestens zwanzig Wasserfälle sein, die hier glitzernd nach unten stürzten.

Schüchtern sah ich mich um, während wir den anderen den langsam und stetig abfallenden und teilweise von schmalen Stufen durchbrochenen Weg hinabfolgten, und kam aus dem Staunen nicht heraus. Es war eine gigantische Arena, die vor mir in der Tiefe lag! Ich konnte das schiere Ausmaß kaum überblicken. In endlosen, halbrunden Reihen erstreckten sich nun knapp unter den Balkonen Sitzreihen über Sitzreihen aneinander, die alle nach unten abfielen und sich um das Zentrum reihten: einen großen, blau schillernden See, in den kleine Bäche mündeten, die von den Wasserfällen herrührten. In der Mitte des Sees befand sich ein großer Felsen, über den sich in alle vier Himmelsrichtungen Wasser ergoss, das wohl vom See selbst in der Mitte des Felsens aufzusteigen schien, nur um dann plätschernd zurückzufallen und die ganze Arena in blaues Licht zu tauchen, das flackernd von der Wasseroberfläche zurückgeworfen wurde und auf den Gesichtern der Zuschauer und allen Wänden tanzte.

Eine gefühlte halbe Ewigkeit später erreichten wir endlich die vordersten Sitzreihen am Ufer des kleinen Sees und ließen uns dort auf die mit blauem Samt bezogenen Stühle nieder, die mit großen, silbern verzierten Schildern mit der Aufschrift »MS Fairytale« versehen waren. Nachdem auch die letzten Schüler in ihren weißen Roben Platz genommen hatten, schritt Miss Ishanti nach vorne zu einem Rednerpult, das sich hinter einem großen Felsen versteckt hielt. Ein grelles Licht wie von einem Scheinwerfer leuchtete über ihr auf und ihr Bild erschien auf mehreren überdimensionalen Spiegeln, die überall in der Arena mehrere Meter über dem Erdboden schwebten.

»Meine lieben Fairies, liebe Lehrkräfte und vor allem liebe Frisch-Gezeichnete. Heute ist euer großer Tag, eure Zeremonie. Nach diesem Abend wird nichts mehr in eurem Leben so sein, wie es einmal war. Ihr werdet im Körper einer fremden Frau oder eines fremden Mannes erwachen, mit fremden Gefühlen, fremden Erinnerungen – und doch gemischt mit euren eigenen. Aber ich möchte mich nicht mit den Schulinhalten der vergangenen Wochen und Monate aufhalten. Diese Worte habt ihr sicher bereits zur Genüge von euren Lehrkräften gehört, die euch auf ebendiese heutige Zeremonie vorbereitet haben. Stattdessen möchte ich euch nun bitten, die Fairies herzlich in unserer Mitte willkommen zu heißen, die die Verwandlung unserer jungen Schützlinge überwachen werden, begrüßen Sie mit mir die zwölf Zeremonienmeister!«

Applaus brandete auf, der Spot auf Miss Ishanti erlosch und alles wurde in schummriges rotes Licht getaucht. Tiefe Stimmen, die eine schwere Melodie summten, erfüllten die Arena und wenig später erschienen sie: zwölf Gestalten in roten Mönchskutten, die Kapuzen tief ins Gesicht gezogen und ebenfalls wie wir magische, blau leuchtende Fackeln in den Händen haltend. Langsam, dabei bedächtig summend, schritten sie den Mosaikweg herab, spalteten sich vor dem See in zwei Sechsergruppen auf, umkreisten diesen und erschienen dann auf wundersame Weise mitten oben auf dem Felsen im Wasser. Sie sahen unheimlich aus, da man keine Gesichter unter den Kapuzen sehen konnte und die Hände in schwarzen Handschuhen steckten. Und die sollten meine Verwandlung überwachen? Ein kalter Schauer lief mir über den Rücken.

Da ertönte erneut eine schöne Melodie und der Mosaikweg wurde durch funkelnde, helle Strahlen in glänzendes Licht gehüllt, teilweise stieg sogar Nebel von den Sitzreihen auf, die direkt am Weg lagen.

Und dann erschienen sie, immer in Zweiergruppen: die Schicksalsfairies. Mächtig und imposant in goldenen und silbernen Roben schritten sie den Weg hinunter, angeführt von der ältesten, Calenleya, bis hin zur jüngsten, Ambrosora. Ich konzentrierte mich auf die elf goldenen erhöhten Stühle zur Rechten des Sees, die mehr wie Throne aussahen, damit mich keine ungewollte Zorneswelle wegen einer von ihnen erfasste, wie es so schon so oft der Fall gewesen war.

Nachdem sich Ambrosora als Letzte in die Reihen ihrer

Schwestern gesetzt hatte, gab Calenleya einem der Zeremonienmeister ein Zeichen, und eine donnernde Stimme, die uns alle ein klein wenig zusammenzucken ließ, hallte in der Arena wider.

»Ich bitte Carmen del Rey von der MS Arkadia nach vorn.«

Ich sah, wie ein kleines rothaariges Mädchen in der ersten Reihe aufschrak. Es sah aus, als würde es am liebsten in seinem Sitz verschwinden. Doch sie erhob sich mit aufgerichtetem Kopf und blickte irgendwie erhaben in die Menge. Dann schritt sie bedächtig langsam nach vorn und warf dabei immer wieder prüfende Blicke zur Seite auf die Schicksalsschwestern und nach vorne zu den zwölf Zeremonienmeistern, die sie zu sich in die Mitte des Sees winkten. Musste sie etwa zu ihnen hinüberschwimmen? Wie gebannt beobachtete ich, wie sie zögernd an den Rand des Sees trat, unschlüssig, ob sie hineingehen sollte. Sie wollte schon eine Fußspitze in das blau glitzernde Wasser tauchen, da erschienen wie aus dem Nichts zwei der verhüllten Gestalten neben ihr. Sie sprachen ein paar Worte mit ihr, Beruhigungsworte, wie ich vermutete. Dann nahmen sie sie zu sich in die Mitte. Mir stockte der Atem, als sie plötzlich verschwunden war, ich erwartete, sie drüben inmitten des Felsens wiederzusehen, aber nichts geschah. Ich beugte mich unwillkürlich nach vorn, um besser sehen zu können, was mit ihr passiert war, und atmete auf, als ihre Silhouette in der Mitte eines der tosenden Wasserfälle wieder auftauchte, links und rechts neben ihr, gut erkennbar an den nach oben spitz zulaufenden Kapuzen, die beiden Zeremonienmeister. Sämtliche Spiegel zeigten das Geschehen in Nahaufnahme, aber ihre Gesichter waren verschwommen, ausdruckslos hinter dem dichten, blau schillernden Vorhang aus Wasser.

Ein Trommelwirbel ertönte sowie eine wilde Musik aus zittrigen Geigen und Trompeten, die plötzlich verstummte, als die beiden Mönche das Mädchen an den Schulten packten und sie durch das herabfallende Wasser stießen. Sie schrie auf und mit ihr die anderen Frisch-Gezeichneten, auch ich und Lila. Wir hielten uns die Hand vor den Mund und starrten auf den Wasserfall und auf die Spiegel. Ein Licht drang von unten durch das blaue Wasser und wenig später tauchte das Mädchen wieder auf, warf ihre flammend roten Haare wie eine Meerjungfrau platschend nach hinten und rang nach Atem. Doch es war nicht mehr das schüchterne junge Mädchen von vorhin. Die junge Frau, die nun aus den Fluten stieg, war wunderschön, ihr leuchtend rotes Prueba hatte sich verändert und zeigte nun direkt neben den Augenbrauen weitere kleine, funkelnde Steine. Sie schenkte dem Publikum ein strahlendes, selbstbewusstes Lächeln über die Spiegel, sprach dann ein paar Worte mit einem der Zeremonienmeister und die donnernde Stimme verkündete: »Wir begrüßen in unseren Reihen: Carmen del Rey, erwacht als Carmen Ayuna.«

Jubelnder Beifall brandete auf, begleitet von Pfiffen und einer Fanfarenmelodie. Lichter wirbelten wie im Freudentaumel durch die gesamte Arena, die neue, wiedergeborene Fairy erschien wieder am Rand des Sees und wurde von einem bereits auf sie wartenden Fairy – vermutlich ihrem Seeker – sanft umarmt und dann aus der Arena geführt, um sich, wie man uns gesagt hatte, die nasse Robe auszuziehen und in ein neues Fairy-Gewand zu hüllen. Dabei schoss mir die Frage in den Kopf, wo sich eigentlich mein Seeker momentan aufhielt Würde wirklich Taylor kommen? Oder würde mich Frankie am Rande des Sees erwarten? Doch im wild herumschwirrenden Scheinwerferlicht konnte ich ihn nicht entdecken, und schon gar nicht, nachdem es wieder dunkel geworden war, das Publikum sich beruhigt hatte und der Zeremonienmeister einen weiteren Frisch-Gezeichneten aufrief: »Raphael Iglesias von der MS Arkadia.«

Ein schlanker, dunkelhaariger Junge mit einem dunkelblau schillernden Prueba erhob sich aus den ersten Reihen und ging selbstbewusst nach vorn. Er schien kein bisschen nervös zu sein, im Gegenteil, er warf auch noch Küsschen in sein Publikum. Auch er wurde von zwei Zeremonienmeistern hinüber zum Felsen teleportiert, die zittrige Melodie sowie der Trommelwirbel setzten ein und er stürzte durch das Wasser. Wieder das grelle blaue Licht und diesmal stieg ein junger, blasser, aber schöner Mann mit blauen – ja, ich sah richtig: blauen – Haaren aus dem kühlen Nass. Aber diese Haarfarbe machte den jungen Fairy einzigartig, irgendwie exotisch und tat seinem blendenden Aussehen keinen Abbruch. Dazu passte das dunkelblaue Prueba, das nun aussah wie ein großer Drache, ausgezeichnet.

»Wir begrüßen in unseren Reihen: Raphael Iglesias, erwacht als Raphael Drago.«

Drago winkte selbstbewusst, begleitet von Fanfaren und

dem erneut wirbelnden Scheinwerferlicht, in die Menge und wurde dann von seinem Seeker weggebracht.

So ging es im Minutentakt weiter. Immer ein Mädchen und ein Junge wurden aufgerufen, die Mönche brachten sie in die Mitte des Sees, stürzten sie ins Wasser und sie verließen das Wasser wieder als erweckte Fairies.

Je mehr Schulen aufgerufen wurden, desto hibbeliger wurde ich. Und nicht nur ich. Um mich herum sah ich blasse, zappelige Mädchen und sich nervös durch die Haare fahrende, auf die Oberschenkel trommelnde Jungen. Einige kauten auf den Unterlippen, andere kratzten in ihren Gesichtern herum, wieder andere hielten Händchen mit der Banknachbarin und zerquetschten dieser beinahe die Finger. Ich war eher vom Typ Gebannt-nach-vorne-starren-und-sich-nicht-bewegen.

Dann endlich, endlich – es war bereits gut nach 22 Uhr – wurde die MS Fairytale als eine der letzten Akademien aufgerufen.

»Wir rufen Antonia Kuhr von der MS Fairytale zu uns nach vorn«, verkündete einer der Meister und ein »Ahhh« und »Ohhh« ging durch die Reihe meiner Schule.

Ein hübsches, dunkelhaariges Mädchen mit langen, wirren Korkenzieherlocken schlängelte sich durch die Reihen ihrer Zirkelkameraden und ging mit gesenktem Blick nach vorn. Sie war in den Theoriekursen bei Miss Ishanti und eine der Schülerinnen, die nach den Ereignissen an Samhain auf die MS Fairytale gekommen waren. Ich kannte sie erst wenige Monate, aber sie war sehr nett, klug und intelligent.

Ich war so nervös wie sie wahrscheinlich selbst, als sie mit den Mönchen verschwand. Aber natürlich war die Nervosität wie immer unbegründet. Antonia stieg als kurzhaarige, flotte Fairy aus dem Wasser mit Augen so grün wie schillernde Smaragde und einem lilafarbenen Prueba, das wie eine kleine Krone zwischen ihren Augenbrauen leuchtete. Wir klatschten begeistert Beifall.

»Tanja Rouge von der MS Fairytale«, tönte die donnernde Stimme des Mönchs durch die Arena und wir verstummten.

Barbie stand auf, streckte die Nase empor und stolzierte erhobenen Hauptes nach vorn. Was einer der Zeremonienmeister zu ihr sagte, registrierte sie mit ausdrucksloser Miene und ließ sich dann willig in die Mitte des Sees teleportieren. Wenig später brach ihre Silhouette durch die herabstürzenden Fluten. Einen Moment war es ruhig, dann tauchte sie wieder auf – eine wilde Amazone mit krausen, mahagonifarbenen Locken, dunkelbraunen Augen, einem seltsam gezackten, grün-braunen Prueba und durchtrainiertem Körper. Lila und ich sahen uns an.

»Das war's dann wohl mit Barbie«, flüsterte sie mir zu und ich kicherte.

Sie hatte recht, wie eine Barbiepuppe sah Tanja nun wirklich nicht mehr aus, auch wenn sie immer noch schön war, aber auf eine ganz andere Art und Weise.

»Wir begrüßen in unseren Reihen: Tanja Rouge, erwacht als Tanja Kailandula«, sagte die Stimme und tosender Beifall erklang, verbunden mit den Fanfaren und dem Scheinwerferlicht.

»Hmpf«, kicherte Lila neben mir immer noch. »Sie ist eine Amazonenfairy – was sagt man dazu.«

Ich zuckte ebenfalls kichernd mit den Schultern und beobachtete, wie sich weitere meiner Zirkelkameraden in wunderschöne, elegante, selbstbewusste Wesen verwandelten. Ihre Haut wurde glatter, sämtliche Pickel und Unebenheiten verschwanden, ihre Gesichtszüge wurden ebenmäßig, die Haare fest, dick, glänzend, ihre Körper allesamt schlank und durchtrainiert.

Sie sind jetzt alle gesund, schoss es mir durch den Kopf, *befreit von jeglichen Krankheiten und Makeln.*

»Wir bitten Lila Rebellion nach vorn.«

»Drück mir die Daumen«, flüsterte Lila tief ein- und ausatmend neben mir und drückte mir im Aufstehen die Hand.

Ich nickte. »Alles wird gut!«

Sie lächelte und ging dann zittrig nach vorn, begleitet von einem grellen Lichtspot. Schüchtern trat sie den Zeremonienmeistern entgegen, die sie in ihre Mitte baten, mit ihr verschwanden und wenig später inmitten des Sees hinter dem Wasserfall wieder auftauchten. Der Trommelwirbel setzte ein und ich hielt vor Anspannung die Luft an, knetete meine Finger und konnte es kaum erwarten, zu erfahren, wer meine beste Freundin wirklich war. Der Trommelwirbel stoppte und sie stürzte mit einem kleinen Aufschrei hinunter und versank im Blau.

Plötzlich tauchten zwei der Defenderre auf, die uns bereits heute Morgen an der Eingangsmauer zum Dschungel kontrolliert hatten und mit Sicherheit auch jeden einzelnen

Zuschauer gescannt hatten. Was wollten die auf einmal am Rande des Sees und wieso waren sie bei den anderen Schülern nicht da gewesen? Glaubten die Fairies etwa doch, dass sich hinter der Vierfach-Elementarierin Tanian verbarg? Das konnte doch nicht deren Ernst sein? Gut, Lila war vielleicht äußerst begabt, in allem, was sie tat, aber das Feuer hatte nach wie vor eine Abneigung gegen sie, so oft sie es auch versuchte. Und selbst wenn sich in ihr die Seele der bösen Fee befand, sie konnte nicht wiedererweckt werden, das hatte Miss Ishanti mehrmals ausdrücklich betont. Wieso dann aber die Defenderre? Mir wurde schlecht, vor allem als beide in Verteidigungsposition gingen, sobald sich der Umriss einer Gestalt an der Wasseroberfläche abzeichnete.

Prustend und spuckend tauchte meine beste Freundin wenig später auf und schwamm an den Rand des kleinen Sees, wo sie vom Scheinwerferspot eingefangen wurde.

Mir stockte der Atem. Lila war ... sie war ...

Einfach nur wunderschön! Ein Traum in Violett und Lila! Ihr ohnehin schon wunderschönes, dichtes Haar schillerte jetzt in glänzenden Violett-Tönen und leuchtete irgendwie natürlich von innen heraus. Zudem war es gewachsen und erstreckte sich nun in großen Wellen bis hinab zu ihrer Taille. Ihr Prueba hatte sich ein wenig verändert, es glänzte nun noch intensiver mit weiteren Ausläufern zwischen ihren Augenbrauen. Ihr blasses Porzellangesicht passte dazu wie das einer Puppe. Ihre violetten Augen sahen sich schüchtern um, dann lächelte sie strahlend und freute sich. Und ich freute mich mit ihr.

»Wir begrüßen in unseren Reihen: Lila Rebellion, erwacht als Lila Liliané«, verkündete der Zeremonienmeister, die Defenderre entspannten sich, drehten um und kehrten an ihre Plätze zurück. Ich atmete aus. Meine Freundin war jetzt eine wunderschöne Fairy! Und keine Schicksalsfee, wie sie immer befürchtet hatte. Mein Herz klopfte wie verrückt! Ich spürte beinahe die Erleichterung und Freude, die sie sicherlich jetzt fühlte.

Eine mir unbekannte, ganz in Grün gekleidete Fairy erschien neben Lila, umarmte sie und führte sie hinter die Felsen. Ah, das musste Lilas Seekerin Green gewesen sein, kein Zweifel.

»Oliver Mangan!«

Mir wurde keine Pause gegönnt, schon stand Oliver auf, gab Mike neben sich einen Handschlag und ging nach vorn zu den bereits wartenden Mönchen.

Oliver und Mike wurden – wie konnte es auch anders sein – zu zwei wirklich toll aussehenden, sympathischen jungen Männern. Mike ließ es sich natürlich nicht nehmen, mir begeistert zuzuwinken. Von seinen paar Kilos zu viel war nun nichts mehr vorhanden. Im Gegenteil, er war wohl einige Zentimeter gewachsen und besaß nun Muskeln an Stellen, an denen sie absolut perfekt waren, an den Oberarmen vor allem und wohl auch am Bauch, der immer noch von der nun etwas zu großen und schlabberigen Robe bedeckt wurde. Ich winkte ihm schüchtern und puterrot im Gesicht zurück.

»Erica Dubless!«

Oh, jetzt wurde es interessant! Mit gebannten Augen beobachtete ich, wie sich der Fleischberg über die Reihen der Frisch-Gezeichneten nach vorne arbeitete. Nein, ich konnte mir immer noch nicht vorstellen, sie elfengleich, anmutig und schön vor mir zu sehen. Erica und diese Worte waren ein Widerspruch in sich. Etwas unwirsch, wie es einfach ihre Art war, sagte sie etwas zu dem Zeremonienmeister, der sie bereits erwartete, und verschwand mit ihm. Wenig später plumpste eine große Kugel ins Wasser – und tauchte eine gefühlte Ewigkeit nicht mehr auf. Dann jedoch, als ich schon beinahe fürchtete, sie wäre ertrunken, kroch ein kleines, zitterndes Wesen an Land. Ich riss die Augen auf. Nein, das konnte nicht ... Das war unmöglich!

Sie war auf jeden Fall kleiner als ich, so aus der Ferne schätzte ich sie auf um die ein Meter fünfzig. Sie hatte einen zierlichen, beinahe zerbrechlich wirkenden Körper, einen sehr blassen, fast weißen Porzellanteint, große dunkle Augen und ein grün schillerndes Prueba, das nun Ausläufer in Richtung der Augenbrauen besaß. Zitternd und scheu blickte sie in die Zuschauermenge. Ich lachte unwillkürlich auf. Nein, das hielt man ja im Kopf nicht aus! Das war Erica, mein Albtraum? Und insgeheim rieb ich mir in Gedanken die Hände. Der nächste Verteidigungskurs würde meine persönliche Rache an ihr sein, denn in diesem Körper war sie mir gnadenlos unterlegen!

»Wir begrüßen in unseren Reihen: Erica Dubless, erwacht als Erica Eilién.«

Dann wurde es wieder ruhig. Allzu viele Frisch-Gezeichnete waren nicht mehr übrig, da die MS Fairytale die letzte aufgerufene Schule war. Genauer gesagt, ich saß mittlerweile ziemlich verlassen in den Reihen der Frisch-Gezeichneten und spürte förmlich die Blicke der Fairies um mich herum, die alle schon gespannt waren, wer wohl aus mir schlüpfen würde. Doch ich musste mich noch gedulden, zuerst wurden noch zwei meiner Mitschüler zur Zeremonie gerufen, bevor es endlich hieß: »Wir rufen Sophie Kramer.«

Ich atmete tief ein und aus, strich meine Robe glatt und stand auf, wohl wissend, dass der Scheinwerferspot und somit die Augen aller in der Arena auf mich gerichtet waren. In den beiden großen Spiegeln konnte ich mich in Übergröße davon überzeugen, wie blass ich war und wie unsicher ich mich nach vorne arbeitete, über den glitzernden Mosaikweg am Ufer des Sees vorbei zu den wartenden Zeremonienmeistern. Sie nickten mir zu, nahmen mich in ihre Mitte, und ehe ich es überhaupt merkte, waren wir bereits auf dem Felsen inmitten des Sees. Die steinigen Stufen, die ins Innere des Felsens führten, waren mit Moos überwachsen und dementsprechend glitschig. Ich musste verdammt aufpassen, dass ich nicht abrutschte und rückwärts auf meinem Hintern landete.

»Sophie?«, fragte mich eine dunkle Stimme hinter einer der Kapuzen. Ich nahm an, es war der vorderste, mir gegenüberstehende Zeremonienmeister, der gesprochen hatte, und nickte.

Zwei weitere Kapuzenträger traten aus dem Hintergrund vor und deuteten mir mit einem Wink, zu ihnen in die Mitte zu treten und ihnen zu folgen.

Das Herz klopfte mir bis zum Hals und ich zitterte am

ganzen Körper, als ich zwischen den beiden eine schmale steinerne Treppe emporstieg und schon nach kurzer Zeit den tosenden herabfallenden Wassermassen gegenüberstand. Feuchter Nebel umhüllte mich und das Donnern der aufs Wasser aufschlagenden Gischt tilgte fast jegliches Geräusch. Umso mehr wunderte es mich, dass ich die Zeremonienmeister neben mir klar und deutlich verstehen konnte, als wären ihre Stimmen direkt in meinem Kopf.

»Keine Angst, Sophie, die Verwandlung in eine Fairy kann schmerzhaft sein, aber die Magie dieses Wassers tilgt die Schmerzen zu hundert Prozent, du brauchst dir also wirklich keine Sorgen zu machen.«

Wenn mich diese Worte hätten beruhigen sollen, so hatten sie die genau entgegengesetzte Wirkung. Mir brach der Schweiß aus und ich zitterte nun so stark, dass mir die Zähne klapperten.

»Ich ... ich ... will nicht«, hörte ich mich stottern.

»Wir sagten doch schon, keine Angst, es tut nicht weh. Wenn du den Wasservorhang durchbrichst, wird die Verwandlung ausgelöst. Der Schmerz ist also wirklich nur von kurzer Dauer. Sobald du in den See eintauchst, ist alles vergessen«, ertönte die Stimme erneut in meinem Kopf und ehe ich mich's versah, wurde mir ein Schubs gegeben und ich stürzte durch das Wasser nach unten.

Kälte umfing mich und ein Wirbel drückte mich nach unten in die Tiefe. Ich versuchte mich freizustrampeln, in Panik schlug ich um mich, konnte mich schließlich befreien und an die Wasseroberfläche kämpfen. Dort schnappte ich lautstark nach Luft, spuckte und prustete und wischte mir das Nass aus dem Gesicht. Das Ganze war so schnell gegangen, dass ich gar nicht bemerkt hatte, wie ich mich verwandelt hatte – von Schmerzen ebenfalls keine Spur. Ich lächelte und versuchte einen Blick auf die Spiegel zu erhaschen, auf denen mein neues Aussehen zu betrachten sein würde. Dann schoss mir eine Frage durch den Kopf? Wer war ich?

Doch diese Frage geriet jäh in Vergessenheit angesichts des Entsetzens in den Gesichtern der Zuschauer. Mein Blick wanderte erneut zu den Spiegeln und jetzt konnte ich deutlich das Gesicht erkennen, das dort in Übergröße abgebildet war.

Vielmehr sah ich mich – so wie ich vor der Verwandlung ausgesehen hatte, was bedeutete, ich hatte mich nicht verwandelt!

Aufschreie gingen durch die Menge, ich sah, wie die Defenderre und Soldaten aufsprangen und den See umzingelten, in dem ich mich immer noch befand; bereit, mich anzugreifen.

»Was hat das zu bedeuten? Wieso hat sie sich nicht verwandelt?«, hörte ich die bekannte Stimme der Präsidentin Josephine Andrews von irgendwoher.

»Ich weiß es nicht«, erklang die ernste Antwort meiner Lehrerin, Miss Ishanti.

Ich bemerkte, wie einige der Zeremonienmeister in meiner Nähe auftauchten und mich kritisch beäugten. Die gesamte Arena war erfüllt vom lauten Stimmengewirr des durcheinanderredenden Publikums.

»Indem sich dieses Mädchen nicht verwandelt hat …«, begann einer der Zeremonienmeister und in seiner Stimme lag eine unterschwellige Drohung.

»Ich … ich … Was … was bedeutet das?«, rief ich verzweifelt aus und warf panische Blicke auf die Umstehenden.

»Leutnant Crombie«, sagte die Präsidentin bestimmend zu einem der Defenderre. »Bringen Sie sie weg.« Sie wandte sich ab, fügte dann jedoch seufzend hinzu: »Und seien Sie vorsichtig. Sie ist vielleicht eine Shuk oder noch Schlimmeres.« Ihr Blick sprach Bände und der Defenderre versteifte sich merklich. »Und beobachten Sie die Arena, es ist möglich, dass uns ein zweiter Anschlag wie an Samhain bevorsteht. Wahrscheinlich werden sie versuchen sie zu holen.«

Der Soldat nickte und gab zwei weiteren ein Zeichen, die mich, die ich immer noch schlapp am Ufer hing, an den Armen packten und grob aus dem Wasser zogen.

»Nein, nein, nein«, versuchte ich mich kläglich zu wehren und hörte, wie meine Stimme bereits einen weinerlichen Unterton angenommen hatte. »Sie verstehen nicht, das ist alles ein großes Missverständnis. Vielleicht ist bei der Zeremonie ja etwas schiefgelaufen! Miss Ishanti, Miss Ishanti, Miss Andrews, Zeremonienmeister, lassen Sie es mich doch noch einmal versuchen! Lassen Sie mich noch mal durch den Wasserfall springen!«

Doch niemand schien mir auch nur im Geringsten zuzuhören. Alle bedachten mich mit demselben kritischen, bösen, ja sogar ängstlichen Blick.

Auf den Zuschauerrängen herrschte ebenfalls Aufruhr, als

klar war, dass ich mich nicht mehr verwandeln würde und dass dort unten gerade etwas Gefährliches vor sich ging. Überall wurde getuschelt, gerufen, jeder versuchte einen genauen Blick auf mich zu erhaschen, doch ich wurde mittlerweile gut von den beiden Soldaten abgeschirmt. Sie hatten mir die Hände auf den Rücken gedreht und mit einem kratzigen Seil fest verknotet.

»Ich bitte um Ruhe«, erklang die Stimme der Präsidentin vom Rednerpult, die das Chaos unter den Zuschauern wieder unter Kontrolle bringen wollte. »Ich versichere Ihnen, es gibt keinen Grund zur Beunruhigung. Wir werden diesen kleinen ...«, sie stockte und ich war gespannt, wie sie mich und meine Anomalität nennen würde, »... Zwischenfall in den Katakomben der Quelle genauer untersuchen. Die Zeremonienmeister werden inzwischen fortfahren. Und seien Sie versichert, es ist alles in Ordnung. Sie können sich sicher fühlen.«

Wenn diese Worte die Zuschauer hätten beruhigen sollen, so lösten sie das genaue Gegenteil aus. Jetzt wurde nur noch mehr geredet, einige standen bereits auf, wollten die Arena verlassen. Ich sah Angst in den Augen vieler, denen die Erlebnisse von Samhain noch zu gut in Erinnerung waren.

»Wir rufen Tamara Kamill«, ertönte die dröhnende Stimme des Mönches durch die Arena und übertönte vorübergehend das Gemurmel und Gerede auf den Tribünen.

Mehr bekam ich nicht mehr mit, da ich unsanft um den See herumgeführt, an einem der von den Zuschauerrängen herabfallenden Wasserfälle vorbei und in einen kleinen Gang gezerrt wurde, der direkt hinter den herabstürzenden Wassermassen lag und in die Felswand hineinführte. Wenig später betraten wir einen weitläufigen, steinernen Saal, der von großen, glühenden Kugeln beleuchtet wurde, die wie kleine Sonnen im Raum schwebten und einem tiefblauen, glänzenden Fußboden, in den kleine glitzernde Kristalle eingearbeitet waren, die wie die Sterne am Firmament funkelten und strahlten. An einer Wand war ein großer, goldener Mond abgebildet und überall befanden sich kleine Spiegeltische, vor denen Fairies saßen und frisiert und gestylt wurden – es waren die eben verwandelten Frisch-Gezeichneten, die sich auf die Schlusszeremonie vorbereiteten, die gemeinsame Präsentation der erwachten Fairies in neuen, funkelnden Gewändern.

»Sophie!« Eine große Fairy in einem fliederfarbenen, weit ausstehenden Kleid mit tausend Rüschen und wallendem violettfarbenen Haar kam auf mich zu und warf mir aus ihren lila Augen einen verängstigten Blick zu. »Wie konnte das denn passieren? Wir haben es in den Spiegeln gesehen!«

Sie deutete auf überall im Saal verteilte kleine schwebende, verspiegelte Glasflächen, die das Geschehen am See wiedergaben.

Ich senkte den Blick. »Lila … ich …«

»Nicht reden! Weitergehen!« Einer der Soldaten stieß mich unsanft in die Rippen. Und an Lila gewandt sagte er: »Abstand! Sie ist gefährlich!«

»Ist sie nicht! Sie ist meine Freundin!«, empörte diese sich und trat entschieden vor.

Doch der Defenderre ignorierte sie und schubste mich weiter durch die Menge, die angstvoll einen Schritt zurückwich und mich anstarrte, nein, vielmehr angaffte. Vor allem ein Blick traf mich mit besonderer Verachtung.

Der einer wilden Amazone mit abstehendem Haar und bösartig dreinblickenden dunklen Augen und einem aus grün-braunen Steinen bestehendem, gezackten Prueba. Tanja Kailandula.

Als ich noch einmal wagte mich nach Lila umzusehen, sah ich, wie Oliver und Mike sich beschützend neben sie stellten. Oliver nahm sie in den Arm und Mike strich ihr beruhigend über den Rücken. Dann sah er mir nach, mit einer Mischung aus Trauer und Angst.

Ich zwang mich wieder nach vorn zu sehen, wo einer der Defenderre soeben mit einer Handbewegung auf den goldenen Mond zuging, der daraufhin zur Seite schwang und den Blick freigab auf eine pechschwarze, dicke Tür. Sie öffnete sich quietschend und ich wurde grob hineingeschoben, dicht gefolgt von meinen »Begleitern«. Wir befanden uns in einem kleinen Gang, der nur von grün und blau leuchtenden, großen Kristallen erhellt wurde, die in unregelmäßigen Abständen an den Wänden befestigt waren. Ich spürte den Leutnant dicht hinter mir, der mich weiterschob, viele steinerne Stufen entlang, die mal hinauf- und mal hinabführten, um Kurven und vereinzelt sogar über hölzerne Stege, die kleine Schluchten und Löcher überbrückten, bis wir schließlich über eine weitere dicke Tür im harten Felsen ins Freie gelangten.

Hier wimmelte es nur von weiß strahlenden Soldaten, die laut durcheinanderrufend hin und her eilten. Einige von ihnen registrierten den Leutnant, hielten inne und eilten schnellen Schrittes auf uns zu.

»Ihr da!«, brüllte der Leutnant den Ersten entgegen, die uns erreicht hatten. »Ihr werdet uns begleiten. Das ist womöglich eine Shuk oder eine Spionin von ihnen.«

Ich sah Angst und ungläubiges Starren in den Gesichtern der Soldaten. Sie taten jedoch wie ihnen geheißen und stapften folgsam hinter uns her, zu einem Fahrzeug, das aussah wie ein gewöhnlicher grüner Jeep.

Ich wurde unsanft auf die Rückbank gestoßen, schlug mir mehrmals den Kopf und die Ellenbogen an und wurde schließlich zwischen zwei Soldaten eingeklemmt, die mir mit ihren Blicken eindeutig klarmachten, dass sie zum Äußersten bereit waren, sollte ich auch nur einen Mucks von mir geben.

Der Leutnant und ein weiterer Mann setzten sich hinters Steuer und auf den Beifahrersitz und ratternd sprang der Jeep an. Der Fahrer legte den ersten Gang ein und schon holperte das Gefährt eine buckelige, offenbar nicht asphaltierte oder gepflasterte Straße entlang, so genau konnte ich das nicht erkennen, da ich immer wieder von meinem Sitz hochgeworfen wurde und Mühe hatte, bei den vielen Kurven und Löchern einigermaßen die Balance zu halten. Von speziellen Fairy-Fahrzeugen schienen die Soldaten wohl nichts zu halten.

Nur wenige Minuten fuhren wir so, in denen ich mich vor

Todesangst und Schock kaum rühren konnte, dann wurde das Fahrzeug langsamer und im Licht des Scheinwerferkegels tauchte eine Felsformation auf. Dunkel und bedrohlich ragten die großen steinernen Gebilde vor uns in den Himmel und wir hielten genau darauf zu. Das Geholper stoppte ruckartig und ich sah Kopfsteinpflaster, mehrere eiserne Türen und Fackelhalterungen in den Felswänden. Der Leutnant stellte den Motor ab und stieg aus, um sich den weiteren Fahrzeugen, die uns gefolgt waren, entgegenzustellen. Ich hörte viele Rufe, Stiefelgetrampel und sah schließlich, wie Feuer-Elementarier die Fackeln entzündeten.

Wir befanden uns in einer Art mittelalterlichem Innenhof, umringt von meterhohen Felswänden, von denen die Stimmen der vielen Soldaten widerhallten. Mein Herz verkrampfte sich, meine Lippen zitterten und nervös umklammerte ich meine bereits von dem rauen Seil aufgeschürften Handgelenke.

Meine beiden Banknachbarn stiegen aus, wobei einer mich mit sich zerrte, um mir kurz darauf einen Sack über den Kopf zu stülpen.

»Besser, die sieht nichts. Shuk können mit ihren Augen unsichtbare Blitze an andere Shuk aussenden, wenn sie um Hilfe rufen wollen«, verkündete er und weitere Soldaten lachten.

»Wo hast du denn den Unsinn her? Verkleb ihr doch am besten den Mund, dann kann sie auch keine Ultraschallwellen ausschicken«, lachte einer und andere fielen mit ein.

»Sie sieht mir aber gar nicht aus wie eine Shuk«, sagte derjenige, der während der Fahrt neben mir gesessen hatte. Ich erkannte ihn an seiner rauchigen, tiefen Stimme.

»Sie hat sich bei der Zeremonie nicht verwandelt und steht unter dringendem Verdacht, eine potenzielle Shuk zu sein.«

»Ich habe mitbekommen, dass sie wohl an Samhain ganz allein entkommen ist – na, wie kann das sein als Frisch-Gezeichnete? Umzingelt von Shuk? – Ganz sicher ist sie eine von ihnen und sie haben sie auf einer der Akademien eingeschleust, um unsere Ausbildungstechniken zu studieren.« Er spuckte aus. »Pfui Teufel!«

»Und was passiert jetzt mit ihr?«

»Wir sollen sie in die Kerker sperren. Die Schulleiter, Zeremonienmeister und Urfairies werden in wenigen Minuten hier sein.«

»Sollten wir sie nicht gleich töten?«, schlug wieder ein anderer vor.

»Nein«, hörte ich die laute Stimme des Leutnants. »Befehl war der Kerker. Vielleicht brauchen sie sie noch für irgendetwas. Los! Bringt sie runter!«

Bewegung kam in die Männer. Ich wurde wieder nach vorn gestoßen. Eine Tür wurde knarzend und quietschend aufgeschoben, vermutlich eine der Eisentüren, die ich vorhin kurz hatte sehen können. Muffiger und modriger Gestank schlug uns entgegen und ich hustete, genauso wie einige der Soldaten.

»Hier war wohl schon lange niemand mehr eingesperrt!«, hüstelte einer.

Die Stiefel polterten auf Stein und wieder ging es über

Stufen, dieses Mal aber ausschließlich in die Tiefe. Die Luft wurde immer stickiger und feuchter, ich hörte das Scharren von Eisenstangen über dem Boden, als wohl einige Gittertüren geöffnet wurden, um noch tiefer in die Felsenhöhlen vorzudringen.

»Unvorstellbar, dass man hier ausbrechen kann«, murmelte einer hinter mir.

»Es ist aber schon passiert«, sagte ein anderer.

»Jep, und du kannst dir sicher vorstellen, wer das war!«

Jemand schluckte. »Tanian«, brachte er dann heraus.

»Genau«, bestätigte sein Kumpan.

Wieder ertönte das quietschende Knarzen einer Eisentür.

»Hier rein!«, hörte ich das laute Bellen des Leutnants, das in den Gängen dumpf widerhallte.

Unsanft wurde ich in einen Raum gestoßen und landete auf einem kalten, nackten Steinboden.

»Und nehmt ihr den Sack ab!«, bellte er weiter.

Jemand riss mir den Stoff vom Kopf. Ich blinzelte und sah im Schein einiger magischen Fackeln die – zugegeben – schönen Gesichter männlicher Fairy-Soldaten, die mich alle mit bösen, verächtlichen Blicken von oben herab beobachteten.

»Wie eine Shuk sieht sie mir aber wirklich nicht aus«, bemerkte einer und verschränkte skeptisch die Arme vor der Brust.

»Sie ist ja auch ein Spion!«, widersprach ein anderer und stieß den vorigen unsanft in die Rippen. »Sie sieht nur so aus wie eine Frisch-Gezeichnete von uns. Wart nur ab, bis die ihre Ausbildung mit ihr abgeschlossen haben. Dann sieht sie genauso aus wie die an Samhain.«

»Ja, aber so weit kommt es nicht«, sagte der Leutnant und zog einen Schlüssel aus seiner Tasche.

»Hinaus jetzt. Eric, Matilio, ihr übernehmt die erste Wache!«, sagte er, schloss hinter mir die Eisentür und es wurde still. Leise gedämpft vernahm ich noch das Getrampel von Stiefeln, die sich immer weiter entfernten, und leises Gerede der Wachen vor der Tür. Ansonsten war ich allein.

* * *

Es war still und stockdunkel um mich herum. Ich hörte nur mein eigenes Schluchzen, durchbrochen hin und wieder von dem Gemurmel der Wachen vor der dicken Eisentür. Sie redeten manchmal miteinander, dann schwiegen sie wieder für eine Weile.

In meinem Kopf rasten die Gedanken.

Wie konnte es sein, dass ich mich nicht verwandelt hatte? Wie konnte es sein, dass ich eine Shuk war oder zumindest eine angehende Shuk und das alles nicht gewusst hatte? Nie etwas gespürt hatte? Na ja, mir kam der Abend in den Sinn, als ich beinahe Helena Ambrosora angegriffen hatte.

Konnte es tatsächlich möglich sein? War ich wirklich eine Shuk? War es Evelyn damals an der Tankstelle eventuell doch geglückt, aus mir unterbewusst eine Shuk zu machen? Aber das ergab doch alles keinen Sinn. Was hätten die Shuk denn davon, mich als Spionin einzusetzen, die ich doch überhaupt nichts an sie berichtete, geschweige denn Kontakt zu ihnen hatte?

Ich kauerte mich an eine der kalten Wände, legte Hände und Kopf auf meinen Knien ab und wiegte meinen Körper hin und her. Dabei fuhr ich mir immer wieder unkontrolliert über das Gesicht und den Mund.

Was würde mit mir geschehen? Würden sie mich töten? Nein, die Soldaten hatten gesagt, sie würden mich noch brauchen. Doch wofür? Würden sie etwas von mir wissen wollen? Doch was konnte ich schon sagen? Ich wusste doch gar nichts! Alles, was ich wusste, war, dass ich ein Mädchen war, das keine Vergangenheit mehr hatte und auch keine Zukunft. Oh, wie ich diesen Tag verfluchte, an dem mich Taylor gefunden und gezeichnet hatte!

Wie wäre mein Leben wohl verlaufen, wenn ich ihn nicht kennengelernt hätte? Ich wäre mit Lina und Jana zurück nach Deutschland gegangen, hätte meine Ausbildung angefangen, mir irgendwann vielleicht eine eigene Wohnung gekauft, vielleicht einen Freund gehabt ... wer weiß ... Doch ich hatte mich ja stattdessen für ein Leben als Fairy entscheiden müssen, für ein Luxusleben auf einer schwimmenden Schule mit der Aussicht, ein übermenschliches, magisches, gesundes Wesen zu werden. Gesund! Ich war mir ziemlich sicher, dass das Asthma früher oder später wieder zurückkehren würde, jetzt, da ich mich nicht verwandelt hatte. Es war so ein verdammter, riesiger Fehler gewesen!

Und jetzt saß ich hier, in einer finsteren Zelle, und wartete, was das Schicksal wohl noch alles für mich bereithielt.

Tränen rannen mir übers Gesicht, tropften von meinem Kinn auf die Knie und versanken dort in dem dünnen Stoff der Kutte, die ich immer noch trug und die nicht mehr ganz so blütenweiß war wie vor der Zeremonie.

Ich sah auf, schluckte. War das ein Schlüssel im Schloss? Ein Knacken, Quietschen, Gemurmel vor der Tür. Rasch wischte ich mir die Tränen aus dem Gesicht, strich mir die zerzausten Haare zurück.

Die schwere Eisentür wurde zur Seite geschoben, mir klopfte das Herz bis zum Hals. Was würden sie mit mir machen?

Das Licht eines magischen Feuers blendete mich, jemand stürzte in den Raum, sah mich, kniete nieder, hob mein Kinn an.

»O Gott, Sophie, es tut mir so leid«, sagte Taylor und nahm mich in den Arm.

Zuerst war ich einfach nur perplex, überrascht, konnte mich nicht bewegen.

Dann war es um mich geschehen, ich brach in Tränen aus, hielt mich an ihm fest, als ginge es um mein Leben. Und das war vielleicht wirklich der Fall.

Ich schämte mich, dass ich so vor ihm weinte, und konnte doch nicht aufhören.

»He, Tayugan, geh nicht so nah ran!«, hörte ich einen Soldaten von außerhalb der Zelle brüllen.

Doch Taylor reagierte nicht auf den Befehl.

»Was ... was ... haben die ... haben die mit mir ... mit mir vor?«, stammelte ich unter Schluchzern.

»Ich weiß es nicht.« Er schüttelte den Kopf und strich mir die Haare aus dem Gesicht. »Aber ich hol dich hier raus. Die … die Organisation wird schon einen Weg finden«, flüsterte er jetzt.

»Die Organisation?«, fragte ich leicht verächtlich und sah auf. »Wie mächtig sind die?«

»Sehr mächtig …«, setzte er an.

»Können sie … können sie auch eine Shuk befreien?«, fragte ich sarkastisch und die Schluchzer ebbten langsam ab.

»Ach, du bist doch keine Shuk – egal was die da draußen sagen!« Er deutete zur Tür.

Ich schüttelte den Kopf. »Egal ob Shuk oder nicht. Ich habe mich nicht verwandelt, Taylor. Ich bin auch keine Fairy. Ich gehöre nirgendwohin.«

Wieder rann eine Träne über mein Gesicht.

»Wir führen die Zeremonie erneut durch«, versuchte er mir weiter Hoffnung zu machen, doch ich schüttelte den Kopf.

»Ich habe versucht die Zeremonienmeister dazu zu bringen, aber die haben mir gar nicht zugehört. Für die ist die Sache klar. Nicht verwandelt – Shuk«, sagte ich frustriert und wischte mir wieder die Tränen aus den Augen, fest entschlossen nicht weiter zu weinen.

»Nicht unbedingt. Es ist noch nie vorgekommen, dass sich jemand an Beltane nicht verwandelt hat, und daher gehen sie einfach vom Schlimmsten aus«, erklärte er.

»Toll«, seufzte ich.

»Sophie, ich hol dich da irgendwie raus. Ich fühle mich ja

selbst auch irgendwie mitschuldig. Hätte ich dich damals in Lloret nicht gefunden ...«

»Ach, Taylor, das bringt doch jetzt nichts, dieses ganze Hätte, Wäre, Was-Wenn. Wir können es nicht mehr ändern. Und was willst du allein schon tun?«

»Ich bin nicht allein!«

»Ja, ich weiß, die Organisation!«, fuhr ich ihm dazwischen und verdrehte die Augen.

»Ja, sie ...«

»... haben sicher keine Zeit und Energie, eine Shuk zu retten. Taylor, lass es einfach.«

»Sophie.« Er rückte näher zu mir, sah mir tief in die Augen. »Ich lasse dich jetzt nicht im Stich!«

»Taylor, ich ...«, versuchte ich ihn zu unterbrechen, doch er unterbrach stattdessen mich, indem er mir den Zeigefinger sanft auf die Lippen legte.

Er umfasste mein Gesicht mit seinen großen, warmen Händen.

»Ich hole dich hier raus! Bitte, ich brauche dich«, wiederholte er noch einmal leise flehend mit eindringlichem Blick.

Mein Herz klopfte wie wild. Wie grotesk war die Situation? Ich befand mich in einem stockdunklen Kerker, sah eventuell das Tageslicht nie wieder und fühlte mich wie im siebten Himmel.

Ich spürte, wie sein Atem langsam über meine Wangen strich, er sie sanft mit seinen Lippen berührte und sie sich dann auf meine senkten. Er küsste mich zuerst nur sehr zaghaft, dann umarmte er mich fester, zog mich zu sich, sein

Kuss wurde intensiver und ich erwiderte ihn so heftig und mit einer Leidenschaft, die ich von mir selbst nicht erwartet hatte. Es war so wunderschön, dass ich alles um mich herum vergaß. Den Kerker und sogar meine Sorgen. Für einen kurzen Moment gab es nur ihn und mich, vereint in diesem einzigartigen, wunderschönen Kuss.

Dann setzten die Schmerzen ein. Zuerst war es nur ein leichter Druck im Kopf, der sich in mir ausbreitete und über mich hereinbrach wie eine Flutwelle. Die Schmerzen waren überall, in meinen Armen, meinen Beinen, meinem Kopf, meinem Bauch. Ich krümmte mich, schrie auf – es fühlte sich an, als würde ich lichterloh brennen, als würde heiße Lava über meinen Körper rinnen und jeden Millimeter meiner Haut unendlich langsam versengen. Mir brach der Schweiß aus, mein Puls raste, ich zitterte am ganzen Körper, wusste nicht, wie lange ich das noch durchhalten würde.

Wie aus der Ferne bekam ich mit, wie Männer in den Raum stürzten, sich jedoch nicht näher an mich herantrauten. Wilde Flammen züngelten um mich herum, leckten nach den Umstehenden, sodass auch Taylor, dessen entgeistertes Gesicht ich dicht in meiner Nähe ausmachte, mich nicht berühren konnte.

Es war wie ein vollkommen unwirkliches Schreckensszenario, so grausam, dass es mein logisches Denken auslöschte.

Die Schmerzen wurden immer schlimmer, fraßen sich wie Maden in mein Inneres. Ich wand mich auf dem Boden hin und her, schlug wild um mich und schrie aus Leibeskräften.

Dann erlöste mich eine Ohnmacht aus dieser Hölle.

KAPITEL 3

Als ich wieder zu mir kam, fühlte sich mein Körper an wie gerädert, schlapp und müde, sodass ich nicht einmal fähig war, die Augen zu öffnen, geschweige denn den kleinen Finger zu bewegen. Ich spürte, dass ich auf etwas Weichem lag, fühlte mich wie auf flauschigen, duftenden Wolken gebettet. Alles um mich herum war zart und unendlich bequem! Daraus schloss ich, dass ich mich wohl nicht mehr in der kalten unterirdischen Zelle befand. Ich wollte mich erneut bewegen, versuchte die Augenlider zu öffnen, doch ohne Erfolg. Sie waren so schwer wie Blei – genauso wie sich mein ganzer Körper anfühlte.

Wie aus der Ferne hörte ich plötzlich Stimmen. Zuerst dumpf und unverständlich, dann immer klarer und deutlicher. Es waren zwei, die wohl neben meiner Wolke standen und sich unterhielten. Die eine kannte ich nur zu gut, die andere war mir fremd.

»Was war da los?«, fragte Taylor und er wirkte müde und angestrengt.

Die andere Person seufzte, bevor sie antwortete. »Glaub mir, es ist nicht das erste Mal, dass sie sie töten wollten.«

Taylor schwieg, griff nach meiner Hand. Gerne hätte ich

ihm über die Finger gestrichen, seine sanfte Berührung erwidert, doch noch immer konnte ich mich keinen Millimeter bewegen.

»Wieso konnte sie sich nicht verwandeln, dort am See? Weshalb hat sie sich in den Kerkern verwandelt, ohne das magische Wasser? Kannst du mir das erklären?«

Die andere, weibliche Stimme zögerte mit ihrer Antwort.

»Ich weiß es nicht genau und kann nur Vermutungen anstellen. Als sie gemerkt hat, dass die Verwandlung bei ihr nicht funktioniert, musste sie einen anderen Weg finden. Und indem du sie geküsst hast, konnte sie sich verwandeln!«

»Ja, aber ich verstehe immer noch nicht, wie.« Ich konnte mir beinahe bildlich vorstellen, wie er neben mir saß und mich verwirrt anstarrte.

»Sie hat die einzige Lücke im Prueba-Trank-System entdeckt. Eigentlich sollte durch den Zusatz, der sich sowohl in den Tränken als auch im Wasser der magischen Quelle befindet, verhindert werden, dass sie sich verwandelt. Stattdessen hat sie sich dann einer anderen Macht bedient, wie früher die Fairies wiedererweckt wurden, nämlich durch ihr persönliches, eigenes Talent.«

»Was soll das heißen?«, fragte Taylor weiter und seine Stimme wurde lauter.

»Ganz einfach. Sie gibt die Eigenschaft der Liebe weiter. Also musste sie es nur schaffen, dass sich jemand in sie verliebt und dass derjenige sie küsst. Das ist wie im Märchen, Tayugan! Der Kuss der wahren Liebe ist einzigartig. Mit seiner Hilfe konnte sie sich verwandeln.«

Und etwas keck fügte die fremde Frau hinzu: »Du musst ganz schön verliebt in sie sein.«

Sie stieß ihn wohl in die Rippen, denn ich hörte einen kurzen Stoß und Geraschel von Kleidung, sowie Taylors Auflachen.

»Kein Kommentar«, erwiderte er nur, wurde aber sofort wieder ernst.

»Aber ich verstehe noch immer nicht, weshalb jemand verhindern wollte, dass sie wiedererwacht. Bei Tanian verstehe ich das, aber sie? Sie hat doch niemandem etwas getan!«

»Das, mein Lieber«, setzte die weibliche Person erneut seufzend an, »ist ein großes Rätsel, das es noch zu lösen gilt.«

»Und was geschieht jetzt mit ihr?«, fragte er weiter.

Doch die fremde Frau antwortete nicht und wandte sich wohl ab, denn ich hörte, wie sich Schritte entfernten.

Taylor hingegen kam etwas näher. Ich spürte, wie er sich über mich beugte und leise sagte: »Sie sieht so verändert aus, nicht mehr wie die Sophie, die ich kenne.« Er seufzte, bedauerte er es etwa? Dann jedoch fügte er noch leiser und fast schon ehrfürchtig hinzu: »Wie schön sie ist.«

»Ja«, lachte die andere Stimme auf. Sie befand sich in einiger Entfernung zu uns, vermutlich in der Nähe einer Tür, denn ich hörte das Klacken einer Klinke. »Das ist sie in der Tat. Aber lass dich bloß nicht täuschen! Sie ist wie ein wildes Pferd – wunderschön anzusehen, aber wehe, du willst es zähmen.«

Sie öffnete eine Tür, wartete. »Komm jetzt. Sie braucht Ruhe. Ihr Körper muss sich erholen.«

Taylor seufzte, stand auf und wenig später hörte ich, wie die Tür leise ins Schloss fiel.

Ich wollte aufspringen, ihm nacheilen, aber noch immer lag ich wie gelähmt da, konnte nichts weiter tun als meinen Gedanken nachhängen. Jemand hatte versucht mich zu töten, hatten sie gesagt. Nun, es war nicht schwer zu erraten, wer das wohl gewesen war. Was mich stutzig machte, sie hatten davon gesprochen, dass ich mich verwandelt hatte, mithilfe seines Kusses. Aber wer war ich? Ich fühlte mich noch genauso wie vorher, abgesehen davon, dass ich meinen Körper nicht bewegen konnte.

Ich wusste nicht, wie viel Zeit vergangen war und wie oft ich versucht hatte mich zu bewegen, ohne Erfolg.

Doch schließlich schaffte ich es, meine Augen aufzuschlagen. Licht flutete mir entgegen und ich blinzelte. Alles um mich herum war grell und verschwommen, wurde jedoch immer klarer, je mehr ich mich an die Helligkeit gewöhnte.

Die Decke über mir war mit weißen Stuck-Ornamenten verziert, ein Kronleuchter mit vielen glitzernden Steinen hing in der Raummitte. Blumenähnliche Rankenmuster zierten die vergoldeten Wände. Überall funkelte und glänzte es – kurzum, das Zimmer, in dem ich mich befand, war ein einziges schillerndes, wunderschönes Kunstwerk in Gold, Weiß und Silber.

Ich versuchte mich aufzusetzen, scheiterte jedoch und drehte mich stattdessen auf die linke Seite. Dabei stellte ich fest, dass das kuschelweiche Etwas unter mir, von dem ich gemeint hatte, es seien Wolken, Haare waren. Kastanienbraune, fast schwarze, endlos lange dicke Locken, die sich unter meinem Körper ausbreiteten. Und wie die gut dufteten! Sanft strich ich über die weichen Wellen. Dabei fielen mir meine Hände auf. Grazil, schön, elegant waren gar keine Ausdrücke dafür. Perfekte Fingernägel ohne auch nur den geringsten Makel.

Es gelang mir, mich langsam über die Seite zum Sitzen hochzurollen, und ich schob die weiße, feine Decke beiseite. Darunter kam mein Körper hervor, den ich nicht als meinen erkannte. Ich war nicht mehr ich selbst! Himmel, hatte ich dünne Beine! Und wo war mein Bäuchlein geblieben? Nichts, da war nur ein flaches, sogar relativ gut durchtrainiertes Brett mit einem Bauchnabel! Und mein Busen, der hatte sich im Gegensatz zu meinem Bauch vergrößert und brauchte nun sicherlich mindestens Körbchengröße C, nicht mehr B.

Ich trug nichts außer einem weißen BH und einem ebenfalls weißen Slip. O Gott, hoffentlich hatte mich Taylor nicht so gesehen, oder hatte er mir etwa die alte Robe aus- und diese Unterwäsche angezogen? Allein schon beim Gedanken daran schoss mir die Hitze ins Gesicht.

Ich stellte meine Beine auf dem Boden auf und betrachtete dabei verzückt meine schönen neuen Zehen und Füße.

Ich wagte es und belastete sie mit meinem Gewicht. Zwar etwas wackelig noch, aber sie trugen mich. So blieb ich ein paar Augenblicke am Rand meines Bettes stehen und hielt mich zittrig an einem der Pfosten fest. Dabei fielen mir meine langen Haare wie eine dicke Decke über den Rücken bis zu meiner Taille.

Ich schielte hinüber zu dem schmalen Standspiegel in der Ecke und konnte es kaum erwarten, einen Blick hineinzuwerfen.

Langsam, Zentimeter für Zentimeter, schob ich meine Zehen vorwärts und kam voran, Stück für Stück.

»Nur noch ein kleines Stück«, sagte ich zu mir selbst, um mich zu ermutigen, und erschrak über meine Stimme, die so gar nicht mehr zu mir passte. Sie war wie alles mittlerweile an mir: einfach nur schön.

Da stolperte ich, meine Beine knickten ein und ich landete beinahe auf der Nase, hätten mich meine Arme nicht vorher aufgefangen.

»Ah«, stieß ich aus und rieb mir meine Handflächen, die leicht aufgeschürft waren von dem rauen weißen Teppichboden, auf dem ich gelandet war.

Dann sah ich es, mein Spiegelbild, wie ich so am Boden kniete.

O – mein – Gott! Wer war das?

Eine junge Frau starrte mich aus dem Spiegel an mit eisblauen Augen, so stechend schön wie ein Aquamarin, einer Haut, leicht gebräunt, als käme sie gerade aus einem Badeurlaub, roten, perfekt geformten, vollen Lippen und einer geraden schlanken Nase. Das ebenfalls eisblaue, mit silbernen Steinen durchzogene Prueba formte jetzt ein verschnörkeltes C, das beinahe wie ein liegender Halbmond aussah und dessen obere Linien sich über meine gesamten Augenbrauen erstreckten und weitere Verästelungen angesetzt hatten, auf denen kleine silberne Steinchen glitzerten.

Wie ein Blitz schoss mir die Wahrheit in den Kopf, ich war Cayuga!

Ehe ich reagieren konnte, wurde die Klinke betätigt und die Tür geöffnet. Ich saß noch immer am Boden, bewegungslos und geschockt von der Erkenntnis, dass ich als Cayuga wiedererwacht war. Mit offenem Mund starrte ich noch immer auf mein Spiegelbild, dann auf die Person, die in der Tür stand.

Sie trug ein wallendes, einfach bombastisches Kleid in Silber, das sie umgab wie eine Wolke. Es glitzerte und funkelte in dem grellen Licht und war mit allerhand Stickereien, Perlen, Diamanten, Rüschen und Volants verziert. In diesem voluminösen Kleid steckte eine zierliche Fairy mit weißem Porzellanteint, blutroten Lippen und silbernen, großen Korkerzieherlocken, die ihr Gesicht sanft umrahmten. Ihr Prueba war ein einziges Meer aus silbernen und goldenen Steinen, das ihre gesamte Stirn bedeckte und aus dessen Mitte ein Kristall besonders hervorstach, der die Form eines gezackten Sterns besaß. In der Hand hielt sie einen glitzernden Stab, der vorn an der Spitze funkelte wie eine brennende Wunderkerze.

Ich wusste nicht, wer das war, ob sie mir gut oder schlecht gesonnen war, aber irgendwie hatte sie etwas an sich, das mich lächeln ließ.

Mit einem besorgten Blick und raschelnden Röcken eilte sie auf mich zu und half mir, mich wieder auf das Bett zu setzen, wo sie mir schnell eine Decke über die nackten Schultern warf.

»Guten Tag, Cayuga«, sagte sie dann und schenkte mir ein umwerfendes, warmes Lächeln. Ich erkannte ihre Stimme, sie war glockenhell und unverwechselbar. Sie war die Person, die zuvor mit Taylor gesprochen hatte.

»Schön, dass du endlich wach bist.« Sie ging hinüber zu einem Paar weißer, dicker Vorhänge, zog sie ein Stück weit zu und schwächte das Licht ab.

Ich sagte nichts, beobachtete sie, wie sie anschließend mit raschelnden, funkelnden Röcken um mein Bett herumschlich und mich aus allen Blickwinkeln beobachtete.

»Es ist lange her«, sagte ich ruhig und bestimmt und war selbst überrascht, dass ich überhaupt etwas gesagt hatte, da es eigentlich gar nicht meine Absicht gewesen war.

»Ein kluger Schachzug von dir, den jungen Tayugan dazu zu bringen, dich zu küssen und damit wiederzuerwecken.« Sie zwinkerte mir zu und dabei wippten ihre silbernen Korkenzieherlocken auf und ab.

Ich wollte schweigen, sagte jedoch: »Wenn du das sagst.«

»Du gibst also zu, ihn ein klein wenig ausgenutzt zu haben?«, stichelte sie, doch es klang nicht böse, eher als wollte sie mich ein wenig necken.

»Ich gebe gar nichts zu«, entgegnete ich vehement.

Sie seufzte. »Von mir aus, lassen wir die Spielchen. Ich bin darin nicht annähernd so gut wie du.«

Ich lächelte und erschrak über mein Spiegelbild, das ich nun im schräg stehenden Spiegel, den ich vorhin beim Fallen wohl leicht angestoßen hatte, sehen konnte. Das Spiel meiner Mimik und der Blick aus den eisigen schönen Augen bohrten sich regelrecht in mich hinein. Ich sah irgendwie gefährlich aus.

»Was willst du, Evangeline?«, fragte ich sie in strengem Ton, den ich mir selbst niemals zugetraut hätte. Was hatte diese glitzernde Person, die aussah, als käme sie direkt aus einem Walt-Disney-Film, mir denn getan?

»Ich will einen Moment mir dir reden – vielmehr mit dir, Sophie«, setzte sie an und legte mir besänftigend eine Hand auf den Unterarm.

Ein Ruck ging durch meinen Körper. Der Blick im Spiegel verwandelte sich. Das Durchdringende in den Eisaugen verschwand und wurde durch Unsicherheit und Angst ersetzt.

»Sophie, Cayuga ist zu stark. Sie wird deine Persönlichkeit über kurz oder lang einfach ersetzen. Du wirst dich selbst nicht mehr wiedererkennen«, sagte die Frau, die ich Evangeline genannt hatte, in ruhigem Ton und setzte sich neben mich auf die Bettkante.

Sie hatte recht, ich erkannte mich ja schon jetzt nicht mehr wieder!

»Es ist eine Sache, ob du als eine ...«, sie malte mit den Fingern Anführungszeichen in die Luft, »... normale Fairy wiedergeboren wirst. Eine ganz andere jedoch, wenn du als eine Urfairy erwachst. Du musst wissen, ich habe jahrhundertelang wiedererwachte Urfairies begleitet, sie unterrichtet, unterstützt, ihnen geholfen, wieder ein wenig wie die Person zu werden, die sie vor der Verwandlung waren.«

»Was willst du mir damit sagen?«, fragte ich in trotzigem Ton.

»Ich will damit sagen, SOPHIE, dass ich dir helfen werde, mit deiner neuen Seele zu leben.«

»Warum du? Warum werde ich nicht auf einem der Schiffe unterrichtet? Von meinen Schwestern selbst?«

Ihre Augen wurden traurig und sahen zu Boden. »Weil ... weil das nicht geht«, sagte sie schließlich.

Als sie wieder aufsah, glitzerten Tränen in ihren Augenwinkeln. »Deine Schwestern haben sich gegen dich gewandt, Cayuga. Sie werden alles tun, um dich zu töten.«

Ich presste die Lippen zusammen.

»Ja, aber das war, bevor ich als Cayuga erwachte«, widersprach ich. »Alle dachten, ich wäre eine Shuk, da ich mich nicht verwandelt habe. Das ist jetzt anders, Evangeline, ich bin jetzt Cayuga die Zwölfte.«

Falls es überhaupt möglich war, wurde Evangelines Blick noch trauriger.

»Das ist es ja. Sie wollen dich als Cayuga töten, vielleicht mehr noch, als sie die unverwandelte Sophie töten wollten. Du hättest nicht erwachen dürfen, sie haben alles dafür getan, das zu verhindern.«

Meine Gedanken rasten und ich wusste nicht, welche Frage ich zuerst stellen sollte. »Aber wieso? Ich verstehe nicht. Weshalb wollen sie mich, Cayuga, töten? ICH habe den Fluch von Tanian abgemildert, mir haben sie es zu verdanken, dass wir nicht ausgestorben sind und in anderen Wesen weiterleben können! Ich ...«

»Cayuga«, beschwichtigte mich Evangeline. »Ich verstehe dich. Ich glaube, jeder tut das. – Es muss etwas geben, wovor deine Schwestern Angst haben. So sehr, dass sie keinen anderen Ausweg wissen, als dich zu töten.«

Ich grübelte, überlegte fieberhaft. »Sie haben dem Prueba-Trank einen Zusatz beigefügt, der verhindern soll, dass sowohl Tanian als auch ich wiedererwachen können. Aber dann ist es mit Sicherheit auch möglich, dass Tanian ...«

Ich brach ab. Der Blick, den mir Evangeline zuwarf, sprach Bände.

»Ob du es glaubst oder nicht, wir – und mit Sicherheit auch deine Schwestern – beschäftigen uns seit deiner gestrigen sogenannten Wiederauferstehung mit keinem anderen Thema mehr«, meinte sie schließlich und sah zu Boden.

Ich schluckte, starrte verbissen auf meine Zehen, versuchte meine Gedanken zu ordnen. Am liebsten wäre ich aufgesprungen, im Zimmer auf und ab gewandert, aber ich blieb ruhig sitzen und überlegte, welche Fragen ich noch stellen wollte, mit welcher ich beginne sollte.

»Sag, Evangeline, als ich mich verwandelte, was ist da geschehen? Ich kann mich an nichts mehr erinnern.«

Sie strich mir sanft eine der langen Locken zurück hinter die Ohren und ich ließ es geschehen.

»Du hattest großes Glück, dass Taylor bei dir war. Glück oder weise Voraussicht?«

Sie warf mir einen durchdringenden Blick zu, den ich mit einem ebensolchen erwiderte, woraufhin sie schluckte und fortfuhr.

»Er hat dich sofort erkannt und versucht dich aus den Kerkern zu bringen. Er hat umgehend die Organisation informiert, doch es war zu spät. Deine Schwestern warteten bereits auf dich. Sie hätten dich getötet, wenn nicht ...«

Sie brach ab, seufzte, blickte zu Boden. Als sie wieder aufsah, wirkte sie wieder sehr traurig.

»Sprich weiter!«, forderte ich sie drängend auf.

»Niemand kann sich erklären, woher sie kam und weshalb sie den Urfairies gefolgt ist, aber plötzlich war sie da und warf sich schützend vor dich, sodass Taylor Tayugan mit dir fliehen konnte.«

Ich stutzte. Von wem sprach sie?

»Wer, Evangeline?« Meine Augen bohrten sich förmlich in ihre.

»Eine junge, gerade erst erwachte Fairy. Ich kenne ihren menschlichen Namen nicht, lediglich den ihrer Fairy-Seele. Es war Liliané.«

Ich schlug mir die Hände vor den Mund.

»Lila«, keuchte ich, unfähig, weiter darüber nachzudenken, was mit ihr geschehen war. Wenn sie sich zwischen mich und die Urfairies geworfen hatte, war sie höchstwahrscheinlich ... Nein, nein, nein! Das durfte nicht sein!

Plötzlich sprang ich wütend auf und raufte mir die Haare.

»Nein! Das kann doch alles nicht wahr sein! Nicht sie! Von allen Fairies nicht sie!«

Wie von Sinnen lief ich auf und ab, war so verzweifelt, wollte meiner Wut Luft machen und die Trauer nicht an mich herankommen lassen. Jetzt war mein Körper mit einem Mal stark, so stark, wie ich ihn brauchte, und nicht mehr schwach wie vorhin.

Evangeline erhob sich ebenfalls, stellte sich mir in den Weg und hielt mich sanft, aber bestimmt, an den Schultern fest.

»Ruhig, Sophie, ruhig. Du kannst nichts mehr für sie tun. Du solltest ihr danken! Sie hat ihr Leben riskiert, um dich zu schützen. Sie hat meine Hochachtung. Komm, setz dich wieder zu mir.«

Wir ließen uns beide wieder auf der Bettkante nieder. Sie umfasste sanft meinen Kopf und drückte ihn an ihre Schulter. Dann legte sie einen Arm um mich und Tränen brannten in meinen Augen.

»Sie war meine Freundin, Evangeline. Meine beste Freundin. Jetzt habe ich auch sie verloren.«

Ich dachte an Ralph und konnte nicht mehr an mich halten, begann zu schluchzen, vergrub den Kopf in ihrem Rüschenkragen und weinte.

Sie ließ mich, strich mir hin und wieder über den Kopf, wiegte mich leise hin und her, wie eine Mutter mit ihrem Kind. Ich weinte um Lila, um Ralph, um mich und meine Situation. Ich war Cayuga, eine Urfairy, und wurde gehasst und verfolgt wie Tanian und niemand konnte mir sagen, wieso!

»Du bist nicht allein. Du hast uns, die Organisation.«

Ich schluckte, stieß ein verächtliches Schnaufen aus. Da war es wieder, dieses verdammte Wort. Die Organisation. Wer waren sie? Eine Untergrundbewegung? Eine Rebellengruppierung?

Als ich diese Frage laut stellte, strich mir Evangeline wieder lächelnd über die Haare.

»Kannst du es dir nicht denken?«

Ich hob den Kopf, wischte mir eine Träne von der Wange.

»Kannst du dich überhaupt nicht erinnern?«, fragte sie weiter und sah mich an, als wollte sie direkt in meine Seele blicken.

»Versuch dich zu erinnern, Cayuga, an das erste Mal, als du hier auf der Erde erwacht bist.«

Ich grübelte, versuchte angestrengt irgendetwas in mir wachzurufen, eine Vision, einen Tagtraum, doch nichts geschah. Sonst wurde ich von diesen Erlebnissen geradezu überrannt und jetzt, wenn ich einmal eine herbeiwünschte, geschah nichts.

Ich seufzte und schüttelte den Kopf.

»Es tut mir leid, ich kann mich nicht erinnern.«

Evangeline nickte verständnisvoll. »Natürlich, du bist erst seit Kurzem eine vollwertige Fairy. Es braucht Zeit. Die Erinnerungen werden zurückkehren, früher oder später. Vielleicht nicht alle, aber alle wesentlichen. Bis dahin werde ich dir helfen. Es war im Jahre 1602, als du, Cayuga, zum ersten Mal hier auf der Erde erwacht bist.«

»Aber wie kann das sein? Auf der MS Fairytale habe ich gelernt, dass Cayuga hier auf der Erde noch nicht wiedererwacht ist. Wieso haben sie das geheim gehalten?«

»Ganz einfach«, entgegnete Evangeline und wieder legte sich ein trauriger Schleier über ihr Gesicht. »Weil deine Schwestern dich schon damals töten wollten. Sie stellten dich auf einen magischen Scheiterhaufen, um dich zu verbrennen. In deiner Qual riefst du nach Hilfe und wurdest von einem Engel erhört, einem Wesen, das uns Fairies bis dahin vollkommen unbekannt war – unsterblich, göttlich und unglaublich mächtig.«

Sie machte eine Pause, legte mir eine Hand auf die Schultern. »Na, kannst du dir jetzt denken, von wem ich spreche?«

»Azarael«, keuchte ich nur und sie nickte.

»Ja, er wurde damals auf dich aufmerksam und hat sich zum ersten Mal den Fairies gezeigt. Du musst wissen, es gibt Millionen von Engeln. Sie sind meist unsichtbar, handeln im Verborgenen, sind für den Schutz der Menschen hier in dieser Welt. Die Fairy-Welt jedoch weiß lediglich von zwölf und alle unterstehen einem: Azarael. Als die Ersten von uns hier erwachten, wurden wir natürlich von den Engeln genauestens beobachtet. Sie waren sich unschlüssig darüber, ob wir eine Bedrohung für die Menschen sind. Doch als sie sahen, dass wir uns für das Gute, für die Natur und die Menschen selbst einsetzten, dass wir versuchten ihnen zu helfen und vor allem gegen das Böse, gegen die Shuk kämpften, die ja mit uns in diese Welt gekommen waren, entschieden sie, uns in Frieden zu lassen, und mischten sich nicht in unsere Angelegenheiten ein, verbargen sich vor uns wie vor den Menschen. So lange, bis deine Schwestern entschieden eine von uns zu töten. Ein armes Geschöpf, gerade frisch erwacht, noch absolut ahnungslos, so wie du im Moment, und Azarael wusste nicht, was du verbrochen haben könntest, um von ihnen hingerichtet zu werden. Er zögerte, rang lange mit sich, ob er eingreifen sollte, erhörte jedoch letztendlich dein Flehen und zeigte sich der Fairy-Welt, indem er dich rettete.«

Ich schluckte und die vielen Träume und Visionen kamen mir in den Sinn, in denen immer Azarael vorgekommen war.

»Er wich dir seit diesem Tag nicht mehr von der Seite, lernte von dir alles über die Fairies und auch über den Fluch, der uns begleitet, wo auch immer wir erwachen. Natürlich war ihm klar, dass er nun handeln musste, da mit uns das gesamte Leben auf der Erde, ja die ganze Existenz dieser Welt auf dem Spiel steht. Aber er ging dennoch nicht gegen uns vor.«

Sie hielt inne und auf ihrem Gesicht breitete sich ein herzliches, warmes Lächeln aus.

»Aus Liebe.«

Sie strich mir sanft über die Wange. »Aus Liebe zu dir.«

Ich blieb stocksteif sitzen, mein Herz hämmerte, die Gedanken rasten.

Azarael – liebte – Cayuga.

Azarael – liebte – mich?

Die Worte hallten in meinem Kopf wider. *Aus Liebe. – Aus Liebe zu dir.*

»Ha…«, setzte ich an und meine Stimme zitterte. »Habe ich seine Liebe erwidert?«

Evangeline stieß ein leises Lachen aus. »Diese Frage kannst nur du allein beantworten. Eure gemeinsame Zeit damals war nicht von langer Dauer. Genau gesagt, gelang es einer deiner Schwestern, dich wenige Monate nach deiner Rettung in einen Hinterhalt zu locken und zu töten.«

»Ambrosora«, sagte ich plötzlich und Evangeline nickte.

»Sie war schon immer neidisch auf meine Beliebtheit

unter den Fairies für die Eigenschaft der Liebe und Fruchtbarkeit«, fuhr ich in bitterem Ton fort und mitfühlend rieb Evangeline meinen Oberarm.

»Das zweite Mal, als du wiedererwacht bist ...«

»Wie?«, unterbrach ich sie. »Ich bin noch ein weiteres Mal wiedererwacht?«

Evangeline nickte. Das wurde ja immer schöner! Im Unterricht wurde mit keiner Silbe erwähnt, dass Cayuga überhaupt je auf der Erde wiedergeboren wurde, und in Wahrheit war sie bereits mehrmals erwacht und ermordet worden!

»Ja, in den 1920ern, aber auch hier überlebtest du den Tag deines Erwachens nicht. Azarael kam zu spät. Ihr seid euch damals nicht einmal begegnet. Und das war der Moment, in dem er sich entschloss, die Fairies genau zu überwachen. Er schickte elf seiner engsten, ihm vertrautesten Engel, um die Urfairies offiziell vor den Shuk zu beschützen – in Wahrheit jedoch überwachten sie sie, um Azarael Bericht zu erstatten und um in Erfahrung zu bringen, was sie dazu bewog, dich zu verfolgen und töten zu wollen. Er selbst zog sich komplett von der Außenwelt zurück und schuf dreizehn Seelensteine, mit denen er die Erweckung aller Urfairies überwachte – bis zum vergangenen Jahr, genauer gesagt bis zu dem Tag, an dem du von Taylor gezeichnet wurdest. Er kehrte zurück und wartete den Tag ab, an dem du zurückkommen würdest. Was er nicht wusste, war, dass deine Schwestern in der Zwischenzeit einen Weg gefunden hatten zu bewirken, dass auch du nicht wiedererwachtest, genau wie Tanian. Doch du wärst nicht Cayuga, wenn du nicht einen Weg gefunden hättest.«

Sie nickte mir anerkennend, beinahe stolz zu.

»Und … und Azarael? Er …« Ich brach ab, zitterte, unfähig, meinen nächsten Gedanken auszusprechen.

»Er ist das Oberhaupt der Organisation und wird dich sicher noch heute besuchen«, antwortete Evangeline und mein Herz begann nervös zu flattern.

KAPITEL 4

Unruhig lag ich im Bett, nachdem Evangeline mich verlassen hatte, wollte mich ausruhen, spürte, dass mein Körper danach verlangte, aber ich konnte nicht. In meinem Kopf drehten sich die Gedanken. Taylor, unser Kuss, die Wiedererweckung. Lila, immer wieder Lila, die sich für mich geopfert hatte! Wie konnte ich das ertragen? Dann diese ungeheuerliche Geschichte. Azarael, der sich in Cayuga verliebt hatte und es wahrscheinlich gar nicht erwarten konnte, sie wiederzusehen. Doch wie stand ich zu ihm? Hatte ich Gefühle für ihn? Allein die Überlegung war so absurd, dass ich immer wieder den Kopf schüttelte. Nein, ich liebte Taylor, dessen war ich mir noch nie so sicher gewesen wie jetzt. Sein Kuss, dieser alles verzehrende Kuss, der mich wiedererweckt hatte. Der Kuss der wahren Liebe, wie Evangeline sich ausgedrückt hatte. Ich wollte ihn am liebsten so schnell wie möglich wiedersehen, mit ihm sprechen, und dann wiederum hatte ich Angst vor einer Begegnung mit ihm. Dass er sich irgendwo in meiner Nähe befand, stand außer Frage. Ich hatte ihn ja selbst an meinem Bett mit Evangeline sprechen hören. Dennoch dauerte es noch bis zum Abend, bis ich ihn endlich wiedersah.

Es klopfte an meiner Zimmertür und ich schrak zusammen. Nach Evangeline hatte mich den ganzen Tag über niemand mehr besucht und jeden Moment rechnete ich damit, dass Azarael bei mir auftauchen könnte, und ich wusste beim besten Willen nicht, wie ich mich ihm gegenüber verhalten sollte.

»He…herein«, hörte ich mich mit zitternder Stimme sagen. Meine Finger krallten sich vor Nervosität in meine Bettdecke, ich hielt den Atem an … dann betrat ein recht unsicher wirkender Taylor das Zimmer und mein Herz setzte für einen Moment aus.

»Hi«, hauchte ich und versuchte mich an einem Lächeln.

»Hallo«, erwiderte er und trat langsam näher.

Unschlüssig stand er vor meinem Bett und irgendwie sah es so aus, als traue er sich nicht mir direkt in die Augen zu sehen. Er lächelte matt, aber es war bei Weitem nicht das Lächeln, das ich so an ihm liebte.

Ich hielt den Kopf schief und sah ihn nachdenklich an.

»Was machst du hier?«, wollte ich dann wissen. »Mit den … Engeln?«, fügte ich hinzu und betonte das letzte Wort besonders.

Er verzog den Mund zu einer Linie.

»Wie kommst du zu denen?«, fragte ich weiter und setzte mich auf. Mir entging natürlich nicht der Blick, mit dem er immer wieder verstohlen mein Gesicht musterte.

»Du … du siehst … umwerfend aus«, stellte er fest und ich lächelte geschmeichelt.

»Danke.« Ich spürte, wie mir die Hitze ins Gesicht schoss.

»Aber jetzt sag, wie um alles in der Welt kommst du dazu, für die Engel zu arbeiten?«

»Na ja«, seufzte er und ich sah, wie er sich ein wenig entspannte. »An Samhain, als ich dich in die Stadt geschickt hatte, geriet ich selbst – wie soll ich sagen – ziemlich in die Bredouille. Ich habe dir doch erzählt, dass mehrere Shuk mich umzingelt hatten, die Lage war aussichtslos. Und du glaubst nicht, was dann passiert ist. Azarael selbst ist aufgetaucht und hat mich gerettet! Ich war so froh, dass ich ihm einen Gefallen anbot, und er wiederum bot mir an für ihn zu arbeiten.«

»Und du sagtest zu«, stellte ich fest.

Er nickte.

»Und wieso hast du es mir nicht erzählt?«

»Das habe ich dir doch gesagt – weil alles streng geheim ist. Oder wie hättest du reagiert, wenn du erfahren hättest, dass ich für die Engel arbeite in einer Untergrundorganisation, die im Verborgenen die Regierung und Urfairies überwacht und aushorcht?«

Ich grübelte und zuckte dann verlegen mit den Schultern. Ich wusste nicht, wie ich reagiert hätte. Vermutlich geschockt und verwirrt. Ich richtete meinen Blick auf ihn und diesmal wich er ihm nicht aus, sah mir direkt in die Augen.

Taylor räusperte sich.

»Sophie, das mit dem Kuss ...«, begann er und ich lief rot an.

»Du, mach dir da keinen Kopf«, warf ich ein und machte eine abwertende Geste.

»Wie?« Er wirkte kurz einen Moment verwirrt, weil ich ihn

unterbrochen hatte. »Nein, ich meine – das war sehr merkwürdig. Ich wollte dich um jeden Preis küssen, koste es, was es wolle. Es war wie eine Sucht!«

Ich starrte ihn mit hochgezogenen Augenbrauen an. Was wollte er denn jetzt mit diesem Satz bezwecken? Mir fehlten die Worte und so sah ich ihn einfach nur entgeistert an.

Als er meinen Blick bemerkte, warf er entschuldigend die Hände in die Höhe.

»O nein, nein, das war … sorry.« Er kratzte sich verlegen am Hinterkopf und das wiederum war irgendwie … süß.

»Wahrscheinlich hab ich es falsch ausgedrückt. Was ich damit sagen wollte, ich … ich …«

Ich zog weiter die Augenbrauen hoch, gespannt, was jetzt für eine Erklärung folgte.

»Kann es sein, dass Cayuga mich gezwungen hat dich zu küssen, um erweckt zu werden?«, stieß er dann schnell aus und sah mich prüfend an.

»Was?«, rief ich und sah ihn mit einer Mischung aus Entsetzen und Entrüstung an.

»Na ja, ich meine, könnte es nicht …«

»Nein!« Ich machte eine empörte Handbewegung. »Wie kommst du nur auf so was?«

Er räusperte sich erneut, sah, anscheinend peinlich berührt, auf den Boden. Dann blickte er wieder mich an.

»Entschuldige, vergiss es einfach, okay?«

Ich schwieg, starrte ihn an. Wut kochte langsam in mir hoch. Wie konnte er überhaupt daran denken? Wie konnte er im Entferntesten glauben, dass ich ihn benutzt hatte?

»Sophie, es tut mir leid«, sagte er schnell, als er meine Reaktion bemerkte, und legte mir reflexartig die Hand auf meine. »Ich hätte nicht an dir zweifeln sollen. Es ist ... Ich mag dich. Und die Tatsache, dass du jetzt ...«

»Dass du jetzt was?«, fuhr ich ihn an und schüttelte seine Hand ab.

»Na ja, dass du jetzt ... dass du jetzt die ...«, er rang förmlich nach Worten, »... eine Urfairy bist.«

»Ich werde versuchen sie zu unterdrücken. Sie wird keine Gewalt über mich haben, Taylor! Evangeline sagte mir, dass ich es schaffen kann!« Meine Stimme klang beinahe weinerlich. »Ich werde lediglich so aussehen wie sie, bitte, Taylor.«

Er verzog den Mund zu einer schmalen Linie.

»Das wird Azarael aber ganz und gar nicht gefallen«, sagte er sarkastisch.

Schon stand der Engel zwischen uns, und das, noch bevor ich ihn überhaupt persönlich kennengelernt hatte.

»Hast du ihn schon einmal getroffen?«, fragte ich unwillkürlich. Er sah kurz auf und nickte dann mit zusammengebissenen Zähnen.

»Und? Wie ist er so?«, drängte ich weiter.

Er zögerte mit seiner Antwort, atmete ein und aus.

»Fair, sehr fair. Ansonsten kann ich nicht viel sagen. Manchmal ist er aufbrausend, wirkt streng.«

Mir rutschte das Herz in die Hose. Aufbrausend? Streng?

»Sophie, ich ...« Er trat einen Schritt zurück. »Ich muss wieder los. Ich wollte nur kurz sehen, wie es dir geht.«

Ich sah auf. Dieses Wiedersehen war ganz und gar nicht

so, wie ich mir erhofft hatte. So steif und kühl. Verdammt, wir kannten uns doch, waren gute Freunde? Hatte dieser Kuss etwa alles zunichtegemacht?

»Taylor«, setzte ich an und es klang irgendwie flehend. »Besuchst du mich später wieder? Oder morgen?«

Er trat einen weiteren Schritt zurück. »Sophie, ich muss mir über ein paar Dinge klar werden. Ich ... ich ... Wir sehen uns mit Sicherheit ... irgendwann.«

Damit verließ er – wie mir schien, beinahe fluchtartig – das Zimmer und mir war zum Heulen zumute. Alles war kaputt. Alles. Ralph weg. Lila höchstwahrscheinlich tot. Alle Freunde und Bekannte außer Reichweite. Und Taylor glaubte, meine Gefühle für ihn seien nicht echt, vorgetäuscht von meiner übermächtigen Seele, um wiedererwachen zu können! Das Ganze war der reinste Albtraum!

Ich warf einen Blick in den schräg stehenden Spiegel und musterte die junge Frau, die mir dort mit ihren eisblauen Augen entgegensah. Sie wirkte sehr verzweifelt, doch dann trat ein entschlossener Ausdruck auf ihr Gesicht, sie schob die nackten schlanken Beine aus dem Bett und stand auf. Ich würde ihm schon zeigen, dass ich noch die alte Sophie war, und ich würde mich nicht unterkriegen lassen!

Diesmal stand ich um einiges sicherer als bei meinem ersten Versuch und langsam setzte ich einen Fuß vor den anderen, auf dem Weg hinüber zum Kleiderschrank. Kleider, Hosen, Blusen, Röcke in den verschiedensten Farben hingen auf den Bügeln, lagen in den Fächern oder in Schubladen, neben Spitzenunterwäsche, Strümpfen und Socken.

Ich tappte vorsichtig hinüber zum Fenster und warf einen Blick hinaus. Es dämmerte und mein Blick fiel auf einen unter einem Balkon liegenden Swimmingpool, dessen Unterwasserbeleuchtung die umstehenden Palmen in blaues Licht tauchte. Ich öffnete zögernd die Balkontür und prüfte die Temperatur. Es war selbst jetzt am Abend noch schwülheiß und schnell kehrte ich in mein klimatisiertes Zimmer zurück, ging wieder zum Schrank und wählte kurze Jeans und eine luftige weiße Bluse mit schulterfreiem Carmen-Ausschnitt. Dazu schlüpfte ich in weiße flache Sandaletten, die ich aus einer unteren Schublade zog.

Prüfend stellte ich mich vor den Spiegel und betrachtete seufzend die überlangen Haare. Natürlich sahen sie wunderschön aus, die kräftigen, dicken Wellen in glänzendem Kastanienbraun, aber irgendwie auch verdammt lästig und für mich absolut ungewohnt. Kurzerhand begann ich die dicken Strähnen zu einem Zopf zu flechten, den ich mir über die rechte Schulter legte. Ich nickte meinem Spiegelbild zufrieden zu und wollte mich umdrehen, dazu entschlossen, Taylor zu suchen und noch einmal mit ihm zu reden. Doch noch ehe ich mich überhaupt vom Spiegel wegbewegen konnte, wurde die Tür schwungvoll geöffnet und ein großer Mann betrat den Raum.

Er war jung – ich schätzte ihn auf ungefähr fünfundzwanzig (Menschen-)Jahre –, trug eine ausgewaschene Bluejeans, dazu ein weißes kurzärmliges, leichtes Hemd, das oben am Kragen offen stand und den Blick auf eine schwarze Kordel um den Hals freigab, an dem ein simpler silberner Flügel baumelte, und dazu helle Schuhe. Er wirkte locker, wie er so ins Zimmer auf mich zuschlenderte, hatte einen durchtrainierten Körper und ein schönes, kantiges Gesicht mit vollen Lippen. Seine blonden, halblangen Haare hingen ihm in feuchten Strähnen ins Gesicht, er strich sie sich zurück und musterte mich mit seinen azurblauen Augen, die der Intensität meiner – Cayugas – Augen in nichts nachstanden.

»Azarael«, keuchte ich und hielt mir die Hand vor den Mund.

Er schenkte mir ein umwerfendes, scherzendes Lächeln und trocknete sich mit einem weißen Handtuch, das auf einem Stuhl in der Nähe meines Bettes gelegen hatte, die Haare, die ihm anschließend wirr in alle Richtungen abstanden. Er wirkte sehr jungenhaft und locker, wie er mir so gegenüberstand, und sah überhaupt nicht wie ein mächtiger jahrtausendealter Engel aus und irgendwie auch anders als in meinen visionshaften Erinnerungen und an Samhain, als er mit einem schwarzen Pferd mitten in den Vulkan geritten war.

»Ja, wen hast du denn erwartet?«, fragte er und legte das feuchte Handtuch auf einen Stuhl.

»Ich ... weiß nicht«, stammelte ich verwirrt und starrte ihn immer noch an, als käme er vom Mars.

»Ich kann gerne jemand anders sein«, sagte er weiter und ging an mir vorbei zum Balkon. Draußen war es inzwischen stockdunkel und ich wusste nicht, was er dort zu sehen hoffte.

Ich sagte nichts darauf. »Wie ... wie ...«, stammelte ich.

»Wie ich das meine? Ich kann aussehen, wie auch immer du mich haben willst.« Er öffnete einen Schrank und holte sich eine Flasche Wasser aus dem kleinen Kühlschrank.

So, wie er da an der Schrankwand lehnte und aus der kühlen Wasserflasche trank, hätte er wirklich direkt einer Werbeanzeige entsprungen sein können.

Azarael, es war Azarael! DER Azarael, schoss es mir durch den Kopf.

Ich grübelte nach. Ich kannte ihn, oder zumindest Cayuga kannte ihn. Er hatte sie geliebt, wenn Evangelines Geschichte stimmte. Und sie? Sie hatte ihn mit Sicherheit auch geliebt, nicht umsonst die vielen Träume und Visionen von ihm. Mein Herz schlug schneller, als er sich mir zuwandte und mich schief ansah.

»Was ist?«, fragte er und lächelte.

»Nichts«, stammelte ich, wurde rot und sah schnell auf den Boden.

»Ich habe dich schon einmal gerettet. Das hast du doch hoffentlich nicht vergessen?«, fragte er weiter und setzte sich auf mein Bett. Ich entschied mich kurzerhand, vor dem Spiegel stehen zu bleiben.

»Nein, hab ich nicht vergessen«, sagte ich dann ruhig. Ich sah auf, blickte ihn direkt an und erwiderte: »Danke – für alles.«

Er blickte zurück und wir versanken für einen Moment in dem Blau unserer Augen, bis er sich räusperte und schließlich den Blickkontakt abbrach.

»Ich habe dich aus einem guten Grund vor deinen Schwestern gerettet.«

»Eigentlich war es ja meine beste Freundin Lila, die mich gerettet hat!«, fuhr ich ihn an und wusste selbst nicht, warum ich mich zu diesem Tonfall hinreißen ließ.

Er sah mich mit einer Mischung aus Verwirrung und Ernst an und jeden Moment erwartete ich, er würde mich anschreien. Stattdessen wandelte sich seine Miene, wurde milder, beinahe entschuldigend.

»Ja, du hast recht. Und eigentlich war es Taylor, der dich auf meine Anweisung hin von der Insel geholt hat. Und das aus einem guten Grund.«

Ich blickte auf. Würde jetzt sein Liebesgeständnis kommen?

»Ich brauche dich.«

Mein Herz schlug schneller und ich wusste nicht, was ich darauf erwidern sollte.

»Ich ... ich ... ich ...«, stammelte ich.

»Oh.« Er hob beschwichtigend die Hände. »Nicht so. Ich meine, ich habe etwas mit dir vor – sobald du wieder mehr ...«

Er schien nach den richtigen Worten zu suchen.

»Mehr ... du bist«, sagte er schließlich und ich runzelte die Stirn.

»Mehr ich? Wie meinst du das?«

»Nun, du bist erst vor einem Tag erwacht, bist noch mehr Mensch als Fairy und musst erst wieder lernen, was es heißt, eine Urfairy zu sein.«

Ich seufzte, das hörte ich nun schon zum gefühlt hundertsten Mal. Vor Evangeline hatten es unsere Lehrkräfte auf der MS Fairytale immer wieder und wieder bekräftigt, dass wir lernen mussten mit unserer Fairy-Seele in Einklang zu leben, dass es harte Arbeit werden würde und wir über uns hinauswachsen müssten. Und nun hörte ich denselben Text von einem Engel.

Ich wagte es und trat ein paar Schritte näher zu ihm, blieb wenige Meter vor ihm stehen und beobachtete ihn, wie er mich ernst von oben bis unten musterte.

»Ich habe dich vermisst«, sagte er und blickte mir dabei so intensiv in die Augen, dass ich das Gefühl hatte, er blicke direkt in mich hinein, mitten in meine Seele. »Jedes einzelne Jahrhundert, jedes Jahr, jeden Tag, jede einzelne Stunde, Minute, Sekunde.« Er seufzte. »Und jetzt bist du wieder da – und doch bist es nicht du.«

Er sah mich immer noch dermaßen intensiv an, dass ich nervös zur Seite blickte.

»Ich bin zur Hälfte Sophie – und ich muss lernen, damit zu leben«, hörte ich mich zu meiner eigenen Verblüffung seufzend sagen.

Er setzte sich weiter auf und rückte damit etwas näher.

»Was läuft zwischen dir und Tayugan?«

Ich zuckte zusammen.

»Nichts«, erwiderte ich laut, aber es klang nicht ganz so überzeugend, wie ich vorgehabt hatte. »Das heißt, ich weiß es nicht«, fügte ich dann etwas frustriert hinzu und ließ mich schließlich auf einen Stuhl hinter dem Bett fallen. »Hach, das Ganze ist so ... so ...« Ich rang nach Worten.

»Lass mich raten – kompliziert?«, schlug er vor und zog die Augenbrauen hoch.

Ich nickte und atmete aus. »Du musst wissen, es war sein Kuss, der mich wiedererweckt hat.«

Wieso konnte ich auf einmal so vertraut mit ihm reden? Es war doch Azarael, der mächtigste Engel dieser Welt?

»Ich weiß.« Er zog den Mund zu einem Strich. »Der Kuss der wahren Liebe. Du musst viel für ihn empfinden und er für dich, sonst hätte es nicht gewirkt.«

Ich zuckte die Schultern. »Ja schon ... ich ... nur ...«

Ich brach ab. Wie konnte ich ihm nur die Achterbahn meiner Gefühle erklären, in der ich feststeckte?

»Er ist der Meinung, es war meine, Cayugas, Absicht die ganze Zeit über, dass er mich küsst und somit wiedererweckt«, erklärte ich schließlich. Warum erzählte ich ihm das alles überhaupt? Es musste ihm doch wahnsinnig wehtun, zu erfahren, dass die Frau, die er all die Jahre geliebt hatte, jetzt in jemand anderen verliebt war!

»Und? War es das?«, hakte er leise nach.

»Nein – und ja, zumindest nicht bewusst«, gab ich zu. »Ich meine, ich ... ich glaube, ich liebe ...« Ich brach ab. Nein, das konnte ich ihm nicht antun. »Es tut mir leid, das sollte ich dir nicht sagen, ich meine, eigentlich kenne ich dich doch gar nicht.«

Jetzt lachte er. »Oh, wir kennen uns nicht, Sophie, das ist richtig, aber Cayuga und ich kennen uns gut. Daher die Vertrautheit zwischen uns beiden, die du nicht abschütteln kannst. Wir hatten nur wenige Monate miteinander, aber wir haben viel zusammen durchgemacht. Damals ist sie in einem Mädchen namens Rowina wiedererwacht und Rowina war …«

Er überlegte kurz, wie er seine Worte ausdrücken konnte. »Sie war keine sehr starke Persönlichkeit. Cayuga hat es in Windeseile geschafft, sie komplett zu übernehmen. Daher kenne ich Cayugas Seele.«

Er sah mir wieder direkt in die Augen und seufzte. »Ich hoffe, du erinnerst dich bald.«

Ich schluckte. Die Wahrheit war, dass ich mich schon die ganze Zeit an Bruchstücke aus dieser Zeit erinnerte. Die vielen Träume, die ich bereits vor der Beltane-Zeremonie gehabt hatte, sie alle waren Erinnerungen an Cayugas Leben und an Cayugas Verbindung zu Azarael, der sie beschützt und gerettet hatte. Er war ihr persönlicher Schutzengel und würde es immer sein. Bei ihm konnte ich mich sicher fühlen, daran gab es keinen Zweifel für mich. Dennoch machte mir eines Angst. *Cayuga hat es in Windeseile geschafft, sie komplett zu übernehmen*. Würde ihr das bei mir auch gelingen? Würde ich, Sophie, dann vollkommen verschwinden? Was würde dann aus Taylor werden?

Er räusperte sich und unterbrach mich in meinen Gedanken.

»Schätze, ich bin dir immer noch eine Erklärung schuldig, warum ich dich hierhergebracht habe, nicht wahr?«

Ich lächelte matt. »Wäre gut.«

»Nun, dann fange ich mal an«, sagte er, holte tief Luft und wurde sehr ernst. »Über euren persönlichen Fairy-Fluch brauche ich dir ja nichts weiter zu erzählen, das habt ihr mit Sicherheit in den Zirkeleinheiten zur Genüge wiederholt. Und wie ich gehört habe, hat dir Evangeline bereits kurz von den dreizehn Seelensteinen erzählt, die ich selbst erschaffen habe, um die Urfairies zu überwachen. Dreizehn Steine, verborgen im Schicksalsberg, jedes Licht dabei für eine Urfairy stehend. Sollten alle dreizehn Steine das Leuchten wiedererlangen, bedeutet das, dass sich die Ereignisse erneut zutragen werden, was wiederum heißt, dass auch die Erde untergehen wird und die Fairies in einer anderen Welt wiedergeboren werden.«

Ich riss die Augen auf und wurde blass. »Soll das heißen, dass …?«

Er nickte. »Das heißt, mittlerweile leuchten alle dreizehn Steine, ja.« Er schwieg und ich ließ die Worte auf mich wirken.

Alle dreizehn Steine. Alle dreizehn Steine. Sie hallten in meinem Kopf wider und lösten dort eine wahre Flut an Emotionen aus. Verwirrung, Angst, Panik, Schock.

»Das … das … heißt …«, stammelte ich und er nickte.

»Ja, alle dreizehn Schicksalsschwestern wurden wiedererweckt. Und du warst die letzte.«

»Tanian hat einen Weg gefunden«, murmelte ich, ganz in Gedanken versunken.

»Ja, und es war nur eine Frage der Zeit, bis auch du, Cayuga, das tust«, fügte er hinzu und sah mich mit seinen blauen Augen an.

»Wie lange ist sie schon wieder da?«, fragte ich.

»Eine Weile«, antwortete er und wich somit meiner Frage aus.

Ich starrte auf eine nebenstehende Kommode, legte mir eine Hand an den Mund und grübelte. Tanian war wieder da! Die ganze Zeit über.

Natürlich, die Shuk-Angriffe, der Terrorwahnsinn, das alles war sie gewesen! Die Vermutungen, die Lila und ich so oft angestellt und doch nicht geglaubt hatten, stimmten.

»Wir müssen verhindern, dass die Geschichte sich wiederholt«, erklärte Azarael nüchtern. »Deswegen habe ich, seitdem ihr Licht begonnen hat zu leuchten, meinen Platz im Schicksalsberg verlassen und rekrutiere die besten Seeker, um ...«

»Um was? Um sie zu suchen?«, fragte ich ein wenig sarkastisch.

»Nein! Wir müssen die anderen suchen! Die Königsfamilie! König Korolyan, Königin Tamalia, Prinzessin Aurora – vor allem die Prinzessin! Deswegen arbeitet auch Taylor Tayugan für mich. Er ist bisher der einzige Seeker, der eine Ungezeichnete erkannt hat, ohne dass sie auf seiner Liste stand – damals in Lloret de Mar. Ein geschickter Schachzug von dir, Cayuga, sich vor allen zu verstecken, bis die Zeit gekommen war. Nur, genauso clever war auch Tanian.«

»Taylor soll also für dich Ungezeichnete aufspüren und sie für dich zeichnen – und dann?«, fragte ich und verschränkte skeptisch die Arme vor der Brust. »Was hast du mit ihnen vor? Bringst du sie auf eine Akademie oder bereitest du sie selbst auf Beltane vor, um dann festzustellen, dass sie sich womöglich dank der geheimen Zutat in den Prueba-Tränken nicht verwandeln, so wie ich? Oder noch besser, sie verwandeln sich, aber nicht in die Fairies, die du suchst.«

»Jemand muss feststellen«, erklärte er unbeirrt, »welche Fairy-Seele sich in den Menschen verbirgt, noch bevor sie gezeichnet werden.«

Ich lachte auf, hielt das Ganze für einen Scherz. Wenn es jemanden gäbe, der diese unglaubliche Gabe besaß, feststellen zu können, als welche Fairy jemand an Beltane wiedergeboren werden würde, noch bevor man überhaupt gezeichnet war, dann hätte man sich die ganze Panik um Tanian und Cayuga sparen können. Dann hätte man gleich den Menschen umbringen können oder zumindest dafür sorgen können, dass derjenige sich gegen die Fairy-Magie entschied. Ich schüttelte den Kopf.

»So jemanden gibt es nicht! Sonst hätten wir im Unterricht davon gehört! Oder im Fernsehen, oder ...« Ich hielt in meiner Aufzählung inne, als ich bemerkte, wie Azarael zu lächeln begann.

»Doch, diese Person gibt es. Und sie sitzt direkt vor mir.«

»Was? Ich?« Ich zog die Augenbrauen hoch und starrte ihn an. Dann lachte ich laut auf.

»Glaub mir, Azarael, wenn ich wüsste, welche Fairy-Seele in einem Menschen steckt, dann hätte ich so manche Stichelei auf der Fairytale im Keim ersticken können!«

Ich dachte an Tanja, die als wilde Amazone erwacht war, und an meine Freundin Lila, die sich solche Gedanken über ihre mögliche Wiedergeburt als Tanian gemacht hatte – ihnen allen hätte ich den Wind aus den Segeln nehmen beziehungsweise sie beruhigen können.

Lila. Ich sah ihr Gesicht vor mir, wie sie nach der Verwandlung gestrahlt hatte, so schön, so stark. Wie war es nur möglich, nein, wie hatte sie nur so töricht sein können den Urfairies zu folgen und sich vor sie zu werfen, um mich zu retten? Sie hatte sich für mich geopfert.

»Wenn ich das könnte, Azarael, dann …«, setzte ich mit leicht zitternder Stimme an, wurde jedoch von ihm unterbrochen.

»Cayuga besitzt diese Gabe. Sie weiß, welche Fairy sich in den Menschen verbirgt. Und wenn du, Sophie, dich auf deinen neuen Körper und deine neue Seele einlässt, sie akzeptierst und mit ihr im Einklang bist, wirst du Zugang zu dieser Gabe haben.«

»Ja, aber wie soll ich das anstellen?«, fuhr ich ihn an. »Ich hätte auf den Schiffen drei Jahren lang ausgebildet werden sollen, damit ich genau das gemeinsam mit den Lehrern und anderen Fairy-Schülern lerne, wovon du mir sagst, dass ich es jetzt allein lernen muss! Oder wie stellst du dir das vor? Ohne professionelle Anleitung wird Sophie über kurz oder lang verschwinden und übrig bleibt nur Cayuga!«

Ich verschränkte wieder die Arme und lehnte mich gegen meine aufgestellten Beine.

»Du hast die professionellste Unterstützung, die es gibt – mich«, sagte er und deutete mit dem Daumen seiner rechten Hand auf seine Brust.

Ich legte den Kopf schief. »Du warst doch die letzten Jahrzehnte in deinem Berg«, warf ich skeptisch ein. »Woher willst du denn wissen, wie ich mit meiner neuen Seele in Einklang komme? Wie ich mit diesem Gefühlschaos, in dem ich mich seit der Erweckung befinde, klarkomme? Wie ich ...«

Er hob abwehrend die Hände nach oben. »Schon gut! Du hattest mich schon nach der Sache mit MEINEM Berg! Aber du vergisst, wer alles für mich arbeitet. Ich habe alle Engel unter mir und mittlerweile die besten Seeker der Welt. Und außerdem, wie du hoffentlich noch weißt, bin ich immer perfekt vorbereitet. Und du vergisst Evangeline.«

»Evangeline«, murmelte ich und dachte an die Fairy in ihrem bombastischen Kleid und dem Zauberstab.

»Sie hat sämtliche Urfairies betreut und falls du es nicht weißt oder dir angesichts ihrer doch recht merkwürdigen Kleidung gedacht hast, sie ist DIE gute Fee schlechthin, die beste Desideria der Welt. So gut, dass sie sogar in sämtlichen Märchen und Legenden der Menschen einen Platz gefunden hat«, erklärte er weiter.

»Ich kenne Evangeline, zumindest kennt Cayuga sie.« Ich blickte auf meine ineinandergefalteten Hände. »Was mich ein wenig verwirrt, ist ihr Zauberstab.«

Er lächelte. »Der ist nur Attrappe. Ihr Fairies braucht für eure Magie ja keine Hilfsmittel. Sie manipuliert Gegenstände mithilfe ihrer Geistmagie, lässt es aber so aussehen, als zaubere sie mithilfe des Stabes. Aber sag mir, Sophie, darf ich etwas von dir erfahren?«

Ich schwieg und sah ihn an. Was konnte ich ihm schon für Auskünfte geben, die für ihn von Interesse sein konnten?

»Wie hast du es geschafft, dass deine außergewöhnlichen Fähigkeiten während des Unterrichts auf der Fairytale von niemandem als ungewöhnlich eingestuft wurden?« Er zog interessiert die Augenbrauen hoch.

Ich zuckte mit den Schultern. »Ganz einfach, ich war nicht außergewöhnlich. Lag in den schulischen Leistungen immer im Mittelfeld, wenn nicht sogar darunter.«

Er sah mich ungläubig an. »Nicht möglich. Cayuga ist wie alle Urfairies eine Fünffach-Elementarierin und du willst mir allen Ernstes erzählen, dass du nicht im Fokus der Lehrer und der öffentlichen Medien lagst?«

Ich runzelte die Stirn. »Ich kann nur das Feuer beherrschen.«

»Nicht möglich«, entgegnete er kopfschüttelnd. »Denk nach! Konzentrier dich! Wie hast du es geschafft? Das könnte wichtig sein in Bezug auf die Königsfamilie.«

Ich überlegte fieberhaft. War es möglich? Konnte ich wirklich alle fünf Elemente beherrschen? Bis jetzt hatte ich keinen einzigen Gedanken daran verschwendet, dass ich eine Fünffach-Elementarierin hätte sein müssen, um als Cayuga zu erwachen, und grübelte über die Tests zu Beginn meiner Zeit auf der MS Fairytale nach. Nein, ich hatte definitiv beim Wasser-, Erd-, Luft- und Geisttest versagt. Die Einzige, die vier Elemente hatte beherrschen können, war Lila gewesen.

Richtig!, schoss es mir wie ein Blitz durch den Kopf und ich nahm reflexartig die Hand vor den Mund.

»Lila!«, stieß ich aus.

»Was?«, fragte Azarael mit gerunzelter Stirn.

»Lila! Ich habe alle meine Kräfte auf sie übertragen«, erklärte ich dann nüchtern.

»Verstehe«, nickte der Engel. »Sehr clever von dir, eine andere Frisch-Gezeichnete für deine Zwecke zu nutzen.«

Ich war mir nicht sicher, ob die letzte Äußerung ehrlich oder sarkastisch gemeint war. Aber das war eigentlich auch gar nicht wichtig. Ich war geschockt von dieser Tatsache, die Cayuga da soeben zutage befördert hatte. Ich hatte Lila missbraucht! Diese Aussage war so ungeheuerlich und doch wusste ich, dass sie stimmte. Die arme Lila! Es war also doch nicht ganz falsch gewesen, dass ihre Talente auf eine Urfairy hingedeutet hatten. Es waren immerhin die Fähigkeiten der zwölften Fee gewesen, die sie ins Augenmerk der Öffentlichkeit hatten geraten lassen. Und jetzt war sie tot, hatte sich für mich geopfert. Wie sollte ich das Azarael nur beibringen? Alle Hoffnung war für immer verloren. Ich entschloss mich zu der ernüchternden Wahrheit.

»Sie ist vermutlich tot. Evangeline zufolge hat sie sich auf Beltana vor mich geworfen, zum Schutz, damit Taylor mit mir fliehen konnte«, sagte ich leise und richtete meinen Blick stur auf den Boden.

»Wie bitte?« Er klang ruhig, aber ich spürte, wie Wut und Fassungslosigkeit in ihm brodelten.

Ich erwiderte nichts und er stand auf, stemmte die Hände in die Hüften und blickte auf mich herab, wie ich dort auf dem Stuhl zusammengekauert saß.

»Du willst mir erzählen, dass deine gesamten Fähigkeiten komplett von dieser Welt verschwunden sind?«

Ich zuckte bei seinen Worten zusammen. Jetzt verstand ich, was Taylor mit »leicht aufbrausend« gemeint hatte, und wäre am liebsten in ein Mauseloch verschwunden. Doch ich erhob mich und erwiderte den eisigen Blick mit derselben Vehemenz.

»Ja meinst du denn, ich hätte ahnen können, dass sie sich zu meinem Schutz vor meine Schwestern wirft? Ohne diesen Plan wäre es mir niemals gelungen, mich bis zur Beltane-Zeremonie auf einem der Schiffe zu verstecken! Ich musste sichergehen, dass ich mich auf jeden Fall an Beltana würde verwandeln können!« Ich schleuderte ihm die Worte genauso laut entgegen wie er mir.

»Und was bitte schön wäre so schlimm daran gewesen, wenn du als frisch gezeichnete Fünffach-Elementarierin auf ein gesondertes Schiff gekommen wärst? Auf eines deiner Schwestern?« Seine Augen sprühten vor Zorn und er trat noch einen Schritt näher, blickte eisig auf mich herab.

»Ist das dein Ernst? Nach allem, was sie mir angetan haben? Es waren doch ohnehin nur noch Tanian und ich übrig. Und sie wollen uns beide töten!«

»Du vergisst, dass du auch Aurora hättest sein können.«

Ich schüttelte wild den Kopf, sodass sich einige Haarsträhnen aus meinem Zopf lösten und wirr mein Gesicht umrahmten.

»Dieses Risiko war mir zu hoch. Ich wollte an Beltane erwachen und dann so schnell wie möglich fliehen.« Ich machte eine Pause, seufzte. »Dass sie es natürlich schafften, dem Prueba-Trank eine Zutat beizumischen, die auch mir die Verwandlung unmöglich machte, hätte ich mir eigentlich denken müssen. Zum Glück war Taylor zum richtigen Zeitpunkt am richtigen Ort.«

Er stieß ein verächtliches Seufzen aus. Dann ließ er resignierend die Hände hängen.

»Irgendwie habe ich unsere Streitereien auch vermisst, nicht so sehr wie dich, aber doch auch in gewissem Maße.« Er lächelte mich matt an, dann verwandelte sich sein Gesichtsausdruck, wurde traurig.

»Aber jetzt ist ohnehin alles verloren.«

»Nicht unbedingt«, hörte ich mich sagen. »Mit Sicherheit sind die Kräfte bei ihrem Tod auf mich zurückgegangen. Ich muss nur lernen sie zu beherrschen und erneut freizusetzen.«

Dann kam mir ein anderer Gedanke und ich kaute nervös auf meiner Unterlippe. »Es sei denn, sie ist nicht tot.«

»Dann müssen wir sie finden.«

Ich nickte und registrierte erst jetzt, wie nahe wir uns standen, nur wenige Zentimeter voneinander entfernt. Ich betrachtete seine schön geformten Lippen, die faszinierenden saphirblauen Augen.

Er räusperte sich.

»Ich denke, du solltest schlafen gehen. Morgen haben wir einen langen Tag vor uns. Um 8 Uhr geht unser Flieger, was bedeutet, wir sollten bis spätestens 6 Uhr eingecheckt haben.«

»Wie Flieger? Wohin fliegen wir?«

Er ging um mich herum, Richtung Tür.

»Nach Amerika«, verkündete er lächelnd.

»Amerika?« Ich runzelte die Stirn. »Wieso Amerika?«

»Amerika bedeutet, du solltest jetzt wirklich schlafen.« Er machte Anstalten, die Türklinke zu betätigen. »Keine Sorge, ich habe Wachen vor deinem Zimmer postiert und ich selbst bin ganz in deiner Nähe.«

Ich verschränkte die Arme vor der Brust und leckte mir über die Zähne. »Wieso fliegst du uns nicht einfach dorthin? Du kannst doch fliegen? Oder teleportierst dich? Oder was kannst du noch?« Ich wusste beim besten Willen nicht, weshalb ich mich plötzlich aufführte wie ein trotziger Teenager. Er hingegen seufzte einfach, verdrehte die Augen und kam zu mir zurück. Er ging neben mir in die Hocke.

»Willst du wirklich in meinen Armen über zehn Stunden lang in den Lüften sein? Bei eisigen Temperaturen?« Irrte ich oder ging ein leichtes belustigtes Schmunzeln über seine Lippen.

Ich kaute etwas beschämt an meiner Unterlippe, schluckte, brauste aber sogleich wieder auf. »Und was ist mit Teleportation?«

»Keine gute Idee«, sagte er selbstsicher und erhob sich.

»Wir kommen dabei in Berührung mit einer Art Transportdimension. Cayuga sollte da möglichst keine Spuren hinterlassen. Man weiß nie, wer dort noch alles unterwegs ist. Du siehst, Fliegen ist die einzige und komfortabelste Möglichkeit für mich, gemeinsam mit dir unser Ziel zu erreichen. Und jetzt: Gute Nacht.«

Etwas in seiner Stimme machte deutlich, dass er kein weiteres Mal zurückkehren würde. Ich nickte und wenig später hörte ich, wie die Tür ins Schloss fiel.

* * *

In dieser Nacht lag ich lange wach. Zum einen, weil ich die vergangenen Ereignisse noch immer nicht verarbeitet hatte – die Erweckung, die Festnahme, meine Schwestern, Lila, die vielleicht ihr Leben für mich gelassen hatte, schließlich Taylor und dann Azarael. Besonders die Ungewissheit um Lilas Schicksal quälte mich.

Des Weiteren grübelte ich immer noch über diese Gabe nach, die ich laut Azarael besitzen sollte. Hatte ich sie auch auf Lila übertragen? Und wenn nicht, wenn ich sie noch besaß, wie konnte ich lernen sie einzusetzen? Hatten meine Schwestern von dieser Gabe gewusst? Verfolgten sie mich deswegen? Aber nein, das war kein Grund, mich zu töten.

Und dann war da noch Tanian. Sie war erwacht, hatte er gesagt. Aber konnte er sich da auch wirklich sicher sein?

Außerdem schweiften meine Gedanken immer wieder ab zu Taylor, zu meinen Gefühlen für ihn, und zu Azarael, der mir sehr vertraut war. Vertrauter, als mir vielleicht lieb war.

Irgendwann übermannte mich doch die Müdigkeit und ich fiel in einen sehr unruhigen Schlaf.

Ich stand auf einem hohen Felsen und überblickte ein herrliches Tal voller Bäume, Flüsse, Steine, Pflanzen – überwachsen von wun-

derschönen Blumen, die ihre Blüten der strahlenden Sonne entgegenreckten. Ich schirmte meine Stirn vor dem gleißenden Licht ab und lächelte.

Ich war glücklich, unendlich glücklich. Ich hatte einen Mann gefunden, den ich liebte. Ich, ja ich! Ich konnte es selbst kaum glauben.

Ich drehte mich um, meinem Neuanfang entgegen. Ich war zuversichtlich, dass wir es schaffen konnten. Der Fluch konnte gebrochen werden. Ich strahlte über das ganze Gesicht, voller Vorfreude und Aufregung und auch ein klein wenig Angst …

Da hielt ich jäh in meiner Bewegung inne.

Mir gegenüber stand eine Person. Eine Frau. Sie war wunderschön, wie wir alle, und sie sah mich böse und voller Hass an.

»Du kannst mir nicht entkommen, Cayuga, schon vergessen? Und heute ist kein mächtiger Engel an deiner Seite, der dich beschützt! Du bist erst vor Kurzem frisch erwacht und hast keine Chance gegen mich! – Beinahe tut es mir ja leid für dich.«

Sie betrachtete theatralisch ihre Fingernägel.

»Aber ich habe keine andere Wahl.«

Und noch ehe ich reagieren konnte, holte sie aus, streckte mich nieder und stieß mir ein flammendes Feuer direkt in die Brust, dessen Hitze mich von innen nach außen langsam und unendlich schmerzvoll verbrannte.

Ich schrie auf, schrie meinen ganzen Schmerz in die Welt hinaus, meinen körperlichen, aber noch viel mehr meinen seelischen.

»Hey, wach auf! Sophie, um Himmels willen, wach auf!«, rief jemand und rüttelte mich an den Schultern.

Ich stöhnte, keuchte, trat und schlug wild um mich, versuchte jemanden von mir abzuschütteln, dessen Griff jedoch zu fest und zu kräftig war.

Dann kam ich langsam wieder zu mir, sah mich um und atmete schwer und schnell. Es war Azarael, der mich an den Schultern gerüttelt hatte und mich dort jetzt festhielt, den Blick sorgenvoll auf mich gerichtet.

»Schschsch«, sagte er, drückte mich an seine Schulter und nahm mich sanft in die Arme. »Es ist alles gut, du bist in Sicherheit.«

Ich klammerte mich an ihn, vergrub meinen Kopf an seiner Brust und begann zu weinen und zu schluchzen.

Er hielt mich einfach nur fest, strich mir immer wieder beruhigend über die Haare und den Rücken, sprach leise Worte in mein Ohr, die mich langsam ruhiger werden ließen.

»Ich dachte, diese Träume wären endlich vorbei«, sagte ich leise weinend.

Er streichelte mich.

»Cayugas Seele ist stark – und unendlich verletzt«, fuhr ich schniefend fort. »Ich werde es nicht schaffen, meine Seele nicht zu verlieren, wenn ich ihre behalten will.«

»Das ist sehr tapfer von dir«, sagte er leise. »Dass du die Wahrheit erkennst, zeigt mir, dass Cayuga sich dich aus gutem Grund ausgesucht hat. Deine Seele ist ebenso stark wie ihre. Zweifle nicht an dir. Sei stark, lass dich auf sie ein und versuch einen Weg zu finden, wie du ihre und deine Bedürfnisse in Einklang bringen kannst. Mit ihren Träumen zeigt sie dir Stück für Stück ihr Leben. Alles auf einmal würde dich vernichten, da hast du recht.«

Ich löste mich von ihm, lächelte.

Er wischte mir fürsorglich wie ein Vater die restlichen Tränen von den Wangen und sah mir freundlich in die Augen.

»Und ich werde alles dafür tun, dich und diese Welt zu retten.«

KAPITEL 5

Einige Monate später

Vor mir erstreckte sich ein furioses Bild, das ich lange auf mich wirken ließ, und ich genoss das Farbenspiel, das die Abermillionen Lichter auf die Wasseroberfläche des Hudson River zauberten und das die hoch aufragenden Wolkenkratzer in allen Farben reflektierte. New York war eine beeindruckende Stadt, in die ich mich sofort verliebt hatte. Ich konnte mich noch genau an den ersten Abend hier erinnern, als Azarael mich mit zum Times Square genommen hatte. Diese Lichter! Die atemberaubenden, wie Riesen vor mir aufragenden Hochhäuser! Die vielen Menschen, die an mir vorbeieilten! Ich war so fasziniert gewesen, hatte jedes noch so kleine Detail in mich aufgesogen; die ständig wechselnden Bilder auf den Reklametafeln, der Geräuschpegel der Hupen, Sirenen, das Stimmengewirr, Geschrei, dazwischen Musik, und ich hatte mit einem Mal verstanden, warum diese Stadt »the city that never sleeps« genannt wurde. Hier war unmöglich an Schlaf zu denken! Ich war so erschlagen von dem Blitzlichtgewitter der Farben – ja sogar der Boden glitzerte! –, dass mich Azarael am Arm mit sich gezogen hatte, da ich vor Staunen kaum in der Lage gewesen war, einen Fuß vor den anderen zu setzen. Doch seine manchmal recht nüchterne Art hatte mich schnell wieder auf den Boden der Tatsachen zurückkehren lassen. Er hatte irgendeinen versteckten Witz auf meine Kosten losgelassen, unsere Begleiter – zwei Schutzengel – hatten gelacht, und ich war wie so oft in letzter Zeit in Schmollen verfallen.

Und ich schmollte auch jetzt, trotz des überwältigenden Anblicks des Big Apple um Mitternacht. Der Grund war einfach. Ich saß mitten in der Nacht auf einer kleinen Ziegelmauer, welche die Freiheitsstatue umgab, und ließ gelangweilt die Füße baumeln, während Taylor und ein paar andere Personen aus der Organisation um Azarael in die Fairy-Zentrale eingebrochen waren und mich wieder einmal außen vor gelassen hatten.

Nicht dass ich besonders scharf darauf gewesen wäre mitzukommen, nein, das nun nicht gerade, aber zum Teufel, ich war Cayuga! Ich war eine der mächtigsten Fairies auf diesem Erdball und man schloss mich aus allen Plänen und Aktionen aus, als wäre ich ein zu beschützendes, hilfloses Kleinkind!

Ich konnte es nicht verstehen – meine neue Seele wollte es nicht verstehen. Cayugas Temperament rebellierte, wogegen ich, Sophie, genau wusste, warum sie sich so verhielten. In Wahrheit war das einzig Mächtige an mir mein impulsives neues Wesen, das ich nicht immer unter Kontrolle hatte. Die anderen Talente Cayugas beherrschte ich leider noch nicht, obwohl ich es Gott weiß wie sehr versuchte. Aber andererseits keimte in mir die Hoffnung auf, Lila wäre noch am Leben und der Grund für mein Scheitern, was es nicht ganz so schlimm für mich machte, noch nicht mit Fünffach-Kräften ausgestattet zu sein. Taylor erklärte immer wieder, Lila sei direkt von einem Feuerball der Urfairies getroffen worden, den sie unmöglich habe überleben können, und daher war Azarael wiederum der Meinung, ich müsse die von allen so heiß ersehnte Gabe, zu erkennen, wer sich hinter Frisch-Gezeichneten verbarg, doch einsetzen können! Aber diese Gabe verschloss sich vor mir – sehr zum Missfallen des Engels, der beinahe täglich Evangeline nach Fortschritten diesbezüglich befragte.

Ich seufzte und kam langsam nicht mehr umhin, mich den Tatsachen zu stellen: Cayuga war eine Enttäuschung, ein Reinfall – vielmehr ICH, Sophie, war ein Reinfall. Alle setzten so viel Hoffnung in mich und ich konnte sie einfach nicht erfüllen.

Hinter mir hörte ich Schritte. Es war Balladion, einer der Engel. Bei seiner Größe von gerade mal eins siebzig war er aber sehr muskulös und dazu besonders verantwortungsbewusst. Was ich am meisten an ihm schätzte, waren sein sanftes, fast schon bescheidenes Wesen und seine Fähigkeit zuzuhören. Und wie so oft hatte man ihn als Babysitter für mich abgestellt. Wahrscheinlich konnte er sich weit Besseres vorstellen, als in einer herrlich warmen Augustnacht wie dieser zusammen mit einer schmollenden Schicksalsfairy auf der Liberty Island festzusitzen, während seine Kollegen soeben ihr Leben riskierten. Aber selbst wenn er diesen Gedanken hatte, er würde ihn mir gegenüber niemals aussprechen und sich schon gar nichts anmerken lassen. Er wirkte wie immer gut gelaunt, freundlich und ruhig. Aus den Augenwinkeln sah ich, wie er sich gelegentlich durch die schwarzen kurzen Locken fuhr und wachsam die Umgebung beobachtete.

»Wieso noch mal muss ich hier warten?«, brach ich das Schweigen zwischen uns. »Im Hotel könnten wir uns wenigstens einen Mitternachtsthriller ansehen.«

Er schmunzelte und legte seine Hände neben mich auf die Mauer, auf der ich saß.

»Weil ich den Auftrag habe, dich sofort zu den anderen zu bringen, falls etwas schiefläuft«, erklärte er mir ruhig und anscheinend überhaupt nicht genervt, obwohl er mir dies nun zum fünften Mal erklärte.

Ich schüttelte den Kopf. »So ein hirnrissiger Plan, der sich mir absolut nicht erschließt.«

»Das muss er ja auch nicht«, sagte er und blickte ernst auf die Skyline vor uns.

In mir brodelte schon wieder der Zorn.

Klar, der dummen kleinen Sophie muss der Plan sich ja auch nicht erschließen! Es reicht, dass sie nach unserer Pfeife tanzt!

Doch ich schluckte den Groll hinunter. Balladion war der falsche Ansprechpartner hierfür. Oh, wenn ich doch endlich wieder einmal Azarael zu Gesicht bekäme!

»Und wo genau befindet sich die Zentrale?«, fragte ich weiter.

Ich hatte Taylor und den Rest der Mannschaft im Mauerwerk verschwinden sehen, auf dem die Statue of Liberty erbaut worden war – vermutlich über eine magische Tür. Aber dennoch konnte ich nicht verstehen, wo sich unsere geheimste Zentrale demnach denn befand. Im Inneren der Statue etwa? Das wagte ich dann doch zu bezweifeln.

»Die Statue ist ein Portal«, erklärte Balladion geduldig, und ich begriff. Natürlich! Wie auf der MS Fairytale, meiner alten Schule, die ich mehr als alles andere vermisste. Dort hatten wir über gewisse Portale andere, verborgene Schulungsdimensionen betreten können.

Ich wandte den Kopf zu der hinter mir aufragenden Statue, die hoheitsvoll ihren rechten Arm in die Höhe reckte.

Balladion rückte näher zu mir. »Was möchtest du noch alles wissen?«

Ich zuckte mit den Schultern. »Ich weiß nicht. Was gibt es denn über die Zentrale zu wissen?«

»Nun, da du ja leider deinen Unterricht abbrechen musstest ...«

»Einspruch, Euer Ehren!«, warf ich ein und grinste. »Ich werde nach wie vor unterrichtet!«

Er schmunzelte. »Dem Einspruch wird zum Teil stattgegeben.«

»Was heißt zum Teil?«

»Das heißt, dass ich die Art von Unterricht, die Evangeline dir gibt, nicht wirklich als Unterricht zähle.«

Ich legte den Kopf schief. Es war kein Geheimnis, dass viele der Organisation angehörenden Fairies und auch Engel Evangelines Unterrichtsmethoden für ungenügend hielten. Und sicher, sie brachte mir oft auf ungewöhnliche Weise Dinge bei, aber ich musste zugeben, dass ich einmal bei ihr Gelerntes nie mehr vergaß. Evangeline half mir vor allem im

Elementarbereich und in der Arbeit mit der Gabe – laut Taylor alles reine Zeitverschwendung. Die anderen Einheiten, die auf den Akademien gelehrt wurden, Kunde über magische, verborgene Orte, die detaillierte Geschichte der Fairies, sämtliches Hintergrundwissen – das alles ging an mir vorüber.

»Die Zentrale eurer Regierung kann über viele Portale erreicht werden, die alle weltweit verstreut liegen«, fuhr Balladion mit seiner vertrauten tiefen Stimme fort. Er war ein guter Lehrer und genoss es, mir Auskunft über Dinge zu geben, die mich interessierten und die ich seiner Meinung nach auf jeden Fall wissen sollte. Er selbst hatte einige Zeit verborgen unter Fairies gelebt, hatte sie studiert und wusste daher jede Menge über unsere Spezies. »Sie alle befinden sich in großen, zentralen Hauptstädten mit weltweiter Bedeutung, wie hier in New York oder in Tokyo oder Peking oder Berlin oder London – um nur einige zu nennen.«

»Warum steigen wir dann ausgerechnet in New York ein?«, erwiderte ich und kam somit wieder auf unsere kleine Einbruchsaktion zu sprechen.

Er zuckte mit den Schultern. »Im Prinzip ist es egal, von welchem Portal aus man die Zentrale betritt. Sie alle sind identisch und da wir sowieso gerade in der Gegend waren, dachte Azarael vermutlich, es wäre das Beste, wir nehmen das Liberty-Portal.«

»Das Liberty-Portal«, wiederholte ich und betrachtete erneut die aufragende, grell erleuchtete Statue hinter mir. »Wie einfallsreich.«

Balladion lächelte wieder. Dann wurde er ernst, drückte sich den Finger seiner rechten Hand aufs Ohr und wandte sich von mir ab.

Ich verdrehte genervt die Augen. Das Team, das in die Zentrale eingebrochen war, kommunizierte über kleine blaue Kristalle, die unsichtbar im Ohr getragen wurden. Da Balladion Teil dieses Teams war, sozusagen der »Spanner«, der Schmiere stand, hatte er natürlich Zugang zu allen Nachrichten, die über die Kristalle gesendet wurden.

Mir hatte man selbstredend keinen gegeben. Wozu auch? Ich hätte sowieso nichts damit anfangen können.

Meine Gedanken schweiften ab zu Azarael. In der Zeit, kurz nachdem er mich an Beltane gerettet hatte, war er kaum von meiner Seite gewichen, hatte mich beschützt und umsorgt, wo es nur ging. Als der Unterricht bei Evangeline begann, war er vor Euphorie kaum zu bremsen gewesen, hatte erwartet, ich würde bei nächster Gelegenheit alles in meiner Umgebung in Schutt und Asche legen und in jedem Menschen, der unseren Weg kreuzte, ein Mitglied der Königsfamilie sehen. Doch nichts war geschehen. Im Gegenteil. Ich wurde immer mehr wieder zu der Sophie, die ich vor Beltane gewesen war. Nicht was das Aussehen betraf – die wilde Schönheit Cayugas gehörte wohl zu mir bis in alle Ewigkeit –, aber ich war bald in der Lage, mir mein besonnenes, zurückhaltendes Wesen zu bewahren. Gut, in vielen Situationen gelang es Cayuga nach wie vor, die Oberhand zu behalten. Das waren vor allem Momente, in denen ich wütend, unkonzentriert oder ängstlich war. Aber immer öfter gelang es mir, ihr

Temperament zu zügeln, und vielleicht war es hauptsächlich das, was Azarael mittlerweile an mir störte. Das oder der Umstand, dass ich noch keine Fünffach-Elementarierin war und die Gabe nicht einsetzen konnte. Natürlich war uns der Verdacht gekommen, Lila könnte noch leben, und daraufhin ließ er sämtliche Akademien untersuchen. Es war nicht zu fassen, wo er überall seine Spione sitzen hatte, und mir wurde klar, wie groß die Organisation in Wahrheit sein musste. Jedoch hatte niemand von ihnen Lila finden können, weder auf der MS Fairytale noch auf einem der anderen Akademieschiffe. Daher war davon auszugehen, dass sie – wie Taylor immer wieder betonte – an Beltane ums Leben gekommen war. Die Frage stand nun im Raum: Hatte ihre Seele meine Kräfte etwa mit sich genommen, um in ihrem neuen Leben damit zu erwachen? Das wiederum bezweifelte vor allem Evangeline. Sie, die ja Erfahrung mit Urfairies hatte, bekräftigte immer wieder, dass es eben seine Zeit benötigte, bis eine Urfairy wieder zu ihrer alten Kraft und Stärke zurückgefunden hatte. Von diesem Zeitpunkt an etwa hatte Azarael begonnen sich von mir zurückzuziehen, ließ immer öfter seine Engel zu meinem Schutz bei mir oder seinen besten Fairy Taylor.

Taylor – erneut seufzte ich. Alles hätte so schön mit ihm sein können, aber auch er hatte sich verändert, seit er wusste, dass ich Cayugas Seele in mir trug. Ich war der absoluten Überzeugung gewesen, dass er meine Gefühle erwiderte, hatte mir so oft die Szene in Erinnerung gerufen, als er mich im Verlies zum ersten Mal geküsst hatte! Oh, dieses Gefühl, seine Lippen auf meinen, sein Körper, eng mit meinem umschlungen, sein Geruch, seine Muskeln … Es war so schön gewesen und mit einem Mal so grässlich, als Cayuga in mir erwacht war. Ich hatte geglaubt, er empfände tatsächlich etwas für mich, all die Momente, der Weihnachtsball, die vielen Andeutungen, die Blicke … Doch nach meiner Verwandlung war nichts mehr so, wie es einmal gewesen war.

Taylor hatte sich in die Idee verrannt, dass Cayuga, die ja nun leider einmal die Gabe der Liebe schenkte, es darauf abgesehen hatte, dass er sich in mich verliebte und sie somit über den Kuss der wahren Liebe wieder erwachen konnte. Er glaubte, die Gefühle, die er mir gegenüber hegte, seien einzig und allein Cayuga zuzuschreiben und nicht auf natürliche Weise durch Zuneigung entstanden. Und offenbar redete ihm das auch keiner aus – schon gar nicht Azarael.

Und das Schlimmste war, ich konnte über dieses ganze Gefühlschaos mit niemandem sprechen. Gut, ich hätte mich Evangeline anvertrauen können, aber – nun ja, wie soll ich sagen – Evangeline war eben besonders. Eine einmalige, einzigartige Person. Eine mächtige Person, von der ich viel lernen konnte, aber wenn es etwas gab, das Evangeline nicht verstand, dann waren es die Gefühle und das Verhalten der Männer, die nicht offen zeigten, dass sie eine Frau begehrten. Evangeline war in dieser Hinsicht sehr, sehr altmodisch. Wenn es nach ihr ging, gab es immer einen Mann und eine Frau, die füreinander bestimmt waren und die sich ihre Liebe bereits bei der ersten Begegnung gestanden und alle Hürden überwanden, um schließlich miteinander glücklich bis an ihr Lebensende zu sein.

So fand ich mich ständig umgeben von Fairies oder Engeln, man ließ mich nie auch nur eine Sekunde aus den Augen, und dennoch fühlte ich mich so wahnsinnig allein. Mehr denn je sehnte ich mich nach einer Freundin oder einem Freund, dem ich mich anvertrauen konnte, mit dem ich Spaß haben konnte. Ich sehnte mich nach Lila, nach Ralph, nach Claire, ja sogar nach meinen alten Freundinnen aus meinem menschlichen Dasein, nach Jana und, ja, sogar ein wenig nach der eitlen Lina.

Natürlich gab es auch weibliche Personen in meiner Nähe, mit denen ich mich hätte anfreunden können. Da gab es die Seekerin Erin, die erst vor Kurzem zu unserer Organisation gestoßen war. Sie war etwa in Taylors Alter und hatte bereits eine beeindruckende Karriere hinter sich. Sie besaß das besondere Talent, anderen Personen ihre kühnsten Träume und Wünsche zu entlocken, und das war für Azaraels Organisation natürlich mehr als nützlich. Ich wurde mit ihr jedoch nicht warm. Sie war mir zur ehrgeizig und aufstrebend, und vielleicht auch ein wenig zu arrogant. Aber die Männer ringsum fanden sie alle bezaubernd, was natürlich auch an ihrem umwerfenden Äußeren lag. Endlos lange, schlanke Beine, die meistens unbekleidet unter irgendeinem knappen Rock hervorstachen, lange blonde Haare, große blaue Augen, ein knallroter Schmollmund und ein unglaublich schönes gezacktes Prueba.

Ich schwang die Beine über die Mauerbrüstung, landete mit einem Satz neben Balladion und schüttelte meine langen, dichten Locken, die ich wie fast immer zu einem Zopf geflochten oder hochgesteckt trug, über den Rücken. Diese Sache mit meinen Haaren war mir fast schon unheimlich. Mich nervten diese dicken, festen Strähnen, die wie ein Mantel meinen Rücken bedeckten, und ziemlich bald nach meiner Verwandlung war ich zu einem Friseur gegangen, um sie mir auf meine übliche Schulterlänge abschneiden zu lassen. Azarael hatte alle Mühe gehabt, die arme Dame vergessen zu lassen, was sie gesehen hatte, nämlich dass meine Wellen in wahnsinniger Geschwindigkeit wieder zu ihrer ursprünglichen Taillenlänge angewachsen waren, sobald die Schere sie auch nur touchierte. Wohl oder übel hatte ich mich dann mithilfe diverser Youtube-Tutorials zu einer wahren Frisurenmeisterin entwickelt, die ihre Haare ohne fremde Hilfe flechten und zu tollen Türmen und Schnecken hochstecken konnte. So war diese Mähne einigermaßen erträglich.

»Willst du dir ein wenig die Insel ansehen?«, fragte mein Bewacher, anscheinend bereit, mir auf Schritt und Tritt zu folgen.

»Was gibt es da schon zu sehen?«, entgegnete ich und warf erneut einen Blick auf die große Statue. »Mir sind die Füße eingeschlafen. Gibt es etwas Neues vom Team? Sind sie vorangekommen?«

Balladion nickte. »Sie sind bereits im Serverraum.«

Ich zog die Augenbrauen hoch. So schnell? Wir waren doch erst kaum eine halbe Stunde hier? Irgendwas war da doch faul.

Bei dieser Mission ging es darum, an so viele Namen von

ungezeichneten Menschen zu kommen wie nur möglich. Um die Liste mit all diesen Namen zu stehlen, hatte Azarael die Regierung teilweise infiltriert und eigene Arbeiter eingeschleust, die es ermöglicht hatten, dass wir erstens so einfach Zugang zur Zentrale erhielten – und das mitten in der Nacht – und dass das Team zweitens ungehindert in den geheimen Kristallraum gelangen konnte, in dem alle wichtigen Informationen aufbewahrt wurden.

Für meinen Geschmack war das alles viel zu einfach gelaufen und roch verdammt nach Falle, aber auf mich hatte ja wie immer niemand hören wollen. Schon gar nicht Azarael, der mich bei jeder Gelegenheit ausbremste wie ein Kind, das die Erwachsenen nicht ausreden lässt.

In diesem Fall wollte ich zwar nur äußerst ungern recht behalten und dennoch geschah es.

Balladion wurde plötzlich unruhig, zog die Stirn in Falten und drückte sich den Kristall noch enger ans Ohr.

»Was ist los?«, fragte ich drängend, doch er antwortete nicht, lauschte gebannt den Gesprächen auf den anderen Leitungen.

»Balladion! Was ist los?«, fragte ich noch einmal, diesmal lauter und vehementer.

Als er wieder nicht antwortete, übernahm Cayugas Temperament und ich riss ihm kurzerhand den Kristall aus dem Ohr und steckte ihn mir selbst an.

Zunächst hörte ich nur eines, nämlich unkontrolliertes Rauschen, das sich jedoch langsam legte. Es gelang mir, Stimmen herauszufiltern. Ziemlich wirr durcheinanderredende und vor allem sehr aufgeregte Stimmen. Hatte ich es doch gewusst, eine Falle!

Irgendetwas war da drin passiert, aber ich konnte nicht verstehen, was. Aus dem ganzen Gemurmel war nicht ein deutlicher Satz zu vernehmen!

Genauso unsanft, wie ich mir den Kristall genommen hatte, wurde er mir auch wieder aus dem Ohr gerissen. Balladion blickte mich zornig an. Er steckte sich seinen Funkkristall wieder an und bedachte mich mit einem Kopfschütteln, bevor er sich wegdrehte und wohl seinerseits versuchte etwas aus dem Stimmengewirr herauszulesen.

Doch so schnell gab ich nicht auf, drängte mich dicht an ihn und versuchte so, die Funksprüche mit anzuhören, was natürlich absoluter Blödsinn war, angesichts der winzigen Größe des Kristalls.

»In Ordnung, ich versuche zu euch durchzudringen«, sagte er plötzlich und ich zuckte vor seiner plötzlichen lauten Stimme zusammen. Er drehte sich zu mir um und sah mich ernst an, doch ich schüttelte – ohne dass er auch nur ein Wort gesagt hatte – den Kopf.

»Keine Chance, Balladion. Ich bleibe garantiert nicht alleine hier draußen sitzen, während ihr dort drinnen euer Leben riskiert.«

Er seufzte. »Sophie, versteh doch, dort drinnen bist du in zu großer Gefahr und ...« Er ließ die Hände hilflos hängen angesichts meiner entschlossenen Haltung. Ich gab mir zusätzlich Mühe, durch meinen Blick Unnachgiebigkeit zu signalisieren.

»Azarael hat dir doch gesagt, du sollst hier, direkt am Portal, bei mir warten, damit du mich – falls etwas schiefgeht – sofort zu den anderen bringen kannst, sodass wir gemeinsam fliehen können, oder? So war es doch?«

Balladion antwortete nicht, aber an seiner verbissenen Miene erkannte ich, dass ich recht hatte.

»Und ich habe es für eine absolut bescheuerte Idee gehalten, was es letztendlich auch ist. Jetzt werde ich mit in eure gescheiterte Mission und ebenfalls in die Mühlen der Regierung geraten, wenn wir nicht fliehen können.«

Er schwieg erneut verbissen.

»Also ist es offenbar Azaraels Wille, dass du mich sofort zu den anderen bringst, damit wir wenigstens versuchen können gemeinsam zu fliehen.«

Er schwieg wieder, rang mit sich, das konnte ich an seiner gerunzelten Stirn erkennen, hinter der es offenbar mächtig arbeitete. Aber dann packte er mich wortlos und ziemlich unsanft am Oberarm und zog mich hinter sich her. Ich wehrte mich nicht, sondern ließ ihn gewähren. Immerhin würde ich so zum Team um Taylor kommen und mit eigenen Augen sehen, was passiert war. Hoffentlich war es noch nicht zu spät!

* * *

Das Portal war auf den ersten Blick nicht zu erkennen, es war einfach eines der vier Tore, über die man ins Innere der Freiheitsstatue gelangte. Balladion blieb davor stehen und betrachtete mich unschlüssig.

»Was ist? Gibt es ein Problem?«, fragte ich fast schon panisch.

Er zögerte, blickte mich an, dann stieß er ein kleines Lachen aus. »Ohne dich komme ich gar nicht in die Zentrale, schon ironisch, was?«

»Wieso? Was soll das bedeuten?«

»Nur über das Prueba einer Fairy gelangt man durch das Portal.«

Ohne Umschweife packte er meinen Kopf und bugsierte ihn in Richtung des Mauerwerks, aus dem uns plötzlich ein paar gelbe, gefährlich blitzende Augen anstarrten. Magische Scanner! Grelle Lichtstrahlen strichen über mein Prueba, immer und immer wieder. Die Augen rotierten und die Tür bebte beängstigend.

»Aber ... aber sie werden das Prueba als meines, als Cayugas identifizieren!«, keuchte ich atemlos.

»Bis dahin sind wir längst über alle Berge«, flüsterte Balladion mir zu, aber es klang längst nicht so überzeugend, wie es wahrscheinlich hätte klingen sollen.

Das Beben wurde kräftiger und eine dicke Tür öffnete sich im Mauerwerk, durch die wir eilig traten, und dann befanden wir uns in einer riesigen Halle, deren Boden aus reinstem weißen Marmor bestand, dessen verästelte Adern im dort herrschenden gedämpften Licht golden glitzerten und funkelten. Ein irrsinnig großer, mächtiger Empfangstresen ragte in der Mitte in einem Halbrund auf, die Fronten allesamt indirekt hinterleuchtet, und er war nicht besetzt. Über unseren Köpfen erstreckte sich ein glitzernder Sternenhimmel, über den bunte Lichter tanzten, die Nordlichtern ähnelten.

»Müssten hier nicht überall Wachleuchte stehen?«, flüsterte ich Balladion zu.

Dieser nickte und schmunzelte leicht. »Ja. Hat die Organisation nicht gute Arbeit geleistet?«

Natürlich hatte die Organisation dafür gesorgt, dass die gesamte Empfangshalle heute Nacht unbesetzt war. Aber hätten nicht sofort irgendwelche Fairies hier auftauchen müssen? Immerhin war mein Prueba nach dem Zwischenfall gescannt worden.

Rechts neben dem Tresen blieb Balladion stehen und holte einen kleinen, leuchtenden Kristall aus der Jackettasche, den er ein paarmal zwischen seinen Handflächen rieb. Schließlich erschien vor uns in der Luft schwebend ein Lageplan, dessen weiße Linien sich gut sichtbar von der Umgebung abhoben. Ein blinkender roter Punkt war wohl unser aktueller Aufenthaltsort.

»Komm«, sagte er und nahm mich mit zu einigen goldenen Türen, die mitten im Raum schwebten. Er machte eine Handbewegung abwärts, die so aussah, als würde er einen unsichtbaren Basketball nach unten dribbeln, und eine Schiebetür öffnete sich, hinter der sich eine weiße, verspiegelte Kabine befand – ein Aufzug.

Balladion tippte einen Code in die nummerierte gläserne Tastatur und der Aufzug setzte sich in Bewegung – hinab in die Tiefe.

Es war gespenstisch still in der kleinen Kabine, die sich

immer tiefer und tiefer in die Erde senkte, fast lautlos. Ich wagte kaum zu atmen und auch Balladion verharrte starr in seiner Position. Wieder einmal kam mir der Gedanke, dass das alles zu glatt lief.

Schließlich kam der Aufzug zum Stillstand, ein Klingeln ertönte, und die Aufzugtüren öffneten sich mit einem leisen Zischen.

Vor uns lag ein dunkel gefliester, sehr breiter Gang, der links und rechts von großen, massiven Türen und Toren gesäumt wurde, und mir kam es vor, als saugten die schwarzen Wände jegliches Licht einfach auf. Am liebsten wäre ich allein schon vor der drückenden Stimmung geflohen, die hier unten herrschte, aber ich ließ mir nichts anmerken, blieb neben Balladion stehen und sah mich um.

Er reichte mir wortlos eine große, durchsichtige Brille, die wie eine dieser Schutzbrillen aussah, die man in Labors verwendete. Ich setzte sie auf und kam mir ein wenig dämlich vor. Etwa wie im Kino, wenn man einen 3-D-Film guckte und sich diese grässlichen Dinger irgendwie ins Gesicht frickeln musste. Aber sobald das harte Plastik mein Nasenbein berührte, erkannte ich, weshalb wir sie brauchten. Vor mir erschien wie von Zauberhand ein dichtes Netz aus bunten Laserstrahlen. Ich runzelte die Stirn. In Filmen waren die doch normalerweise immer rot, was mich zu der vorsichtigen Annahme verleitete, dass diese Strahlen magischen Ursprungs waren. Balladion bestätigte meine Theorie.

»Sie bestehen aus den vier Elementen. Rot steht für das Feuer und verbrennt dich in Sekundenschnelle. Grün steht für die Erde und lässt dich zu Stein erstarren. Blau steht für das Wasser, es lässt dich ertrinken, und Weiß steht für die Luft. Daran wirst du ersticken«, erklärte er nüchtern.

»Und wie sind die anderen da durchgekommen?«, flüsterte ich und blickte panisch auf die Strahlen, die nur wenige Zentimeter von meinem Körper entfernt waren.

»Ganz einfach.« Er holte ein kleines Ding aus seiner Hosentasche, das aussah wie ein Feuerzeug, und sah mich ernst an.

»Ich hoffe, du bist schnell.«

»Na ja«, begann ich zögernd. »Als Sophie zählte ich eher zu den Nieten im Sportunterricht, aber ich glaube, dieser Körper hier ist ganz gut in Form.«

Balladion entfuhr ein Lachen. »O ja, Cayuga ist verdammt gut in Form – in jeder Hinsicht.«

Irrte ich mich oder versuchte er gerade mit mir zu flirten? Verwirrt schüttelte ich den Kopf, um diesen Gedanken schnell zu vertreiben, und trieb ihn stattdessen zur Eile an.

»Sag schon, wie kommen wir da durch?«

»Mit diesem Stab setze ich die Strahlen für eine Minute außer Gefecht.«

Ich nickte. »Gut, das heißt, wir haben eine Minute für welchen Weg?«

»Den gesamten Gang entlang.«

Toll, keine sehr guten Aussichten. Ich konnte das Ende nicht sehen, daher schloss ich, dass es ein sehr langer Gang war. Ich wagte kaum zu fragen, aber dennoch musste ich es wissen.

»Wie lang ist er?«

Balladion seufzte. »Etwa fünfhundert Meter.«

Ich keuchte. O mein Gott, ich war so gut wie tot.

»Wie schnell läufst du die hundert Meter?«, wollte er von mir wissen und sah mir tief in die Augen.

Ich zuckte die Schultern. In letzter Zeit hatte ich nicht wirklich mitgestoppt, wenn ich irgendwo gerannt war. Offen gesagt lag mein letzter Sprint schon einige Monate zurück und zählte nicht wirklich, da ich zu diesem Zeitpunkt von Taylor durch eine in einem magischen Vulkan befindliche Höhle gehetzt worden war auf der Flucht vor den Shuk.

»Die besten Läufer schaffen die hundert Meter unter zehn Sekunden. Wir sind übermenschlich, das heißt, wir schaffen das mit links, ist das klar?«

Das war keine Frage, sondern vielmehr eine Motivationsansprache, die mich nur betreten schlucken ließ.

»Haben wir eine andere Wahl?«, sagte ich stattdessen und stellte mich in Startposition, dabei tief ein- und ausatmend wie die Leichtathleten.

Er zögerte und sah mich prüfend an.

»Du weißt, du kannst das. Vertraue deinem neuen Körper, Cayuga ist wahnsinnig schnell«, sagte er aufmunternd und ich nickte.

Ich vertraute Cayuga, was hatte ich denn für eine andere Wahl? Immerhin besaß ich ihren Körper und sie meinen – oder umgekehrt. Es war manchmal einfach immer noch immens verwirrend für mich. Aber ich würde diesen Korridor hinter mich bringen. Umkehren konnte und wollte ich nicht mehr.

»Worauf wartest du? Ich bin bereit!« Entschieden signalisierte ich ihm, er solle endlich diesen magischen Stick, oder was auch immer das in seinen Händen war, aktivieren, damit wir losrennen konnten.

»Ich werde mich teleportieren. Das bedeutet, du bist ab dem Moment der Aktivierung dieses Sticks auf dich allein gestellt. Bist du bereit?«

Ich atmete tief durch und nickte.

»Gut.« Er nickte ebenfalls. »Auf drei. Eins – zwei – drei!«

Ein greller Blitz durchzuckte den dunklen Raum und ließ mich kurzzeitig Sterne sehen. Doch noch bevor sich meine Augen wieder normalisiert hatten, war ich bereits losgelaufen, sobald ich das leise *Plopp* vernommen hatte, das bedeutete, dass Balladion verschwunden war.

* * *

Ich rannte so schnell wie noch nie in meinem Leben. Ich lief, bis meine Lungen brannten, meine ganzen Muskeln sich gegen mich aufbäumten, die ich aber immer weiter antrieb vor lauter Panik, die Strahlen könnten zurückkehren und mich in winzig kleine Stücke säbeln, oder wie sie genau arbeiten – das wollte ich auch lieber gar nicht wissen! Mein Körper rebellierte, wollte nicht mehr weiter, schrie danach, anzuhalten, aufzuhören, endlich stehen zu bleiben! Doch ich durfte nicht, rannte gnadenlos vorwärts, bis ich endlich ein großes schwarzes Tor vor mir aufragen sah. Dieses Ziel vor Augen, wurde ich – ich hielt es selbst kaum für möglich – plötzlich noch schneller, angespornt von den Toren dort vorne, die für mich bedeuteten stehen zu bleiben, zu verschnaufen, mich auszuruhen.

Ich stierte voller Konzentration auf mein Ziel, musste es unter allen Umständen erreichen. Wie viel Zeit mir noch blieb, vermochte ich nicht zusagen und schließlich prallte ich mit voller Wucht dagegen. Schmerz durchfuhr meinen gesamten Körper und ich sackte schwer atmend in mich zusammen und blieb keuchend wie ein Häufchen Elend am Boden sitzen.

Wie durch einen Schleier sah ich ihn neben mir, wie er mich ernst beobachtete, aber auch leicht schmunzelte. Er war bei der Teleportation sicherlich nicht wie eine orientierungslose Fliege gegen das Tor geklatscht.

»Kompliment«, sagte er und lächelte mich unentwegt an. »Ich glaube, du solltest dich für die nächsten Olympischen Spiele anmelden. Du hast mit Sicherheit den Rekord im Sprint geknackt.«

Wenn ich nicht so völlig am Ende gewesen wäre, hätte ich einen dummen Spruch darauf erwidert, aber so lächelte ich ihn einfach nur dankbar an. Zumindest Cayugas Fitness war mir hold, wenn es ihre Magie schon nicht war.

Balladion wurde plötzlich sehr ernst und dann erkannte ich auch, woran das lag. Die Torflügel, gegen die ich nicht besonders leise geknallt war, gaben nach und öffneten sich nach innen. Ich wappnete mich für den Anblick von Security der Regierung, Soldaten oder Defenderre, die mich festnehmen und erneut ins Verlies sperren würden, aber stattdessen starrte uns das verwunderte Gesicht einer hübschen Blondine an, die den Kopf schief legte und vor allem mich von oben bis unten sehr abschätzig musterte. Doch sie sagte nichts und bedeutete uns mit einem Nicken ihr zu folgen.

Balladion half mir auf, lächelte aufmunternd und schob mich vor sich her. Jeder Muskel meines Körpers brannte noch von der Anstrengung und am liebsten hätte ich mich einfach nur auf den Boden gelegt und gewartet, bis ich wieder in der Lage war, normal zu laufen. Aber ich ließ mir nichts anmerken und schlenderte betont lässig und langsam neben Balladion her.

Ich sah mich staunend um. Wir befanden uns in einem in pures Gold getauchten riesigen Raum ohne Wände und Decke, über unseren Köpfen leuchtete ein Feuerball so hell wie die Sonne. Unter dem gläsernen Fußboden waberte goldener Nebel, durchzogen mit vereinzelten immer wieder aufleuchtenden Punkten.

Die Blondine – es handelte sich übrigens um niemand Geringeren als die »Neue« in unserem Team, Erin – führte uns an unzähligen silbernen Schreibtischen vorbei, die alle durch kleine schwarze, halbhohe Wände voneinander getrennt waren. Es war wohl eine Art gigantisches Großraumbüro, doch auf den Tischen standen weder Computer noch Tastaturen, Akten, Ordner oder Telefone. Stattdessen waren überall gigantische Spiegel aufgestellt, gesäumt von kleinen und großen Kristallen, die in sämtlichen Farben leuchteten.

Ein paar persönliche Fotos sowie bunte Blumen und Pflanzen zwischen den Tischen zeugten davon, dass hier in der Tat denkende, lebende Wesen arbeiteten und keine Maschinen. Mein Blick fiel auf ein Familienfoto neben einem der Bildschirme. Es zeigte eine hübsche rothaarige Fairy mit einem wunderschön verschnörkelten grünen Prueba nebst ihrem Ehemann, wie ich vermutete, und zwei kleinen Kindern, beides Mädchen, die die roten Haare der Mutter nicht geerbt hatten, sondern stattdessen schwarze Lockenmähnen besaßen wie der Vater. Die Mädchen hatten kleine rote, funkelnde Steine zwischen ihren Augenbrauen, um einiges kleiner als die Pruebas von frisch gezeichneten Menschen. Das waren als Fairies geborene Mädchen! Ich hatte noch nie eine geborene Fairy zu Gesicht bekommen und wollte mir das Bild genauer ansehen, aber lautes Stimmengewirr riss mich aus meinen Gedanken und ich blickte nach vorn. Die lange Reihe von Schreibtischen endete vor vielen verspiegelten Türen, die allesamt wie die Aufzugtüren mitten im Raum schwebten. Eine dieser Türen war geöffnet und Erin führte uns genau darauf zu.

Was war hier los? Ich dachte, es hätte Schwierigkeiten gegeben und hatte mir schon insgeheim wilde Verfolgungsszenarien wie in *Mission Impossible* ausgemalt oder zumindest eine magische Schlacht wie in *Harry Potter*. Doch stattdessen herrschte eine unheimliche Stille, lediglich von dumpfen, durcheinanderredenden Stimmen durchbrochen. Erin selbst wirkte auch nicht besonders beunruhigt. Im Gegenteil. Cool und elegant, wie immer sehr selbstsicher, schlenderte sie vor uns her und trat beiseite, als wir den Raum erreicht hatten.

Das Stimmengewirr, von dem ich nun erkannte, dass es einzig und allein von Mitgliedern unseres Teams herrührte, brach schlagartig ab, als Balladion und ich den Raum betraten.

Mein Blick fiel sofort auf Taylor, der inmitten der Gruppe stand, die sich aus insgesamt acht Personen zusammensetzte (Erin eingeschlossen), und bis vor Kurzem noch heftig mit den Armen gestikuliert hatte. Nun musterte er mich von oben bis unten, bevor er sich ziemlich barsch an Balladion wandte.

»Warum zum Teufel hast du sie mitgebracht?«

Balladion baute sich vor Taylor auf und sah ihn prüfend an.

»So lauteten die Anweisungen, außerdem konnte ich ohne sie nicht durchs Portal«, zischte er leise, aber mit drohendem Unterton.

Taylor seufzte, ließ sich aber von dem zugegeben sehr beeindruckenden, muskulösen Engel nicht einschüchtern. »Wir brauchen deine Hilfe, Balladion, nicht ihre!«, rief er ihm ebenso drohend entgegen.

»Und was hätte ich deiner Meinung nach mit ihr machen sollen? Sie oben vor dem Portal stehen lassen?« Balladion zog die Augenbrauen hoch.

»Ich möchte nicht in deiner Haut stecken, wenn Ace erfährt, dass du sie hier reingeschleppt hast!«

Er schenkte ihm einen bösen Blick, der Taylor augenblicklich verstummen ließ.

Ace! Wie ich diese Abkürzung von Azaraels Namen doch hasste. Das Team nannte ihn hinter seinem Rücken hin und wieder so. Wie er selbst zu dem Namen stand, wusste ich nicht – wenn er ihn überhaupt kannte.

»Nenn ihn nicht Ace!« Balladion knurrte beinahe und ich grinste. Also fand er den Namen wohl auch nicht so toll. »Du bist kein Engel!«

Taylor schwieg daraufhin, positionierte sich ein wenig abseits und warf ihm böse Blicke zu. Ich selbst kam mir etwas allein gelassen vor in diesem Moment, wie auf dem Präsentierteller. Gerne wäre ich einfach auf Taylor zugegangen, damit er sich beschützend vor mich stellte und mir beruhigend zulächelte, aber so war es nicht mehr zwischen uns.

Balladion lächelte triumphierend und ich rollte mit den Augen. Albernes Testosterongehabe.

»Also, wo liegt das Problem?«, fragte er und Taylor wies auf den großen schwarzen Spiegel, der mitten im Raum schwebte, umgeben von wabernden dunklen Nebelschwaden. Viele Zahlen waren darauf abgebildet, die für mich keinen Sinn ergaben.

»Ein Code?« Balladion runzelte die Stirn und Taylor nickte.

»Ja, ein ziemlich sicherer sogar. Wir schaffen es nicht, ihn zu umgehen.«

Balladion trat vor den Spiegel und begann, für meinen Geschmack ziemlich wahllos, darauf herumzuwischen wie auf einem Touchscreen. Ich sah mich in der Zwischenzeit in dem Raum um. Das Zimmer besaß im Gegensatz zur Halle draußen sehr wohl Wände, sie waren allesamt dunkelblau mit einigen gesprenkelten Punkten, die funkelnden Sternen glichen. Aber außer dem Spiegel inmitten der Nebelschwaden befanden sich keine weiteren Möbel darin. Irgendwie wirkte der Raum seltsam bedrohlich und mich schauerte bei der Vorstellung, ich müsste hier arbeiten.

Erin stellte sich an meine Seite und nickte hinüber zum Spiegel, auf dem Balladion verbissen herumwischte. »Einer der vier Spezialcomputer, die Zugang zum Hauptserver und damit zu den Listen haben«, erklärte sie mir, ohne dass ich danach gefragt hatte, und ich biss die Zähne zusammen.

Von allen hätte ich eine Erklärung gewollt und erwartet, was genau hier ablief und wo wir uns befanden – mit Ausnahme von ihr. Sie kam sich wahnsinnig bedeutend vor, wie sie hier im Kreise der ganzen Männer stand und über alles bestens Bescheid wusste.

Sie warf einen Blick auf ihre perfekt manikürten und in rotem Nagellack erstrahlenden Fingernägel, dann sah sie mich mit einem Blick an, der an Arroganz kaum zu überbieten war.

»Hast du das nicht gewusst?«

Den letzten Satz hätte sie sich sparen können, wusste sie doch ganz genau, dass ich von der Fairy-Welt so gut wie gar nichts wusste, bis auf das, was mir im ersten Jahr an der MS Fairytale beigebracht worden war.

Ich warf ihr einen eisigen Blick zu, der sie – sehr zu meiner Befriedigung – sogar ein wenig zusammenzucken ließ. Ich wusste, wie durchdringend Cayugas eisblaue Augen sein konnten, und hatte die Wirkung bereits mehr als einmal sowohl an den Engeln als auch an den sonstigen Mitgliedern der Organisation erfolgreich getestet. Nur Azarael war offenbar immun gegen diese Augen.

Mit einem vernichtenden Blick ließ ich sie einfach stehen und wanderte im Raum umher. Dabei fiel mir auf, dass die Sternenhimmel-Wände eigentlich gar keine Wände waren, sondern große Schränke, die man überaus geschickt in die Wand eingelassen hatte. Mit den Händen fuhr ich über die glatte Oberfläche des Materials. Die Schränke begannen zu leuchten. Erschrocken trat ich zurück. Hatte ich unabsichtlich irgendeinen Mechanismus aktiviert? Im selben Moment wurde der ganze Raum von einem schrillen Alarmton durchflutet.

»Verdammt, was hast du gemacht?« Das war Taylor, der mir einen finsteren Blick zuwarf und dann auf die leuchtenden Schrankwände starrte.

Ich hob beide Hände, so als ob ich zeigen wollte, dass ich unbewaffnet war, und zuckte irritiert mit den Schultern. »Gar nichts! Ich schwöre!«

Erin seufzte. »Sie hat die Portale berührt.«

Oh, also keine Schränke, schoss es mir durch den Kopf.

»Verdammt! Verdammt! Verdammt!« Taylor fuhr sich durch die ohnehin schon sehr zerzausten Haare.

»Taylor!«, rief Balladion. »Sie konnte es nicht wissen! Wir sollten zusehen, dass wir so schnell wie möglich hier verschwinden!«

Er stand auf und machte Anstalten zu gehen.

»Nicht ohne die Liste!« O Gott, was sagte ich denn da? Genau in solchen Momenten verfluchte ich Cayugas vorlautes Wesen.

Ohne dass ich es wollte, stellte ich mich vor den schwebenden Spiegel und studierte die auf und ab irrenden Reihen von Zahlen. Das war ja wie bei *Matrix*. Ein undefinierbares Gewirr von unterschiedlichen Nummern, das dort vor mir in sämtlichen Farben umherwirbelte, ohne Muster oder erkennbaren Rhythmus.

»Wir haben keine Zeit mehr, Sophie!«, fuhr Balladion mich an. »Du hast die geheimen Portale aktiviert, ein Sicherheitssystem, das abzuschalten wir für überflüssig hielten, da von uns ja jeder wusste, dass wir sie nicht berühren durften!«

Ich ging nicht darauf ein, studierte weiterhin eingehend die Zahlen.

»Sophie, hörst du mir überhaupt zu? In Kürze wird es von Defenderre und sonstigen Anhängern der Regierung nur so wimmeln!« Jetzt schrie er mich an und rüttelte mich an den Schultern.

Ich wusste selbst nicht, wie ich das gemacht hatte, aber ohne auch nur eine Sekunde vom Spiegel aufzusehen, hatte ich die rechte Hand ausgestreckt und ihn quer nach hinten durch den Raum geschleudert, und das, ohne ihn auch nur zu berühren! Die anderen keuchten vor Schreck auf, aber keiner wagte es mehr, sich mir zu nähern, die ich immer noch wie in Trance vor den Zahlen stand und einen Sinn dahinter suchte.

»GEHT!«, schrie ich, den Blick fest auf den Bildschirm gerichtet. »Na, macht schon, haut ab!« Diesmal klang ich wohl überzeugender, sodass das Team förmlich vor mir floh.

Ich wusste nicht, was in mich gefahren war. Ich hatte Angst, zitterte, und arbeitete doch so hoch konzentriert, dass ich mir wiederum sicher war, mir würde nichts geschehen. Aus den Augenwinkeln nahm ich wahr, dass die meisten unseres Teams uns verlassen hatten, nur Taylor war geblieben, ebenso wie Balladion, der sich aufrappelte und sich unschlüssig und verblüfft hinter mich stellte.

»Sophie, du wirst keinen Zugang zum System finden!«, versuchte er mich nun mit ruhiger Stimme von meinem Vorhaben abzuhalten. Ich durchschaute ihn natürlich sofort. Er versuchte Sophie dazu zu bringen, mit ihm zu kommen, hoffte, die besonnene, menschliche Seite in mir würde vernünftig werden und mit ihm gemeinsam fliehen.

Jetzt stieg auch Taylor auf die Tour ein.

»Bitte, Sophie, hör auf damit!«, keuchte er in mein Ohr und, zugegeben, erreichte damit, dass ich kurz irritiert war. In mir wirbelte ein Orkan an Gefühlen, doch nach außen hin war ich kühl, konzentriert und schwieg.

»Taylor.« Balladion nickte ihm zu, das konnte ich aus den Augenwinkeln sehen, und bedeutete ihm somit, den Raum zu verlassen.

Doch Taylor schüttelte vehement den Kopf. »Ich lasse sie nicht allein! Kommt gar nicht infrage!«

Balladion seufzte und machte eine Handbewegung in Richtung Taylor. Wahrscheinlich hatte er vor, mich gewaltsam vom Spiegel wegzuzerren, und er sollte ihm dabei helfen. Nicht mit mir.

»Sophie, ich sage es jetzt ein letztes Mal! Hör ...«

Verblüfft hielt Balladion inne, als er sah, wie sich die Zahlen zu einem Muster anordneten, schließlich zu buntem Pulver verpufften und den Blick freigaben auf eine Art leuchtendes Fenster. Das Wappen der Regierung samt lächelndem Bild von Josephine Andrews, der Präsidentin, bildete den Hintergrund, davor schwebten goldene Kristalle, allesamt untertitelt.

Mein Blick glitt über die verschiedenen Beschriftungen, auf der Suche nach etwas, das die Liste beinhalten könnte.

»Du musst nach etwas suchen, das auf die Frisch-Gezeichneten hindeutet«, sagte Taylor neben mir überflüssigerweise. Und dennoch war ich ihm dankbar. Dankbar einfach dafür, dass er mich nicht im Stich ließ.

Ein weiterer heller Ton war zu hören und irgendwo ging so etwas wie eine Sirene los.

»Verdammt, wir haben keine Zeit mehr!«, entfuhr es Balladion neben mir.

»Hier.« Ich lächelte und öffnete, allein durch ein Blinzeln, einen Kristall mit der Aufschrift »Streng vertraulich – FG«. Ich wusste nicht, wieso ich mir sicher war, dass ich den richtigen Kristall gefunden hatte. Ebenso wenig, woher ich das Wissen nahm, dass dieser besondere Spiegel allein auf die Bewegung der Augen und Lider reagierte. Fakt war aber, dass es so und nicht anders funktionierte. Denn sobald ich dem Kristall mithilfe eines weiteren Blinzelns die Informationen entlockt hatte, lagen sie vor mir. Die Abermillionen Namen von Menschen, die noch nicht gezeichnet waren. In goldener Schrift flogen sie in Windeseile vor mir über die Oberfläche des Spiegels.

Taylor reichte mir wortlos einen kleinen silbernen Kristallstick, der dem nicht unähnlich war, mit dem Balladion die Strahlen im Korridor für eine Minute außer Gefecht gesetzt hatte. Ich schüttelte den Kopf und schloss den Kristall wieder, dessen Farbe im Spiegel erlosch.

»Wie? Was? Und die Liste?«, keuchte er und sah mich entsetzt an.

»Vertrau mir«, sagte ich sanft und legte ihm die Hand beruhigend auf den Unterarm. Für einen Moment sahen wir uns tief in die Augen. Die Welt stand still.

Wie lange hatte ich darauf gewartet, ihm wieder so nahe zu sein? Zu lange, kam es mir vor.

Ein Räuspern unterbrach uns.

»Ich möchte ja nicht stören, aber ich glaube, ich kann bereits die Defenderre hören!«, trieb Balladion uns zur Eile an.

»Cayuga, was ist mit der Liste?«

Natürlich sprach er mich mit meinem Fairy-Namen an. Denn momentan war ich ganz Cayuga und nicht mehr die stille Sophie, die keine nennenswerten Fähigkeiten besaß, von Cayugas Aussehen einmal abgesehen.

Ich nickte und wollte mich vom Spiegel abwenden, um den beiden zu folgen, da fiel mein Blick auf einen weiteren Kristall und ich stockte. Ich konnte nicht anders, ich musste ihn öffnen und da sah ich ihn – ihren Namen.

KAPITEL 6

Wie genau wir aus diesem Höllenszenario, das wenig später ausgebrochen war, entkommen konnten, fragte ich mich immer noch. Tatsache war aber, dass ich gemeinsam mit Taylor und Balladion vor dem Elementehagel aus Feuerbällen, Wasserstrahlen, Geröll und Windstößen, den magischen Flüchen und Verwünschungen über eine Art Geheimportal, vorübergehend geschaffen von der Organisation, fliehen konnte. Es führte uns zwar nicht wieder nach New York zurück, dafür aber in die Nähe einer nicht minder berühmten Stadt in den Vereinigten Staaten – Los Angeles. Um es präziser auszudrücken: Wir befanden uns – ich hatte Balladion ewig um die Preisgabe des Namens dieses winzigen Ortes anbetteln müssen – auf einem Flecken im Nirgendwo an der Westküste der USA, in San Simeon.

Hier gab es außer ein paar Motels, Restaurants, einem Wasserwerk und einem wunderschönen, einsamen Strand nicht wirklich viel und ich fragte mich allen Ernstes, wieso zum Teufel wir ausgerechnet hier gelandet waren.

Balladion hatte mich natürlich darüber aufgeklärt. Wir waren an diesem von Gott verlassenen Ort, weil uns hier niemand suchen würde. Keine Fairy, die bei klarem Verstand war, würde sich hier aufhalten, es sei denn, sie hieß Taylor Tayugan, Sophie Cayuga oder war ein Engel namens Balladion.

Wir hatten soeben in einem kleinen Motel eingecheckt, dessen Vorzimmer mich mehr an ein Wohnzimmer als an einen Empfang erinnerte. Ein speckiges Sofa aus braunem Leder, das vor dreißig Jahren vielleicht mal trendig gewesen war, neben einem wuchtigen hölzernen Empfangstresen, an den man allerhand Postkarten und Zettel gepinnt hatte, sowie ein paar bunt zusammengewürfelte Stühle und Tische bildeten die Einrichtung des kleinen Zimmers, das bei unserer Ankunft unbesetzt war. Über eine Klingel riefen wir den Besitzer des Motels, der sich als dicklicher, kleiner Mann älteren Jahrgangs mit einer runden Brille auf der Nase entpuppte, der uns finster anstarrte. Gäste waren entweder zu dieser Nachtzeit unerwünscht, es war immerhin (dank der Zeitverschiebung zu New York) kurz vor Mitternacht, oder generell nicht gern gesehen. Ich hatte kaum ein Auto auf den Parkplätzen des Motels bemerkt.

Mr Donaughue, wie sich der Besitzer knurrend vorstellte, reichte uns wortlos drei Schlüssel, nachdem Balladion ihm mühsam erklärt hatte, dass wir lediglich für ein oder zwei Nächte hierbleiben und dann weiterreisen wollten.

»Länger bleiben die bei uns eh nich«, hatte er in slang-haftem Englisch geantwortet. »Sin alle auf der Durchreise nach San Francisco oder L.A. – Na dann, guten Aufenthalt.«

Mit diesen doch einigermaßen freundlichen Worten hatte er sich umgedreht und war wieder in einem der Seitenräume des Empfangszimmers verschwunden, vermutlich um in Ruhe weiterzuschlafen. Ich fragte mich insgeheim, wieso er nachts nicht einfach schloss, wenn er seine Ruhe haben wollte. Er war immerhin nicht mehr der Jüngste. Aber vielleicht war es auch einfach nur die 24/7-Mentalität der Amerikaner.

So folgte ich achselzuckend meinen beiden Begleitern zu den Zimmern. Wir mussten das Empfangsgebäude, das vermutlich lediglich aus dem Wohnhaus von Mr Donaughue und dem Empfangszimmer bestand, verlassen und hinüber zu Block C gehen, von wo aus eine steile Außentreppe mit recht eng beieinanderliegenden Holzstufen von der Straße aus zu den Zimmern führte. Einerseits war ich froh, dass sich mein gesamtes Hab und Gut noch in New York befand, so musste ich den schweren Koffer immerhin nicht hier hochhieven – wobei mir Balladion und Taylor die Last sicher abgenommen hätten –, andererseits wusste ich nicht, wie ich die kommenden Tage und Nächte ohne frische Klamotten und meinen Beautybeutel überstehen sollte. Ich sah jetzt schon ziemlich zerzaust aus.

Ich trug noch immer die dreiviertellange schwarze Hose, die ich in einem Designerladen in New York erstanden hatte, darüber ein ebenso schwarzes T-Shirt mit der Aufschrift »I Love NY« sowie eine schwarze Lederjacke und dazu meine flachen Ballerinas. Ein roter, leichter Loopschal lag locker um meinen Hals. Das war – abgesehen von meiner Unterwäsche – alles, was ich an Besitz momentan mit mir führte.

Balladion war vor mir auf der Balustrade stehen geblieben, die an den vielen Zimmertüren außen vorbeiführte, und Taylor, der mir folgte, stoppte ebenfalls.

»Hier«, verkündete der Engel und deutete auf drei nebeneinanderliegende Zimmertüren.

»Also dann, meine Herren.« Ich streckte Balladion erwartungsvoll meine offene Hand entgegen, damit er mir einen der Schlüssel reichen konnte, doch er zögerte.

»Ich denke, es ist keine gute Idee, wenn wir uns trennen«, sagte er.

»Wie meinst du das?«, hakte ich nach, wusste aber schon, worauf er hinauswollte.

»Ich denke, wir sollten in einem Zimmer schlafen.«

Großartig. Einesteils fand ich die Vorstellung, mir mit zwei verschwitzten Männern ein enges, stickiges Motelzimmer teilen zu müssen, nicht gerade prickelnd, andererseits handelte es sich bei einem der beiden Männer um Taylor, und das wiederum brachte mein Herz zum Tanzen.

»Ich stimme dir zu«, hörte ich Taylor hinter mir sagen.

Meine Meinung wollte wieder einmal niemand hören, also sperrte Balladion kurzerhand die mittlere der drei Türen auf und knipste das Licht an. Wie ich erwartet hatte: eine karge, spartanische Einrichtung aus bunt zusammengewürfelten, teilweise modernen, teilweise altmodischen Möbeln. Da standen zwei mit grünen Baumwoll-Tagesdecken bezogene Betten, die durch ein kleines Nachtschränkchen mit altmodischer grüner Tischlampe, die doch tatsächlich einen pinken Lampenschirm besaß, getrennt wurden, ein alter Holzschreibtisch mit verschnörkelten, geschwungenen Tischbeinen, einem dicken, wuchtigen Fernseher, der mindestens eine Tonne wog (dass es so etwas überhaupt noch gab?), ein Spiegel mit einem breiten Holzrahmen, ein Kühlschrank und eine Mikrowelle. Ach ja, und den kleinen grünen Ohrensessel im Eck nicht zu vergessen, mitsamt großer grüner Stehlampe daneben. Alles in allem spärlich, zweckmäßig und absolut passend zum Empfangsbild des Motels. Aber ein oder zwei Tage würde ich es hier aushalten können.

Mein Blick fiel auf mein Spiegelbild im hölzernen Rahmen und abschätzig musterte ich mein Äußeres. Die Kleidung war zwar ein wenig zerknittert und auch viele meiner Haare hatten sich aus dem Zopf gelöst und umflatterten meinen Körper jetzt ungebändigt, aber alles in allem sah ich nicht ganz so müde und erschöpft aus, wie ich mich fühlte. Meine eisblauen Augen blickten mir wachsam entgegen, ohne jegliche Augenringe, nur mein Prueba hatte sich aus der magischen Verblendung gelöst und glitzerte in sämtlichen Blau- und Silbertönen. Ich schmunzelte, jetzt wusste ich auch, warum mich Mr Donaughue so komisch gemustert und zwischen meine Augen gestiert hatte. Ich hatte es für Bewunderung gehalten, aber ihm war wohl einfach nur der seltsame *Modeschmuck* zwischen meinen Augenbrauen aufgefallen.

Ich überlegte kurz, ob ich es verschwinden lassen sollte, entschied mich dann aber dagegen. In der Nacht würde es niemanden stören, da meine beiden Begleiter ja selbst im Besitz eines solchen waren. Nun gut, ein Begleiter – Taylor. Balladion war als Engel mit einem anderen, magischen Erkennungszeichen versehen – er besaß wunderschöne große Flügel, und zwar in dem herrlichsten Violett, das mir je unter die Augen gekommen war. Aber genau wie wir Fairies konnten die Engel ihre Zeichen auf magische Weise verbergen, sehr zu meinem Bedauern, denn ein Engel mit Flügeln sah einfach wunderschön, beeindruckend und imposant aus. Ich konnte mich nie genug daran sattsehen. Leider trugen die Engel in meiner Umgebung – und das waren einige! – selten ihre Flügel zur Schau, Azarael schon gar nicht. Ihn hatte ich noch nie mit Flügeln zu Gesicht bekommen und es interessierte mich brennend, wie sie wohl aussahen.

Ich blickte noch immer in den Spiegel und beobachtete, wie sich Taylor und Balladion hinter mir skeptisch eines der Betten ansahen. Wahrscheinlich überlegten sie gerade, wie um alles in der Welt sie beide dort gemeinsam hineinpassten. Dass ich als die Dame der Runde ein eigenes Bett bekommen würde, stand außer Frage.

In dem Moment klingelte ein Telefon.

Ich brauchte ein paar Minuten, bis ich erkannte, woher das Klingeln kam. Zunächst hatte ich gedacht, es sei entweder Taylors oder Balladions Handy mit einem altmodischen Klingelton, dann erkannte ich, dass sich das alte Schnurtelefon mit Wählscheibe meldete, das auf dem breiten Schreibtisch stand. Ich hatte nicht wirklich geglaubt, dass es noch funktionierte, dachte eher, dass Mr Donaughue der Meinung gewesen wäre, es passe gut zum Stil seines Motels.

Balladion nahm ab.

»Castillo?«, meldete er sich.

Balladions amerikanischer Deckname lautete sinnloserweise Jessico Castillo. Jessico – also bitte? Ich wusste bis dato nicht einmal, dass es eine männliche Form von Jessica überhaupt gab, aber Balladion liebte diesen Namen und niemand redete es ihm aus.

»Ja, mhm, ja«, riss mich Balladion aus meinen Gedanken. »Ich ... es ...« Er brach ab, rang förmlich nach Worten. Wer war da an der anderen Seite der Leitung?

»Es ist schwer zu erklären«, sagte er schließlich und atmete aus. »In Ordnung.« Damit legte er auf.

Taylor warf ihm einen seltsamen Blick zu, der irgendwie zerknirscht wirkte.

»Ich nehme an, das war nicht Mr Donaughue?«, stellte ich fest und verschränkte die Arme vor der Brust, den Blick immer noch nicht von meinem eigenen Spiegelbild nehmend.

Balladion schüttelte den Kopf.

Ich seufzte. »Gut. Und ich nehme weiterhin an, du wirst mir wieder einmal nicht sagen, wer am Telefon war?«

Er schmunzelte, was ich als *Ja* auffasste. Ich grübelte kurz, wer es gewesen sein könnte, schloss Azarael aus – der hätte sich über einen der magischen Kristalle im Ohr der beiden gemeldet – und überlegte, welcher Mensch oder Fairy Balladion wohl in diesem gottverlassenen Motel anrufen würde, kapitulierte aber.

»Gut, dann habt ihr beiden sicher nichts dagegen, wenn ich jetzt im Bad verschwinde und mich bettfertig mache.«

Ohne eine Antwort abzuwarten, betrat ich den kleinen Nebenraum.

* * *

Glücklicherweise war Mr Donaughue, was die Badezimmerausstattung anbetraf, mehr als großzügig mit seinen Gästen. Ich fand mehrere Duschgelproben sowie kleine Seifen und sogar eine Zahnbürste samt Mini-Zahnpastaprobe. Natürlich hätte ich mich mit den Männern absprechen können, wer das Anrecht auf die einzige Zahnbürste im Raum hatte, aber ich handelte einfach nach dem Prinzip »First come, first serve«. Sie konnten sich ja in den anderen für uns gebuchten Zimmern bedienen.

Eine halbe Stunde später verließ ich das Badezimmer als neuer Mensch, beziehungsweise neue Fairy – so fühlte ich mich zumindest, frisch geduscht, gepflegt, schlichtweg sauber. Nur mit meiner Unterwäsche und einem weißen Morgenmantel bekleidet, meine noch feuchten Haare versteckt unter einem Handtuchturban, ließ ich mich matt auf das freie Bett fallen.

»Ich glaube, ich schlafe heute wie ein Stein«, verkündete ich gähnend.

»Dann hat sich unser nächtlicher Sprint ja immerhin in dieser Hinsicht gelohnt«, antworte Balladion schmunzelnd und noch ehe ich genauer nachfragen konnte, wie er diesen Satz genau gemeint hatte, war er schon im Badezimmer verschwunden und ich war allein mit Taylor.

Allein mit Taylor!

Wie lange hatte ich auf diesen Moment gewartet? Mir kam es vor wie eine Ewigkeit.

Ich beobachtete ihn, wie er auf dem anderen Bett saß, den Blick in irgendein Buch vertieft. Moment, ein Buch? Woher hatte er denn so plötzlich ein Buch? Ich war mir sicher, wir hatten nichts aus der Regierungszentrale mitgehen lassen. Obwohl, dort hatte es ohnehin keine Bücher gegeben. Dann fiel mein Blick auf die offen stehende Schublade des Nachtschränkchens – es musste sich wohl um die Hausbibel handeln, die in fast jedem Hotelzimmer vorhanden war.

»Du liest die Bibel?«, brach ich unser Schweigen, drehte mich auf den Bauch und stützte meinen Kopf auf die Hände.

Er lächelte leicht. »Hin und wieder.«

Und wieder Schweigen.

Ich hörte ein leises Ticken und bemerkte erst jetzt die kleine Wanduhr über unseren Köpfen, ebenso wie das schwere hölzerne Kruzifix daneben. Mr Donaughue besaß wirklich einen eigenen Geschmack, aber dennoch passte es optimal in das klischeehafte Bild, das die US-Filme von Motels in verlassenen Gegenden vermittelten.

Er blätterte in dem Buch und legte es schließlich beiseite.

Sein Blick fiel auf mich und wurde sehr ernst, wie immer in letzter Zeit, wenn er mich direkt ansah.

»Was war da in der Zentrale los? Was hast du mit dem Computerspiegel gemacht?«

Ich seufzte. »Um ehrlich zu sein, ich weiß es nicht.«

»Natürlich.« Er war nicht zufrieden mit meiner Aussage

und fuhr sich mit der rechten Hand durch die dunklen Haarsträhnen.

»Wie kannst du es nicht wissen? Du hast es doch gemacht!«

»Du verstehst das nicht. Es ist schwierig und kompliziert mit ...«

»Ja, ja, ich weiß, mit Cayuga«, vervollständigte er meinen Satz. »Sag mir eines, spreche ich jetzt mit Sophie oder mit Cayuga?« Er zog die Augenbrauen erwartungsvoll hoch.

»Natürlich mit Sophie!«, sagte ich und setzte mich schnell im Bett auf. »Ich bin immer Sophie, auch wenn ich mich manchmal nicht so benehme.«

Er lachte gekünstelt auf. »Manchmal?«

Ich verstand die Welt nicht mehr. Was war denn los mit ihm? Ich verhielt mich überhaupt nicht wie Cayuga, wenn man denjenigen, die sie kannten, Glauben schenken wollte. Und Taylor behauptete jetzt, ich benähme mich nicht mehr wie Sophie?

»Taylor, ich bin immer noch ich! Ich bin immer noch die Sophie, die ich vor Beltane war! Das weißt du doch!«

»Nach dem, was da eben in der Zentrale abgegangen ist, bin ich mir da nicht mehr sicher«, sagte er und sah mich auf sehr eigenartige Weise an. Sein Blick war so durchdringend, als ob er versuchte, durch mich hindurch in mein Innerstes zu blicken.

»Ich glaube, wir beide verbringen einfach viel zu wenig Zeit miteinander. Ich meine, auf der Fairytale, als du mein selbst ernannter Bodyguard warst, weißt du noch? Du warst mein Schatten, fast Tag und Nacht, und wir waren so gute Freunde!« Ich lächelte ihm aufmunternd zu. »Ich wäre das gerne wieder.« Und diesen letzten Satz meinte ich so aufrichtig, wie ich ihn gesagt hatte. Ich wollte wirklich meinen alten Freund wiederhaben. Vielleicht würden dann auch unsere Gefühle wieder ins Lot kommen, seine zumindest. Ich war mir der meinen sicher. Er war der Einzige für mich. Ich glaubte wirklich daran, dass mehr gemeinsame Zeit mich Taylor wieder näherbringen konnte und ich sein Misstrauen mir gegenüber beseitigen konnte.

»Lass uns Freunde sein ... und wer weiß, vielleicht können wir da weitermachen, wo wir an Beltane aufgehört haben.« Zögernd schob ich eine Hand über den kleinen Abstand zwischen den beiden Betten und berührte ihn sanft am Handgelenk.

Er sah auf, blickte mir tief in die Augen und ich sah erschreckendes Misstrauen darin. Er vertraute mir immer noch nicht. Gerade wollte ich ansetzen, dass ohne mich die Mission in der Zentrale gescheitert wäre, dass wir ohne mich nicht an die Liste gekommen wären, doch da öffnete sich die Badezimmertür und Balladion trat – nur mit einem Handtuch um die Hüften – ins Zimmer. Ich blickte schnell weg und zog mich von Taylor zurück, der seinen Blick wieder in die Bibel versenkte.

* * *

In dieser Nacht schlief ich wider Erwarten schlecht. Erstens, das Bett war wahnsinnig unbequem und ich sehnte mich schmerzlich nach meinem Boxspringbett aus dem New Yorker Hotel. Zweitens schnarchte Balladion – oder Taylor, das konnte ich im Dunkel der Nacht nicht so genau erkennen – dermaßen laut, dass an Nachtruhe nicht zu denken war. Und drittens war der Gedanke an Taylor so nahe bei mir unerträglich, dass ich unmöglich ruhig schlafen konnte.

So lag ich lange wach, den Blick immer wieder auf das Display des kleinen Radioweckers auf dem Nachttisch wandernd, nur um festzustellen, dass es mittlerweile vier Uhr morgens war.

Sollte ich aufstehen und mir ein wenig die Beine vertreten? Aber wo, wenn nicht innerhalb des Zimmers? Nach draußen traute ich mich nicht, vor lauter Angst, die Regierung könnte uns dennoch hier gefunden haben, oder noch schlimmer, Shuk könnten irgendwo in der Nacht auf mich lauern. Beides war durchaus möglich. Im Zimmer herumtappen konnte ich auch nicht, schließlich wollte ich meine beiden Securities nicht wecken. Blieb also nur das Badezimmer.

Ich schob gerade meine Beine so leise wie möglich über den Bettrand, als ich einen Schatten vor dem Fenster bemerkte. Augenblicklich fühlte ich mich wie gelähmt und mein Herz raste.

Doch der Schatten verschwand so schnell, wie er gekommen war, und ich vermutete, dass es sich nur um einen großen Vogel gehandelt hatte, der vor unserem Fenster einer Beute nachjagte.

Erleichtert atmete ich aus und stand auf – nur um von einem weiteren Schatten erschreckt zu werden.

Jetzt entschloss ich mich doch dazu, Taylor zu wecken.

Leise pikste ich ihn in den Oberarm.

»Hey, Taylor«, flüsterte ich.

»Hm?«, kam es brummig zurück.

»Da draußen ist irgendwas«, flüsterte ich und mein Blick wanderte immer wieder zum Fenster. Erneut ein Schatten.

»Bitte, Taylor!« Ich begann ihn fester zu rütteln.

»Oh, Mann!« Er setzte sich genervt im Bett auf und rieb sich die Stirn. »Was ist los?«

»Psst! Nicht so laut!«, zischte ich. »Da draußen ist ein Schatten! Da! Siehst du ihn?«

Sein Blick wanderte zum Fenster. Er nickte ernst – Gott sei Dank, er sah ihn auch! – und stand ebenfalls vom Bett auf. Im spärlichen Nachtlicht erkannte ich, dass er nur mit seiner Unterwäsche bekleidet war – Himmel, wie ich auch, wie ich vor lauter Schatten-am-Fenster gar nicht bemerkt hatte!

Schnell holte ich die leichte Decke aus meinem Bett und wickelte sie mir notdürftig um den Körper, da wurde das Fenster mit einem Mal von einem Windstoß aufgedrückt und ein kühler Luftzug wirbelte ins Zimmer.

Und dann sah ich zum ersten Mal Azarael mit Flügeln.

* * *

Mir stockte der Atem, so imposant stand er dort auf dem kleinen Balkon. Seine Schwingen funkelten silbern und golden im Mondlicht. Ich schätzte die Spannweite auf unfassbare acht bis neun Meter.

Er trug wie so oft nur eine dunkle Jeans und schlichte Schuhe, der Oberkörper – muskulös und schlank – glänzte leicht im seichten Licht des Mondes. Seine halblangen blonden, leicht gelockten Haare wurden ihm von einer seichten Brise ins Gesicht geweht, doch er machte sich nicht die Mühe, sie wieder zurückzustreichen. Stattdessen faltete er seine Flügel zusammen, bemühte sich auf dem schmalen Fensterbrett das Gleichgewicht zu halten und sprang dann mit einem Satz ins Zimmer – und schon waren die Flügel wieder verschwunden.

Er stellte sich vor Taylor und Balladion, die beide sofort zum Fenster geeilt waren, als sie gesehen hatten, wer uns da zur nächtlichen Stunde beehrte. Ich ließ mich wieder auf mein Bett fallen und tat so, als würde ich gelangweilt das nicht vorhandene Muster meiner Bettdecke betrachten. In Wahrheit raste mein Herz, meine Hände zitterten und ich konnte keinen klaren Gedanken fassen. Wenn Azarael mitten in der Nacht hergeflogen kam – und dass er hergeflogen war, daran bestand kein Zweifel –, dann hatte das nichts Gutes zu bedeuten. Entweder es war etwas passiert, oder aber er wollte jemanden zur Rede stellen wegen der Aktion in der Regierungszentrale, und dieser Jemand war entweder Taylor oder ...

»Raus!«, sagte er leise, mit bedrohlichem Unterton und sofort eilten Taylor und Balladion Hals über Kopf aus dem Zimmer – so schnell hatte ich die beiden noch nie von irgendwo verschwinden sehen! Am liebsten wäre ich hinterhergerannt, denn jetzt war offensichtlich, wen er zur Rede stellen wollte.

Ich blieb stocksteif auf dem Bett sitzen, wagte nicht, mich zu bewegen, vielleicht ... nein, er würde mich definitiv zusammenstauchen, sonst hätte er sich nicht wie ein Leithengst vor seinen beiden Anhängern aufgebaut. Ich wagte nicht ihn anzublicken, starrte stur auf meine zerwühlte Bettdecke, in die ich mich notdürftig gewickelt hatte, und wartete mit klopfendem Herzen auf meine Standpauke.

Aus den Augenwinkeln sah ich, wie er langsam auf mich zukam – wie ein Raubtier, das sich seiner Beute absolut sicher war – und schließlich vor mir stehen blieb. Er hielt einen Moment inne, vermutlich erwartete er von mir, dass ich aufsehen und ihm in die Augen blicken würde, was ich nicht tat, weil ich, um ehrlich zu sein, mich vor lauter Nervosität nicht mehr bewegen konnte. Es war mir noch nie mehr bewusst gewesen, wie gefährlich er sein konnte, wie furchteinflößend und mächtig, als in diesem Augenblick – nicht umsonst hatte die gesamte Organisation eine Heidenangst vor ihm und kuschte, wenn er auch nur mit der Wimper zuckte. Er war unglaublich stark und hatte eine Aura, die man nur schwer beschreiben konnte. Außerdem machte er ein großes Geheimnis um seine Magie. Alle Engel konnten fliegen und sich teleportieren, das wusste ich. Zudem hatte jeder eine besondere Gabe, um seine menschlichen Schützlinge vor gewissen Gefahren zu beschützen. Balladion beispielsweise beherrschte eine Art Telekinese, ähnlich der Magie der Geist-Elementarier. Welche Magie allerdings Azarael besaß, diese Frage konnte, wollte oder durfte mir niemand beantworten.

Azarael ließ sich auf das Bett sinken – Gott sei Dank einigermaßen entfernt von mir zu meinen Füßen, die ich unwillkürlich noch ein paar Zentimeter weiter an meinen Körper zog.

»Geht es dir gut?«

Diese simple Frage, die er so leise und überhaupt nicht bedrohlich in den Raum geschickt hatte, ließ mich verwirrt aufsehen. Mein Blick tauchte sofort in seine blauen, fesselnden Augen, die sogar in der matten Beleuchtung der grün-pinken Nachttischlampe leuchteten wie Saphire, und das, was ich darin sah, war echte Sorge.

»Ich … ähm … ja«, stammelte ich ein wenig überrumpelt und fügte schnell hinzu: »Natürlich.«

Er atmete erleichtert aus. »Ich habe mir ernsthafte Sorgen um dich gemacht.«

»Um mich?«, entfuhr es mir.

»Natürlich um dich.« Er sah mich wieder direkt an und in seinen Augen las ich eindeutig die stumme Frage: »Um wen denn sonst?«

»Als ihr so plötzlich verschwunden wart und von den Feiglingen, die die Zentrale ohne euch verlassen haben, mir keiner sagen konnte, ob ihr durch eines unserer geheimen Portale entkommen konntet, habe ich bereits das Schlimmste angenommen. Dazu haben Taylor und Balladion sich nicht gemeldet, das hat mich wahnsinnig gemacht!«

Ich sah ihn mit weit offenen Augen an, noch immer absolut verblüfft von der Tatsache, dass er sich um mich sorgte. In den letzten Wochen und Monaten war ich ihm doch auch herzlich egal gewesen und er war mir, so gut es ging, aus dem Weg gegangen, hatte sich nur hin und wieder bezüglich meiner Fortschritte erkundigt. Ich hatte felsenfest mit einer Standpauke wegen meines Fehlverhaltens in der Regierungszentrale gerechnet, und jetzt das. Ich verstand die Welt nicht mehr.

Ich schluckte und fragte leise: »Wie hast du uns denn dann hier aufgespürt?«

»Na, indem ich alle unsere Portale überprüft habe! Es hat mich eine Weile gekostet, aber schließlich konnte ich euch erreichen.«

Ich verstand! Der geheime Anrufer von vorhin! Es war doch Azarael gewesen. Das erklärte auch, warum Balladion sich wie ein Schulkind benommen hatte. Wieso er nicht über einen Kristall mit uns in Kontakt trat, war mir allerdings schleierhaft.

Ich fühlte mich mit einem Mal unwohl in meiner Haut und erkannte sofort, woran das lag. Sein Blick wanderte über meinen in die dünne Decke gewickelten Körper, meine angezogenen Beine, meine verschränkten Arme, über meine nackten, nur von BH-Trägern bedeckten Schultern, das geflochtene Haar, das wie ein dickes Seil über meinen Hals und dann über meine rechte Schulter nach vorne fiel, hin zu meinem Gesicht, das er besonders eingehend studierte. Ich verharrte völlig still, ließ die Musterung herzklopfend über mich ergehen.

»Mir geht es wirklich gut. Taylor und Balladion konnten mich in letzter Sekunde über dieses Portal retten. Alles in Ordnung«, versicherte ich ihm erneut und blickte wieder auf meine angewinkelten Beine.

Er nickte. Dann rutschte er ein Stück weit auf und mein Herz machte einen Satz – mein Körper tat es ihm nach und zuckte unwillkürlich zusammen. Er schmunzelte angesichts meiner Reaktion.

»So viele Monate sind wir jetzt schon zusammen unterwegs und du zuckst vor mir zusammen? Ehrlich jetzt?« Irrte ich oder sah ich da Enttäuschung in seinem Gesicht?

Es stimmte, ich, oder vielmehr Cayuga, war die Einzige, die sich bisher nicht von ihm hatte einschüchtern lassen, die ihm widersprach. Was jetzt anders war, vermochte ich nicht zu sagen. Vielleicht, weil ich ihn in seiner Engelsgestalt mit Flügeln gesehen hatte?

Er rückte wieder ein wenig von mir ab. Ein Teil von mir freute sich darüber, ein anderer sehnte sich zu meiner Verblüffung nach seiner Nähe.

»Gut, Sophie«, sagte er und sprach mich wie immer bewusst mit meinem menschlichen Vornamen an.

In der ersten Zeit nach Beltane hatte er das nicht getan, da hatte er mich stets Cayuga genannt, weil er wohl dachte, es sei alles wieder wie früher und er habe seine große Liebe zurück. Doch mit der Zeit hatte er feststellen müssen, dass es nicht mehr die Cayuga war, die er gekannt und geliebt hatte. Cayuga war in dieser menschlichen Hülle nicht übernatürlich mächtig und stark. Als er das erkannte und so deutete, dass ich mich nicht genügend anstrengte, begann er mich bewusst mit meinem menschlichen Namen anzusprechen. Zur selben Zeit fing er auch an, sich von mir zurückzuziehen, meinen ganzen Bemühungen zum Trotz, ihn davon zu überzeugen, Lila habe meine Kräfte wohl mit ins Grab genommen.

»Hast du, wonach wir gesucht haben?«

Ich sah auf, blickte ihm direkt in die Augen, von Eisblau zu Saphirblau, und antwortete klar: »Ja.«

Er nickte, als wäre das selbstverständlich, und ich zog die Stirn in Falten. Es brauchte ein wenig, bis ich verstand, bis sich die Puzzleteile in meinem Kopf richtig angeordnet hatten, dann ging mir ein Licht auf und ich schenkte ihm einen tiefgekühlten Blick.

»Du hast das alles geplant, nicht wahr?«

Sein selbstgefälliges Schmunzeln war mir Antwort genug.

»Du verdammter Ar…«

»A-a-a«, bremste er mich tadelnd. »Wir wollen doch nicht ausfällig werden!«

Ich lehnte mich vor, außer mir vor Zorn. »Du hast mich absichtlich mit Balladion vor der Zentrale warten lassen und ihn angewiesen mich bei Gefahr mit hineinzunehmen! Und du wusstest wahrscheinlich ganz genau, dass Taylor und die anderen beim Computerspiegel scheitern würden!«

Er lächelte wieder, rutschte nun vollends aufs Bett zu meinen Füßen und lehnte sich mit hinter dem Kopf verschränkten Armen gegen die Wand, sagte jedoch nichts. Mir reichte ohnehin sein Lächeln.

»Sag mir nur eines: Ich bin in deinen Augen eine totale

Versagerin in Cayugas Körper. Woher wusstest du, dass ich es schaffen würde, die Liste zu besorgen?«

Er befeuchtete die Lippen mit seiner Zunge und blickte mich dann wieder an. In seinen Augen glitzerte es herausfordernd.

»Ganz einfach, ich wusste es nicht.«

Mir klappte die Kinnlade herunter. »Wie? Du hast einfach gepokert?«

»Jep«, kam es von seiner Seite und er blickte wieder nach vorn.

»Ich fasse es nicht«, sagte ich kopfschüttelnd.

»Ich wusste nur eines«, fügte er hinzu, »und zwar, dass der Code des Zentralcomputers nur von einer Urfairy oder einem Mitglied des Regierungsstabs entschlüsselt werden kann. Ich hatte einfach gehofft, Cayuga würde in der richtigen Situation das Richtige tun, und ich lag wie immer richtig.«

»Du hättest mir auch einfach davon erzählen können! Dann hätte ich gleich gemeinsam mit Taylor und den anderen ins Gebäude eindringen und sofort loslegen können! Das hätte uns wertvolle Zeit gespart und ich wäre wahrscheinlich auch nicht so dämlich gewesen und hätte die Wände angefasst!«

»Ja, genau«, sagte er sarkastisch. »Und dann hättest du vor dem Spiegel gestanden und vor Nervosität und Druck nicht gewusst, was du machen sollst – wie immer! Nein, nein, nein, ich musste einen Weg finden, um dich aus der Reserve zu locken. Dass du so dämlich warst, die Portalwände anzufassen – nun gut, man muss immer mit Unvorhergesehenem rechnen. Dass die anderen dich allerdings im Stich gelassen haben, das ist absolut unverzeihlich!«

»Ich habe sie gebeten zu gehen!«, fuhr ich dazwischen.

Langsam wurde es wieder zu einer Unterhaltung, wie sie typisch für uns war.

»Sie hätten es trotzdem nicht tun dürfen.«

»Taylor und Balladion sind doch geblieben. Alles gut«, erklärte ich.

Er seufzte, hing einen Moment seinen Gedanken nach.

Dann blickte er mir wieder direkt in die Augen und plötzlich begann mein Herz wieder zu rasen – diesmal nicht vor Zorn oder Entrüstung, sondern aufgrund der Intensität in seinem Blick.

»Wo ist sie?«

Jetzt war es an mir, zu schmunzeln.

Langsam führte ich den Zeigefinger meiner rechten Hand an meine Schläfe.

»Hier drin«, erklärte ich dann triumphierend.

Er zog die Stirn in Falten. »Wie? Du willst mir sagen, du hast dir die Millionen Namen der Liste innerhalb weniger Sekunden merken können?«

Zugegeben, es klang für mich ebenso unglaublich wie für ihn, aber dennoch war es so. Ich sah sie ganz klar vor meinen Augen, die Namen der vielen, vielen Menschen, die noch darauf warteten, gezeichnet zu werden. Und nicht nur das, auch ihre aktuellen Aufenthaltsorte waren mir bekannt, ganz egal wo sie sich befanden und ob sich die Orte seit unserem Einbruch in die Zentrale geändert hatten. Es war beinahe so, als sei ich mit dem Zentralcomputer über mein Gehirn vernetzt und jede Aktualisierung der Liste wurde in meinen Kopf übernommen.

Ich nickte und erklärte es ihm, obwohl ich es eigentlich nicht erklären konnte.

Er schwieg kurz, überlegte.

Dann meinte er: »Du musst sie in einen Kristall einspeisen.«

»Wie einspeisen?«, hakte ich nach.

»Auf magische Weise. Von mir aus schreib sie per Hand auf. Aber wir brauchen ein Dokument, das wir an unsere Kontaktpersonen weltweit weiterleiten können. In deinem Kopf bringen uns die Namen effektiv nicht viel.«

»Na, danke schön«, entfuhr es mir, doch Azarael ging nicht darauf ein.

»Kannst du das machen?«

Ich dachte kurz nach, dann lächelte ich siegessicher. »Klar – unter einer Bedingung!«

Er zog die Stirn in Falten. »Und die wäre?«

»Bring mich nach Las Vegas!«

Er rollte mit den Augen und blickte mich an, als hätte ich vollkommen den Verstand verloren.

»Sophie, es ist jetzt nicht die Zeit, um die Welt zu erkunden oder in Vegas Spielchen zu spielen! Für jemanden mit deinem Wiedererkennungswert schon gar nicht!«

»Was soll das heißen – mit meinem Wiedererkennungswert?«

»Dein Aussehen, deine Magie ... such dir was aus«, meinte

er entschieden und atmete tief ein und aus. Ich blieb stur sitzen und wartete ab.

»Was willst du in Vegas?«, fragte er nach einer kleinen Pause und ich antwortete ernst: »Ich muss jemanden finden.«

Er sah mich erstaunt an. »Wen? Jemanden aus der Königsfamilie?« Erwartungsvoll hob er die Augenbrauen, doch ich schüttelte den Kopf.

»Nein«, sagte ich bestimmt. »Eine Freundin.«

Jetzt stand er auf und raufte sich die Haare. »Wunderbar! Die Welt steht kurz vor ihrer Apokalypse, jede Sekunde, die wir untätig verstreichen lassen, bringt Tanian näher an ihr Ziel, die Welt zu vernichten, und du, die sich noch nicht einmal anstrengt uns zu helfen, willst eine Freundin in Las Vegas besuchen!«

Jetzt kam das schon wieder. Bei jeder Gelegenheit warf er mir vor, ich würde mich nicht anstrengen, um die Gabe und Cayugas Fähigkeiten zu trainieren und zu erlernen! Ich hätte jetzt aufbegehren können, ihm erklären können, dass es nicht so war, dass ich durchaus versuchte die Erwartungen der ganzen Organisation zu erfüllen, dass es mir nur einfach nicht gelingen wollte. Aber das hatte ich schon so viele Male versucht und war jedes Mal auf Unverständnis seinerseits gestoßen. Geendet hatte jedes Gespräch in lautstarkem Streit, aus dem sich einer von uns entweder heulend davonrennend (das war ich) oder schnaubend davonstapfend (das war er) verabschiedete. Insgeheim verbuchte ich es irgendwie schon als Leistung, wenn sich ein mächtiger, jahrtausendealter Engel so einfach von mir frisch erwachter Fairy aus der Ruhe bringen ließ. In diesem Fall jedoch schluckte ich die Worte, die ich ihm am liebsten auf diesen Kommentar hin an den Kopf geworfen hätte, hinunter und versuchte es mit der diplomatischen Art und Weise.

»Ich habe ihren Namen im Zentralcomputer gesehen. Sie wird dort gefangen gehalten und ich möchte sie befreien, denn ohne sie wäre ich an Beltane nicht aus der Arena entkommen«, erklärte ich ruhig und blickte wieder vor mich auf die Decke.

Er hielt in seinem Im-Zimmer-auf-und-ab-Gelaufe inne und sah mich erstaunt und fragend an.

»Sie ist noch am Leben, Azarael. Es ist Lila Liliané«, verkündete ich ihren Namen triumphierend.

Ich sah, wie sich sein Blick wandelte, und erkannte Hoffnung darin – und Freude.

»Deshalb kannst du deine Kräfte nicht einsetzen!«

Ich nickte.

»Gut«, willigte er ein. »Ich schicke sofort ein Team nach Las Vegas. Kannst du mir sagen, wo genau sie festgehalten wird?«

Ich sah auf.

»Ich komme mit!«, sagte ich entschieden und schob meine Beine über den Rand des Bettes, dabei peinlichst darauf bedacht, dass der Teil der Decke, der um meinen Oberkörper gewickelt war, nicht verrutschte.

»Wie?«, fragte er und zog die Augenbrauen hoch.

»Ich komme mit nach Las Vegas – als Teil des Teams!«

»Kommt ja gar nicht infrage.« Er schüttelte vehement den Kopf, offenbar fest entschlossen mir kein weiteres Mal entgegenzukommen.

»Bitte, Azarael! Sie ist meine beste Freundin!«, flehte ich. Mittlerweile stand ich nur knapp einen halben Meter von ihm entfernt, die Decke immer noch fest um meinen halb nackten Körper gewickelt.

»Wo genau in Las Vegas ist sie?«, fragte er und überging mein Flehen so einfach.

Ich seufzte. »Das habe ich auf die Schnelle nicht erkennen können. Nur Las Vegas.«

»Na wunderbar«, entfuhr es ihm und er drehte sich von mir weg. »Du weißt schon, wie groß Las Vegas ist! Sie könnte überall sein!«

»Ja, ich weiß schon, dass es keine gute Auskunft ist«, gab ich kleinlaut bei und sah betreten auf den Fußboden. »Aber ich bin mir sicher, dass ich sie finden kann!«

Er drehte sich zu mir um und ein Lächeln stahl sich auf sein Gesicht.

»Wenn du nur im Aufspüren der Königsfamilie genauso viel Elan zeigen würdest!«

Ich lächelte zurück.

Bald werde ich im Vollbesitz meiner Kräfte sein, schoss es mir glücklich durch den Kopf. Doch dann trübte ein anderer Gedanke meine Hochstimmung. Was, wenn Cayuga dann über mich gewann? Wenn Sophie in ihr unterging? Nein, das durfte nicht geschehen! Ich durfte mich niemals selbst vergessen, dann verlor ich Taylor endgültig!

KAPITEL 7

Ich saß in einem wahnsinnig bequemen Sessel, nippte an einem Glas überteurem Champagner und blickte fasziniert hinaus in die Nacht, die von Tausenden Lichtern erhellt wurde, unter mir das atemberaubende Spektakel der *Fountains of Bellagio*. Meterhohe Wassersäulen stiegen in rasanter Geschwindigkeit zu schönen Geigenklängen und intensiven Fanfaren auf, um nur kurze Zeit später mit einem enormen Knall zurück auf die Wasseroberfläche zu klatschen. Dann wieder schraubten sich kleine Rinnsale empor, schlängelten sich im Takt der Melodie sanft auf und nieder, von unten beleuchtet in allen Farben, die der Regenbogen zu bieten hatte.

Die Wasserspiele fanden alle halbe Stunde statt und ich hatte seit unserer Ankunft in Las Vegas noch keines versäumt – ich konnte mich gar nicht genug daran sattsehen!

Welch Glück – oder Absicht? –, dass Azarael die »Two Bedroom Penthouse Premier Fountain View Suite« mit zwei Schlafzimmern, drei Badezimmern, einem Ankleide- und Schminkraum, einem riesigen Ess- und Wohnbereich, einer eigenen Bar und einem großzügigen Foyer gebucht hatte, versehen mit riesengroßen Panoramafenstern, die einen perfekten Ausblick auf die gesamte Stadt und vor allem auf die Fountain-Show boten, alles gestaltet in kräftigen Lila-, Grau-, Blau- und Cremetönen.

Ich wollte mir gar nicht ausmalen, wie viel das alles kostete, aber die Seelenruhe, mit der Azarael, der sich in einen großen, breitschultrigen Mann mittleren Alters verwandelt hatte und sich als Edward van Zanot ausgab, samt fünfköpfiger Crew unten in der einfach nur bombastischen – jedes andere Wort hätte nicht gepasst – Empfangshalle eingecheckt hatte, erweckte den Eindruck, dass er es sich mit Leichtigkeit leisten konnte.

Das gesamte Team für die Mission »Las Vegas« saß drüben im großen Essbereich um den ovalen Tisch und besprach den Plan für die kommenden Tage. Mich hatte man wie üblich ausgeschlossen, doch diesmal nahm ich ihnen das nicht einmal übel. Jetzt, da ich wusste, dass ich definitiv nicht im Vollbesitz meiner Kräfte war, fiel es mir leichter, mich von den anderen beschützen zu lassen. Hier vom Schlafzimmer aus hatte man sowieso den besten und vor allem ruhigsten Blick über die Show.

Der einzige Wermutstropfen für mich in dieser Traumsuite war, dass ich mir ein Schlafzimmer mit dem Biest Erin teilen musste.

Schon gleich bei unserer Ankunft hatte sie mir klargemacht, dass sie am Fenster schlafen würde, und breitete sich anschließend im riesigen Damenbadezimmer, versehen mit dem Türschild »Her Bath«, aus. Das Bad hätte locker eine Horde Haremsdamen aufnehmen können, ohne dass es Gedrängel gegeben hätte, aber Erin schaffte es, ihre Pflege- und

Schminkutensilien so zu verbreiten, dass ich mir den Platz für meinen bescheidenen Beautybeutel erkämpfen musste. Zum Glück befand sich gleich daneben noch ein Herrenbad – versehen mit »His Bath« –, das zwar ein wenig kleiner als das pompöse Damenbad war, aber dennoch mindestens Platz für vier Personen bot. Hier breitete ich mich aus, da Azarael verkündet hatte, er würde mit den anderen Teammitgliedern – bestehend aus Arion, Balladion und, sehr zu meiner Freude: Taylor! – das dritte Badezimmer benutzen.

Das zweite Schlafzimmer war belegt mit Azarael persönlich und dazu seinem engsten Vertrauten Arion, der zugleich quasi als Doppelagent den Schutzengel meiner Schwester Helena Ambrosora spielte. Balladion würde die Schlafcouch beziehen und Taylor das breite Sofa im Wohnzimmer.

Zu meinem Bedauern endete die Fountain-Show nach wenigen Minuten. Ich leerte das Glas und stand auf. Mein langer weißer Bademantel reichte mir bis zu den Fußknöcheln und hüllte meinen Körper in kuschelige, weiche Wärme. Am liebsten hätte ich mich mit ihm sofort ins Bett gelegt, denn ich war hundemüde aufgrund des Schlafmangels der vergangenen Nächte.

Nachdem uns Azarael in San Simeon zu morgendlicher Stunde aufgesucht hatte, war an weiteren Schlaf natürlich nicht mehr zu denken gewesen. Den darauffolgenden Tag hatten wir größtenteils auf der Straße verbracht, die Nacht in einem nicht gerade luxuriösen Hotel in Bakersfield, einem Ort, der ganz auf die Durchreise nach Las Vegas ausgerichtet war. Hier gab es wahnsinnig viele Hotels und Restaurants und mir erschloss sich noch immer nicht ganz, warum sich Azarael für ein derart heruntergekommenes Hotel wie das, in dem wir die letzte Nacht verbracht hatten, entschieden hatte. Hatte er sich sein Geld etwa für den Luxus-Aufenthalt im Bellagio aufgespart? Das glaubte ich kaum. So, wie ich Azarael bisher kennengelernt hatte, schwamm er förmlich im Geld. Oder erschuf er es sich etwa?

Jedenfalls hatte in Bakersfield eine wild feiernde Hochzeitsgesellschaft für grandiosen Lärm bis spät in die Nacht gesorgt, und als wäre das immer noch nicht genug, hatten Erin und ich das Zimmer direkt unter dem frisch vermählten Paar erhalten, das seine Hochzeitsnacht dann noch intensiv und lautstark beging.

Die doppelte Flügeltür zum Damenrefugium wurde geöffnet und Erin schob ihren zarten Körper ins Zimmer, der in weniger zarten, männlichen Klamotten steckte. Genauer gesagt trug sie eine Art Damenanzug mit roter Krawatte, passend zu ihrem blutroten Prueba, das sie heute offen zur Schau stellte. Ihre blonden, dünnen Haare flatterten hinter ihr her wie ein Seidenvorhang in einer seichten Brise. Sie musterte mich knapp, wie ich im Bademantel im Sessel am Fenster hockte, die offenen, dicken Locken wie einen zweiten Umhang um mich herumdrapiert, das leere Sektglas in der Hand, und sagte mit zusammengekniffenen Augen: »Der Plan steht.«

Dann machte sie Anstalten, in Richtung Badezimmer zu verschwinden.

»Und der wäre?«, hakte ich schnell nach.

Sie stoppte und verkündete, ohne sich umzudrehen: »Du bleibst im Hotel.«

»Wie bitte?« Meine Stimme wurde lauter und ich schoss böse Blicke in ihren Rücken, was sie natürlich komplett unbeeindruckt ließ. Eigentlich wusste ich ja, dass es das Beste für alle war, wenn ich hier in Sicherheit zurückblieb, aber andererseits wollte ich unbedingt bei der Suche nach Lila helfen, die für mich ihr Leben riskiert hatte.

Wie ich erwartet hatte, zuckte Erin lediglich mit den Schultern und verschwand ohne ein weiteres Wort im Badezimmer. Diese Frau machte mich wirklich rasend! Obwohl ich nur mit einem Bademantel bekleidet war, rauschte ich samt Sektglas hinüber in den Wohn- und Essbereich, nur um diesen leer vorzufinden. Ich zögerte einen Moment, unschlüssig, ob ich ans Zimmer der Männer klopfen sollte, entschied mich dann aber anders. Ich kniff die Augen zusammen und lächelte.

Die Herrschaften hatten also ihre Geheimpläne, über die sie nicht mit mir reden durften. Nun gut, das galt dann sicher auch andersrum.

Entschlossen ging ich zum weißen Telefon, das auf einem der kleinen Tische im Wohnbereich stand, und wählte die Nummer der Rezeption.

Nur etwa eine halbe Stunde später klopfte es an unserer großen, doppelflügeligen Zimmertür. Das Warten im Foyer der Suite hatte meine Geduld strapaziert. Ich öffnete hastig und entriss dem kleinen, hageren Pagen die große weiße Schachtel mit der Aufschrift »CHANEL«. Schnell schob ich ihm ein paar Dollarnoten in die aufgehaltene Hand und schlug ihm die Tür vor der Nase zu. Dann huschte ich leise ins Herrenbadezimmer und verriegelte die Tür.

* * *

Vor mir lag ein Traum, ein Phänomen – ich hätte fast gesagt: eine Vision in Silber und Gold.

Fast schon unheimlich, wie die Dame aus der CHANEL-Boutique des Bellagio-Foyers meine Wünsche und Vorstellungen in Seidenpapier verpackt und dabei in Vollendung meinen Geschmack getroffen hatte.

Vor mir lag ein verdammt kurzes, trägerloses, rückenfreies und sehr enges Kleid aus silbernem, feinem Stoff, das mit allerlei Pailletten und Zirkonen bestickt war und im hellen Licht der Badezimmerlampe funkelte und glänzte. Eine silberne Brosche hielt knapp unter der Brust creme-goldfarbenen Satin zusammen, der in glatten, sanften Bahnen zum Boden abfiel und das Kleid auf der Rückseite bodenlang bedeckte. Vorne war der Satin kurz und wurde dann in leichten Wellen am Körper entlang nach hinten immer länger. Zwischen den Schulterblättern war es am Rücken mit einer einfachen Schnürung am silbernen, eigentlichen Kleid befestigt. Vorne bedeckte der cremefarbene Stoff lediglich die Taille, an der sich auch die mit cremefarbenen Zirkonen besetzte Brosche befand. Meine langen Beine würden also von vorne sehr gut zu sehen sein, während der Satin hinten meinen Rücken zur Geltung bringen würde, sollte ich denn in der Lage sein, meine Haare zu einer einigermaßen guten Hochsteckfrisur zu bändigen. Außerdem befanden sich in der Schachtel passende, silbern glänzende Pumps mit unverschämt hohem Absatz und ein goldenes Kästchen mit passenden Ohrringen und einem Collier. Den Gesamtwert des Outfits schätzte ich auf mehrere Tausend Dollar. Natürlich besaß ich das Geld bei Weitem nicht, dafür fehlte mir einfach der Zugang zu Azaraels Kreditkarte. Aber der Umstand, dass ich gemeinsam mit meinem »Onkel« Edward van Zanot in der Penthouse Suite residierte, erlaubte es mir, die besagten Dinge aus der Boutique auszuleihen. Ich fühlte mich wie in *Pretty Woman*!

Wenig später steckte ich in dem teuren Fummel und drehte und wendete mich begeistert vor dem raumhohen Wandspiegel im Badezimmer. Ich sah einfach nur umwerfend aus! Es war mir tatsächlich gelungen, meine Haare kunstvoll nach oben zu stecken, sodass die großen, tropfenförmigen Diamantohrringe und die dazu passende Halskette auf meinem doch sehr freizügigen Dekolleté gut zur Geltung kamen. Eine silberne Clutch rundete mein Outfit ab. Ich nickte meinem Spiegelbild anerkennend zu, wischte noch einmal mit den blutrot bemalten Lippen übereinander, überprüfte den goldfarbenen Lidschatten über den eisblauen strahlenden Augen und tuschte erneut meine Wimpern. Dann verließ ich leise das Badezimmer.

Aus dem angrenzenden »Her Bath« vernahm ich keinen Laut. Anscheinend war Erin bereits fertig.

Ich huschte ins angrenzende, ebenfalls verlassene Schlafzimmer und horchte an der Flügeltür, die hinüber in den Wohnbereich führte.

Stimmen! Sie waren also noch nicht gegangen. Verdammt! Hoffentlich kam niemand auf die Idee, sich von mir zu verabschieden!

Ich wagte es und schob die Flügeltüren ein klein wenig auseinander, sodass ich durch den entstandenen Spalt linsen konnte. Ein triumphierendes Lächeln stahl sich auf meine Lippen. Hatte ich es doch gewusst!

Ausnahmslos alle befanden sich in Casinokleidung. Die Herren in teuer aussehenden Anzügen oder gar Smokings, Erin in einer blutroten, langen Abendrobe mit roter Handtasche. Ihre Haare trug sie wie immer offen, was zu diesem Outfit nicht wirklich gut passte angesichts der dünnen Haare, die fast wie Federn auf ihrem Kopf wirkten.

Mein Blick fiel auf Taylor, der wahnsinnig gut aussah in dem schwarzen Anzug und mit dazu passender schwarzer Krawatte. Seine dunklen Haare fielen ihm wie immer ungebändigt ins Gesicht, störten aber nicht, da sie nicht ungepflegt waren. Er bückte sich soeben und polierte die schwarzen, eleganten Herrenschuhe auf Hochglanz. Balladion und Arion trugen ebenfalls schwarze Anzüge und standen Taylor in nichts nach, was das Aussehen betraf. Beide standen mehr oder weniger gelangweilt am Fenster und betrachteten eine weitere Show der *Fountains of Bellagio*.

Da öffnete sich die gegenüberliegende Flügeltür, die zum Schlafzimmer der Herren führte, und Azarael kam heraus. Natürlich trug er einen schwarzen Smoking mit passender

Fliege. Wie ein Model stand er lässig da und knöpfte sich die Hemdsärmel zu, dabei fielen ihm die blonden Haare leicht ins Gesicht. Erin eilte herbei und bot ihm ihre Hilfe an, die er lästig abwehrte wie eine Fliege.

»Seid ihr bereit?«, fragte er an sein Team gewandt.

Alle nickten, nahmen eine aufrecht stehende Position ein, die Brust vorgereckt – *fast wie beim Militär,* schoss es mir durch den Kopf. Azarael, der mittlerweile seine Hemdsärmel zugeknöpft hatte, stellte sich an die kleine Bar und nahm ein Glas mit klarer Flüssigkeit in die Hand.

Ich biss die Zähne zusammen. Natürlich verwandelten sie sich, wie üblich. Wieder ein Vorteil, den sie mir gegenüber besaßen. Sie alle konnten sich auf magische Weise in eine andere Person transformieren und sahen für Menschen und andere Fairies außerhalb der Organisation wie vollkommen fremde Personen aus. Wer jedoch wusste, hinter wem sich welcher Fairy versteckte, konnte auch ihre wahre Gestalt sehen. Evangeline versuchte seit Wochen, mir diese Fähigkeit beizubringen, war jedoch wie bei all ihren anderen Lektionen bisher mehr oder weniger gescheitert. Wieder ein Grund, warum ich immer irgendwo festsaß und nicht an den Aktionen teilnehmen durfte, von meiner fehlenden Magie ganz zu schweigen.

Ich seufzte und richtete meinen Blick auf die Gruppe. Sie standen alle stumm da, die Augen mittlerweile geschlossen. Ich wusste, dass eine Fairy sich für die Verblendungsmagie, die ursprünglich nur die Engel beherrscht hatten, enorm konzentrieren musste. Sämtliche Elementarmagie musste in den eigenen Geist strömen und sich dort mit den Gedanken an ein fremdes Aussehen bündeln. Geist-Elementarier waren natürlich eindeutig im Vorteil und so verwunderte es niemanden, dass Taylor diese Magie in Windeseile erlernt hatte.

Die Engel bewegten sich innerhalb kürzester Zeit wieder, nahmen eine lockere Haltung an und flüsterten miteinander und mit Azarael. Wenig später sah ich, wie die Pruebas von Taylor und Erin kurz aufleuchteten und auch sie ihre Augen wieder öffneten.

Für mich sahen die fünf noch genauso aus wie zuvor, ich wusste jedoch, dass alle außerhalb der Organisation, egal ob Mensch oder Fairy, den älteren, breitschultrigen Edward van Zanot und seine Geschäftspartner in ihnen sehen würden.

Dann verließen sie die Suite.

* * *

Nachdem ich eine Weile gewartet und mich somit vergewissert hatte, dass niemand in die Suite zurückkehrte, machte ich mich selbst auf den Weg hinab ins Casino. Irgendwie überkamen mich jetzt leichte Gewissensbisse, da ich in meiner recht auffälligen Gestalt so einfach das schützende Zimmer verließ, wo sich doch alle anderen so viel Mühe gaben, keinesfalls aufzufallen. Aber sei es drum. Selbstbewusst reckte ich das Kinn nach oben. Ich war schließlich nicht zum Spaß hier, sondern um meine beste Freundin Lila zu finden. Man ließ mich allein auf dem Zimmer wie eine Schutzbefohlene. Aber ich hatte es satt, immer nur zu warten und nichts tun zu können. Im Prinzip war ich der Meinung, es läge allein an mir, Lila zu finden. Doch wo sollte ich sie suchen? Gab es hier ein Gefängnis oder eine Polizeistation, in der man jemanden festhalten konnte? Hm, selbst wenn – mit Sicherheit würde man eine Fairy nicht in einem von den Menschen erbauten und verwendeten Gebäude festhalten. Wahrscheinlich gab es hier einen Fairy-Knast oder Ähnliches und diesen ausfindig zu machen war nahezu unmöglich, es sei denn, man bewegte sich in den Fairy-Kreisen der Stadt. Aber andererseits hätte Taylor doch sicher gewusst, wo sich so eine Festung befand. Ich schlussfolgerte, dass Lila an einem Ort versteckt wurde, den auch Fairies nicht ohne Weiteres finden konnten. Sollte ich einen einheimischen Fairy um Hilfe bitten? Aber wie sollte ich einen solchen erkennen?

Ich ließ meinen Blick über die vielen Casino-Besucher schweifen, auf der Suche nach ziemlich gut aussehenden, mysteriös wirkenden Menschen. Davon gab es einige. Zum Beispiel einen dunkelhaarigen, muskulösen, sehr großen Mann an einem der Blackjack-Tische, der immer wieder mit wachsamem Auge die Karten des Croupiers beobachtete. Oder eine kleine, sehr zierliche junge Frau mit kurzen braunen Locken, die wirr ihr zartes, porzellanfarbenes Puppengesicht umrahmten.

Verdammt, Sophie, wie willst du ungezeichnete Menschen erkennen, wenn du es nicht einmal schaffst, in einem Raum versteckte Fairies zu identifizieren?

Ich zögerte einen Moment, dann fasste ich den Entschluss, mich unter die Schaulustigen am Blackjack-Tisch des Dunkelhaarigen zu mischen.

Natürlich war ich mir der vielen Blicke durchaus bewusst, die mich durch den gesamten Raum verfolgten. Aber ich versuchte, nicht darauf zu achten, und tat so, als sei ich, wie alle anderen auch, eine junge Lady in einem verdammt teuren Outfit mit der Absicht, sich heute Abend zu amüsieren und vielleicht den einen oder anderen Gewinn mit nach Hause zu nehmen. Gut, Letzteres war mir im Moment mangels Chips noch nicht möglich, aber wer weiß, vielleicht konnte mir ja ein edler Spender …

»Mylady, Ihr seid die schönste Maid in diesem Saal«, raunte mir in diesem Moment ein älterer Mann mit grauem, dichtem Haar ins Ohr. Ich roch Zigarrenqualm und Alkohol und blickte auf die dekadent vielen Chips in seiner Hand, mit denen er sehr offensichtlich bei mir Eindruck schinden wollte. Gott, wie vornehm er sich ausdrückte! Ich konnte mich nicht entsinnen, wann ich je von einer anderen Person *Mylady* genannt worden wäre.

»Danke sehr.« Ich lächelte den Mann an, dessen Miene sich sofort erhellte.

»Wollen Sie meine Glücksfee am Roulette-Tisch sein?« Er machte eine einladende Geste und deutete auf den nächsten Tisch.

Mein Blick fiel auf den Blackjack-Tisch am anderen Ende des Saals. Der Dunkelhaarige saß noch immer dort und blickte verbissen auf seine Karten.

Ich zögerte. Es war offensichtlich, dass der grauhaarige

Mann mir gegenüber keinesfalls ein Fairy war, aber dennoch entschied ich mich schließlich, ihm an den Tisch zu folgen, mit dem Hintergedanken, dass er mir eventuell bei seinem Reichtum den ein oder anderen Chip überlassen könnte, was mir die Gelegenheit verschaffen würde, hinüber zu dem Dunkelhaarigen an den Blackjack-Tisch zu wechseln.

»Wie heißen Sie?«, fragte mich mein neuer Begleiter und bot mir einen Stuhl neben sich an.

»Billa«, nannte ich ihm einen falschen Namen und nahm dankend Platz. Ich rieb mir kurz über die Stirn, um den Zauber zu überprüfen, mit dem ich mein Prueba verschwinden lassen konnte, ein kleiner Lichtblick in Evangelines Unterricht. Es fühlte sich alles irgendwie kribbelnd an, das Zeichen dafür, dass der Zauber seine Wirkung tat.

Neugierig überblickte ich den Tisch vor mir, die Drehvorrichtung, in der die Kugel rollen würde, den Teppich mit den vielen roten und schwarzen Zahlen darauf, den glänzenden Holzstab mit dem goldenen Querbalken, mit dem der Croupier die Chips einsammeln und die Gewinne zuschieben würde. Am liebsten wäre ich wie ein kleines Mädchen vor Aufregung auf dem Stuhl auf und ab gehüpft. Ich war tatsächlich in Las Vegas und saß an einem Roulette-Tisch im Bellagio! Irgendwie war das alles noch so unwirklich für mich.

Doch ich versteckte meine Nervosität und Freude hinter einem kühlen Blick und einer betont lässigen Haltung, als würde ich regelmäßig mit stinkreichen Personen herumsitzen und das Geld zum Fenster hinauswerfen.

»Ich bin Lionel Hamilton«, stellte sich mein Gegenüber vor, den ich auf mindestens fünfzig Jahre schätzte.

Ich nickte ihm freundlich zu.

»Haben Sie schon einmal Roulette gespielt?«, wollte er weiter von mir wissen.

»Natürlich!«, sagte ich schnell und das war nicht gelogen. Ich hatte in der Tat schon einmal Roulette gespielt – damals, in meinem alten Leben als Mensch, mit meiner Oma an einem Mini-Roulette-Tischspiel, das nicht einmal zwanzig Euro gekostet hatte. Ein wenig wehmütig dachte ich an diese Zeit zurück. Es war seltsam, wie wenig mir mein menschliches Leben fehlte und wie selten ich mich daran erinnerte. Es kam mir vor wie eine Zeit, die Ewigkeiten zurücklag, sodass sämtliche Erinnerungen schon beinahe verblasst waren.

»Oh, das freut mich«, riss Lionel mich aus meinen Gedanken. »Werden Sie Ihr Glück ebenfalls versuchen?«

»Äh, nein«, erwiderte ich ein wenig zögernd. »Ich lasse Ihnen gerne den Vortritt und hoffe, dass ich eine gute Glücksfee für Sie bin.«

Er nickte mir amüsiert zu und wollte von mir wissen, auf welche Zahl ich setzen würde.

Ich versuchte mich krampfhaft an die Roulette-Regeln zu erinnern. Wie war das noch mal? Man konnte auf Schwarz oder Rot setzen oder auf Gerade und Ungerade, was den eigenen Einsatz gerade mal verdoppelte, so viel wusste ich noch. Wenn man auf eine einzige Zahl setzte, so gewann man verdammt viel; wie viel, das wusste ich nicht mehr, aber das Risiko war sehr hoch.

»Wie viel wollen Sie denn setzen?«, hakte ich nach, in Erwartung eines geringen Betrages.

»Sind fünftausend Dollar angenehm?«

Ich schluckte und riss die Augen auf.

Sei cool, Sophie, sei cool! Du siehst aus wie eine stinkreiche Gräfin, trägst CHANEL, also benimm dich auch so! Schnell setzte ich mein Pokerface wieder auf und schenkte meiner Begleitung einen fast schon anzüglichen Blick.

»Oder sollen wir mehr wagen und gehen aufs Ganze? Was halten Sie von dreißigtausend?«, hakte er nach.

Sein Blick wanderte lüstern über mein Dekolleté. Gott, wie eklig! Was machte ich hier bloß? Aber ein Rückzieher war jetzt nicht mehr drin.

»Ich denke, fünftausend sind für den Anfang in Ordnung«, sagte ich gefasst zu Lionel und nickte ihm lächelnd zu. »Rot, Drei.«

Lionel lachte auf und setzte die entsprechende Anzahl an Chips auf die von mir genannte Zahl.

»Nichts geht mehr«, verkündete der Croupier und schickte die kleine Kugel mithilfe seines Zeige- und Mittelfingers am Rand der hölzernen Umrandung des sich drehenden Zahlenkreisels auf Reisen.

Die Spannung war für mich unerträglich. Fünftausend Dollar! Sollte die Kugel nicht auf der roten Drei zum Stehen kommen, hätte ich fünftausend Dollar in den Sand gesetzt! So viel Geld!

Ein Seitenblick auf Lionel, der vollkommen relaxt in seinem Stuhl neben mir lehnte, verriet mir, dass fünftausend

Dollar nicht annähernd so viel für ihn bedeuteten wie für mich. Also zwang ich mich ebenfalls cool zu sein.

»Schwarz, sechsundzwanzig«, verkündete der Croupier laut.

Ich warf einen verstohlenen, betretenen Blick auf meinen Spielpartner, dessen Geld ich soeben verpulvert hatte. Doch Lionel lachte nur, zuckte mit den Schultern und fragte mich nach der nächsten Zahl.

* * *

Nach einer halben Stunde war ich nervlich am Ende. Mein Taschentuch, das ich in den Händen gehalten hatte, war komplett zerknüllt und in Einzelteile zerlegt und Lionel Hamilton war um zweiunddreißigtausend Dollar ärmer. Gut, er hatte viertausend Dollar gewonnen, weil ich nicht immer komplett falschgelegen hatte und er zudem mit diesem dämlichen Risiko-Spiel aufgehört hatte, auf ganze Zahlen zu setzen, und hin und wieder auf Rot oder Schwarz gesetzt hatte. Aber zweiunddreißigtausend Dollar! Das war verdammt viel – zumindest für mich.

Lionel warf einen Blick auf seine protzige, dicke Armbanduhr, auf der in goldenen Lettern der Schriftzug »Rolex« prangte, und meinte: »Sollen wir an einen der Blackjack-Tische wechseln? Haben Sie Lust?«

Sofort fiel mein Blick auf den Blackjack-Tisch des Dunkelhaarigen, der inzwischen natürlich verschwunden war. Ich hätte mich ohrfeigen können! Natürlich war er nicht mehr da und ich war so vertieft in das nervenaufreibende Roulette-Spiel gewesen, dass ich ihn ganz vergessen hatte! So viel zum Thema, ich war nicht zum Spaß hier.

»Um ehrlich zu sein, nein«, gab ich Lionel einen Korb, der sich seine Enttäuschung (falls er überhaupt enttäuscht war) nicht anmerken ließ.

»Gut, dann gebe ich Ihnen einen Drink aus. Kommen Sie mit mir an die Bar?«

Ich nickte knapp und stand dann etwas zittrig von meinem Stuhl auf. Er bot mir seinen Arm, den ich dankend annahm, und führte mich hinüber an die auf Hochglanz polierte Bar.

»Einen Dirty Martini, und für Sie?« Er sah mich mit hochgezogenen Augenbrauen erwartungsvoll an.

Himmel, was bestellte man in einer Edelbar wie dieser?

»Dasselbe«, sagte ich entschieden.

Der Barkeeper nickte und stellte uns wenig später zwei Cocktailgläser mit trapezförmigen, breiten Kelchen und langen, schmalen Stielen vor die Nase, die klare Flüssigkeiten enthielten sowie jeweils eine grüne Olive am Spieß.

»Auf Ihr glückliches Händchen«, sagte Lionel Hamilton verschmitzt und hob sein Glas.

»Wohl kaum. Aber auf Las Vegas«, entgegnete ich grinsend und hob ebenfalls meinen Drink leicht an.

Es schmeckte scheußlich!

Am liebsten hätte ich den eben genommenen Schluck sofort wieder ausgespuckt, doch ich würgte ihn hinunter.

Gott, wie konnten manche Menschen so etwas nur freiwillig trinken? Entweder ich war einfach nicht der Typ für diese Art Getränk oder diesen Menschen fehlte jeglicher Geschmackssinn. Ich tippte eher auf Ersteres und wünschte mir sehnlichst ein anderes Getränk herbei.

»Wie lange sind Sie bereits in Las Vegas?«, begann mein Gegenüber ein Gespräch mit mir. Während des nervenaufreibenden Glücksspiels am Roulette-Tisch waren wir nicht wirklich ins Plaudern geraten, was er jetzt offensichtlich nachzuholen gedachte, und ich beglückwünschte mich wieder einmal dafür, dass ich als Fairy jegliche Sprache dieser Erde wie meine Muttersprache beherrschte. Andernfalls hätte ich Lionel, der ein schnelles Englisch mit seltsamem Akzent sprach, kaum verstanden.

»Oh, erst seit heute«, antwortete ich wahrheitsgetreu.

»Und? Gefällt Ihnen die Stadt?«

Ich zuckte mit den Schultern. »Noch habe ich außer dem Hotel nicht viel gesehen.«

»In welchem Hotel wohnen Sie denn?«

»Hier im Bellagio.«

Er nickte anerkennend.

»Sie nicht?«, fragte ich verwundert. Ich war mir sicher, ein Mann mit seinem Geldbeutel hatte mit Sicherheit hier eingecheckt.

»Nein, ich residiere im Caesars Palace nebenan.«

»Oh«, sagte ich daraufhin nur.

»Glauben Sie mir, es steht dem Bellagio in nichts nach«, sagte er augenzwinkernd und ich lächelte zögerlich. Sollte das etwa irgendeine Anspielung sein?

»Sie müssen unbedingt die gesamte Stadt kennenlernen – sie ist unglaublich!«, fügte er hinzu und nahm einen weiteren großen Schluck aus dem Glas. Na, ihm schien das Zeug ja köstlich zu schmecken.

Ich nippte kurz und versuchte, so gut es ging, das Gesicht nicht zu verziehen.

»Oh, das werde ich mit Sicherheit noch tun«, erklärte ich, nachdem ich den Mini-Schluck irgendwie hinuntergekämpft hatte.

»Ich kann Sie gerne auf eine kleine Spritztour in meiner Limousine mitnehmen. Was halten Sie davon? Kurz den Strip auf und ab und hier und da ein wenig verweilen?«

»Das … das … hört sich toll an«, brachte ich zögernd hervor. Eigentlich war ich von dieser Idee ganz und gar nicht begeistert, wollte ihn aber nicht vor den Kopf stoßen. Immerhin war er meinetwegen zweiunddreißigtausend Dollar los.

»Wunderbar!« Er lächelte mich breit an und zückte sein Handy aus der Jackentasche. »Ich werde Harry gleich Bescheid geben!«

Damit drehte er sich weg, um zu telefonieren.

Ich wollte gar nicht wissen, bei wem es sich um Harry handelte, konnte es mir aber bereits denken. Und ich lag mit meiner Vermutung richtig, als er sich wenig später wieder an mich wandte.

»Harry ist mein Chauffeur und er wird uns in wenigen Minuten vor dem Hotel erwarten.«

»Großartig«, murmelte ich.

Azarael würde begeistert sein, sollte er je davon erfahren!

* * *

Es war eine ganz normale schwarze Limousine mit getönten Scheiben, weißen Ledersitzen, einer Minibar und sonstigem eleganten, technischen Schnickschnack, den niemand auf der Welt wirklich brauchte.

Ich stand etwas zögernd vor der offen stehenden Tür der Rückbank.

Lionel Hamilton telefonierte einige Meter entfernt mit einem Geschäftspartner, wie er gesagt hatte.

Vermutlich wollte dieser wissen, wohin vor wenigen Minuten zweiunddreißigtausend Dollar verschwunden waren, schoss es mir durch den Kopf und ich warf ihm immer wieder nervöse Blicke zu.

Aber hey, er war ein erwachsener Mann, er hätte ja bloß nicht auf mich zu hören brauchen!

Schließlich legte er auf und schenkte mir wieder ein begeistertes Lächeln. Also doch kein wütender Geschäftspartner, mutmaßte ich.

»Können wir?« Er zog fragend die Augenbrauen hoch und deutete mit einem Kopfnicken zur Limousine. Mein Kopf sagte in lautem und deutlichem Ton: *Tu es nicht! Steig da um Himmels willen bloß nicht ein! Dreh um!*

Aber etwas anderes in mir, eine Ahnung, ein zarter Wille, vielmehr ein einzigartiges, unbeschreibliches Gefühl zog mich in das Auto, als sei es die einzig richtige Entscheidung, jetzt das Hotel mit diesem älteren Herrn zu verlassen.

In dem Moment wurde ich fest am Handgelenk gepackt und nach hinten gezogen. Beinahe wäre ich über meine Absätze gestolpert, aber mein Gegenüber hielt mich so fest an der Schulter, dass es unmöglich war, hinzufallen.

»Was soll das werden?«, zischte Azarael dicht vor meinem Gesicht und sah mich mit seinen saphirblauen Augen durchdringend an.

Ja, so stellte man sich einen stinksauren Engel vor.

»Ich ... ich mache nur eine kleine Spritztour«, sagte ich zögernd.

»Ach ja? Das glaube ich kaum! Du gehst jetzt hoch in die Suite und wartest dort auf uns, ist das klar?« Er sagte die Worte leise, bestimmt und definitiv wütend. Es war lange her, dass ich ihn so verärgert erlebt hatte.

Aber ich konnte auch wütend sein. Sogar sehr wütend! Es war mir verdammt peinlich, wie er mich vor Lionel Hamilton behandelte, als wäre ich ein unmündiges Mädchen, das sich seinem Vater widersetzt hatte und nun zur Strafe auf sein Zimmer geschickt wurde. Nicht mit mir, Azarael!

»Ach ja?«, wiederholte ich seine Worte, nun ebenfalls mit zornigem Unterton. »Das wiederum glaube *ich* kaum! Ich mache jetzt eine kleine Spritztour und schaue mir Las Vegas an!«

»Hör auf, Sophie! Du hattest deinen Spaß!«, knurrte er und sein Griff um mein Handgelenk wurde fester.

Entschlossen riss ich mich los.

»Und du hör auf mich zu behandeln, als könnte ich ohne dich keine drei Schritte geradeaus gehen! Ich kann sehr gut auf mich selbst aufpassen und sobald ich meine ...« Ich warf einen kurzen Seitenblick auf das Auto. »Ich meine, sobald ich Lila gefunden habe, braucht niemand mehr meinen Babysitter zu spielen!«

Damit setzte ich mich schnell in das Auto und knallte die Tür lautstark ins Schloss.

»Fahren Sie schon los!«, rief ich dem Fahrer zu, der bei meinem barschen Tonfall erschrocken zusammenzuckte, hastig den Motor startete und in den Verkehr der Hauptstraße einbog.

Ich drehte mich nicht um, kochte innerlich vor Zorn.

»Ihr Freund?«, mutmaßte Lionel neben mir, amüsiert lächelnd.

»Nein«, knurrte ich. »Mein Onkel.«

* * *

Kurz nachdem wir das Bellagio verlassen hatten, bereute ich mein Verhalten und es meldeten sich die ersten Gewissensbisse. Es war sicher nicht klug gewesen, Azarael so zu verärgern, und noch weniger klug, ihn zu verlassen.

Was, wenn wirklich die Regierung auftauchte, allen voran meine Schwestern, und mich in die Mangel nahmen, oder noch schlimmer, wenn ich Shuk begegnete! Ich konnte mich unmöglich gegen sie wehren, war ich doch noch in Ausbildung und hatte meine mir verbliebene, spärlichen Feuerkräfte noch nicht in vollem Maße unter Kontrolle. Ganz zu schweigen von der Tatsache, dass ich mich in Gesellschaft eines alten Knackers befand, von dem ich nicht wusste, welche Absichten er mir gegenüber hegte.

»Und? Was möchten Sie gerne sehen, Billa?«, fragte mich mein Begleiter soeben. Er hatte sich aus der Minibar einen Whiskey eingeschenkt.

Ich zuckte mit den Schultern. »Keine Ahnung. Bisher kenne ich nur die Wasserspiele des Bellagio. Ich lasse mich gerne überraschen.«

»Das gefällt mir!« Er lächelte mich anzüglich an und nahm einen großen Schluck aus dem bauchigen Glas.

Wir starteten unsere Sightseeing-Tour beim Vulkan des Hotels »Mirage«, der nach Einbruch der Dunkelheit sein Feuer fast vierzig Meter hoch in die Lüfte spie. Danach wohnten wir der Show im Forum des Ceasars' Palace bei, in der die Götter sprichwörtlich lebendig wurden. Bacchus, Venus, Apoll und Pluto debattierten in der Festival Fountain Show über das alte Rom, während im neuen Teil der Mall ein geflügeltes Biest die »Fall of Atlantis Fountain Show« und den Untergang der sagenumwobenen Insel beobachtete. Außerdem fuhren wir mit den gläsernen Aufzügen des »Paris Las Vegas« hinauf zur Aussichtsplattform, besichtigten den detailgetreu nachgebauten Arc de Triomphe und spazierten auf der Rue de la Paix. Die Fassade des Louvre, des Opern- und des Rathauses sahen den Pariser Originalen täuschend ähnlich. Ich war wirklich verblüfft und sehr beeindruckt.

Anschließend wurden wir von Gondolieri im »The Venetian« von Ufer zu Ufer gebracht, vorbei am Markusplatz, Dogenpalast, Campanile und dem Canale Grande – alles wie im echten Venedig.

Harry chauffierte uns sodann zum »Las Vegas Sign«, das sich am südlichen Ende des Las Vegas Strip, kurz hinter dem Hotel »Mandalay Bay« befand. Es ist wohl das bekannteste Zeichen der Stadt und ich konnte es kaum erwarten, direkt vor dem berühmten Schild mit der Aufschrift »Welcome to Fabulous Las Vegas« zu stehen. Es waren wahnsinnig viele Menschen hier, alle mit demselben Ziel und daher entsprechend schwierig für uns, ein Bild allein mit dem berühmten Schild zu ergattern, aber dennoch gelang es uns – vielmehr Harry –, einige Fotos von mir allein vor dem Zeichen zu machen und sogar noch einige gemeinsam mit seinem Boss, Lionel Hamilton. Glücklich betrachtete ich die Schnappschüsse auf dem Display der Digitalkamera.

»Hey, bist du nicht eine Schauspielerin?« Unbemerkt hatte sich uns ein junger, blonder Mann genähert, der mich unentwegt anstarrte.

Ich tat, als hätte ich ihn nicht gehört, und machte Anstalten, den Ort wieder zu verlassen. Harry hatte die Limousine auf dem nahe gelegenen Parkplatz beim Mittelstreifen geparkt, der mein Ziel war.

»Doch, stimmt«, mischte sich da ein anderer ein. »Das ist doch Megan Fox!«

Ich rollte mit den Augen. Es war nicht das erste Mal, dass ich mit der US-Schauspielerin verwechselt wurde. Zugegeben, wir besaßen wohl eine gewisse Ähnlichkeit, dieselben hellblauen Augen, die dunklen Haare, den großen Schmollmund und die hochgewachsene Figur.

»Nein, bin ich nicht«, sagte ich entschieden.

Aber da war es schon zu spät. Keiner hörte auf mich und irgendjemand eröffnete das Blitzlichtgewitter.

Ich versuchte, mein Gesicht vor den vielen Kameras und Handys hinter meiner kleinen Clutch zu verstecken, wobei ich natürlich kläglich scheiterte. Na prima, das war genau das, was Azarael gemeint hatte mit »nicht zu viel Aufmerksamkeit erregen«. Mit Sicherheit würden einige der Bilder im Internet landen, und insbesondere für die Urfairies und die Regierung war es ein Leichtes, zu erkennen, dass es sich hierbei nicht um Megan Fox, sondern um die gesuchte Sophie Cayuga handelte, deren Aufenthaltsort dann bekannt sein würde. Bis jetzt war die Tatsache, dass Cayuga wiedererwacht war, zu meinem Erstaunen nicht an die Öffentlichkeit gedrungen und Azarael und die gesamte Organisation taten ihr Bestes, um dafür zu sorgen, dass es auch so blieb – zu meiner eigenen Sicherheit. Eines war gewiss: Meine Tage in Las Vegas waren gezählt.

»Lasst sie in Ruhe, verdammt noch mal«, hörte ich Lionel neben mir rufen, der sein Bestes gab, mich vor der fotografierenden Meute zu retten.

»Was willst du denn mit so einem alten Knacker?«

»Megan! Megan, schau doch mal!«

»Megan, hier!«

»Krieg ich ein Autogramm?«

Ich stolperte auf meinen High Heels durch Unmengen von Personen, wurde angerempelt, es wurde an meinem Kleid gezogen und gezerrt und ich konnte nur hoffen, dass der sündhaft teure CHANEL-Satin stabil genug war, um nicht zu reißen. Und irgendwie schaffte ich es tatsächlich zur Limousine, an der bereits Harry stand und heftig mit den Armen gestikulierte. Lionel riss die Tür der Rückbank auf und stieß mich ins Innere des Wagens, der sich unverzüglich in Bewegung setzte. Ich rutschte sofort ein Stück von Lionel ab, der kurz nach mir in das Auto gesprungen war, und untersuchte mein Kleid auf Kratzspuren. Es sah zwar ein wenig mitgenommen aus, aber schien noch vollkommen intakt. Ich hoffte, dass man es in einer Reinigung wieder in den Urzustand versetzen konnte.

»Na, das war doch mal ein Abenteuer«, lachte Lionel neben mir und schenkte sich erneut von dem Whiskey ein.

»Auch einen Schluck?«, bot er mir ein zweites Glas an.

Ich nickte. »Ja, ich denke, nach dieser Aktion brauche ich einen.«

Dankbar griff ich nach dem Whiskey und leerte das Glas in nur einem Zug. Der Alkohol brannte in meiner Kehle und wärmte meinen Körper von innen.

»Passiert Ihnen das öfter?«

Ich zog die Augenbrauen hoch.

»Na, dass sie für eine Schauspielerin gehalten werden?«, fügte Lionel hinzu und war im Begriff, erneut sein Glas zu füllen.

Ich zuckte mit den Schultern. »Manchmal.«

Er lachte. »Sie sind eine sehr interessante Persönlichkeit, Billa.«

Er rutschte näher an mich heran und raunte meinen Namen in mein Ohr.

Oh, oh, Zeit für mich, diese Tour langsam zu beenden, bevor er, offenbar vom Whiskey beflügelt, zu anschmiegsam wurde.

»Was sehen wir uns als Nächstes an?«, wechselte ich schnell das Thema.

Er warf einen prüfenden Blick auf seine protzige Armbanduhr.

»Es ist gleich halb zwölf. Haben Sie Lust auf eine weitere Hotelshow?«

Ich nickte, obwohl mir nach der Aktion am Las Vegas Sign ordentlich die Knie zitterten.

»Wie wäre es mit den *Sirens of Treasure Island*?«

»Hört sich vielversprechend an«, gab ich lächelnd zurück.

Er nickte und gab Harry die entsprechenden Anweisungen, während sich in mir wieder ein seltsames, drängendes Gefühl meldete, wie in dem Moment, als ich am Bellagio in das Auto gestiegen war. Ich musste diese Sirenen-Show sehen. Auf jeden Fall.

* * *

Der Bereich vor dem Hotel »Treasure Island« war ganz nach dem Piratenmotto mit Schiffsplanken ausgelegt, auf denen sich bereits eine Menge Menschen tummelten, die allesamt auf den Beginn der kostenlosen Show warteten, die täglich viermal direkt vor dem Hotel in der sogenannten »Siren's Cove« stattfand – und zwar ausschließlich in den Abendstunden. Um so etwas wie zuvor am Las Vegas Sign zu vermeiden, bat ich Lionel um einen Mantel sowie ein Tuch, mit dem ich mein Haar und Teile meines Gesichts verhüllen konnte, und er hatte tatsächlich beides im Auto! Wie eine verschleierte Muslima im Herrenmantel stand ich nun zwischen den wartenden Leuten und versuchte über die vielen Köpfe hinweg etwas zu erkennen. Links vor mir befand sich ein großes, weißes Piratenschiff, an dessen Mast sich eine Wendeltreppe emporschlängelte, um dort in einem Ausguck zu enden, der mit dickem rotem Samt verhüllt war. Das gesamte Schiff wurde von vielen, grell blendenden Strahlern erhellt, was die Vermutung nahelegte, dass die Show bald beginnen würde.

Ich sah mich ein wenig in der Menge um und glaubte beinahe daran, jemanden aus unserem Team plötzlich vor mir auftauchen zu sehen.

Doch stattdessen fiel mir eine junge Frau auf, die ein paar Meter von mir entfernt stand und mit bereits gezückter Digital-Videokamera auf den Beginn der Show wartete. Sie hatte einen dunklen, fast schwarzen, wunderschön ebenmäßigen Schokoladenteint, besaß schwarze krause, kurz geschnittene Haare, trug eine große, dunkel umrandete Brille und war klein und unglaublich zierlich. Sie sprach lachend und wild gestikulierend mit einem neben ihr stehenden blonden Mädchen. Das Verwirrende an der Dunkelhaarigen war, ich kannte sie und doch kannte ich sie wieder nicht. Ich kratzte mich am Hinterkopf, unschlüssig, was ich tun sollte. Doch dann stand ich plötzlich neben ihr.

Völlig verwirrt von meinem eigenen Verhalten, stammelte ich:

»Äähh, hi.« Dabei verlagerte ich nervös mein Gewicht von einem Bein auf das andere.

Die Schwarze und ihre blonde Freundin wandten sich mir zu und musterten mich von oben bis unten.

»Hi«, sagte die Blonde und schob ihre dunkelhäutige Freundin ein wenig in den Hintergrund.

»Äh, entschuldigt, dass ich mich euch so aufdränge«, versuchte ich mich irgendwie zu erklären. Dann wandte ich mich direkt an die nun hinter der Blondine stehende Schwarzhaarige: »Kennen wir uns nicht?«

Sie zog die Augenbrauen hoch und schüttelte vehement den Kopf. »Ich wüsste nicht, woher.«

»Du bist doch Andrajewa, nicht wahr?«, fragte ich weiter und hatte keinen blassen Schimmer, wer diese Andrajewa überhaupt sein sollte. Das Mädchen übrigens auch nicht.

»Nein, bin ich nicht. Ich heiße Louise. Du musst mich wohl verwechseln.«

Hm, und ich war mir so sicher gewesen, sie zu kennen. Die dunkle Hautfarbe, das krause Haar, die wilden grünen Augen ...

»Ich stehe tief in deiner Schuld, Andrajewa. Ohne dich wäre ich jetzt tot!« Ich keuchte und ließ mich auf die Knie fallen, die Hände auf dem weichen, mit Moos überwucherten Waldboden abgestützt.

Die Dunkelheit der Nacht brach bereits über uns herein und es würde sehr schwierig werden, uns hier in diesem Dickicht zu finden.

»Ich bitte dich! Ich stehe genauso in deiner Schuld wie du in meiner. Lassen wir es einfach dabei. Wir wären beide mittlerweile tot. Was viel wichtiger ist, wie machen wir weiter? Hier im Wald können wir nicht bleiben. Früher oder später finden sie uns.«

In diesen braun-schwarzen Kleidern, von denen sich ihr Schokoladen-Teint so gut wie nicht abhob, war sie in der Dunkelheit kaum auszumachen. Ich sah lediglich ihre Umrisse, die grünen Augen, die mich ernst anblickten, sowie ein rötlich schillerndes Prueba.

»Ich bin erschöpft und denke, hier im Wald sind wir für eine Nacht durchaus sicher. Aber dann müssen wir weiter, da hast du recht.«

»Gut, ich schlage vor, wir klettern auf einen der Bäume. Von dort oben haben wir eine perfekte Aussicht und ich gehe nicht davon aus, dass sie uns fernab des Bodens suchen.«

Ich lächelte und nickte ihr zu. Und schon war sie flink wie ein Eichhörnchen auf den nächsten Baum geklettert. Ich dankte Gott dafür, dass er mir eine Gefährtin wie Andrajewa geschickt hatte.

Ich sah von meinem Tagtraum auf und starrte der Dunkelhaarigen sprachlos und mit offenem Mund ins Gesicht.

Die beiden Mädchen glaubten wohl, ich hätte meinen Verstand eingebüßt, denn sie entfernten sich langsam und vorsichtig einige Schritte von mir.

Mittlerweile hatte ich so eine Ahnung, was hier vor sich ging.

»Du heißt nicht Andrajewa, sagst du?« Schnell hatte ich die geringe Distanz zwischen mir und den Mädchen überwunden, worüber die beiden nicht gerade glücklich zu sein schienen. Missmutig blickten sie mich an.

»Nein, sagte ich doch schon«, murmelte die Schwarzhaarige mürrisch.

»Du bist Louise und weiter?«, drängte ich.

Sie wich einen Schritt vor mir zurück. »Warum sollte ich dir das sagen? Wer bist denn du überhaupt? Eine verschleierte Stalkerin oder was?«

Zugegeben, mit meinem Kopftuch und dem Männermantel gab ich eine sehr lächerliche Figur ab, aber dennoch wollte ich mich nicht zu erkennen geben. Wer wusste schon, wer hier in der Umgebung alles lauerte? Die Aktion vorhin am Las Vegas Sign saß mir noch tüchtig in den Knochen.

»Bitte, Louise, sag mir, wie du mit vollem Namen heißt und woher du kommst!«, drängte ich.

»Phh, das wäre ja noch schöner.« Louise wandte sich von mir ab, doch ich griff schnell nach ihrem Handgelenk, drehte sie so sanft zu mir um wie möglich und sah ihr tief in die Augen. Dann sagte ich leise und so eindringlich, wie ich konnte: »Bitte, Louise, es ist sehr, sehr wichtig für mich!«

Sie schüttelte meine Hand ab, lief aber nicht davon, was ich als gutes Zeichen wertete. Es sah so aus, als ringe sie mit sich, gab dann aber nach.

»Na schön. Ich bin Louise Prompton, aus San Diego, Kalifornien. Zufrieden?«

»Danke«, lächelte ich sie an. »Nur noch eines, wie alt bist du?«

»Achtzehn. War's das jetzt mit der Fragerei?«

Ich nickte mit einem seligen, überglücklichen Lächeln auf den Lippen.

»Natürlich.«

Schnell entfernten sich die beiden Mädchen von mir und suchten sich einen anderen Platz, von dem aus sie die Show sehen konnten – weit, weit weg von mir.

»Die hat doch 'nen Knall, oder?«, hörte ich Louise noch im Weggehen sagen und ihre blonde Freundin pflichtete ihr eifrig nickend bei.

»Aber so was von! Und du sagst ihr auch noch deinen vollen Namen!«

Doch Louise zuckte nur mit den Schultern.

Ich schloss die Augen, ließ die unzähligen Namen der Liste vor meinem inneren Auge ablaufen, bis ich auf den Namen stieß: Louise Prompton, San Diego – zu zeichnen im Alter von neunzehn Jahren.

Ich konnte es immer noch nicht fassen. Es war mir tatsächlich gelungen, eine Ungezeichnete aufzuspüren, und nicht nur das! Ich wusste sogar, welche Fairy-Seele in ihr an Beltane wiedererwachen würde, nämlich Andrajewa – eine schwarze Sklavin, die gemeinsam mit Cayuga im Jahre 1602 gefangen genommen und der Hexerei bezichtigt wurde. Doch den beiden Gefangenen gelang die Flucht. Gut, Cayuga war wenig später erneut eingefangen worden, das war, kurz bevor sie von Azarael gerettet worden war, aber die Zeit gemeinsam mit Andrajewa war unglaublich wertvoll und schön für sie gewesen.

Am liebsten hätte ich einen Freudentanz aufgeführt, wäre

wild lachend im Kreis gerannt und hätte laute Jubellieder gesungen, obwohl ich nicht wusste, wie genau ich das angestellt hatte. Aber allein dass es mir gelungen war, lieferte genug Gründe, die Sektkorken knallen zu lassen! Außerdem bedeutete es, dass ich nicht alle Gaben an Lila übertragen hatte. Die wertvollste hatte ich einbehalten. Und mehr noch! Ich hatte vorausgeahnt, wo ich die Ungezeichnete finden würde! Hier, bei der Sirenen-Show.

Es war Zeit, ins Bellagio zurückzukehren – egal wie zornig Azarael auf mich war, diese Erkenntnis würde ihn schon wieder milde stimmen.

Ich drehte mich um und suchte in der Menge nach Lionel und seinem Chauffeur, konnte ihn aber nirgends entdecken. Ich ging ein paar Schritte nach links, dann nach rechts, was leichter gesagt als getan war. Die Menschenmasse, die sich mittlerweile vor dem Hotel gebildet hatte, um die Show zu sehen, hatte sich dermaßen verdichtet, dass ein Durchkommen fast unmöglich war. So blieb mir nichts anderes übrig, als die Show abzuwarten, und während ich in der Menge stand, spürte ich, dass ich hier noch etwas finden würde. Es war noch nicht vorbei.

KAPITEL 8

Die Show begann damit, dass Tänzerinnen, mehr oder weniger bekleidet, auf dem weißen Schiff erschienen, verführerisch tanzten und lockende Handbewegungen in Richtung des »Offenen Meeres« ausführten, das nur aus dem kleinen Teich vor dem Hotel bestand. Sirenenartige Chöre erklangen, die die Seeleute reizen und verwirren sollten. Plötzlich verschwanden die Tänzerinnen in dem mit rotem Samt verhangenen Ausguck und ein einzelner Seemann erschien an Bord, der vergebens nach den Mädchen rief, die ihn angelockt hatten. Zu einem rockigen, von Geigen begleiteten Lied wurde der arme Mann nun von den wieder auftauchenden wilden, sexy Damen umtanzt und erfuhr, dass er sich auf dem Schiff der Sirenen befand, von dem er sich nie wieder entfernen könne. Sie fesselten ihn an den mittleren Mast und der weibliche Captain informierte ihn darüber, dass er hier als Geisel für seinen Captain gehalten werde, einen gewissen Captain Mac, der sich sogleich auf seinem Schiff von der gegenüberliegenden Seite des Teichs näherte. Sehr beeindruckend sah es aus, wie das gigantische Schiff mit den vielen roten Segeln, begleitet von Trommelschlägen, durch den Asphalt von Las Vegas pflügte, mitten durch die Menge von Schaulustigen. Die Sirenen versuchten dabei weiter, die Piraten mithilfe von erotischen Tanzeinlagen auf ihr Schiff zu locken.

Ich hatte ein wenig Mühe, dem ganzen Schauspiel zu folgen, da ich noch viel zu sehr von der Euphorie erfüllt war, dass ich endlich die schon verloren geglaubte Gabe in mir einsetzen konnte. Ich wusste zwar noch nicht, wie ich sie bewusst steuern konnte, war mir aber sicher, dass ich es mithilfe von Evangeline hinbekommen würde. Es war mir jetzt ein Mal gelungen, sicher würde ich es weitere Male schaffen. Am liebsten wäre ich jetzt im Hotelzimmer gewesen und hätte mit den anderen aus dem Team auf meinen Erfolg angestoßen, aber da meldete es sich schon wieder, das seltsame Gefühl, dass ich jetzt an keinem anderen Ort als diesem hier sein sollte. Und das war der Moment, in dem ich sie entdeckte.

Ich riss die Augen auf, versuchte mich durch die Menschenmenge nach vorne zu schieben, um ganz sicher zu sein. Sie tanzte in einem sehr kurzen, lilafarbenen Volantrock mit tausend Rüschen und einem rosa Korsett, aus dem oben ihre Brüste förmlich hervorquollen, gerade mal von einem hauchdünnen rosa Stoff bedeckt. Ihr Haar, in das sie allerlei bunte Bänder geflochten hatte, umwirbelte ihren tanzenden Körper in langen violetten Strähnen. Sie sah atemberaubend aus.

Gerade eben wurde das Feuer auf das Schiff der Sirenen eröffnet, ein beeindruckendes Schauspiel mit echtem Feuer und lautem Geknalle – eine Seeschlacht, die das Schiff der männlichen Piraten leider verlor und tatsächlich in dem

Teich vor dem Hotel mit viel Drama unterging, und das aus einem meiner Ansicht nach lächerlichen Grund: Die Sirenen sangen und tanzten zu einem vernichtenden Lied? Also bitte? Noch unrealistischer ging es ja wohl nicht. Aber hier zählten weder die Story noch die Glaubwürdigkeit, sondern einzig die »nackten Tatsachen« der sexy Sirenen, und sie hatten Erfolg. Sämtliche Zuschauer starrten den Mädchen mit offenen Mündern wie hypnotisiert entgegen. Nein, sie waren wirklich hypnotisiert!

Ich brauchte einige Augenblicke, bis ich verstand, was ich da vor mir sah. Nein, ich hatte mich nicht getäuscht. Die Menschen um mich herum, egal ob männlich oder weiblich, standen reglos, verharrten in ihren Positionen und blickten ehrfürchtig zu den Sirenen empor, die dort gemäß ihrer Show anzüglich tanzten und sangen. Konnte es sein, handelte es sich bei ihnen um echte Sirenen? Und war Lila Teil davon?

Jetzt gesellten sich die Piraten, die samt ihrem Schiff untergegangen waren, zu den Sirenen, indem sie über ein Geflecht aus Seilen an Bord kletterten. Das Publikum starrte ihnen immer noch bewegungslos entgegen. Ein weiterer verführerischer Tanz zwischen Captain Mac und der Sirenenchefin begann, bevor beide oben in dem samtverhangenen Ausguck verschwanden, um dort offensichtlich nicht jugendfreien Aktionen nachzugehen, und die Show war zu Ende.

Ich blickte mich um, das Publikum schien sich langsam aus der Starre zu lösen und begann enthusiastisch zu klatschen und den einzelnen Tänzerinnen und Tänzern, die sich nun dankend verbeugten, zuzujubeln. Ich beobachtete jeden der Schritte meiner einstigen Freundin, wie sie sich verbeugte und strahlend dem Publikum zuwinkte. Kein Zweifel, es war tatsächlich Lila, oder vielmehr jetzt die Fairy Lila Lilané, die soeben über eine Leiter in den Gewölben des Hotels verschwand.

In die Menschentraube kam Bewegung, als alle versuchten, sich wieder ins Nachtleben zu stürzen, was angesichts der zahlreichen Zuschauer nicht so einfach war. Ich blieb vorne an der Reling direkt gegenüber dem Sirenenschiff stehen und musste erst einmal meine Gedanken sortieren.

Was sollte ich tun? Sollte ich ihr folgen? Aber mit Sicherheit konnte man den Bereich der Darsteller nicht so einfach betreten. Was mich vielmehr verwirrte: Lila hatte nicht unbedingt so ausgesehen, als lebte sie hier in Gefangenschaft. Ganz im Gegenteil. Sie schien die viele Aufmerksamkeit zu genießen, und bewegen konnte sie sich auch ziemlich gut. Es machte eher den Eindruck, als hätte sie ihren Traumjob gefunden. Sicherlich wäre sie nicht gerade begeistert, wenn plötzlich ihre ehemalige Freundin Sophie Cayuga bei ihr auftauchen und versuchen würde sie von hier wegzuholen. Ich drehte mich um und ließ mich gegen die Reling sinken.

Meinen Begleiter Lionel und seinen Chauffeur Harry hatte ich auch nicht wiedergefunden. Also würde ich wohl oder übel allein und zu Fuß den Rückweg zum Bellagio antreten, um zurück zu meinem Team zu kommen und mich mit ihnen zu beraten. Ob sie wohl immer noch im Hotel waren?

»Sophie?«

Ich sah auf, als jemand meinen Namen nannte.

Das beantwortete meine Frage zum Teil. Zumindest einer befand sich nicht mehr im Hotel und mein Herz machte einen Satz: Taylor.

Er stand mir ungläubig gegenüber und musterte mich verwirrt, wie ich dort zusammengesunken auf dem Boden hockte, in ein schwarzes Tuch und einen Männermantel gehüllt, und mir das Hirn zermarterte.

»Was zum Teufel machst du hier?«, fragte er und reichte mir die Hand, um mir beim Aufstehen zu helfen, was ich dankbar annahm.

»Ich, äh, habe mir die Show angesehen«, antwortete ich wahrheitsgetreu.

Er sah mich schief an und glaubte mir offenbar nicht wirklich.

»Wo ist deine attraktive Begleitung geblieben?« Er grinste verschwörerisch und rollte mit den Augen.

»Haha, sehr witzig. – Ich hatte einen schönen Abend mit Lionel Hamilton. Er hat mir sämtliche Sehenswürdigkeiten von Las Vegas gezeigt, was ihr mit Sicherheit nicht getan hättet!«, giftete ich ihn – einem plötzlichen Impuls folgend – von der Seite an.

»Oh, das hätten wir schon noch. Aber du hast uns ja keine Wahl gelassen, musstest gleich bei der nächstbesten Gelegenheit vor uns flüchten. Wahrscheinlich hätten wir dich auch in einem weniger ...«, er suchte nach den richtigen Worten, »... auffälligen Outfit mitgenommen.« Seine Augen wanderten über das goldene CHANEL-Kleid, den Mantel und den Schal, und mir schoss die Röte ins Gesicht.

Ich erwiderte nichts darauf. Stattdessen entschied ich mich dafür, ihn direkt mit meiner Entdeckung zu konfrontieren.

»Lila ist eine der Tänzerinnen!«, warf ich ihm vor die Füße und wartete gespannt seine Reaktion ab.

Er sah betreten auf den Boden und nickte dann langsam.

»Wissen wir«, fügte er kaum hörbar hinzu und ich riss die Augen auf.

»Wie bitte?«, fuhr ich ihn an und trat einen Schritt mit geballten Fäusten auf ihn zu. »Sag das noch einmal!«

»Na ja.« Er kratzte sich nervös am Hinterkopf und wich tatsächlich leicht vor mir zurück. »Die Organisation hatte so eine Ahnung. Die Regierung schleust manchmal magische Sklaven bei solchen Shows und anderen Jobs ein, bei denen Fairies nicht auffallen.«

»Was? Wie bitte?« Mir wurde plötzlich ganz anders. »Magische Sklaven?«

Taylor blickte sich nervös um.

»Hör zu, Sophie, ich möchte das ungern mit dir auf diesem offenen Platz besprechen. Du bist zwar ziemlich gut getarnt ...«, er deutete auf meine Maskerade aus Tuch und Mantel, »... aber dennoch könnte man dich leicht hier entdecken. Komm mit. Ich erkläre dir alles.«

Ich schluckte und folgte ihm betreten. Am besten, ich erwähnte jetzt nicht, dass ich bereits am Las Vegas Sign öffentlich auf Bildern und sicherlich auch auf Videos festgehalten worden war. Das würde ich noch früh genug beichten müssen.

»Kannst du ein Stück weit laufen?«

Ich wäre beinahe in ihn hineingestolpert, so abrupt hatte er angehalten. Kritisch musterte er meine High Heels.

»Wohl eher weniger«, stellte er dann missmutig fest, rieb sich das Kinn und ich zuckte entschuldigend mit den Achseln.

»Ich nehme an, du hast keine Limousine zur Hand wie mein voriger Begleiter?«, flötete ich.

»Nein, Mylady«, flötete er in demselben Ton zurück. »Aber ein Taxi wird wohl auch gehen für Eure edlen Füßchen.«

Damit stellte er sich ein wenig auf die Straße und versuchte eines der gelben Taxis anzuhalten, was ihm nach wenigen Minuten auch gelang.

Wir steuerten den nahe gelegenen Vergnügungskomplex THE LINQ an und bereits von Weitem blinkte uns das hell erleuchtete Riesenrad der Stadt, der »High Roller«, entgegen. Ich hatte so eine Ahnung, was er vorhatte, und plötzlich flatterten tausend Schmetterlinge in meinem Bauch. Eine Riesenradfahrt allein mit Taylor! Ohne nervige Teammitglieder, deren Begleitung uns störte oder die plötzlich in den unpassendsten Momenten hereinplatzten!

Doch ich hatte mich ein wenig zu früh gefreut. Der Las Vegas Roller Coaster war nämlich bestückt mit gigantischen Kugeln, in denen mehrere Menschen Platz hatten, anstatt kleinen Gondeln, in die, wie ich es aus Deutschland kannte, nur zwei Personen hineinpassten. Die Kugeln waren so groß und bewegten sich so langsam, dass man bequem darin herumspazieren konnte. Außerdem bestanden sie komplett aus Glas, durch das man traumhafte Nachtaufnahmen der Glitzerstadt schießen konnte. Ich sog den fantastischen Anblick in mich auf und setzte mich dann neben Taylor auf eine kleine, rot gepolsterte Sitzbank.

»Wie lang geht diese Fahrt?«, fragte ich und blickte hinunter auf den blinkenden Strip, an dem sich die vielen Hotels und Casinos mit den verschiedensten Attraktionen aneinanderreihten.

»Dreißig Minuten«, erklärte er und folgte meinem Blick.

Eine halbe Stunde allein mit Taylor!, schoss es mir durch den Kopf. Ein Traum!

Doch ohne lange Umschweife kam er gleich zum Thema, nachdem er sich davon überzeugt hatte, dass die zehn weiteren Personen, die sich mit uns in der Gondel-Kugel befanden, kein Interesse an uns zeigten und keine Fairies waren.

»Wir wissen nicht genau, wie Lila hierhergekommen ist und weshalb sie hier arbeitet. Es kann sein, dass das ihre Strafe ist. Sie wird über einen gewissen Zeitraum hinweg hier festgehalten und muss sozusagen für die Menschen arbeiten, quasi als Sklavin«, erklärte er mit einem bedeutenden Blick.

Ich erschrak. Die Regierung verdingte Fairies als Sklaven? Und ließ sie für Menschen arbeiten, die davon vielleicht nicht mal wussten? Das war doch alles nicht möglich! Die heile, zauberhafte Fairy-Welt, dieses Bild, das ich von ihr gewonnen hatte, bekam immer mehr Risse. Was würde ich noch alles erfahren?

»Aber wie kann das sein? Wir Fairies sind den Menschen doch überlegen, es wäre ein Leichtes für Lila, ihnen zu entkommen«, widersprach ich ihm.

»Deswegen werden sie auch mit einem gewissen Zwang-Zauber belegt. Und du kannst dir mit Sicherheit auch denken, wer diesen entwickelt hat?«

Ich grübelte einen Moment und sah ihn mit zusammengekniffenen Augenbrauen an. »Lass mich raten, Ambrosora?«

Er schüttelte jedoch den Kopf. »Nein, aber in dem Punkt liegst du schon einmal richtig. Es war eine von deinen Schwestern. Orima.«

»Was? Orima, die die Eigenschaft der Wahrheitsliebe schenkt? Wie krank ist das denn?«, entfuhr es mir und am liebsten hätte ich auf den Boden der Gondel gespuckt.

Taylor seufzte zustimmend. »Ja, ich fürchte, es stimmt leider. Jedenfalls ist es der Regierung somit möglich, magische Sklaven den Menschen oder auch anderen Fairies zu unterstellen, die sie dann für ihre Zwecke einsetzen können – so wie Lila, die hier als echte Sirene die Menschenmassen begeistert.«

»Hm«, sagte ich grübelnd. »Aber irgendwie schien es ihr nichts auszumachen – im Gegenteil, ich hatte den Eindruck, die Tanzerei macht ihr richtig Spaß.«

Taylor schwieg einen Moment nachdenklich, bevor er mir antwortete.

»Mir kam es auch so vor. Es kann natürlich auch sein, dass

sie aus freien Stücken hier ist, was ich aber ausschließen würde, denn Lila ist Schülerin an einer Akademie. Und ihr Verhalten an der letzten Beltane-Zeremonie wurde mit Sicherheit bestraft.«

»Und ihr Name stand in der Datei für Gefangene im Zentralcomputer, dahinter ›Aufenthaltsort Las Vegas‹. Das beweist meiner Meinung nach, dass sie nicht freiwillig hier ist«, bestätigte ich seine Vermutung. »Wie kann man den Zauber lösen?«, wollte ich weiter von ihm wissen, doch er zuckte nur mit den Schultern.

»Wenn ich das wüsste, hätten wir Lila und viele andere magische Sklaven schon längst befreit, das kannst du mir glauben. Leider erweist sich dieser Zauber als hartnäckiger, als wir dachten.«

»Natürlich, er wurde ja auch von einer Schicksalsfairy gewoben«, murmelte ich nachdenklich, mehr zu mir selbst als zu ihm, und begann an meinem Fingernagel herumzukabbeln. »Vielleicht kann er auch nur von einer Schicksalsfairy wieder aufgehoben werden. Ich könnte es versuchen.«

Taylor schüttelte sofort vehement den Kopf. »Nein, wir müssen zuerst mit Azarael sprechen.«

»Ach«, wehrte ich mit einer verächtlichen Handbewegung ab. »Der sperrt mich wieder im Zimmer ein und traut mir sowieso nichts zu.«

»Die Sache mit dem Zentralcomputer hat er aber ziemlich gut eingefädelt«, widersprach Taylor und grinste mich von der Seite an.

»Verteidige ihn nicht auch noch! Seit er mich an Beltane

aufgegabelt hat, benimmt er sich furchtbar mir gegenüber! Er ist herrisch, schreit mich bei jeder Gelegenheit an und es kommt mir fast so vor, als gäbe er die Schuld für jeden Fehlschlag mir persönlich!«, machte ich meiner Wut Luft.

»Ach, Sophie«, seufzte Taylor und legte unwillkürlich eine Hand auf meine. Mein Herz stolperte und begann im nächsten Augenblick wie wild zu rasen. Die Schmetterlinge in meinem Bauch machten in hundert Gondeln wilde Riesenradfahrten und ich spürte nur noch eines, die Wärme seiner Hand auf meiner.

Er zog mich an sich, bettete meinen Kopf an seine Schulter und begann, mir zärtlich über das Haar zu streichen, das nun, da das Kopftuch ein wenig zur Seite gerutscht war, wieder offen lag. Einige Strähnen hatten sich aus der Hochsteckfrisur gelöst und bahnten sich nun einen Weg über den langen Herrenmantel, den ich sicherheitshalber anbehalten hatte.

Ich schloss die Augen, versank vollkommen in seiner Umarmung und seinen sanften Berührungen. Es fühlte sich so unglaublich gut an, einfach nur hier in seiner Nähe zu sein, seinem Atem zu lauschen, seinen sich hebenden und senkenden Brustkorb zu spüren, ihm einfach ganz nahe zu sein.

»Ich bin froh, mit dir allein zu sein«, brach er schließlich leise das Schweigen. »Hier kann uns niemand stören, nicht einmal Azarael.«

Ich sagte nichts, wollte ihm einfach nur zuhören.

»Ich weiß, ich bin oft unfair zu dir«, gestand er weiter. »Aber das liegt daran, dass ich einfach noch nicht ganz damit klarkomme, dass du jetzt … dass du jetzt, na ja …«, er rang nach Worten, »… dass du jetzt sie bist, oder zumindest aussiehst wie sie.«

»Aber ich bin immer noch Sophie«, erklärte ich mit ebenso sanfter Stimme. »Ich bin immer noch diejenige, die du vor über einem Jahr in Lloret de Mar aufgelesen hast. Wie oft soll ich es dir noch sagen?«

Doch er schüttelte den Kopf. Ich konnte es nicht sehen, wollte es nicht sehen, aber ich war mir sicher, dass ein wehmütiger Blick in seine Augen getreten war. Ich wollte nicht hören, was er zu sagen hatte, doch ich konnte die Ohren nicht davor verschließen.

»Du bist nicht mehr die Sophie von früher. Du hast dich verändert. Sehr sogar. Aber manchmal, vor allem in Situationen wie diesen, in denen du ganz mir gehörst, bist du wieder die Alte.«

Ich sah auf, wollte jetzt sehen, was in seinen dunklen Augen vor sich ging, löste mich aus seiner Umarmung. Schwärze traf mich, diese unendliche Tiefe in seinem Blick umfing mich wie die Nacht und sie zeigte mir eines, er war traurig und doch wieder nicht. Er hatte Hoffnung. Ein kleines bisschen Hoffnung.

Er strich mir die Haarsträhne aus dem Gesicht, die sich aus der Frisur gelöst hatte. Seine Hand verweilte auf meiner Wange, streichelte sie zärtlich.

»Ich kann es in manchen Momenten nicht fassen, dass du wirklich Cayuga bist. Jetzt, in diesem Augenblick, sehe ich wieder die Sophie in dir, die Sophie, die ich …«

Er brach ab, rückte näher, sein Gesicht nun ganz dicht an meinem. Ich wagte nicht, mich zu bewegen, spürte seinen Atem so dicht an meiner Wange ... Unsere Nasenspitzen berührten sich und ich schloss die Augen, wollte diesen Moment so intensiv spüren wie nur irgendwie möglich.

Als seine Lippen die meinen trafen, war es zunächst nur für einen kurzen, unendlich süßen Moment. Er zog sich zurück, nur um mich sofort erneut zu küssen, wieder sehr zärtlich. Ich schlang meine Arme um ihn und erwiderte den Kuss, intensiver, heftiger. Ich griff in seine dichten Haare, er umschlang meinen Körper und zog mich an sich.

Der Kuss wurde drängender, fordernder. Unsere Zungen trafen sich und umschlangen sich wild ...

Bis er sich plötzlich schwer atmend von mir löste.

»Was, was ist los?«, keuchte ich und sah mich um, halb in Erwartung eines unserer Teammitglieder, die gerne solche unpassenden Momente abwarteten, um dann überraschend aufzutauchen – allen voran Azarael.

»N-nichts«, stammelte er und lächelte matt. »Es ist nur ...«

»Was?«, fauchte ich fast schon böse.

Er hatte noch immer dieses selige Lächeln auf dem Gesicht, als wäre er high.

»Ich weiß jetzt, dass meine Gefühle für dich echt sind.«

Ich runzelte die Stirn, verblüfft über sein Geständnis.

»Was soll das bedeuten?«, hakte ich nach.

»Das soll heißen, dass ich mir jetzt sicher sein kann, dass mich Cayuga nicht manipuliert hat, damit ich sie erwecke, sondern dass ich es selbst wollte.«

Ich sah ihn mit gerunzelter Stirn von der Seite an, unfähig, etwas auf diese Worte zu erwidern. Ich wusste nicht, ob ich seine Erkenntnis gutheißen sollte oder ob ich sauer oder enttäuscht sein sollte, dass er es überhaupt je in Betracht gezogen hatte, von mir manipuliert worden zu sein.

Aus den Augenwinkeln sah ich, dass die Gondel wieder zurück am Ausgangspunkt angelangt und im Begriff war, anzuhalten.

Ich stand auf, strich mein Kleid und den Mantel glatt und rückte das Kopftuch zurecht.

»Es freut mich ehrlich, dass du das erkannt hast, Taylor«, sagte ich mit einer Stimme, die ich selbst an mir nicht wiedererkannte. Sie wirkte steif und sehr ernst. Eigentlich hatte ich nicht so klingen wollen, aber nun waren die Worte gesagt. Er sah auf und ein seltsamer Blick trat in seine dunklen Augen.

»Ich denke, du solltest dir weitere Klarheit über deine Gefühle mir gegenüber verschaffen«, fügte ich hinzu und verließ die Gondel.

Er eilte mir nach, hatte mich schnell eingeholt, packte mich am Handgelenk, das an diesem Abend bereits mehrmals in Mitleidenschaft gezogen worden war, und brachte mich zum Stehen. Er stellte sich mir gegenüber, legte seine Hände sanft auf meinen Schultern ab und sah mir tief in die Augen.

»Glaub mir, ich war mir noch nie so sicher über meine Gefühle zu dir wie jetzt! Aber versteh mich doch, die Tatsache, dass ich – der kleine Taylor Tayugan – in die große Cayuga verliebt bin …«

»Ach? Ich dachte, du seist in Sophie verliebt? Die Sophie von früher und nicht die Sophie Cayuga von heute?« Ich zog die Stirn in Falten, wusste in dem Moment nicht, was ich glauben sollte. Ich war so verwirrt von seinem Geständnis, seiner Aufrichtigkeit, seinen Zweifeln ...

Er fuhr sich durch die Haare. »Hach, Sophie, es ist so verzwickt ...«

»Mach es dir nicht so schwer, Taylor«, sagte ich in bemüht sanftem Ton. »Ich gebe dir Zeit.«

»Das ist es ja«, sagte er seufzend und ließ die Arme wieder sinken, umfasste zärtlich meine Hand. »Wir haben nie Zeit. Immer ist einer der anderen da, vor allem Azarael! Wie sollen wir uns da Klarheit über uns verschaffen? Ich liebe dich und möchte so gerne mit dir zusammen sein, als richtiges Paar. Keine Geheimnisse mehr haben.«

Ich zuckte mit den Schultern, wusste selbst, wie schwierig das werden würde. »Wir müssen einfach Geduld haben.«

»Vielleicht sollten wir die anderen einweihen, ihnen sagen, dass wir ...«

»Nein«, widersprach ich mit einer Vehemenz in meiner Stimme, von der ich selbst erstaunt war. »Nein. Wir halten das zwischen uns geheim! Vor allem Azarael gegenüber!«

»Was? Aber wieso?« Er sah mich verwirrt an.

»Weil ... es ist ...« Ich rang nach Worten. Die Wahrheit war, ich wusste nicht, weshalb wir es vor den anderen hätten geheim halten sollen. Es wussten ohnehin alle, dass Cayuga über einen Kuss wiedererweckt worden war, den Taylor der frisch gezeichneten Sophie gegeben hatte. Also lag es nahe, dass wir Gefühle füreinander hatten. Was ich mir nicht eingestehen konnte, war die Tatsache, dass ich nicht WOLLTE, dass die anderen, allen voran Azarael, wussten, dass wir ein Paar waren.

Taylor wartete immer noch auf eine Antwort von mir und als ich nicht reagierte, atmete er kurz durch und sah mich schief an.

»Die ganze Organisation weiß, dass Azarael Cayuga geliebt hat und es vermutlich immer noch tut. Er liebt die Seele in dir. Die Frage ist, welche Gefühle hast du für ihn?«

»Keine!«, antwortete ich schnell, vielleicht eine Spur zu schnell, denn sein Blick wurde skeptisch.

»Bist du dir da sicher?«

»Absolut.« Ich versuchte dieses Wort so überzeugend klingen zu lassen wie möglich.

»Dann sehe ich keinen Grund, den anderen zu verschweigen, dass wir ein Paar sind.« Er sah zufrieden aus, griff nach meinem Arm, zog mich zu sich.

Ich ließ mich an seine Schulter fallen, genoss seine Zärtlichkeiten so sehr. Wie lange hatte ich mich schon nach dieser Umarmung, seinem Liebesgeständnis, seinem Ja zu uns gesehnt? Und jetzt, da es endlich Wirklichkeit geworden war, war alles so verdammt kompliziert.

* * *

Mir klopfte das Herz bis zum Hals, als wir vor der großen Doppelflügeltür standen, die zu unserer riesigen Suite führte. Ich hatte schweißnasse Hände und fühlte mich wie ein kleines Mädchen, das ausgerissen war und von der Polizei wieder nach Hause gebracht wurde, wo es nun eine ordentliche Standpauke zu erwarten hatte.

»Bitte, Taylor, halten wir das zwischen uns geheim. Wenigstens noch für eine Weile.«

Er seufzte, nickte und öffnete dann die Tür. Sofort sahen uns vier sehr besorgt dreinblickende Augenpaare entgegen, die sich im Essbereich der Suite um den großen ovalen Tisch gruppiert hatten. Als ich in den Lichtkegel der Lampe trat, die den Raum mit mattem Licht erfüllte, standen sie schnell auf und stürmten mir entgegen – mit Ausnahme von Azarael, der am Fenster stehen geblieben war und mir finster entgegenstarrte.

Oh, oh. Obviously, he was not amused.

Nachdem auch die anderen realisiert hatten, dass Azarael mir nicht die Wiedersehensfreude entgegenbrachte wie sie, blieben sie kurzerhand vor mir stehen und bildeten eine Gasse zu ihrem Chef, der noch immer vor der Scheibe stand – hinter ihm ironischerweise die funkelnde, farbenfrohe Silhouette des Las Vegas Strip – und mich aus seinen saphirblauen Augen anfunkelte wie der Teufel persönlich.

O Gott, er wird mich doch wohl nicht schlagen?, schoss es mir durch den Kopf. Nein, das würde er nicht wagen, nicht vor den anderen. Aber andererseits, bei Azarael konnte man nie sicher sein, so unberechenbar, wie er war.

Ich hielt seinem Blick stand und langsam gewann auch wieder der Trotzkopf in mir die Oberhand. Ich würde nicht vor ihm winseln und um Verzeihung bitten. Dazu war ich zu stolz.

Ich reckte das Kinn nach vorne und erwiderte seinen Blick entsprechend mit meinen eisblauen Augen.

Die Spannung im Raum war zum Greifen nahe und niemand wagte es, sich zu bewegen oder auch nur laut ein- und auszuatmen.

Azarael und ich trugen ein stummes Gefecht mit unseren Blicken aus und es war schwer zu sagen, wer den Kürzeren ziehen würde.

Schließlich überwand er die Distanz zwischen uns und baute sich mit seiner ganzen Größe von mindestens eins neunzig vor mir auf, wobei er anscheinend nur mühsam an sich halten konnte. Die anderen verließen die potenzielle Kampfarena. Balladion und Arion zogen sich sogar ganz in den hinteren Teil des Wohn- / Essbereiches zurück. Nur Taylor blieb dicht neben mir stehen, vermutlich um mir oder sich irgendetwas zu beweisen.

Dann trat Azarael einen weiteren Schritt auf mich zu und … umarmte mich.

Ich blieb vor Schreck stocksteif stehen, unfähig, einen klaren Gedanken zu fassen.

Der Engel krallte sich förmlich in meinen Körper, umfasste meinen Kopf und meine Taille mit seinen großen, schönen Händen und vergrub seinen Kopf an meiner Schulter. Er sog meinen Duft in sich ein und atmete ihn laut hörbar wieder aus.

Ich war immer noch unfähig, mich zu bewegen, registrierte aber voller Verwirrung ein warmes Gefühl in meiner Brust. Ein Gefühl, das mir sagte, dass ich hierher gehörte, dass hier mein Platz in der Welt war. Ein Gefühl, das in mir brannte wie ein Feuer und sich langsam ausbreitete.

»Ich bin so froh, so froh«, murmelte er dicht an meinem Ohr.

Dann atmete er tief ein und aus und löste sich aus der Umarmung. Alles in mir schrie nach seinem Körper, nach seiner Wärme, nach seiner Sicherheit.

Ich sah ihn verwirrt an, doch sein Blick war sofort wieder klar.

Er schüttelte sich und gewann augenblicklich die Fassung zurück.

»Nun, hören wir uns an, was unsere beiden Nachtschwärmer zu berichten haben.« Mit einer einladenden Geste holte er das gesamte Team an den ovalen Tisch zur Besprechung.

* * *

Mitten in der Nacht schreckte ich aus tiefem Schlaf hoch. Ich rieb mir die Augen und brauchte einen Moment, bis ich realisierte, wo genau ich mich befand. Dann tastete ich nach dem kleinen Lichtschalter der Nachttischlampe. Als ich ihn betätigt hatte, wusste ich auch, was mich geweckt hatte.

Eine blasse und sehr erschöpft wirkende Erin hatte sich über mich gebeugt. Einige Strähnen, die sich aus ihrem Dutt gelöst hatten, hingen mir ins Gesicht und kitzelten mich leicht an Nase und Wange, doch das störte mich nicht. Was mich störte und beunruhigte, war der Blick, den sie mir zuwarf.

»Steh auf, wir müssen hier weg«, waren ihre einzigen Worte, bevor sie hastig ihre Klamotten aus den Schränken riss und in ihren Koffer stopfte, der bereits geöffnet auf ihrem unbenutzten Bett lag.

Ich warf schnell einen Blick auf die Uhr. Es war vier Uhr morgens!

»W-was ist denn los?«, gähnte ich, noch immer verschlafen, und rieb mir die Augen.

»Verdammt, Sophie! Jetzt komm endlich in die Gänge! Die Befreiungsaktion ist nicht ganz so gelaufen wie geplant!« Sofort war ich hellwach, setzte mich im Bett auf und versuchte aus ihrem Verhalten abzulesen, was hier vor sich ging.

»Was ist passiert, Erin? Was ist mit Lila?«

»Keine Sorge, wir haben sie. Sie ist drüben bei den anderen. Aber wir müssen sofort von hier weg!«

Ein scharfer Blick aus ihren großen blauen Augen streifte mich und mir war klar, dass ich keine weiteren Auskünfte von ihr bekommen würde. Aber die Informationen, die sie mir gegeben hatte, waren für mich vollkommen ausreichend. Lila befand sich im Nebenzimmer! Ich konnte es kaum erwarten, zu meiner Freundin zu gehen und sie zu umarmen!

Und mir meine Kräfte zurückzuholen, schoss es mir dann wie ein Blitz durch den Kopf.

»Wo willst du hin?«, stoppte mich Erins barsche Stimme etwa einen halben Meter vor der Doppelflügeltür.

»Zu Lila natürlich«, erklärte ich irritiert. »Hast du etwas dagegen?«

»Sag mal, hörst du mir eigentlich zu?« Mit verschränkten Armen trat sie zwischen mich und die Tür. »Wir müssen hier weg! Pack deine Sachen! Du kannst jetzt nicht zu ihr!«

»Aber es geht ihr schon gut, oder?«, fragte ich weiter und mir zog sich das Herz bei dem Gedanken zusammen, dass irgendetwas mit Lila nicht stimmen könnte. War sie vielleicht verletzt worden?

Erins Blick wurde noch ernster, falls das überhaupt möglich war.

»Ich sagte doch, es geht ihr gut! Und jetzt fang endlich an zu packen! Aufgrund deiner tollen Aktion am Las Vegas Sign werden bald die Schergen der Regierung hier sein, also beeil dich!«

Der letzte Satz wirkte.

Ich hatte die Sache während unserer Besprechung kleinlaut gebeichtet und wie erwartet war Azarael ausgeflippt – und *ausgeflippt* ist noch ein mildes Wort für seine Schimpftiraden. Er hatte mich als Kind bezeichnet, als unfähig, untalentiert und was weiß ich noch alles. Ich hatte einfach nur dagesessen und alles über mich ergehen lassen, denn er hatte recht. Ich war nur auf meinen Spaß aus gewesen und ein klein wenig darauf, ihm eins auszuwischen – ich gab es ja zu. Aber dieser Schuss war nach hinten losgegangen.

»Wahrscheinlich können wir froh sein, dass sie es noch nicht auf dem FC1 zeigen«, hatte Azarael getönt und die Arme nach oben geworfen.

Ich hatte einfach nur still auf meinem Stuhl dagesessen, die Hände im Schoß gefaltet, den Blick stur auf die polierte, glänzende Tischplatte gerichtet. Bis er zu dem Punkt gekommen war, an dem er mich als untalentiert und hoffnungslosen Fall bezeichnet hatte.

»Ich habe eine Ungezeichnete erkannt«, hatte ich in einem Moment verkündet, in dem Azarael Luft geholt hatte für eine weitere Schimpftirade über mich.

Das hatte ihm doch glatt den Wind aus den Segeln genommen. Er hatte geschluckt und mich mit offenem Mund angestarrt. Wie ich jetzt so daran dachte, sah ich mich dort auf dem Stuhl sitzen, ihm gegenüber – wieder wie ein Schulmädchen, das soeben eine schwierige Aufgabe zur Verblüffung des Lehrers gelöst hatte:

Ich zuckte mit den Schultern. »Na ja, sie ist mir aufgefallen, vielmehr ist sie mir sehr bekannt vorgekommen. Als ich näher an sie rangegangen bin, war da plötzlich dieser Name in meinem Kopf, Andrajewa.«

»Andrajewa?«, hakte Azarael nach und auch ihm schien dieser Name etwas zu sagen.

Ich nickte erneut. »Ja, Andrajewa. Sie hat Cayuga einmal zur Flucht vor dem Scheiterhaufen verholfen und ist gemeinsam mit ihr geflohen. Ich habe sie nach ihrem Namen und ihrer Herkunft gefragt und sie antwortete: ›Louise Prompton aus San Diego.‹«

Alle Augen starrten gebannt auf mich, sogar Azarael wagte es nicht, mich in meiner Erzählung zu unterbrechen.

Ich blickte alle der Reihe nach an und deutete dann mit meinem Zeigefinger auf meine Schläfe. »Laut der Liste in meinem Kopf ist eine gewisse Louise Prompton aus San Diego, Kalifornien im nächsten Jahr zur Zeichnung vorgesehen«, ließ ich die Bombe schließlich platzen.

Azarael und auch die anderen rissen die Augen auf.

»Das heißt ja, du hast eine Ungezeichnete erkannt«, rief Taylor aus und seine Augen strahlten vor Stolz.

»Und du hast erkannt, welche Seele in ihr wiedergeboren wurde«, lobte Azarael auf seine Art und Weise.

Ich wurde rot.

»Aber das war alles wahrscheinlich ein großer Zufall, nicht wahr?« Und schon war er dahin, der Augenblick meines Höhenflugs. Azarael musterte mich prüfend.

Ich bemühte mich, nicht mit den Zähnen zu knirschen. Aber einen verbissenen Blick konnte ich nicht unterdrücken. Dann reckte ich das Kinn in die Höhe und erwiderte seinen Blick eisig.

»Ob du mir glaubst oder nicht, es war kein Zufall. Ich hatte es im Gefühl!«

Zu meiner Verblüffung nickte Azarael daraufhin. »Das ist ein Anfang. Ein guter Anfang. Evangeline wird wissen, was zu tun ist.«

Ich erwiderte nichts daraufhin, blieb einfach nur still stehen.

»Nichtsdestotrotz müssen wir – dank deines Auftritts am Las Vegas Sign, Sophie – sofort handeln. Es wird nicht lange dauern, bis Jäger hier sind, oder schlimmer, die Shuk, und bis dahin sollten wir samt dieser Lila von hier verschwunden sein. Und dann wirst du uns die Liste sauber auf einen Kristall übertragen, ist das klar?«

Der letzte Satz war wieder einmal drohend an mich gerichtet, die ich in meinem Sitz versunken war und folgsam nickte.

Ich schüttelte den Kopf und vertrieb die Erinnerung aus meinen Gedanken.

»Sophie.« Erin stand immer noch mit gehetzter Miene vor mir. »Wir lassen alle deine Sachen hier, wenn du jetzt nicht gleich loslegst!«

Ich knallte meinen Koffer auf das zerwühlte Bett und begann in Windeseile, Kleidungsstücke einzuräumen. Niemals würde ich ohne die tollen Klamotten gehen, von denen ich einen Großteil unten in den Boutiquen des Bellagio erstanden hatte. Mit ein klein wenig finanzieller Unterstützung von Azarael hatte ich mir eine neue Garderobe zusammenstellen können, da ich meine gesamten Klamotten auf der MS Fairytale und in New York hatte zurücklassen müssen. Ich hatte mich komplett für alle vier Jahreszeiten eingedeckt und das teuerste Teil der Sammlung, das CHANEL-Kleid, hatte ich natürlich wieder zurückgebracht. Es war ohnehin recht unbequem und kratzig gewesen.

Ich gab mir Mühe, alles ordentlich in meinem Koffer zu verstauen und so viele Falten wie möglich zu vermeiden, und schaffte es tatsächlich, dass sich beide Schnallen nach langem Drücken und Pressen schließen ließen. Dann hievte ich das gefühlt tonnenschwere Teil vom Bett und rollte es über den Boden hinter Erin her, die das Zimmer bereits verlassen hatte. Natürlich war sie schneller gewesen als ich. Sie besaß ja auch längst nicht die Auswahl an Kleidern. Ihr Kleiderschrank beinhaltete vorwiegend bequeme Trainingskleidung, einen Damenanzug und ein rotes Cocktailkleid, die Schuhauswahl war ähnlich dürftig. Sie übertrumpfte mich lediglich in der Anzahl der Schminksachen – ich hingegen … O Gott! Ich hatte mittlerweile einen Kleiderschrank beisammen wie meine einstige Kabinengenossin Claire, über deren Garderobe ich sehr oft den Kopf geschüttelt hatte. Sollte ich vielleicht doch das ein oder andere Ding wieder auspacken?

Nein, dachte ich entschieden. Die Sachen gehörten jetzt zu mir und ich würde sie nicht wieder hergeben.

Mit hoch erhobenem Haupt betrat ich den Wohn- / Essbereich und erstarrte augenblicklich.

Balladion und Taylor standen beide mit besorgten Mienen vor der Wohnzimmercouch, neben der Arion auf dem Boden kniete. Dort lag jemand reglos auf dem Sofa. Erin war nirgends zu sehen, ebenso wie Azarael.

O Gott, die reglose Person trug einen violetten Tüllrock mit vielen Volants und ein rosafarbenes Korsett! Die dicken, langen Locken lagen zerzaust über der breiten Sofalehne. Lila!

Ich ließ meinen Koffer stehen, der noch ein paar Meter weiterrollte, drängte Arion zur Seite und stürzte zu meiner Freundin, die mit geschlossenen Augen dalag und sich nicht bewegte. Ich packte sie an den Schultern.

»Lila? Lila? Hörst du mich? Ich bin's! Sophie!«, sagte ich eindringlich und schüttelte sie.

Arion packte mich sanft, aber doch kräftig an den Handgelenken und zog mich von ihr weg. Tränen liefen mir über die Wangen.

»Was ist mit ihr?«, fragte ich mit zitternder Stimme und

musterte die ernsten Mienen der Männer, die auf mich herabblickten.

»Azarael musste sie mit einem Bann belegen«, erklärte Balladion und sah mich mitleidig an.

»Wie? Was? Azarael hat das getan?«, fragte ich ungläubig.

Taylor nickte und richtete seinen Blick mitfühlend auf Lila. »Er hatte keine andere Wahl. Sie hat ihn angegriffen und hätte uns alle verraten.«

»W-was? Wie-wie angegriffen?«

»Sie war wie eine Furie, hat geschrien, um sich geschlagen und ist schließlich auf uns losgegangen«, erklärte Balladion.

»Wie auf euch losgegangen?« Verdammt, warum ließen die sich das alles so aus der Nase ziehen?

»Lilianė ist eine Witchdrawal«, begann Arion zu erklären. Er musterte mich mit seinen haselnussbraunen Augen lange und mir kam es so vor, als schätze er ab, wie viel er mir erzählen durfte. »Dieses Wort stammt von ›Withdrawal‹ und bedeutet so viel wie Entnahme. Eine Witchdrawal kann dir vorübergehend deine Kräfte rauben und kann sie gegen dich selbst einsetzen.«

»Eine Witchdrawal ist eine Fairy, die von euch Urfairies mit keiner Elementarkraft beschenkt wurde, sondern nur mit Eigenschaften. Sie sind noch viel seltener als wir Dreifach-Elementarier«, fuhr Taylor fort. »Damit sich solch eine Fairy jedoch selbst verteidigen kann, ist sie in der Lage, anderen Fairies vorübergehend ihre Kräfte abzusaugen.«

In meinem Kopf ratterte es und meine Gedanken überschlugen sich beinahe. Ich wusste, dass Cayuga es irgendwie geschafft hatte, dass vier ihrer besonderen, elementarischen Fähigkeiten während meiner Zeit als Frisch-Gezeichnete auf Lila übergegangen waren, sodass ich selbst aus dem Fokus für eine mögliche Wiedergeburt Tanians gerückt war. Plötzlich wurde mir klar, warum ihr das gelungen war. Cayuga in mir hatte wahrscheinlich gewusst, wer Lila wirklich war, und es als sehr praktisch empfunden, eine Witchdrawal in der Nähe zu haben, der man unbemerkt die eigenen Kräfte übertragen konnte. Lila selbst war noch zu unerfahren und eben erst frisch gezeichnet worden, als dass sie das hätte erkennen können.

Oder hatte Cayuga am Ende ihre Kräfte gar nicht selbst übertragen, sondern sie waren ihr einfach von Liliané geklaut worden?

Als hätte er meine Gedanken erraten, meldete sich Taylor zu Wort.

»Eine Witchdrawal kann einem die Kräfte nur für einen kurzen Augenblick entziehen, niemals für einen längeren Zeitraum«, erklärte er mit sanfter Stimme.

Ich schloss erleichtert die Augen. Die letztere Möglichkeit kam also nicht infrage.

»Aber wieso hat sie sich gegen euch gewehrt?«, wollte ich dann wieder wissen, öffnete meine Augen und blickte die drei der Reihe nach vorwurfsvoll an. »Was habt ihr denn mit ihr gemacht?«

Taylor kratzte sich nervös am Hinterkopf, eine Geste, die ich an ihm immer öfter beobachtete und mit der er meines Erachtens Unsicherheit verstecken wollte. Also mussten sie etwas mit ihr getan haben, was ich mit Sicherheit nicht für gut befunden hätte.

»Bitte! Was habt ihr mit ihr gemacht?«, wiederholte ich meine Frage, diesmal etwas lauter und eindringlicher.

In diesem Moment wurde die Zimmertür hinter uns aufgerissen und Azarael betrat eiligen Schrittes die Suite. Erin trippelte nervös hinter ihm her.

Er nickte seinen Männern stumm zu, die daraufhin zu ihm traten – mit Ausnahme von Arion, der die ohnmächtige und gebannte Lila auf den Arm nahm und sie zu ihm trug.

»Was habt ihr vor?«, fragte ich und rappelte mich schnell auf, da ich noch immer auf dem Boden neben dem Sofa kniete.

»Alles gepackt?«, wandte sich Azarael an die anderen, ohne mich auch nur eines Blickes zu würdigen.

Oh, spielten wir wieder einmal das Spiel *Sophie ist unsichtbar*? Nicht mit mir!

»Azarael!« Ich stellte mich ihm in den Weg. »Sag mir, was ihr mit Lila gemacht habt.«

Er zuckte jedoch nur die Schultern und zog an seinen Hemdsärmeln.

»Wir haben dir deine Freundin gebracht, damit du dir deine Kräfte zurückholen kannst …«, erwiderte er nüchtern, doch ich fuhr ihn an, außer mir vor Zorn.

»Ich habe sie selbst gefunden! Ich hätte sie mit Sicherheit auch selbst dazu bringen können, mir die Kräfte freiwillig zurückzugeben, oder hätte sie mir einfach nehmen können, mit ihr sprechen können! Aber nein, ihr musstet sie ja gleich bewusstlos machen!« Ich lehnte mich mit meinem Oberkörper vor, die Hände zu Fäusten geballt. »Nimm diesen Bann sofort von ihr, damit ich mit ihr reden kann!«

Er stieß ein Seufzen aus. »So gern ich es täte, Sophie, im Moment geht es nicht. Wir müssen so schnell wie möglich von hier weg. Natürlich wäre es für uns alle das Beste, wenn du im Vollbesitz deiner magischen Kräfte wärst, aber das müssen wir wohl verschieben.«

Er kramte in einer Tasche nach einigen Kristallen.

»Aber«, wollte ich noch einwenden, wurde aber sofort von ihm unterbrochen.

»Hast du deine Sachen gepackt?« Seine Augen wanderten beunruhigt im Zimmer umher und ich deutete mit einem Kopfnicken auf meinen Rollkoffer.

Er nickte. »Dann nichts wie weg, bevor hier gleich sämtliche Defenderre anrücken!«

Und an die anderen gewandt fuhr er fort: »Wir teilen uns in Gruppen auf. Arion und Taylor, ihr beide werdet Lila mitnehmen und Balladion und Erin. Ich selbst werde persönlich auf Sophie aufpassen. Und denkt daran, sie schicken vermutlich Schattenjäger aus!«

* * *

Wenig später befand ich mich gemeinsam mit Azarael auf einem nur von spärlichen Straßenlaternen beleuchteten Parkplatz irgendwo in Las Vegas. Er hatte mich samt Rollkoffer im Zickzack durch sämtliche Straßen in der Umgebung des Bellagio gezerrt, um irgendwelche Verfolger abzuschütteln, die ich beim besten Willen nicht hatte erkennen können, und jetzt standen wir unschlüssig auf diesem Parkplatz – ich völlig außer Atem.

»Gehört dir ... gehört dir hier ein Auto?«, fragte ich vorsichtig und hustete.

Doch er antwortete nicht.

Sein Blick huschte nervös hin und her, wie eine Maus auf der Flucht vor einer Katze, registrierte jede auch noch so kleine Bewegung in der Ferne. Ich wollte erneut ansetzen, doch mit einer raschen Handbewegung brachte er mich zum Schweigen und deutete nach vorn auf einen Tunnel, der in ein Parkhaus führte.

Und was ich dort sah, schien mir jeden Willen, mich jemals wieder zu bewegen, aus den Gliedern zu saugen.

Etwas schälte sich aus dem langen Schatten des Parkhauses. Es war ein weiterer Schatten, der Schatten einer knochigen Gestalt, die langsam auf uns zugekrochen kam und dabei keinerlei Geräusch verursachte. Mit aufgerissenen Augen beobachtete ich, wie sie sich zu einem unförmigen Knäuel zusammenrollte – es sah aus als schnüffelte sie, wie ein Hund – und dann wieder streckte, sich auf langen, staksigen Beinen fortbewegte, den Körper, der nur einen Bruchteil ihrer Körperlänge ausmachte, seltsam über sich hertragend.

Und der Schatten dieser Kreatur bewegte sich genau auf uns zu, sie musste jeden Moment hinter der Wegbiegung auftauchen.

Ich wollte schreien, davonlaufen, einfach nur weg, doch

Azarael hielt mich an meiner Hand fest und bedeutete mir mit ernstem Blick, mich keinesfalls zu bewegen. Ich wandte mich ab, wollte nicht sehen, was genau dort auf uns zukam, hörte seltsam hechelnde, würgende Laute, ein Keifen, dann ein lauter Aufschrei wie von einem Tier oder Reptil. Es klang beinahe wie einer der Raptoren aus *Jurassic Park* und mich ergriff eine instinktive Furcht.

Ich spürte, wie Azarael auch nach meiner zweiten Hand langte, mir tief in die Augen sah und stumm mit seinen Lippen zwei Worte formte: »Jetzt – lauf!«

Und ich lief.

Lief – so schnell ich konnte.

Hetzte gemeinsam mit Azarael über den gesamten Parkplatz, hinter uns die keifenden, rufenden Laute der Kreatur. Unsere Schritte hallten in einem niedrigen Durchgang wider, der zu mehreren kleineren Türen führte, und ich betete inständig, sie möchten nicht verschlossen sein. Doch natürlich waren sie es.

Wir machten auf dem Absatz kehrt, unschlüssig wohin, und die krächzenden Schreie und Rufe kamen immer näher.

Schließlich eilten wir einen weiteren Gang entlang, durch eine anschließende, enge Gasse, nur um festzustellen, dass diese vor einer hohen Mauer endete.

»Verdammt«, stieß Azarael aus und drehte sich um. Wir saßen in der Falle.

Schon hörten wir das Keifen und Krächzen, jetzt ganz in der Nähe.

Mit Panik in den Augen drehte ich mich zur Mauer um,

vor der einige Müllcontainer aufgereiht waren, und schätzte ab, ob wir von den Deckeln würden über die Mauer springen können, doch Azarael schüttelte nur den Kopf, als habe er meine Gedanken erraten. Er selbst stand mit dem Rücken zu den Containern, den Blick starr auf den dunklen Boden gerichtet, der schwach von einer einzelnen Laterne beleuchtet wurde, die flackernd drohte bald zu verlöschen. Schließlich bedeutete er mir doch mit einem Kopfnicken, auf die Container zu klettern, und das ließ ich mir nicht zweimal sagen. Bald hockten wir beiden nebeneinander auf einem der Deckel und starrten angespannt nach unten.

»Was sind das für Wesen?«, wollte ich fragen, doch wieder hielt Azarael sich einen Finger vor den Mund und brachte mich zum Schweigen.

Er schüttelte den Kopf, was so viel bedeutete wie *Jetzt nicht*, dann wanderte sein Blick zurück zum Boden.

Und da sah ich es wieder. Den Schatten einer schlaksigen Gestalt, der sich langsam aus dem Dunkel des Durchgangs schälte, mit endlos langen Armen und Beinen und einem winzigen, schmalen Körper und noch kleinerem Kopf. Ich kniff die Augen zusammen, suchte fieberhaft nach dem Besitzer des Schattens, doch ich konnte keinen sehen.

Dann begriff ich.

Es gab keinen.

Die Gestalt bestand aus dem Schatten selbst!

Ich wollte aufatmen, erleichtert sein, doch die verbissene Miene und die Anspannung in Azaraels Körper ließen mich stumm verharren und beobachten, wie der Schatten langsam über den Boden glitt. Kratzende, würgende Töne waren zu hören, ein Schnüffeln ...

Sie kam gefährlich nahe, stutzte, schnüffelte in die andere Richtung.

Meine Nerven waren aufs Äußerste gespannt, mein Herz raste, ich wollte weg, weg von diesem Wesen, was auch immer es war! Hoffte einfach nur, es würde sich verziehen, uns in Ruhe lassen, verschwinden! Ich fühlte mich seltsam ausgelaugt, unendlich erschöpft und dennoch raste mein Puls vor Panik, jede Faser meines Körpers bis auf Äußerste angespannt.

Da drehte sie um und glitt rasend schnell auf unseren Container zu. Ich sog die Luft ein und schon hatte sie uns erreicht, glitt an der metallenen Wand entlang, über die Kante. Wir wichen bis zur Mauer zurück, aber sie kam über den Deckel, keifend und irgendwie triumphierend, laute Schreie ausstoßend.

O nein! Sie holt Verstärkung!, schoss es mir durch den Kopf und ich versuchte sie mit meinen Beinen abzuwehren, was natürlich sinnlos war, da es sich um keine greifbare Gestalt handelte.

»Aaaaaaaah!« Ich umklammerte mein Bein, von dem Rauch aufstieg, als hätte ich mich an einem glühenden Eisen versengt! Überall dort, wo ich die Schattenkreatur berührt hatte, brannte meine Haut wie Feuer!

Und die Kreatur kroch weiter auf mich zu, entschlossen mich zu vernichten.

Da wurde ich unsanft gepackt, auf den Arm genommen

und in die Lüfte gezogen. Ich schwankte seltsam auf und ab, dann registrierte ich die großen, weit aufgespannten Flügel zu meiner Linken und Rechten. Meine Augen suchten Azaraels Gesicht, der mich auf den Armen trug. Seine Zähne waren zusammengebissen, sein Gesicht vor Anstrengung verzerrt.

»Ich ... ich kann nicht lange mit dir fliegen«, presste er hervor. »Aber hoffentlich lange genug, um sie abzuschütteln!«

Doch wir sanken schon wieder ab.

»Was ist mit dir?«, fragte ich und klammerte mich an seinen Hals.

Wie konnte das sein? Schwitzte er? Aber er schwitzte doch nie! Keine noch so anstrengende Aktivität brachte ihn jemals zum Schwitzen! Und jetzt? Ich starrte mit geweiteten Augen in sein verzerrtes Gesicht.

»Es sind diese Wesen, nicht wahr?«, schlussfolgerte ich und er nickte verbissen.

Keuchend landeten wir wieder auf der Erde, nur wenige Meter von der Mauer entfernt, hinter der sich der Container von vorher befand.

»Schattenjäger«, zischte er zwischen zusammengebissenen Zähnen hervor. »Sie entziehen übernatürlichen Wesen die Energie.«

Das erklärte einiges, auch weshalb ich mich so erschöpft und ausgelaugt fühlte.

»Komm weiter.« Er zerrte mich hinter sich her und ich folgte stolpernd.

Jedes Geräusch in unserer Nähe ließ mich zusammenfahren, doch ich biss tapfer die Zähne zusammen, ließ mir nichts anmerken, rannte mit ihm ums nackte Überleben.

Und je schneller wir vorwärtskamen, je weiter wir uns von besagter Mülltonne entfernten, desto kräftiger und schneller wurde ich, und auch in ihm war die Veränderung zu spüren. Er atmete nicht mehr schwer, schien nicht mehr zu schwitzen und war deutlich schneller als ich. Unsere Kräfte kehrten zu uns zurück.

Konnte es sein? Hatten die Schattenjäger unsere Verfolgung aufgegeben? Oder konnten sie uns etwa nicht mehr aufspüren?

Als wir etwa eine weitere halbe Stunde im Zickzack durch Las Vegas gerannt waren, blieb Azarael plötzlich stehen. Ich prallte beinahe in ihn hinein.

»Was ist los?« Sofort drehte ich mich nach allen Seiten um, erwartete, eines der Schattenwesen auf uns zukriechen zu sehen, lauschte auf die Angst einflößenden, keifenden Laute.

»Komm her«, sagte er nur und griff nach meinem Arm. Und noch ehe ich protestieren konnte, hob er mich hoch, breitete seine Flügel aus und schraubte sich in Windeseile in schwindelerregende Höhen auf.

KAPITEL 9

Es dämmerte.

Unsere Rettung.

Sie verschwanden mit den ersten Sonnenstrahlen, wie ich nun wusste.

Azarael hatte uns aus der Stadt gebracht, auf einen nahe gelegenen kleineren Berg, von dem aus man einen herrlichen Ausblick über die gesamte Umgebung hatte, was mir jedoch im Moment herzlich egal war.

»Gehören diese dunklen Jäger zu den Shuk?«, fragte ich und beobachtete, wie die Strahlen der Sonne langsam über Las Vegas strichen.

Azarael zögerte mit seiner Antwort. »Ich weiß nicht, wer sie in diese Welt gebracht hat, aber eines ist sicher, sie sind auf der Suche nach dir und sie wollen dich töten.«

Ich schluckte.

Ohne dass ich ihn darum gebeten hatte, erzählte er weiter.

»Ich habe sie das erste Mal gesehen, wenige Jahrhunderte nachdem die erste Fairy hier auf Erden erwacht ist. Ich konnte sie damals nicht einordnen, hielt sie für ungefährlich, da die Schattenwesen allem Anschein nach niemandem etwas antun konnten. Sie konnten niemanden berühren, ja weder Menschen noch Fairies nahmen sie überhaupt genauer wahr, die meisten registrierten überhaupt nicht, dass sie in ihrer Nähe waren, und offenbar konnten sie auch die Geräusche der Wesen nicht hören. Deshalb gingen wir davon aus, dass sie einfach nur Launen der Natur waren, ohne jeden Zweck.«

Er seufzte, zeichnete mit einem Stock Linien in den feinen Sand und Staub um uns.

»Wie falsch ich damit lag, erkannte ich erst, als es schon fast zu spät war, nämlich als du damals zum ersten Mal erwacht bist und sie nur wenige Tage nach deiner Erweckung Jagd auf dich machten. Zu meinem Erstaunen konnten sie dich verletzen, dich deiner Energie und Macht berauben! Du konntest dich somit überhaupt nicht gegen sie wehren. Jegliche Elementarmagie prallte an ihnen ab und zudem warst du gerade erst erwacht und noch völlig ahnungslos. Sie trieben dich in die Enge, wo bereits deine Schwestern auf dich warteten. Für sie warst du nun ein leichtes Opfer, erschöpft, kraft- und machtlos.«

Er schluckte und ich hatte beinahe aufgehört zu atmen. Noch nie hatten wir darüber gesprochen, wie er Cayuga damals gerettet hatte, und ich war mir nicht sicher, ob ich es überhaupt wissen wollte. Meine Seele versorgte mich mit den nötigen Erinnerungen, die ich verkraften konnte und an die ich mich erinnern musste, um an wertvolle Informationen zu gelangen. Aber sie zeigte mir bei Weitem nicht alles. Die schlimmsten Erinnerungen verbarg sie vor mir, vielleicht um sie mir zu einem späteren Zeitpunkt zu präsentieren, vielleicht auch, um sie mir auf ewig vorzuenthalten, weil allein die Erzählungen davon schon schmerzhaft genug waren.

Verraten von den eigenen Schwestern, von denen man geglaubt hatte, man stünde auf einer Seite, als die ältesten und weisesten unter den Fairies.

»Vielleicht hätte ich mich nicht einmischen sollen, vielleicht haben sie einen guten Grund, dich zu töten.«

Schockiert wanderte mein Blick zu ihm hinüber, nur um festzustellen, dass ein leicht amüsiertes Lächeln seine Mundwinkel umspielte, was ihn wahnsinnig jung aussehen ließ.

»Aber bisher habe ich ihn nicht herausgefunden. Du bist weder von Grund auf böse noch niederträchtig, noch intrigant. Das Einzige, was du bist, ist ...«

Er brach ab, wurde ernst, dann schwieg er.

Ich wollte nachfragen, was ich war, meine Seele brannte darauf, es zu erfahren, wollte aufschreien, doch ich bewegte mich nicht, brachte keinen Ton heraus.

Schließlich brach er das Schweigen.

»Ich beschütze dich vor ihnen, so gut es mir möglich ist.«

Und ich nickte, während er aufstand und nach einem Kristall in seiner Hosentasche kramte.

Ich sah verstohlen zur Seite, musterte die Umgebung, das von der Sonne verbrannte Gras, die staubige Erde, die kahlen Bäume. Dann blickte ich an mir herab auf mein Bein, an dem die Kreatur mich berührt hatte. Die Wunden begannen bereits zu heilen. Die Kleidung war jedoch hinüber.

Mein Koffer! Verdammt. Er stand vermutlich immer noch mutterseelenallein auf dem Parkplatz, an dem ich ihn vor der Flucht vor dem Dunklen Jäger zurückgelassen hatte.

Ich seufzte. Und wieder einmal benötigte ich eine neue Garderobe.

* * *

Mein Rücken schmerzte, ich musste ihn immer wieder durchstrecken, meine Finger dehnen, ganz zu schweigen von meinem Kopf, der mir vorkam, als würde er gleich explodieren. Wie lange ich hier schon saß, die Augen unverwandt auf einen glimmenden rosa Quarzkristall gerichtet, um ihm all die Informationen über Frisch-Gezeichnete einzuspeisen, die sich momentan noch in meinem Gehirn befanden, vermochte ich nicht zu sagen. Ein Blick auf die Uhr verriet mir, dass es bereits ein Uhr mittags war – o Gott, ich saß schon volle vier Stunden hier, und das ohne Pause. Vor einer knappen Stunde hatte Balladion mir ein Sandwich und ein Glas Wasser gebracht, wie einer Gefangenen – und irgendwie war ich das ja auch.

Ich seufzte und blickte aus dem Fenster vor mir. Die Aussicht war zum Niederknien. Cremefarbene Felspyramiden, die sich entlang eines wunderschönen Tals erstreckten, das von grünen Bäumen und felsigen Wegen durchzogen wurde, darüber ein einzigartiger, mit weißen Schäfchenwolken gespickter, strahlend blauer Himmel.

Unsere Holzhütte befand sich oberhalb eines Plateaus,

völlig abgeschieden von jeglicher Zivilisation, nur über einen felsigen Pfad zu erreichen, den man lediglich zu Fuß oder zu Pferde oder mit einem anderen Reit- beziehungsweise Lastentier bewältigen konnte. Ansonsten lag dieses Häuschen absolut isoliert, es sei denn, man war ein Engel und hatte Flügel oder man besaß einen Hubschrauber und war Pilot. Wir hatten glücklicherweise beides, und das war auch der Grund, weswegen wir sechs jetzt hier mitten im Nirgendwo des Bryce Canyon Nationalparks wohnten und ich in dem einzigen Arbeitszimmer des Hauses eingesperrt war, dazu verdammt, diese ewig lange Liste aus dem Kopf in einen kleinen Kristall zu transferieren.

Lila war immer noch bewusstlos. Azarael hatte den Bann von ihr genommen, aber dennoch kam sie nicht zu sich, was allen Rätsel aufgab, inklusive Azarael selbst. Damit verzögerte sich der Zeitpunkt zur Rückführung meiner Kräfte ein weiteres Mal. Evangeline persönlich arbeitete fieberhaft an einer Lösung und ich konnte es kaum erwarten, einerseits meine Freundin wieder um mich zu haben, andererseits diese ungeahnten Kräfte zu besitzen. Derzeit befand sich Lila in einem mir nicht zugänglichen Raum, hinter verschlossener Tür, stets bewacht von einem der Engel – zu meiner Sicherheit natürlich. Aber ich wäre nicht ich, wenn ich nicht wenigstens versucht hätte zu ihr durchzudringen, und es war mir einmal sogar gelungen. Ich konnte ganze fünf Minuten an ihrem Bett sitzen, ihre Hand halten, ihr über die zerzausten Haare streichen, ihr beruhigende Worte zuflüstern, bevor Balladion mich entdeckt und auf seine Art höflich aus dem Zimmer komplimentiert hatte. Aber allein diese kurze Zeitspanne hatte ausgereicht, um in mir ein Gefühl von Zuhause, von Ankommen, von Vertrautheit auszulösen, von dem ich immer noch zehrte.

Hinter mir öffnete sich die dicke Holztür mit einem Quietschen und schloss sich gleich darauf wieder. Leise Schritte kamen näher, jemand beugte sich von hinten über meine Schulter, warf einen Blick auf den immer wieder aufleuchtenden Kristall und flüsterte mir ins Ohr: »Kleine Pause gefällig?«

Ich lächelte, schloss die Augen und drehte mich samt Bürostuhl zu der Seite, aus der die Stimme gekommen war. Dunkle Augen strahlten mir entgegen, umrahmt von dunkelbraunen, fast schwarzen, feuchten Haarsträhnen.

»Was hast du vor?«, fragte ich und lächelte Taylor an, der neben mir in die Hocke ging, mir einen zärtlichen Kuss auf die Lippen hauchte und mit einem Nicken nach draußen deutete.

»Wir könnten einen kleinen Ausritt in den Canyon machen – na, was hältst du davon?«

Ich zögerte. Eigentlich eine traumhafte Idee, wenn es nicht so verdammt viele Gründe gegeben hätte, die dagegensprachen. Erstens, ich konnte nicht reiten. Als Neunjährige war ich dem Pferdefieber zwar verfallen, hatte auch einige Reitstunden genommen, war dann aber auf ein äußerst bockiges Pferd gesetzt worden, das mehr als nur einmal mit mir durchgegangen war, und das hatte mich ein für alle Mal von diesem Fieber geheilt.

Zweitens, ich hatte mich wieder einmal mit dem obersten Engel angelegt. Grund war der, dass er sehr eindeutig gewesen war, als er mich hier zum ersten Mal vor diesen Kristall gesetzt hatte. »Du isst, trinkst, schläfst und transferierst, etwas anderes machst du nicht und stehst erst wieder auf, wenn sich die gesamte Liste in diesem Kristall befindet.«

Das hatte ich so nicht auf mir sitzen lassen können. Hallo? Ich war immerhin nicht irgendwer! Ich war eine der Urfairies und ich ließ mich auch von einem Engel nicht so herumkommandieren und behandeln wie ein Kind, auch wenn er mich in Las Vegas vor diesen schrecklichen Schattenwesen gerettet hatte.

»Ach ja? Und wenn ich es nicht tue?« Ich fühlte auch jetzt noch seine Blicke auf mir, nachdem ich ihm diesen Satz entgegengeschleudert hatte, die Augen vor Wut zu engen Schlitzen zusammengezogen.

»Wage es nicht, mir zu widersprechen!« Seine Stimme war so ruhig gewesen, so ernst und drohend. Doch davon hatte ich mich nicht länger einschüchtern lassen.

»Doch, das tue ich! Wenn du weiter in diesem Ton mit mir redest, dann schwöre ich, Azarael, dass ich die gesamte Liste in meinem Kopf behalte, bis meine Schwestern mich finden, und nehme sie mit ins Grab!« Natürlich war mir klar gewesen, dass ich mich exakt so verhielt, wie er mich behandelte: wie ein trotziges Kind. Aber irgendwie musste ich doch versuchen mich gegen ihn zur Wehr zu setzen. So durfte er nicht mit mir umspringen!

Als er auf diese Aussage einfach nur mit Schweigen reagierte, hatte ich einfach den Raum verlassen, aber nicht ohne noch einen letzten Satz hinzuzufügen: »Ich verlange einfach nur ein wenig Respekt und Achtung.«

Das hatte wohl gesessen, denn er hatte sich kurz darauf tatsächlich bei mir entschuldigt! Und ich hatte ihm versprochen, die Liste ohne weitere Widerworte auf den Kristall zu transferieren. Ich wusste natürlich um die Dringlichkeit, sie für jedes Mitglied der Organisation zugänglich zu machen, und in meinem Kopf war sie schließlich nur mir von Nutzen. Wenn ich jetzt eine kleine Pause einlegte, um mir mit Taylor ein traumhaftes Schäferstündchen irgendwo im Canyon zu gönnen, würde ich vermutlich das bisschen Respekt, das ich mir bisher so mühsam von ihm erkämpft hatte, wieder verlieren.

Drittens, ich wusste nicht, wie Azarael mit Taylor verfahren würde, wenn er erfuhr, dass er mich von dem Kristall weggelockt hatte. Mit mir hätte er lediglich geschimpft, seinen Zorn an mir ausgelassen, mich angebrüllt – aber es war eine ganz andere Sache, wenn jemand aus dem restlichen Team sich ihm widersetzte. In diesem Fall war es unmöglich abzuschätzen, wie er reagieren würde. Und ich könnte es nicht ertragen, wenn Taylor der Organisation verwiesen und ich ihn nie wiedersehen würde.

Da sprachen drei verdammt gute Gründe dafür, ihm abzusagen.

»Taylor, das hört sich toll an, aber …«, begann ich, wurde jedoch sofort von seinem Seufzen unterbrochen.

»Du hast hier Arbeit, ich weiß.« Er ließ den Kopf hängen, nur um ihn gleich wieder zu heben und mich mit einem großen Dackelblick flehend anzusehen.

Ich lächelte und schüttelte den Kopf.

»Wirklich, Taylor. Wenn ich jetzt mit dir komme, wird Azarael ausflippen! Nicht auszudenken, was er mit dir anstellen wird!«

»Wie, mit mir? Sag bloß, du machst dir Sorgen um mich? Und was ist mit dir?«

Ich zuckte mit den Schultern. »Er braucht mich, deswegen wird er mich lediglich anschreien. Aber was er dir antun würde …«

Die Tür wurde erneut geöffnet und Azarael höchstpersönlich trat mit lauten, energischen Schritten ein.

»Wenn man vom Teufel spricht«, flüsterte ich leise, sodass nur ich selbst es hören konnte.

Taylor sprang sofort auf, blieb jedoch mit geradem Rücken neben mir stehen. Azarael musterte ihn kurz, dann fiel sein Blick auf mich, bevor er wieder zu Taylor wanderte und zurück zu mir. Er zog die Augen zusammen, blieb stehen und lächelte.

»Sieh an, was haben wir denn hier? Ein Ablenkungsmanöver?«

»Jetzt komm schon, Azarael«, sagte ich schnell. »Ich starre hier schon seit Stunden in den Kristall, es fühlt sich an, als würde mir gleich der Kopf platzen! Taylor wollte mich nur ein wenig aufmuntern.«

Taylor lächelte mich an und zwinkerte mir zu.

»Das war auch der Grund, weswegen ich dich für einen kurzen Trip hier wegholen wollte«, erklärte Azarael ohne Umwege, kam näher und lehnte sich mit dem Hintern, der wieder einmal in einer Bluejeans steckte, gegen die Schreibtischplatte.

»Ich dachte, ich soll hier so lange sitzen, bis die verdammte Liste im Kristall ist?«, wiederholte ich fragend seine eigenen Worte.

Er grinste. »Ja schon, aber eine kurze Ablenkung in Form eines Wochenendtrips gemeinsam mit mir motiviert dich sicher zu Höchstleistungen.«

»Wie? Wochenendtrip? Du meinst, volle zwei Tage, an denen ich nicht transferieren soll?« Ich zog ungläubig die Augenbrauen hoch. Was war das wieder für ein Spiel?

»Du sitzt vor einem Kristall, Sophie. Der ist hier nicht angewachsen und lässt sich bequem überallhin mitnehmen.«

Er verschränkte die Arme vor der Brust, noch immer dieses triumphierende Grinsen auf dem Gesicht.

»Und du …«, er wandte sich an Taylor, »… siehst besser mal nach der Violetten.«

»Nach Lila?«, schaltete ich mich sofort alarmiert ein. »Was ist mit ihr? Ist sie aufgewacht?«

Azarael wurde ernst, sagte jedoch weder Ja noch Nein, was mir als Erklärung vollkommen genügte.

Ich stand auf. »Ich muss zu ihr, falls …«

Ich war schon im Begriff, mich auf den Weg zu machen, doch Azarael hielt mich am Handgelenk fest.

»Nein. Ich möchte zuerst wissen, wie sie auf Taylor reagiert, den sie ja noch von ihrer Zeit als Frisch-Gezeichnete kennt. Erst dann können wir ihr dein Antlitz zumuten.«

Ich kniff die Augen zusammen, bereits wieder wütend über diese leicht spöttische Bemerkung. Seufzend erinnerte ich mich an die Unterhaltung, die wir geführt hatten, als er mich vor den dunklen Jägern aus Las Vegas gerettet hatte. Sie lag noch nicht lange zurück und dennoch hatte ich einen ganz anderen Azarael kennenlernen können. Irrte ich mich, oder wurde sein Verhalten schlimmer? Nein, ich war mir sicher, ich bildete es mir nicht ein. Von Tag zu Tag wurde er jähzorniger und unberechenbarer. Kaum einer der anderen aus dem Team blieb länger mit ihm zusammen als nur irgendwie nötig, die Teammitglieder flüchteten gerne aus dem Zimmer, wenn sie es einrichten konnten.

Toll, und mir stand nun ein ganzes Wochenende in seiner Gesellschaft bevor. Vielleicht konnte ich mich ja einfach weigern? Aber dann wäre der nächste Streit vorprogrammiert. Nein, ich musste die Sache geschickter angehen.

»Weißt du, Azarael, ich glaube, ich fühle mich hier in diesem Zimmer sehr wohl. Hin und wieder ein kleiner Spaziergang an der frischen Luft und ich bin erholt und kann wieder weiter transferieren. Ich denke, ein Wochenendausflug ist wirklich nicht nötig«, sagte ich in sehr versöhnlichem Ton.

Azarael seufzte und wandte sich an Taylor. »Kann ich kurz allein mit ihr sprechen?«

Taylor nickte und schenkte mir beim Hinausgehen noch

einen aufmunternden Blick. Als er die Tür hinter sich geschlossen hatte, kam der Engel ein paar Schritte auf mich zu und blieb nur einen knappen Meter neben mir stehen. Er sah mich nicht an, sondern betrachtete den Himmel, über den noch immer die Schäfchenwolken zogen.

»Es ist nicht wirklich ein Ausflug«, sagte er, aber seine Stimme klang bei Weitem nicht mehr so wie vorhin, als Taylor noch im Raum gewesen war.

Ich konnte mir ein »Ach was« nicht verkneifen und sah ihn erwartungsvoll an.

»Wir fliegen nach Los Angeles.«

Mir klappte der Unterkiefer herab. »Wie Los Angeles? Diese große Stadt? Bist du wahnsinnig? Ich bin doch in Las Vegas schon fast entdeckt worden und in ...«

Er unterbrach mich. »Los Angeles ist nicht irgendeine Stadt. Sie heißt nicht umsonst *Die Stadt der Engel.*«

Er nahm den Blick vom Fenster und richtete ihn auf mich. Seine hellblauen Augen trafen die meinen und berührten irgendetwas in mir, das mich schnell zur Seite blicken ließ.

»An keinem anderen Ort dieser Erde findet man so viel magische Energie, so viele mystische Kraft- und Energiefelder wie dort. Die Stadt zieht magische Kreaturen an, die guten genauso wie die Bösen.«

Er machte eine erneute Pause, um die Worte auf mich wirken zu lassen.

»Ich habe mir die Liste angesehen, die du bisher erstellt hast«, fuhr er schließlich fort und seine Augen wanderten nun wieder über die sanften Hügelkuppen. »Wie ich es mir gedacht habe, leben in L.A. erstaunlich viele Frisch-Gezeichnete und ich bin mir fast sicher, dass die Stadt auch hohe Persönlichkeiten anzieht.«

Er drehte den Kopf und sah mich erwartungsvoll an.

»Du meinst?«

Er nickte. »Es wäre in der Tat möglich, dass wir dort auf die eine oder andere königliche Seele treffen, vielleicht sogar auf Aurora.«

»Aber ich weiß nicht, ob ...«, setzte ich an, brach jedoch ab. Ich wollte ihm erklären, dass es reiner Zufall gewesen war, dass ich Andrajewa in Las Vegas über den Weg gelaufen war, und ich mir immer noch nicht sicher war, woran genau ich sie überhaupt erkannt hatte. Doch wenn ich es genau überlegte, war es vielleicht gar kein Zufall gewesen? Ich erinnerte mich plötzlich an das Gefühl, das ich gehabt hatte, als ich im Begriff war, in das Auto dieses Millionärs zu steigen. Irgendetwas in mir war sich ganz sicher gewesen, dass es richtig war, mit Lionel zu fahren. Und ohne diesen kleinen waghalsigen Ausflug hätte ich niemals Lila und schon gar nicht Andrajewa getroffen.

»Keine Sorge«, unterbrach Azarael meinen Gedankengang. »Ich möchte lediglich etwas ausprobieren.«

»Und wenn mich irgendjemand erkennt? Ich bin nicht gerade unauffällig.« Ich verzog die Lippen zu einem schmalen Strich.

»Wir müssen versuchen, dich so gut wie möglich zu tarnen«, erklärte er und ich stieß ein gequältes Lachen aus.

»Was? Soll ich vielleicht wieder mit Kopftuch und Herrenmantel herumlaufen?« Jetzt lachte ich wirklich, als mir meine Maskerade wieder in den Sinn kam.

Doch Azarael lachte nicht. »Du hast es erfasst.«

Als er meinen erstarrten Blick sah, fügte er schnell hinzu: »Na ja, vielleicht nicht mit Männermantel. Aber du könntest eine Sonnenbrille aufsetzen und deine Haare unter einem Tuch oder Schal verbergen, dich vielleicht sehr blass schminken, ausgerissene, verwaschene Kleidung tragen. Du wirst staunen, wie viele Menschen in L.A. genau so herumlaufen. Du wirst überhaupt nicht auffallen.«

Ich war immer noch skeptisch.

»Außerdem möchte ich dich in Sicherheit wissen, jetzt, da deine Freundin Lila allmählich wieder zu sich kommt.«

Ich wollte aufspringen, widersprechen, setzte zu einem wütenden »Aber« an, doch er fiel mir sofort ins Wort.

»Nur bis wir wissen, dass von ihr keine Gefahr ausgeht! Dann musst du natürlich zu ihr.«

Das nahm mir den Wind aus den Segeln und ich nickte.

»Und wer begleitet uns?« Auf einmal kam mir der Gedanke, dass uns vielleicht Taylor begleiten könnte. Hoffnungsvoll sah ich auf.

»Niemand. Nur du und ich.«

Na prima. Ein Wochenende allein mit Azarael.

* * *

Wir hatten in einem Hotel nahe dem Flughafen von Los Angeles eingecheckt, das den passenden Namen »Hacienda Hotel at LAX« trug und wirklich wie eine Hacienda aufgebaut war. So gab es eine in Gelb gehaltene und mit dunklen Mosaikfliesen gekachelte Eingangshalle mit breitem, verschnörkeltem Eisentor. Im Innenhof hatte man bequeme Korbmöbel aufgestellt, umgeben von Kakteen und Palmgewächsen. Das Hotel entsprach nicht dem für Azarael gewohnten Fünf-Sterne-Standard (es besaß nur drei Sterne), aber ich fühlte mich dennoch sehr wohl hier. Er hatte ein Doppelzimmer gebucht und ich hatte angenommen, wir würden wieder wie in Las Vegas als Onkel und Nichte, Edward und Billa van Zanot einchecken, aber an der Rezeption hatte Azarael wider Erwarten neue Pässe vorgezeigt, die uns als Ehepaar Jonas und Dorothy Doherty auswiesen. Ich wusste nicht, in welche Gestalt er sich verwandelt hatte. Bei Edward hatte er es mir vorgeführt, indem er mir einen Blick in einen kleinen magischen Spiegel gewährt hatte, der ihn so zeigte, wie er auf Fremde wirkte. Vielleicht würde er das auf dem Hotelzimmer noch nachholen. Mit Sicherheit sah er gut aus, denn die Dame hinter dem Tresen hatte ihm einen bewundernden und mir einen skeptischen Blick zugeworfen, als ich um getrennte Betten gebeten hatte. Ich fand meine entschuldigende Erklärung jedoch sehr einleuchtend.

»Mein Mann schläft sehr, sehr unruhig. Ich würde keine Minute zur Ruhe kommen«, hatte ich mit gekünsteltem, aufgesetztem Lachen gesagt. Ihre Skepsis war dennoch nicht verschwunden.

»Wahrscheinlich überlegt sie gerade, ob es einen Versuch wert wäre, sich mir an den Hals zu werfen, für den Fall, dass ich vielleicht gerne mit ihr fremdgehen würde, wo meine Frau doch so eine doofe Ziege ist, die nicht einmal das Bett mit mir teilen will.« Das war Azaraels lachender Kommentar dazu gewesen. Im Allgemeinen hatte sich seine Laune, seit wir in L.A. waren, merklich gebessert.

Er telefonierte gerade über den Spiegel im Nebenzimmer, während ich eine kalte Dusche nahm. Hier war es auch jetzt noch, Anfang September, wahnsinnig heiß und die Schwüle lag drückend über der gesamten Stadt. Unser Zimmer war zwar klimatisiert, aber dennoch wollte ich mir das unangenehme Gefühl und den Schweiß, den eine Reise einfach immer mit sich brachte, wegwaschen.

Wenig später betrat ich wieder herrlich sauber und nach Rosen duftend, in weißen Hotpants und einer ärmellosen, apricotfarbenen Bluse das Zimmer und rubbelte meine immer noch leicht feuchten Haare mit einem Handtuch trocken. Dabei entging mir der Blick des Engels nicht. Er schluckte, wandte sich aber sofort ab und tat so, als müsse er den rosafarbenen Quarzkristall, der vor ihm lag, genauestens unter die Lupe nehmen.

»Was hast du denn vor?«, murmelte er bemüht lässig. »Sagten wir nicht, unauffällige Kleidung?

»Sag du es mir«, konterte ich mit einem Lächeln und ignorierte seine zweite Bemerkung. »Wieso hast du mich allein mit nach Los Angeles geschleppt und unser gesamtes Team in der Wildnis bei meiner ohnmächtigen Freundin zurückgelassen?«

Er seufzte und wurde ernst. »Okay.« Er deutete aufs Bett.

Ich ließ mich auf der bequemen, kühlen Bettdecke nieder, schlug die Beine übereinander und sah ihn erwartungsvoll an. Er saß noch immer auf dem Bürostuhl vor dem kleinen, aber dennoch sehr wuchtig wirkenden Schreibtisch gegenüber dem Spiegel und rollte zu mir herüber.

»Ich dachte mir, stellen wir doch deine Gabe mal auf die Probe und suchen ein paar von den noch zu zeichnenden Menschen hier auf. Vielleicht kannst du ja bereits einige von ihnen – wie soll ich sagen – erkennen?«

Ich kniff die Augen zusammen und verzog den Mund zu einem Strich.

»Keine sehr gute Idee, mich unter Druck zu setzen, Azarael«, sagte ich leise, aber mit einem warnenden Unterton.

Er stand auf und fuhr sich wütend durch die Haare.

»Ich muss dich aber unter Druck setzen, verdammt noch mal!« Ich zuckte unwillkürlich zusammen.

»Mit jedem Tag, den wir untätig verstreichen lassen, gewinnt Tanian mehr an Macht. Dir ist das ja wahrscheinlich egal – so kommt es mir zumindest vor –, aber mir nicht! Ich überwache täglich die Nachrichten, halte Augen und Ohren offen, und glaub mir, die Regierung versucht sehr geschickt ihre Rückkehr zu verbergen. Aber es lässt sich nun mal nicht unter den Tisch kehren, dass die Shuk-Angriffe vor allem auf Frisch-Gezeichnete zunehmen, dass viele von ihnen verschleppt werden oder dann plötzlich ermordet aufgefunden werden. Es ist ein Wettlauf gegen die Zeit, Sophie! Entweder sie gewinnt oder wir! Und bei deinem Egoismus glaube ich langsam, du willst, dass wir verlieren!«

Ich schluckte.

Shuk-Angriffe auf Frisch-Gezeichnete?

Verschleppt?

Plötzlich ermordet aufgefunden?

Das alles war mir vollkommen entgangen. Gut, ich hatte keine Nachrichten mehr gesehen, seit … ja, seit ich die MS Fairytale verlassen hatte. Ich gab zu, dass ich die schrecklichen Dinge nicht hatte sehen wollen, mich vor der Wahrheit verschlossen hatte. Die Wahrheit … ja, die Wahrheit war, dass ich mich nicht hatte unter Druck setzen wollen. Und solche Geschehnisse, solche brutalen Geschehnisse, belasteten mich gewaltig.

»Ich bin nicht egoistisch«, sagte ich leise und starrte verbissen auf den mit grünem Teppich ausgelegten Fußboden. »Es ist nur nicht so einfach, wie du es dir vorstellst.«

Er schwieg und starrte aus dem Fenster. Dann stieß er ein verächtliches Lachen aus.

»Oh, es ist nicht so einfach, sagst du? Du versuchst es doch nicht einmal richtig!«, unterstellte er mir dann. »Stattdessen hältst du hinter meinem Rücken Händchen mit Tayugan und widersetzt dich mir, wo du nur kannst! Das wäre alles nicht so schlimm, aber dass du plötzlich eine Liebelei über deine Mission stellst …«

»Liebelei? Du hast doch absolut keine Ahnung! Wenn es nur eine Liebelei zwischen Taylor und mir ist, was denkst du, wie hätte er mich sonst erwecken können? Der Kuss der wahren Liebe hätte doch gar nicht gewirkt!«, schrie ich ihn an.

»Ah – Kuss der wahren Liebe, hör mir auf. Du weißt doch

so gut wie ich, dass es dazu lediglich ein bisschen Verliebtheit braucht. Es hat sicherlich ausgereicht, dass er in dich verschossen war.«

»Und selbst wenn! Was kümmert es dich denn? Mein Liebesleben geht dich absolut nichts an! WIR FÜHREN KEINE BEZIEHUNG!«

Ich war außer mir vor Zorn. Mein Körper bebte vor Anspannung.

Wir standen uns gegenüber und starrten uns wütend an. Dann jedoch änderte er seinen Blick, wurde nachdenklich, ja fast schon traurig.

»Nein. Das tun wir nicht«, sagte er resignierend. »Nicht mehr.«

Damit stand er auf und verschwand im angrenzenden Badezimmer.

Ich blieb reglos auf dem Bett sitzen, fühlte mich plötzlich leer, wie ausgelaugt. Ich wusste nicht, wieso, aber seine letzten Worte hatten mich mehr getroffen als alles andere, was er mir bisher an den Kopf geworfen hatte. Er hatte Cayuga so sehr geliebt und besaß diese Gefühle noch immer, doch nun wurden sie nicht mehr erwidert, da ich eine andere Person war, die einfach nur in Cayugas Körper steckte und in der lediglich ein Teil ihrer Seele weiterlebte. Ich, Sophie, hatte mich vom ersten Augenblick an in Taylor Tayugan verliebt. Und für Azarael hegte ich keine Gefühle. Oder doch?

Ich seufzte und stützte den Kopf auf eine Hand. Mein Leben war wirklich ein einziges Chaos. Eine Achterbahn voller Aufs und Abs. Mal himmelhochjauchzend wie im Riesenrad mit Taylor, dann wieder zutiefst betrübt wie jetzt. Dazu noch die komplette Riege der Schicksalsfairies samt Regierung, die mir auf den Fersen war, obwohl ich sie seit Beltane nicht mehr zu Gesicht bekommen hatte, dann die dunklen Schattenkreaturen und, nicht zu vergessen, meine Schwester, Tanian, die mit ihrem Terror die ganze Welt in Angst und Schrecken versetzte.

In keinem anderen Augenblick wünschte ich mir mehr, wieder die Sophie von vor meiner Zeichnung zu sein.

»In einer halben Stunde kommt unser Taxi«, rief Azarael mir in dem Moment durch die geschlossene Badezimmertür zu.

* * *

Wir schwiegen uns die ganze Fahrt über an, starrten aus den Fenstern, betrachteten die vorbeiziehenden Hochhäuser, die umhereilenden Menschen, die Bäume, die vereinzelt am Wegrand standen, den strahlend blauen Himmel, über den einige weiße Schäfchenwolken zogen, und die vielen anderen Autos, die wie wir in die gleiche Richtung fuhren. Ich hatte mich folgsam mit einem grauen, dünnen Schal verschleiert und trug eine übergroße, weiß gerahmte Sonnenbrille. Die weißen Shorts und die apricotfarbene Bluse von vorhin hatte ich wegen der Hitze anbehalten.

Schließlich hielt ich es nicht mehr aus und brach leise das Schweigen.

»Was hast du eigentlich genau vor?«

Er blickte noch immer aus dem Fenster, als hätte er meine Frage nicht gehört.

Ich wollte schon zu einem »He, hast du mich nicht gehört?« ansetzen, da räusperte er sich und wandte sich zu mir.

»Sagte ich doch, wir besuchen ein paar Ungezeichnete«, erklärte er dann und konnte sich natürlich ein schadenfrohes Grinsen nicht verkneifen.

Ich zog die Augenbrauen hoch. »Und was willst du ihnen erzählen, wer wir sind?«

»Ach«, winkte er ab. »Das mache ich spontan. Wichtig ist, dass du versuchst sie zu erkennen.«

Na toll, so viel zum Thema unter Druck setzen.

Ich fuhr mir nervös über das Gesicht und beobachtete genau, wohin das Taxi fuhr, aber bei den vielen Wegbiegungen, Straßen und gleich aussehenden Häusern war das nicht so einfach. Unendlich viele Hochhäuser, Reihenhäuser und Hotels pflasterten unseren Weg, alles war monoton in Grau- und Brauntönen gehalten – eine schlichte, triste Gegend. Hier wohnten mit Sicherheit keine reichen Snobs oder Promis.

Unser Taxi hielt vor einem der Hochhäuser. Wir stiegen aus und Azarael bezahlte den Fahrer angemessen inklusive ansehnlichem Trinkgeld.

»Wenn Sie auf uns warten, bezahle ich Ihnen den doppelten Preis«, hörte ich den Engel soeben mit dem kleinen, dicklichen Mann reden, der prompt Dollarzeichen in den Augen bekam und eifrig nickte.

»Es dauert auch nicht lange, versprochen.«

Azarael nickte dem Fahrer ebenfalls zu, warf einen sichernden Blick in beide Richtungen und nahm mich dann sanft am Ellenbogen, um mich zu der großen, dicken Glastür zu bugsieren. Sie führte in einen Raum, in dem sich die Briefkästen der vielen Hausbewohner befanden. Eine Treppe mit einem über die Jahre abgetretenen Teppichbelag, der zu besten Zeiten wohl mal rot gewesen war, führte nach oben. Mein Blick fiel auf den wenig vertrauenserweckenden Aufzug daneben, der bereits Rost ansetzte. Dann doch lieber Treppen steigen!

Wir studierten die Namensschilder, obwohl ich keine Ahnung hatte, nach welchem Namen wir Ausschau hielten. Doch noch bevor ich überhaupt die ersten Namen gelesen hatte, packte mich Azarael bereits und zog mich zur Treppe.

»Fünfter Stock«, sagte er knapp und begann, die schiefen, ausgetretenen Stufen nach oben zu steigen. Ich folgte ihm und bereits nach drei Stockwerken schnaufte ich schwer, woraufhin er sich eine entsprechende Bemerkung natürlich nicht verkneifen konnte.

»Na, wir sind aber in Topform«, kam es von oben.

Ich entgegnete nichts darauf, verdrehte die Augen, wohl wissend, dass er es nicht sehen konnte, und kämpfte weiter mit den Stufen, die gar kein Ende zu nehmen schienen. Schließlich holte ich ihn vor einer großen schwarzen Tür wieder ein, blieb stehen, beugte mich keuchend nach vorn und stützte die Hände auf den Knien ab.

»Wir … hätten … hätten auch den … Aufzug nehmen können«, schnaufte ich.

Er lehnte lässig an der Wand, die Hände vor dem Körper

verschränkt, und beobachtete mich amüsiert. »Ist doch nur der fünfte Stock. Wirklich, Sophie, ich denke, du solltest Ausdauertraining machen. Wie willst du den Shuk davonlaufen, sollten sie dich doch einmal finden?«

»Ganz einfach«, keuchte ich weiter. »Ich stell mich ihnen entgegen und ... lauf nicht weg.«

Er zog die Augenbrauen erstaunt hoch, grinste aber weiterhin angesichts meines hochroten Kopfes. Ich wusste nicht, woher seine Fröhlichkeit kam, zog sie aber seiner schlechten Laune allemal vor.

»Bist du dann so weit?« Er stieß sich von der Wand ab und baute sich vor der Tür auf, bereit zu klingeln.

Ich nickte und versuchte, wieder einigermaßen normal zu atmen, was mir schließlich langsam, aber sicher auch gelang. Verdammt, was war denn nur los mit mir? Vor einigen Tagen in New York hatte ich neben Balladion einen Supersprint hingelegt, ohne auch nur mit der Wimper zu zucken, dasselbe im dunklen Hinterhof mit Azarael, als wir vor den dunklen Jägern geflohen waren, und jetzt kam ich daher wie eine alte Oma.

Bitte, Cayuga! Lass mich nicht im Stich!, schickte ich ein Stoßgebet an meinen Körper. Dann klingelte Azarael.

Es dauerte eine Weile, bis sich überhaupt etwas regte. Dann begann es hinter der Tür zu poltern und zu rumpeln und wir hörten, wie sämtliche Vorhängeschlösser und sonstigen Riegel entsperrt wurden, und das waren eine Menge. Die Hausbewohner hatten wohl ihre Erfahrungen mit den Menschen in diesem Bezirk.

Schließlich wurde die Tür einen Spalt breit geöffnet und ein einzelnes braunes Auge lugte unter der Vorhängeschlosskette hindurch und beäugte uns kritisch.

»Was wollen Sie?«, fragte eine dunkle Männerstimme.

»Hallo«, begann Azarael freundlich. »Wir wollten gerne mit Tracy sprechen, ist sie da?«

»Wer sind Sie und was wollen Sie von meiner Tochter?« Der Vater hatte offenbar beschlossen uns zu misstrauen, denn sein Ton wurde schärfer.

»Wir sind Freunde von ihr und wir wollten sie zu einem kleinen Spaziergang abholen.« Ich warf Azarael einen kurzen Blick zu. Entweder er pokerte oder er hatte sich über diese Tracy gut informiert. Außerdem, aus der Schule? Wir oder zumindest ich sah nicht mehr aus, als ginge ich noch zur Schule. Er vielleicht?

»Ich hab Sie noch nie gesehen«, konterte der Vater und nun kniff er das braune Auge zusammen und musterte Azarael von Kopf bis Fuß.

Azarael seufzte. »Gut, Sie haben gewonnen. Ich bin ein Engel und meine Begleitung ist eine Fairy und wir möchten mit Ihrer Tochter über die bevorstehende Zeichnung reden.«

Ich konnte mir ein Aufkeuchen nicht verkneifen.

»Verarschen kann ich mich allein.« Der Mann war schon im Begriff, uns die Tür vor der Nase zuzuknallen, da schob Azarael schnell einen Fuß in den Spalt, beugte sich nach vorn und stierte das Auge des Vaters hypnotisierend an.

»Ich wiederhole, lassen Sie uns zu Tracy.« Er sagte diese

Worte ganz leise, ruhig und bestimmt, dabei strahlte er etwas aus, das sich schwer in Worte fassen ließ. Ich bekam eine Gänsehaut und rieb mir unwillkürlich die Schultern.

Der Vater bewegte sich nicht, starrte uns immer noch mit dem einen Auge entgegen, doch die Härte und Entschlossenheit wich aus seinem Blick. Er trat ein Stück weit zurück, wollte die Vorhängekette entfernen, dann entschied er sich doch anders.

»Tracy ist nicht hier«, kam es dann leise und monoton von seiner Seite.

Azarael runzelte die Stirn.

»Wo ist sie?«, hakte er nach.

»Unterwegs mit Freundinnen. Sie hat mir nicht gesagt, wohin sie ist. Sie wird gegen fünf Uhr zurück sein«, antwortete der Vater und stierte mit leerem Blick an uns vorbei.

Azarael seufzte, verdrehte kurz die Augen und wandte sich dann von der Tür ab.

»Vielen Dank für die Auskunft. Wir kommen später noch einmal wieder, und keine Sorge, wir wollen nur kurz mit ihr reden.«

Da erwachte der Mann aus seiner Starre und blickte uns verwirrt nach, wie wir die Treppe wieder hinunterstiegen.

»Das wirft uns im Plan etwas zurück. Ich schlage vor, wir klappern erst die anderen ab und falls wir noch Zeit haben, schauen wir hier noch einmal vorbei«, sagte Azarael beim Hinuntergehen. »Oder was meinst du?«

Ich nickte einfach nur und bemühte mich einigermaßen

mit ihm Schritt zu halten, was mir abwärts viel besser gelang als aufwärts.

* * *

Der nächste Stopp war nur ein oder zwei Blocks weiter und wieder befanden wir uns in einem tristen Hochhaus, wieder musste ich unendlich viele Stufen erklimmen, wieder war ich vollkommen außer Atem, bevor Azarael klingeln konnte, und wieder standen wir einem misstrauischen Vater gegenüber, der uns aber im Gegensatz zum ersten einließ.

Diesmal wollten wir zu keinem Mädchen, sondern zu einem Jungen, und ich fragte mich unwillkürlich, ob Väter ihre Töchter besser beschützten als ihre Söhne.

»Justin!«, rief der große, hagere Mann mit dem bereits schütter werdenden Haar soeben in Richtung eines hinteren Ganges. »Hier ist Besuch für dich!«

Wenig später schlenderte ein ebenso großer, hagerer Junge in ausgewaschenen Jeans, einem dunklen T-Shirt mit der Aufschrift *»I am proud«*, einer umgedrehten Baseballkappe auf dem Kopf und einem iPad in der Hand lässig ins Zimmer. Er blickte uns aus zu Schlitzen verengten Augen kritisch und verwirrt an und die dicken Augenränder ließen mich zu dem Schluss kommen, dass er entweder die Nacht durchgemacht hatte oder zugedröhnt war. Wahrscheinlich traf beides zu. Inzwischen hatte mich sein musternder Blick getroffen und er fragte sich wahrscheinlich gerade, weshalb ich mitten in einer Wohnung einen

Schal um den Kopf gewickelt hatte und eine Sonnenbrille trug.

»Wow, wer seid ihr denn?«, stieß er aus und ließ seinen Blick langsam über meine gebräunten nackten Beine, die kurzen weißen Shorts, die Korallenbluse und meinen Ausschnitt wandern. Mein Gesicht schien er nicht wirklich zu beachten.

Ich rollte mit den Augen und verschränkte missmutig die Arme vor der Brust. Das sollte mal ein Fairy werden? In Gedanken bemitleidete ich bereits seine Seeker sowie sämtliche Lehrer und Mitschüler seiner späteren Akademie.

»Sie sagten, sie seien neue Lehrkräfte an deiner Schule«, teilte ihm sein Vater mit.

Der Sohn, der offenbar die Augen nicht von mir nehmen konnte, lachte kurz auf. »Ey, wenn die an meiner Schule wär ...«, er deutete mit einem Kopfnicken auf mich, »... würde ich nich so viele Stunden blaumachen.« Er lachte laut auf. »Aber ist schon in Ordnung, Dad. Ich kenne sie.«

Ich erwartete jeden Moment ein Donnerwetter des Vaters über das Geständnis, die Schule zu schwänzen, doch nichts geschah. Stattdessen zuckte dieser einfach nur mit den Schultern und verschwand in der Küche. Milde erstaunt sah ich ihm nach. Ich hatte zumindest erwartet, dass er im Zimmer bleiben und gemeinsam mit den sogenannten Lehrkräften oder Bekannten seines Sohnes reden wollte.

Der Sohn schlenderte betont lässig und cool zu mir herüber, baute sich in seiner vollen Größe neben mir auf und streifte mich mit einem eindeutigen Blick.

»Also, was kann ich für dich tun?«

Ich schloss angeekelt die Augen und drehte den Kopf weg. Er stank nach Schweiß und hatte eine üble Alkoholfahne, vermischt mit Zigarettenrauch. Mein Blick fiel auf Azarael, der mich erwartungsvoll ansah.

Ich schüttelte den Kopf, ging zu ihm hinüber und stellte mich Schutz suchend hinter ihn. »Sorry«, murmelte ich. »Ich kann ihn mir nicht einmal als Frisch-Gezeichneten vorstellen.«

»Was is denn nu?« Der schlaksige Junge spähte um Azarael herum, wo ich geblieben war.

»Tut uns leid«, begann dieser seufzend. »Ich glaube, wir haben dich verwechselt. – Komm, Dorothy, wir gehen.«

Er legte einen Arm um mich und schob mich zur Tür.

* * *

»Wer zum Teufel war das?«, fragte ich, als wir wieder im Taxi saßen.

»Justin Templer, sechzehn Jahre alt, wohnhaft Pasadena, Los Angeles, USA, zur Zeichnung vorgesehen im neunzehnten Lebensjahr«, las Azarael in dem kleinen roséfarbenen Kristall, den er sich vor die Augen hielt, und ich ging im Geiste die noch immer in meinem Kopf gespeicherte Liste durch. Ich fand den Namen und nickte nachdenklich.

»Na, hoffentlich hört er bis dahin mit dem Kiffen auf«, seufzte ich und Azarael lachte. Ich stimmte in sein Lachen ein.

Verstohlen blickte ich zur Seite, beobachtete den Mann, der sich jetzt, da wir nur zu zweit ohne sämtliche Begleitengel und Mitglieder der Organisation unterwegs waren, so vollkommen anders benahm.

Hm, er sah schon verdammt gut aus mit den blonden Haaren, den fesselnden, strahlend blauen Augen …

Himmel, Sophie! Du bist jetzt mit Taylor zusammen oder versuchst zumindest, so etwas wie eine Beziehung zu ihm aufzubauen!, ermahnte ich mich selbst energisch.

Schnell drehte ich den Kopf weg und starrte aus dem Fenster.

»Woher weiß eigentlich die Regierung, in wem die Seele einer Fairy wiedergeboren wurde und wer somit zur Zeichnung vorgesehen ist?«, fragte ich schnell, um die Gedanken in meinem Kopf zu vertreiben.

Er räusperte sich und schmunzelte. »Deine Schwester Calenleya hat eine ähnliche Gabe wie du«, begann er zu erklären und ich sah ihn erstaunt an.

»Du meinst, sie kann das jemandem ansehen?«

Er nickte.

»Ja, aber wie konnte sie so eine Liste erstellen? Ist sie durch die gesamte Welt gereist und hat jedem Menschen in die Augen gesehen, oder wie?«, wollte ich weiter wissen, vollkommen erschüttert von diesem Gedanken und der Vorstellung, mir stünde vielleicht Ähnliches bevor.

Azarael schüttelte den Kopf.

»Nein, sie hat ihre Gabe in den vielen Jahrtausenden perfektioniert.«

Na toll, wieder ein Schritt, den sie mir voraus war.

»Jeder Mensch sendet unbewusst Signale aus, die sie empfangen kann, und aus den Millionen Signalen weltweit kann sie die Fairies herausfiltern und lokalisieren. Somit entgeht ihr auch nicht, wenn die zur Zeichnung vorgesehenen Menschen ihren Aufenthaltsort ändern oder vorzeitig sterben.«

Ich runzelte die Stirn, grübelte.

»Du ...«, begann ich zögernd. »Du erwartest das von mir auch, nicht wahr? Dass ich diese Signale empfange.«

Er seufzte, fuhr sich mit der Hand durch die Haare und schüttelte den Kopf.

»Nein, das erwarte ich nicht. Natürlich wäre es schön und es würde uns die Arbeit wahnsinnig erleichtern. Aber vorerst begnügen wir uns mit der ...«, er suchte nach dem richtigen Wort, »... manuellen Methode, indem wir so viele Ungezeichnete aufsuchen wie möglich, in der Hoffnung, darunter die Königsfamilie zu entdecken.«

»Und wer weiß«, fügte er nach einer kleinen Pause achselzuckend hinzu. »Vielleicht entwickelst du deine Gabe ja ebenfalls weiter.«

Ich seufzte und starrte auf die Lehne des grauen Autositzes vor mir. Die grauen Augen des Taxifahrers waren, wie ich im Rückspiegel erkennen konnte, stur auf die Straße geheftet. Mit Sicherheit würde er nur zu gern verstehen, worüber wir so heftig diskutierten, aber wir hatten in eine andere Sprache gewechselt.

»Aber ihr System hat Lücken«, sagte ich schließlich leise. »Mich hatte Calenleya nicht auf dem Radar. Taylor sagt, ich sei nicht zur Zeichnung vorgesehen gewesen, als ich ihm damals in Lloret über den Weg lief.«

Ich runzelte die Stirn, grübelte über meinen letzten Gedanken nach, sprach ihn schließlich laut aus.

»Moment mal, Taylor hat mich damals auch als Ungezeichnete erkannt, obwohl ich nicht auf der Liste stand. Hat er dieselbe Gabe wie Calenleya? Aber wie ist das möglich?«

Azarael sah mich ernst an. »Tayugans Gabe ist der von Calenleya nicht unähnlich. Deshalb ist er für die Organisation auch unglaublich wichtig, wie ich dir bereits damals auf Mauritius gesagt habe. Er kann Ungezeichnete erkennen, wenn sie vor ihm stehen. Calenleya hingegen sieht sie auch, wenn sie nicht in ihrer Nähe sind. Ich glaube, man kann es sich so vorstellen, dass sie für sie wie kleine Punkte in der Ferne leuchten.«

Unwillkürlich kam mir bei seiner Erklärung das Bild von Charles Xavier aus dem Film *X-Men* in den Sinn. Er hatte die sogenannten Mutanten über eine besondere Maschine namens Cerebro lokalisieren können. So ähnlich musste Calenleyas Gabe funktionieren, nur dass sie dafür keine Maschine benötigte, sondern wahrscheinlich lediglich die Augen schließen musste.

Dann kam mir noch ein anderer Gedanke.

»Sag mal, woher weißt du eigentlich so viel über uns Fairies?«, fragte ich zögernd und beobachtete genau seine Reaktion.

Zunächst kniff er die Lippen zusammen, dann atmete er tief durch.

»Wir Engel haben euch lange beobachtet. Wie ihr das erste Mal hier wiedergeboren wurdet, wie ihr euch verhalten habt ... Wir haben begonnen euch zu studieren und haben nach und nach alle eure Geheimnisse und verborgenen Strukturen gelüftet, haben im Laufe der Zeit alles über euch und eure Geschichte herausgefunden, vor allem über den Fluch, der auf euch liegt. – Nur etwas verstehen wir nach wie vor nicht.«

»Dass meine Schwestern mich töten wollen«, vollendete ich seinen Satz mit einem Seufzer und er nickte.

* * *

Wir klapperten noch mehrere Hochhäuser ab und von Treppe zu Treppe wurde es schlimmer mit meiner Kondition. Zudem verschlechterte sich Azaraels Stimmung rapide, da wir von einem Reinfall zum nächsten fuhren. In keinem der Ungezeichneten erkannte ich dessen Fairy-Seele, in keinem. Ich konnte sie noch nicht einmal als Ungezeichnete erkennen und das frustrierte sowohl mich als auch ihn.

Nach einer kleinen Pause bog unser Taxi in das luxuriöse Villenviertel Beverly Hills ein und wir erlebten ein krasses Gegenprogramm zu unserer vorherigen Tour.

Hier war alles grün, sauber, glänzend und strotzte nur so vor Überheblichkeit, Prunk und Protz. Eine Villa reihte sich an die andere, gesäumt von Palmen, großen Auffahrten, Springbrunnen, dicken Mauern, bunten, exotischen Blumenbeeten und Swimmingpools. Ich bezweifelte, ob man uns hier überhaupt in irgendein Haus einlassen würde, wurde aber eines Besseren belehrt.

Ein Butler führte uns in die mit weißem Marmor ausgekleidete Empfangshalle eines riesigen Anwesens und bat uns, hier im sogenannten Foyer zu warten. Wenig später kam ein junges, sehr hübsches, dunkelhaariges Mädchen in einem knappen bunten Sommerkleid und goldenen High Heels die große geschwungene Treppe herabgestöckelt. Als sie Azarael sah, der sich interessiert in der riesigen Halle umschaute, verlangsamten sich ihre Schritte, wurden eleganter, ihre Blicke sinnlicher. Anscheinend wusste sie um die Wirkung ihres, zugegeben, wirklich tollen Körpers und schönen Gesichts.

»Destiny Hover«, stellte sie sich vor und blinzelte Azarael kokett an.

Mir warf sie nur einen kurzen, abschätzenden Blick zu, bevor sie ihre ganze Aufmerksamkeit wieder auf ihn richtete.

»Jonas Doherty – und das ist meine Schwester«, sagte er freundlich, deutete auf mich und musterte das Mädchen.

»Dorothy«, sagte ich und streckte dem Mädchen meine rechte Hand entgegen.

Sie ergriff sie zögernd.

In dem Moment durchzuckte es mich wie ein Blitz.

Ich umrundete gemeinsam mit zwei meiner Schwestern eine kleine weiße Wiege, in der ein blasses Neugeborenes lag und friedlich schlummerte. Die Eltern standen ein wenig abseits und beobachteten das Geschehen aufgeregt. Sie hielten sich eng umschlungen, als fürchteten sie sich vor dem, was wir mit dem Mäd-

chen tun würden. Als ob wir in der Lage wären, einem so kleinen Wesen Leid zuzufügen. Nein, wir konnten das nicht. Tanian hingegen …

»Ich schenke dir Klugheit«, begann Ahilea, breitete die Hände über der Wiege aus und trat einen Schritt zurück.

»Ich gebe dir die Magie des Wassers«, fuhr Valandriela mit dem Ritual fort und trat ebenfalls zurück.

»Mögest du von allen geliebt werden und …«, begann ich, doch der Vater unterbrach mich.

»Schenke ihr einen treuen Mann, der sie beschützt und ernährt!«, bat er eindringlich.

Ich sah ihn ernst an.

»Niemand erteilt der Liebe Befehle!«

Schnell stellte sich die Frau schützend vor ihren Gatten. Sie senkte den Blick.

»Es tut mir leid, Cayuga! Bitte fahrt fort! Entschuldigt meinen Mann, er möchte nur das Beste für unsere Tochter! Bitte belegt sie nicht mit einem Fluch, bitte!«, flehte sie und ich konnte bereits die ersten Tränen in ihren Augen glitzern sehen.

»Armalie«, entfuhr es mir und ich ließ blitzartig die Hand des Mädchens los.

Ich drehte mich zu Azarael und sah ihn mit aufgerissenen Augen an.

»Das ist Armalie!«

* * *

»Die ungeliebte Armalie, na, sieh mal einer an«, sagte Azarael kopfschüttelnd, als wir wieder im Taxi saßen, und lächelte mich von der Seite an. »Cayugas bisher einziger Fluch.«

Ich wunderte mich nicht, woher er das schon wieder wusste, nickte aber kleinlaut.

»Na ja, ich oder vielmehr Cayuga mag es nun einmal nicht, wenn man sie bei einem Ritual stört.« Ich verschränkte die Arme vor der Brust und dachte über das arme Mädchen nach. Cayuga hatte sie mit einem Fluch belegt, der dafür sorgte, dass ihre Liebe nie von einem Mann erwidert würde. Wie grausam – und das alles aus einer einzigen Laune heraus! Mir wurde plötzlich bewusst, dass meine Seele, mein neues Ich, auch unglaublich gefährlich für die Erde sein konnte, und mehr denn je musste ich mich anstrengen, sie nicht die Oberhand über mich gewinnen zu lassen.

Aber auch ein anderes Gefühl machte sich in mir breit. Triumph. Ich hatte es erneut geschafft! Ich hatte wieder eine ungezeichnete Seele identifizieren können! Mein Körper bebte vor Euphorie!

»O Mann, ich hab es wieder geschafft!«, rief ich freudig. »Was sagst du nun, hm?«

Er grinste. »Komm, komm, freu dich nicht so. Du hast eine Ungezeichnete erkannt! Das ist noch gar nichts!«

»Zwei«, korrigierte ich. »Du vergisst Andrajewa in Las Vegas!«

»Gut, zwei Ungezeichnete.« Er lächelte mich an und konnte nicht verbergen, dass auch er ein klein wenig stolz auf mich war.

Plötzlich wurde ich ernst. Mit einem Mal beschlich mich wieder dieses seltsame Gefühl. Wenn ich es hätte beschreiben müssen, würde ich es wohl als Aufregung bezeichnen, Nervosität. Es war das seltsame Kribbeln, das man vor Prüfungen verspürte oder vor besonderen, herausragenden Ereignissen. Lampenfieber kam dem wohl noch am nächsten. Auf einmal sah ich einen Strand vor mir.

»Venice Beach«, brachte ich hervor.

Azarael runzelte die Stirn. »Was hast du gesagt?«

»Wir müssen zum Venice Beach. Jetzt sofort.«

Er stutzte, wollte etwas sagen, verstummte jedoch. Dann schien er zu verstehen. Sofort wies er den Taxifahrer an, den von mir genannten Ort anzufahren.

* * *

Venice Beach war alles in einem. Wunderschön, chaotisch und vor allem eins: überfüllt.

Ein breiter, scheinbar endloser Sandstrand, gesäumt von hohen Palmen, einem breiten, geteerten Rad- und Fußgängerweg und unzähligen kleinen Läden und Geschäften, erstreckte sich entlang kleinerer Hochhäuser und Plattenbauten. Vor unseren Augen flanierten unzählige Menschen auf und ab, teilweise in Sportklamotten, joggend, walkend, radfahrend, skatend, andere mit einem Eis in der einen und Einkaufstüten in der anderen Hand, und manche führten hier ihre Haustiere Gassi – einer zog sogar fünf Hundewelpen in einem Leiterwagen hinter sich her.

Venice Beach war – mit einem Wort gesagt – lebendig, und ich merkte selbst, wie das geschäftige Treiben mich ansteckte.

Schon hatte ich Azarael hinter mir gelassen und steuerte einen kleinen Laden an, der allerhand Krimskrams verkaufte, angefangen bei Mützen und Kuscheltieren über Badeschlappen, Bikinis, Badehosen und Sandspielzeug bis hin zu T-Shirts, Jeans, Handtüchern und vielen anderen Dingen, und das zu unverschämt niedrigen Preisen. Doch noch bevor ich überhaupt in die Nähe der Ware kam, durchzuckte mich wieder dieses seltsame Gefühl, ich machte abrupt auf dem Absatz kehrt und schlug eine vollkommen andere Richtung ein. Azarael folgte mir ohne Widerworte, bedachte mich lediglich mit einem seltsamen, durchdringenden Blick. Ich steuerte auf einen breiten, geteerten Weg zu, der am Rande des großen Sandstrandes verlief und auf dem Fußgänger, Radfahrer, Skateboarder und Inline-Skater unterwegs waren. Wir folgten dem Weg, der hier und da von einzelnen großen Palmen gesäumt war und am berühmten Open-Air-Fitnessstudio »Muscle Beach Venice« vorbeiführte, das ich schon oft im Fernsehen gesehen hatte. Hinter einem hohen, blau umrandeten dicken Metallzaun trainierten muskelbepackte Männer auf Fahrrädern, stemmten zentnerschwere Hanteln – kurzum, zeigten sich in all ihrer Bodybuilding-Pracht, doch ich schenkte ihnen keinerlei Beachtung, sondern visierte eine riesige Betonplattform an, die mitten in den Sand gebaut war. Kleine Treppen führten wenige Meter nach oben und gaben den Blick auf Ausbuchtungen frei, die für mich aussahen wie ovale, bauchige Schwimmbecken, nur fehlte ihnen irgendwie das Wasser. Schnell wurde klar, wieso. Wir befanden uns im Venice Skate Park, einem riesigen Skating Parcours, und die Ausbuchtungen waren nichts anderes als Halfpipes in sämtlichen Formen. Einige in der ganz klassischen U-Form, andere in bauchigen Ecklagen, andere rund, wieder andere wellenförmig, und dazwischen sausten Skatebord-wütige Teenager und junge Erwachsene herum, von denen jeder seine eigene Show abzog und mehr oder weniger akrobatische Sprünge zum Besten gab.

Ich lehnte mich – wieder diesem seltsamen kribbeligen Gefühl in der Magengegend folgend – über ein Metallgeländer am Rande des Parks und beobachtete die Skater. Azarael trat neben mich und tat es mir nach. Mit keiner Silbe stellte er mein Handeln infrage, als wüsste er genau, weshalb wir hier waren.

Mein Blick schweifte über die nächstgelegene Pipe. Mehrere junge Mädchen und Jungen führten atemberaubende Sprünge und Bewegungen aus, lachten, scherzten miteinander. Eine Schwarzhaarige mit Rastazöpfen hatte Notiz von uns genommen. Sie musterte uns kurz, bevor ihr Blick zurück zu einer ihrer Freundinnen wanderte, einem großen, dünnen Mädchen mit einem dunkelblonden Zopf, der bei jeder ihrer Abfahrten hinter ihr herflatterte wie eine Fahne.

Waren das Ungezeichnete? Verbarg sich hier unter diesen Mädchen vielleicht tatsächlich die Seele einer der Fairy-Hoheiten, vielleicht Aurora persönlich? Ich fuhr mir mit der Hand über den Mund. Die Wahrheit war, ich konnte es nicht sagen. Nur eine Sache wusste ich mit Sicherheit: Wir sollten jetzt genau hier sein. An diesem Ort. Azarael schwieg immer noch und beobachte wie ich das Treiben vor uns.

Ein Mädchen kam auf einem Fahrrad näher, sprang, kurz bevor sie mich und Azarael erreicht hatte, ab und lehnte sich über das Geländer. Suchend überblickte sie die jungen Skater, bis ihr Blick an einem rothaarigen Mädchen hängen blieb, das soeben den Verschluss ihres Helmes kontrollierte und im Begriff war, in Kürze eine der Pipes hinunterzujagen.

»Tracy!« Das Mädchen neben mir winkte begeistert und ich blickte auf. Tracy? Hieß so nicht das Mädchen, das wir heute als Erstes hatten besuchen wollen und dessen Vater uns nicht eingelassen hatte? Azarael und ich tauschten vielsagende Blicke.

»He, Tracy!«, schrie es etwas lauter und die Rothaarige hob den Blick. Als sie die Blondine neben mir bemerkte, erwiderte sie den Gruß, indem sie freudig zurückwinkte. »Moment, ich komme!«

Damit legte sie den Helm wieder ab, klemmte sich ihr Skateboard unter den Arm und verließ den Park.

»Gut gemacht«, hörte ich Azaraels Stimme anerkennend neben mir, als Tracy unsere Nachbarin erreicht hatte und sie überschwänglich umarmte.

»Hast du Lust auf eine Party heute Abend?«, fragte diese soeben.

Tracy strahlte ihre Freundin an. »Aber klar doch! Wann, wo, wie?«

Sie wuschelte sich mit ihrem rechten Arm durch die rote Lockenmähne.

»Um neun bei Charly. Die anderen sind auch am Start.«

»Oh, eine Hausparty«, freute sich Tracy. »Wie cool! Ich hoffe, mein Dad fährt mich.«

»Ich kann dich auch abholen. Dick bringt mich«, erklärte das blonde Mädchen weiter und Tracy seufzte.

»Hach, du hast's gut mit deinem älteren Bruder. Bei mir dauert's noch drei Monate, achtzehn Tage und vier Stunden, bis ich sechzehn bin und meinen Führerschein hoffentlich in der Tasche habe!«

»Sag bloß, du zählst immer noch die Stunden«, lachte die Blondine und machte Anstalten, wieder auf ihr Rad zu steigen.

»Hey«, mischte ich mich da zu meiner eigenen Überraschung in die Unterhaltung der beiden ein. Die Mädchen musterten mich und augenblicklich veränderten sich ihre Blicke von überrascht zu verwirrt. Natürlich – ich gab keinen sehr vertrauenserweckenden Anblick ab, mit meiner überdimensionalen Brille und dem Schal auf dem Kopf.

»Ich habe soeben eure kleine Unterhaltung mitbekommen. Ihr geht auf eine Hausparty heute Abend?«, fragte ich weiter und stellte mich kurzerhand zwischen die beiden, die mich mit sehr skeptischen Blicken musterten.

Als sie mich, anstatt zu antworten, weiterhin einfach nur anstarrten, als käme ich vom Mond, fuhr ich kurzerhand fort und brachte Azarael ins Spiel: »Hättet ihr was dagegen, mich und meinen Bruder hier mitzunehmen?«

Als die Mädchen Azarael sahen, änderten sich ihre Mienen von skeptisch zu vor Aufregung strahlend. Sie blickten ihn unverwandt an und wieder wünschte ich mir zu wissen, wie er wohl für sie aussah. Ich schenkte ihm einen erwartungsvollen Blick, der ihm ein kleines Schmunzeln entlockte, und mir kam in den Sinn, dass dies überhaupt nicht mehr der mürrische, übellaunige Azarael war, den ich bisher kennengelernt hatte. Der Azarael aus Las Vegas hätte mich beiseitegezogen, mich für diese hirnrissige Idee gescholten und uns dann ins Hotel zurückfahren lassen, um mir dort eine weitere Predigt darüber zu halten, wie wichtig es war, mich unauffällig zu benehmen. Nein, dies hier war ein Azarael, der mir vertraute und mich respektierte.

»Ja, hättet ihr was dagegen?«, griff er meine Frage auf.

Die beiden Mädchen wandten sich nun von mir ab und erklärten ihm eifrig, wo genau die Party stattfand.

Als er sich wieder zu mir gesellte und mir ein amüsiertes Grinsen schenkte (hinter sich zwei tuschelnde Teenies, die ihm mit verzückten Augen nachblickten), verschränkte ich skeptisch die Arme vor der Brust und sah ihn schief von der Seite an.

»Im Ernst? Du hast nichts dagegen? Wir beide auf einer Teenieparty?«

Er schob lächelnd die Arme in die Hosentaschen. »Ich bin mir sicher, du hast deine Gründe?«

Er zog die Augenbrauen hoch in Erwartung einer Erklärung, doch ich schwieg. Die Wahrheit war, ich konnte ihm keine geben, denn ich wusste ja selbst nicht, was das für ein seltsames Gefühl war, das mich antrieb. Ich wusste, ich sollte es ihm sagen, zumindest versuchen, es ihm zu erklären. Er würde es sicher verstehen, er war immerhin ein Engel, ein ebenso mystisches Wesen, wie ich eines war, und dennoch bekam ich kein einziges Wort über meine Lippen.

»Bitte, Azarael«, setzte ich an und es klang irgendwie gequält und flehend zugleich. »Bitte, vertrau mir.«

Er atmete tief durch. »Ich versuche es, aber du musst mir versprechen, sobald irgendetwas passiert, was unser Unternehmen oder die gesamte Organisation gefährdet, verschwinden wir sofort!«

Ich nickte, auch wenn mir das Herz mittlerweile vor Nervosität bis zum Hals schlug.

* * *

Charly war ein kleiner, dickerer Junge mit einer runden Brille auf der Nase, der in sehr modernen, schicken Klamotten steckte und sich als Gastgeber der Hausparty präsentierte, die im Stadtteil Glendale unweit von Pasadena, in einem kleinen gemütlichen Haus in der Chestnut Street stattfand. Als wir gemeinsam mit den Mädchen Tracy und ihrer Freundin Jennifer (das war die blonde Radfahrerin vom Venice Beach) am Ort des Geschehens eintrafen, war bereits die Hölle los. Überall drängten sich junge Leute aneinander, egal ob im

Hausflur, der Küche, dem Wohn- / Essbereich, dem Garten (der sogar einen kleinen, mit Unterwasserbeleuchtung ausgestatteten Pool zu bieten hatte) oder dem oberen Stockwerk. Und sie alle hielten mindestens ein Glas oder sonstiges Gefäß mit Alkohol in der Hand, lallten bereits oder tanzten zu den lauten Beats, die aus den Boxen eines jungen DJs im Wohnzimmer kamen, der sehr cool an den Turntables drehte und eine umgedrehte Baseballmütze auf dem Kopf trug.

Charly war von Anfang an begeistert von mir, ebenso wie einige andere Jungen, die mich schnell von Azarael, der seinerseits bald von einer Mädchentraube umzingelt war, abgedrängt und in die Küche geführt hatten, in der sie sich regelrecht darin überboten, mir das passende Getränk zu reichen. Schließlich standen fünf bunt gemixte Cocktails vor mir, von denen ich einen rot-orangefarbenen kostete und mir – so sagte ich es immerhin meinen Verehrern – die anderen für später aufheben wollte.

»Bock auf ein wenig Frischluft im Garten?«, lud mich ein Junge, ich glaube er hieß Zac, auf eine umwerfende Weise ein, indem er mich zuerst anrülpste und sich dann übergab.

Angeekelt drehte ich mich weg und stöckelte in meinen roten High Heels, mit denen ich hier natürlich vollkommen overdressed war, in das nächste Zimmer auf der Suche nach Azarael. Ich hatte mir das Haar hochgesteckt und unter einem passenden roten Tuch verborgen, doch auf die Sonnenbrille hatte ich verzichtet. Azarael und ich waren in der Übereinstimmung auf die Party gegangen, dass wir umgehend verschwinden würden, sobald etwas geschah, was nur im geringsten Maße ein übersinnliches Geschehen andeutete. Doch wohin ich auch ging, nirgends konnte ich den Engel entdecken.

Na ganz toll. Kaum eine halbe Stunde hier und er ließ mich komplett allein. Was war mit seinem Beschützerinstinkt los, den er nicht abgelegt hatte, seit ich ihn kannte? Gerade jetzt hätte ich ihn sehr praktisch gefunden, angesichts der vielen sabbernden Teenager um mich herum. Mit meinen neunzehn Jahren lag ich hier nicht wesentlich über dem Altersdurchschnitt, trotzdem fühlte ich mich ihnen so wahnsinnig überlegen. Vielleicht lag es an meinem erweiterten Wissen um die Dinge in dieser Welt, von denen die hüpfenden, sich betrinkenden Frischlinge hier nichts ahnten. Junge Menschen, die glaubten, sie wüssten, wie das Leben funktioniert. Die voller Tatendrang, mit stolzgeschwellter Brust, die Augen über die engstirnigen Erwachsenen verdrehend, sich ins Abenteuer stürzten. Die Urfairy in mir spürte hinter der Fassade ihre Unreife, die Unsicherheit, das Theaterstück, das sie hier gegenseitig aufführten. Jeder wusste um die Maskerade und alle ignorierten sie in stillem Einvernehmen. Und ja, ich fühlte, dass ich darüber hinaus war. Wie musste es dann erst Azarael ergehen, wenn er, als Mann mit der Erfahrung von Tausenden von Jahren, von kichernden, betrunkenen Sechzehnjährigen umgeben war? In diesem Moment glaubte ich ihn besser zu verstehen, da war auf einmal eine Brücke zwischen uns, die sich unsichtbar über der feiernden Horde spann und uns verband ... wenn ich ihn denn hätte spüren können.

Plötzlich kam mir ein entsetzlicher Gedanke. War ihm etwas zugestoßen? Waren dunkle Jäger aufgetaucht, ohne dass ich es bemerkt hatte? Aber nein, dann hätte ich dieses Gefühl der beginnenden Kraftlosigkeit verspürt. War er vielleicht in einen Hinterhalt geraten?

In dem Moment griff jemand nach meinem Handgelenk und ich blickte in tiefgründige saphirblaue Augen.

»Hatten wir nicht beschlossen uns nicht allein zu lassen?«, sagte er mürrisch. Ich wollte etwas Aufbrausendes erwidern, schluckte es aber angesichts meiner Überlegungen von eben hinunter.

Er stellte sich missmutig neben mich, beobachtete das Treiben und fragte dann: »Nun? Schon eine Erleuchtung, weswegen wir hier sind?«

Ich schüttelte den Kopf.

»Sollen wir wieder gehen?« Er sah mich hoffnungsvoll an, doch wieder schüttelte ich den Kopf. Nein, mein Gefühl sagte ganz klar, dass wir hier sein sollten. Hier inmitten der lachenden, grölenden und feiernden Teenager.

»Es ist für uns beide anstrengend. Lass uns noch eine Weile durchhalten. Sobald ich eine Erkenntnis habe, sage ich dir sofort Bescheid.« Ich nickte ihm zu und richtete meine Aufmerksamkeit wieder auf die wilde Meute.

»Gut, warten wir ab«, sagte Azarael und an seiner Stimme hörte ich, dass er mich ernst nahm. Da war weder ein Drängen noch ein Vorwurf. Er würde ausharren, bis ich Entwarnung gab oder wir eine Zielperson ausfindig machen konnten. Auf einmal fühlte ich mich besser. Ich ging, um mir noch einen Sekt zu holen.

Irgendwann, es war schon weit nach Mitternacht, ließ ich mich allein auf einen kleinen Hocker in einer Gartenlaube sinken, gut versteckt hinter einem dicken Busch, und beobachtete das Treiben aus der Ferne – allein mit einem weiteren Glas Sekt, an dem ich hin und wieder nippte. Azarael stand in meiner Nähe und warf mir gelegentliche Blicke zu. Wir waren seit Stunden auf dieser Party, riskierten, von Shuk, Schattenjägern oder sonstigen dunklen Wesen oder der Regierung entdeckt zu werden, und es geschah nicht das Geringste! Und nun saßen wir hier, ich auf dem Hocker zusammengekauert, er mit verschränkten Armen wenige Meter neben mir, wie mein Bodyguard, um uns herum bereits sehr betrunkene Jugendliche, einige küssend in irgendwelchen Ecken sitzend, andere offensiv kiffend und rauchend, wieder andere hatten sich still und heimlich ins obere Stockwerk zurückgezogen. Ich musste es Azarael hoch anrechnen, dass kein einziges ungeduldiges Wort von seiner Seite gefallen war. Er wartete immer noch auf ein Zeichen von mir.

Neben mir raschelte es und ich verdrehte die Augen. Himmel, konnte man hier denn nicht eine Sekunde allein sein?

Ich sah auf und blickte in die braunen Augen eines hochgewachsenen Jungen, den ich auf ungefähr siebzehn Jahre schätzte. Er war schlaksig, sehr dünn und seine Klamotten schrien förmlich nach »Nerd«. Braune Stoffhose, blaues, langärmliges Hemd, darüber ein Karo-Polunder. Gott, ich saß neben einer Kopie von Sheldon Cooper aus *The Big Bang Theory*!

»Oh, ich dachte, hier ist niemand. Entschuldigung«, sagte er verwirrt, als er mich auf dem kleinen Hocker im Eck entdeckte, und machte Anstalten, wieder zu gehen. Also kein Verehrer. Interessant.

»Nein, nein, bleib ruhig«, sagte ich neugierig und der Junge blieb stehen.

Er musterte mich und stellte sofort fest, wie ich an seinen geweiteten Augen erkennen konnte, dass ich nicht in seiner Liga spielte.

»I-ich will dich ... wirklich nicht stören«, stammelte er und entfernte sich langsam Zentimeter für Zentimeter seitwärts von mir, als habe er Angst, ich könnte ihn jederzeit auffressen. Wirklich durch und durch ein Nerd.

»Du störst mich nicht. Komm, setz dich her. Ich glaube, du bist der einzige Junge auf dieser Party, der nicht betrunken ist.«

Mit Ausnahme von Azarael, setzte ich in Gedanken hinzu und warf einen Seitenblick auf den Wache haltenden Engel, der den Jungen noch nicht registriert hatte.

Er bewegte sich nicht und starrte mich stocksteif an. Ich rollte mit den Augen, stand auf und streckte ihm meine Hand entgegen.

»Ich bin Dorothy und du bist?«

Zögernd betrachtete er meine Hand, als sei sie hochgiftig. Dann wanderte sein Blick zu meinem Gesicht. Er überlegte. Schließlich gab er sich einen Ruck.

»Ich bin Carl«, stellte er sich vor und legte seine Hand in meine.

Der Blitz, der mich traf, war so heftig, dass ich aufkeuchte und unwillkürlich in die Knie ging.

KAPITEL 10

Als ich wieder zu mir kam, blickten mir die braunen, besorgten Augen des Jungen entgegen. Er hatte noch keine Hilfe geholt, wahrscheinlich war ich nur wenige Sekunden ohnmächtig gewesen.

Ich blickte ihn erneut an und die Erkenntnis traf mich wie ein Schlag.

Er war ein Ungezeichneter und ich konnte den Fairy-Mann deutlich vor mir sehen, als der er erwachen würde, sollte es überhaupt möglich sein.

Ich sah einen Mann mittleren Alters, mit bereits leicht ergrautem, aber noch sehr dichtem dunklen Haar, ebenmäßigen Gesichtszügen, einem dünnen Bart und wunderschönen dunklen Augen. Eine goldene Krone, verziert mit strahlend weißen Diamanten, thronte auf seinem Haupt und sein goldenes Prueba, das sich in geschwungenen Linien über die Augenbrauen erstreckte, funkelte in der Sonne.

»Bitte, Cayuga, gebt die Einladung an eure Schwestern weiter. Ich möchte nur das Allerbeste für meine kleine Aurora.« Er lächelte mich warmherzig und voller Freude an.

Ich konnte das Lächeln nicht erwidern.

»Ihr wollt wirklich uns alle zum Ritual bitten? Das ist sehr un-

gewöhnlich, Euer Majestät, und ich weiß nicht, ob ich es gutheißen soll«, sagte ich und blickte mit gerunzelter Stirn auf die Schriftrolle in seinen Händen.

»Es geht um die Prinzessin der Fairies. Wem, wenn nicht ihr, gebührt eine solche Ehre?«, versuchte er erneut mich zu überzeugen.

»Ich muss das mit meinen Schwestern besprechen«, erklärte ich weiter und er nickte.

»Heute Abend werde ich Euch unsere Entscheidung mitteilen.«

Ich machte Anstalten zu gehen, drehte mich dann jedoch noch einmal zu ihm um. Er rang mit sich, das konnte ich an seinem zusammengekniffenen Gesicht erkennen.

»Gibt es noch etwas, Majestät?« Ich warf ihm einen erwartungsvollen Blick zu.

Er zögerte, gab sich dann einen Ruck. »Eure jüngste Schwester ...«, begann er und spielte nervös mit seinen Händen.

»Ja?« Ich zog die Augenbrauen hoch. »Was ist mit Tanian?«

»Sie ... sie ist nicht eingeladen.« Sein gesamter Körper entspannte sich, als wäre mit diesem Satz eine zentnerschwere Last von ihm abgefallen.

»Wie? Nicht eingeladen? Wie soll ich das verstehen?«

»Seht, Cayuga. Ich möchte nicht, dass meine Tochter ein schreckliches Schicksal ereilt.«

»Ich verstehe.« Ich seufzte, dann blickte ich ihn durchdringend an.

»Bitte, Cayuga!« Seine Augen flehten förmlich.

Ich seufzte erneut, drehte mich um.

»Heute Abend, König Korolyan. Heute Abend.«

»Ist alles in Ordnung mit dir?«, fragte mich der große Junge besorgt.

Ich starrte ihn immer noch mit offenem Mund an.

»Ich ... ich ...«, stammelte ich.

Doch da war auch schon Azarael bei mir.

Ich spürte ihn mehr, als dass ich ihn sah. Seine starke, beschützende Aura eilte ihm voraus, hüllte mich ein, noch bevor ich überhaupt etwas sagen konnte. Besorgt legte er eine Hand auf meine Schulter. Ich sah zu ihm hoch und sagte nur ein Wort: »Korolyan.«

Damit deutete ich mit einem Kopfnicken auf den jungen Carl, der ebenfalls sehr besorgt neben uns kniete.

Azarael verstand sofort. Ohne weitere Worte kramte er in seiner Hosentasche und zog wenig später ein kleines, tropfenförmiges Fläschchen mit einer blauen Flüssigkeit hervor, das mit einem konisch geformten Glaskorken verschlossen war.

Es war jetzt über ein Jahr her, seit ich ein solches Fläschchen zum letzten Mal gesehen hatte, und noch immer konnte ich den angenehm blumigen Veilchenduft riechen. Als wäre es gestern gewesen, dass Taylor mich in Lloret aufgelesen, mir die Flüssigkeit zu trinken gegeben und mich mit den magischen Worten erweckt hatte.

Azarael wandte sich mit dem Fläschchen an Carl, der ihn verwirrt anstarrte.

»Was soll ich damit? Geben Sie solche Heilmittelchen lieber Ihrer Schwester«, sagte er und blickte nervös von Azarael zu mir, als ahnte er, dass hier etwas Seltsames vor sich ging.

»Trink«, hörte ich mich mit einer seltsamen Stimme sagen, die keine Widerworte duldete.

Carls Blicke richteten sich auf mich, wurden glasig und leer. Wie in Trance nahm er das mittlerweile entkorkte Fläschchen von Azarael entgegen, legte es an seine Lippen und trank es mit einem Zug leer.

»Jetzt sprich mir nach«, fuhr ich mit ebenjener befehlenden, hypnotisierenden Stimme fort. »Pruebame.«

»Pruebame«, befolgte er brav meine Anweisungen.

Ich sah, wie sich sein Gesicht vor Schmerz verzog, und roch Blut, vermischt mit Rauch. Dann schälte sich ein goldenes Prueba aus seiner Stirn und funkelte im matten Licht der bunten Girlanden über unseren Köpfen.

Azarael hielt ihm die Hand vor den Mund und fing ihn auf, als er ohnmächtig wurde.

»Und nun?«, fragte ich.

Doch Azarael kam nicht mehr dazu zu antworten, denn augenblicklich brach um uns herum das Chaos aus.

* * *

Sie kamen von allen Seiten aus der Dunkelheit und fielen wie Heuschrecken über die verbliebenen Partygäste her. Ich kam mir vor wie in einem schlechten Horrorfilm.

Jungen und Mädchen rannten in Panik davon, schrien, weinten, kreischten ...

Seltsame Dämonen, die ich noch nie in meinem Leben gesehen hatte, bleckten die Reißzähne, fauchten und griffen nach den fliehenden Menschen. O mein Gott! Waren das Vampire? Einer schnappte sich ein Mädchen, das vor Panik gestürzt war, und packte sie im Genick. Ich sah die Zähne der Kreatur, als sie sich zu ihrem schreienden Opfer herabbeugte. Ohne nachzudenken, erschuf ich eine fußballgroße Feuerkugel und schleuderte sie auf das Wesen, das kreischend zur Seite kippte und in den Pool fiel, während das Mädchen sich hochrappelte und mit Todesangst in den Augen auf das Haus zurannte.

Azarael packte mich und zog mich in eines der Gebüsche, in dem wir nun gemeinsam mit dem bewusstlosen Jungen Carl hockten und die Geschehnisse um uns herum beobachteten.

Eigentlich hatten wir vereinbart den Ort sofort zu verlassen, wenn wir etwas Ungewöhnliches bemerkten, aber das war jetzt, nachdem wir Carl gezeichnet hatten, nicht mehr so einfach möglich. Ich linste aus unserem Versteck, versuchte mir einen Überblick zu verschaffen.

Soweit ich es richtig einschätzte, waren es zwölf Dämonen, die hier ein Massaker veranstalteten, und gerade eben betraten zwei weitere Gestalten den Garten.

Eine davon kannte ich.

Sie trug weiße Stilettos mit hohem Absatz, ein schönes rotes Sommerkleid mit luftigen Spaghettiträgern und große goldene Kreolen in den Ohren. Ihre akkurat geschnittenen, pechschwarzen halblangen Haare endeten auf Kinnhöhe, die geschwungenen, großen Lippen hatte sie sich rot nachgemalt und sie hatte sich nicht die Mühe gemacht, ihr gründgold glitzerndes Prueba zu tarnen.

Evelyn. Die erste Shuk, der ich je begegnet war.

Den Mann neben ihr kannte ich nicht, aber er hatte ein ähnliches Erscheinungsbild wie sie. Elegant, aber dennoch sportlich und freizeitlich gekleidet.

Die beiden sahen sich suchend um, redeten miteinander, trennten sich dann. Der Mann ging zurück ins Haus, während Evelyn im Garten herumschnüffelte. Bald würde sie uns in diesem spärlichen Gebüsch entdeckt haben.

Ich warf Azarael einen Hilfe suchenden Blick zu, den er mit einem warnenden beantwortete.

Wir wussten beide, dass wir nicht die geringste Chance gegen so viele Dämonen und die beiden Shuk hatten, auch wenn Azarael als der mächtigste unter den Engeln galt. Ich selbst war ja leider immer noch elementarkraftlos – bis auf meine Feuermagie.

Mein Herz klopfte mir bis zum Hals, als ich sah, wie sich Evelyn langsam in unsere Richtung vorarbeitete. Konnte sie uns etwa riechen?

Ich bemerkte einen kleinen schmalen Gürtel, der locker um ihre Taille lag und an dessen Seite eine Schusswaffenhalterung angebracht war, in der eine silberne Pistole steckte. Eine Waffe? Seit wann benötigten Shuk Waffen?

Der Schweiß brach mir aus, ich begann am ganzen Körper zu zittern, wollte weg, einfach nur hier weg!

Ein Ast knackste ganz in unserer Nähe.

Nah, sie war schon so verdammt nah.

Ich blickte wieder zu Azarael. Er warf mir erneut einen warnenden Blick zu, hielt sich den Finger vor den Mund und bedeutete mir somit, ich solle still sein, egal was passierte.

Dann deutete er auf den bewusstlosen Carl, den es um jeden Preis zu beschützen galt. Ich nickte mit klopfendem Herzen.

Bewusst ungeschickt rollte er sich aus dem Gebüsch und geriet prompt in den Fokus von Evelyn, die sich sogleich auf ihn stürzte, ihn am Kragen packte und ihm tief in die Augen blickte.

»Wen haben wir denn da?«, sagte sie triumphierend.

»B-bitte, t-t-tun Sie mir nichts! I-i-ich will einfach nur nach Hause!«, stammelte Azarael wimmernd.

Dass Evelyn die Augen verdrehte und ihn beiseiteschleuderte, als wäre er Müll, ließ mich aufatmen. Gott sei Dank, seine Tarnung wirkte bei ihr und sie hatte ihn nicht erkannt. Sofort stürzte sich einer der Vampirdämonen auf ihn – als hätten die nicht genug zu fressen! Wo verdammt blieben nur die Defenderre, die laut den Ansprachen unserer Präsidentin angeblich überall zum Kampf gegen die Shuk und andere Dämonen postiert sein sollten? Doch was, wenn sie wirklich auftauchten und mich erkannten? Ich befand mich in einer verdammt ausweglosen Situation.

Was dann geschah, war so unglaublich – einfach schwer in Worte zu fassen. Ich hatte noch nie einen der Engel gesehen, wie er göttliche Macht ausübte, denn mit nichts anderem war diese Energie zu erklären oder zu beschreiben, mit der Azarael den Dämonen entgegentrat. Alles wurde plötzlich hell, irgendwie golden, und ich hatte nicht länger Angst. Jedes andere Gefühl fiel von mir ab, ich war einfach nur … glücklich. Unbeschwert und selig begann ich zu lächeln, wäre am liebsten aus meinem Versteck hervorgetreten, hätte alle umarmt, sogar die Shuk und die Furcht einflößenden Vampirdämonen, denn ich wusste, mir würde nichts geschehen. Jemand passte auf mich auf. Etwas wachte über mich mit dieser Energie, dieser unglaublichen Macht. Im letzten Moment widerstand ich dem Impuls aufzustehen, schüttelte den Kopf und konnte mit einem Mal wieder klar denken. Gebannt beobachtete ich, was vor mir geschah.

Die Dämonen, die sich wild auf Azarael hatten stürzen wollen, verharrten in ihren Bewegungen, blieben stumm stehen. Jegliche Bosheit wich aus ihrem Blick, ja es schien beinahe, als hätten sie vollkommen vergessen, weshalb sie hier in diesem Garten waren, weshalb sie überhaupt existierten. Die zwölf Gestalten sahen sich verwirrt an, dann trat ein glückseliges Lächeln auf ihre Gesichter, als wären sie komplett high. Dann verschwanden sie. Ich hielt die Luft an. Nein, sie waren weder zu Staub zerfallen, noch hatten sie fluchtartig das Weite gesucht, nein, sie waren einfach von einem Moment auf den anderen nicht mehr da, als wären sie plötzlich unsichtbar, doch ich war mir sicher, dass sie das nicht waren. Sie befanden sich an einem anderen Ort. Einem besseren Ort? Das vermochte ich nicht zu sagen.

Mein Blick wanderte hinüber zu Evelyn. Sie war nicht verschwunden, sie lächelte auch nicht verzückt oder verwirrt wie die verschwundenen Dämonen, nein, sie blickte Azarael mit einer Mischung aus Angst und Abscheu entgegen.

»Ein Schutzengel, wer hätte das gedacht«, sagte sie und verschränkte die Arme.

Azarael erwiderte nichts, musterte sie, beobachtete jede ihrer Bewegungen mit höchster Alarmbereitschaft.

Die Shuk ihrerseits ließ ihn ebenfalls nicht aus den Augen, versuchte ihn einzuschätzen. Ich fragte mich, ob sie die Tarnung mittlerweile durchschaut hatte – oder war die Tarnung aufgeflogen, während Azarael seine Magie oder Macht oder was auch immer eingesetzt hatte?

»Ich weiß nicht, wer du bist, aber ich hoffe, du bist nicht so dumm und mischst dich in Angelegenheiten ein, die dich nichts angehen.« Evelyn klang warnend, ihre Augen hatte sie zu kleinen Schlitzen verengt und ich bemerkte, wie über Azaraels Gesicht ein flüchtiger triumphierender Ausdruck huschte, der sofort wieder verschwand.

»Ich tue nur meine Pflicht, und das ist, die Menschen zu beschützen«, erklärte er mit fester Stimme.

Evelyn grinste. »Brav. Das hast du ja auch gemacht und ich versichere dir, ich bin nicht gekommen, um den Menschen hier zu schaden.«

»Ach nein? Und die Dämonen? Die wollten nur ein wenig Spaß mit den Menschen haben?« Azarael versuchte den Zorn in seiner Stimme zu unterdrücken, was ihm nicht gelang.

Doch Evelyn ließ sich davon nicht beeindrucken. »Das liegt in ihrer Natur. Sie wurden geschaffen, um das Gleichgewicht dieser Erde zu halten. Sie müssen den Menschen Leid zufügen. Gut und Böse, ich denke, dir muss ich das nicht erklären, nicht wahr?«

Azarael biss die Lippen aufeinander. Ich wusste nicht, was

das alles zu bedeuten hatte. Wesen, um das Gleichgewicht zu halten, Gut und Böse.

»Dann wirst du wiederum verstehen, weshalb ich handeln musste. Gut und Böse – wie du es so treffend formuliert hast – sind geschaffen, um gegeneinander zu kämpfen. Ich habe gesiegt, also verschwinde!«

Der drohende Unterton in seiner Stimme wischte das Lächeln von Evelyns Gesicht. »Das ist nicht deine Angelegenheit, Engel! Es geht hier nicht um Menschen!«, zischte sie plötzlich und mir entfuhr ein erschrockenes Aufkeuchen.

Evelyn war mit einem Satz bei mir, drückte die Äste knarzend auseinander, packte mich am Hals und zog mich aus dem Gebüsch. Ich schnappte nach Luft, griff instinktiv nach ihrem Handgelenk und bohrte meine Fingernägel in ihr Fleisch, bis etwas Warmes, Dickflüssiges über meine Knöchel rann. Mit einem Schmerzensschrei ließ Evelyn mich los und rieb sich ihr blutendes Handgelenk.

Sofort war Azarael bei mir und stellte sich Evelyn in den Weg. Ich stürzte zurück zum Gebüsch, um nach Carl zu sehen.

Dann erkannte ich, dass das die dümmste Idee meines Lebens gewesen war, denn somit hatte ich auch ihn enttarnt.

Evelyn grinste wieder hämisch. Das Blut tropfte immer noch unaufhaltsam von ihrem Handgelenk auf den Boden, was sie komplett ignorierte, oder spürte sie es etwa schon nicht mehr?

»Cayuga«, begann sie und spuckte verächtlich auf den Boden. Verdammt. Natürlich hatte sie mich erkannt. Wie hatte ich denn nur im Traum darauf vertrauen können, dass mich in dieser dämlichen Maskerade niemand erkennen würde?

»Wenn ich damals gewusst hätte, wer sich hinter der unscheinbaren Sophie verbirgt, ich hätte dich …«

Sie brach ab, blickte zu Azarael und sie wurde blass.

»Dann bist du sicher …« Sie stockte und realisierte wohl in diesem Moment, welcher Engel da vor ihr stand.

»Lauf, Evelyn, lauf so schnell du kannst«, sagte Azarael in bestimmendem Ton, der keine Widerworte duldete.

Sie ließ sich jedoch nicht irritieren und musterte uns beide eingehend. »Ich war auf der Suche nach euch.«

»Lass mich raten, Tanian hat dich geschickt?«, schlussfolgerte Azarael.

Das Grinsen auf Evelyns Gesicht wurde breiter, doch sie antwortete nicht. Stattdessen begann sie, interessiert den bewusstlosen Carl neben mir zu mustern, und fragte sich wahrscheinlich insgeheim, warum ich solch einen Beschützerinstinkt für diesen armen Frisch-Gezeichneten hegte.

»Wer ist das?« Sie kam ein paar Schritte näher, hielt jedoch einen guten Sicherheitsabstand zu Azarael.

Wir antworteten beide nicht. Es war ohnehin offensichtlich, dass es sich bei ihm um jemand Bedeutsamen handeln musste, wenn er gleich von einer Schicksalsfairy und dem mächtigsten Engel bewacht wurde.

Mit einigen Metern Abstand zu mir blieb sie stehen.

In dem Moment trat der zweite Shuk aus dem Haus in den Garten. Mit einem Blick überriss er die Situation und stellte sich neben Evelyn auf.

Er zögerte nicht lange und zückte sofort die Waffe, die er an einem ähnlichen Gürtel wie den, den Evelyn trug, aufbewahrt hatte.

Sie raunte ihm etwas zu, das ich nicht verstehen konnte, doch er ließ plötzlich seine Waffe sinken – widerwillig und grimmig dreinblickend.

»Und du bist also Cayuga, äh?«

Ich antwortete nichts darauf, sondern hielt einfach nur seinem Blick stand.

Wieder ein paar unverständliche Seitenworte von Evelyn.

Ich linste hinüber zu Azarael. Er stand immer noch angespannt vor mir, bereit, mich mit allen Mitteln zu verteidigen.

»Oh, au, was …?«

Carl hätte sich keinen besseren Zeitpunkt aussuchen können, um die Augen aufzuschlagen.

Reflexartig ging ich in die Hocke, half ihm sich aufzusetzen und stützte ihm den Kopf, den er sich schmerzend rieb.

»Was zum Teufel habt ihr mir da gegeben?«

Er blickte auf, sah die beiden sommerlich gekleideten Fremden mit den goldenen Augen vor sich und stutzte.

»Wer seid ihr denn?«

Der männliche Shuk grinste. »Deine neue Familie!«

Damit stürzte er nach vorn, packte Carl und wollte ihn mit sich in die Lüfte reißen. Dabei spannte er seine dünnhäutigen, goldenen Fledermausflügel, holte Schwung und war im Begriff, mit dem Jungen abzuheben. Für einen Moment war ich einfach nur erstaunt und überrascht. Bisher hatte ich nicht gewusst, dass die Shuk fliegen konnten. Wie konnten solch im Grunde herrliche Geschöpfe so grenzenlos böse sein? Ich würde es nie begreifen.

Aber dennoch reagierte ich blitzschnell, packte den Shuk am Fuß und der ganze Mann stand augenblicklich in grell lodernden Flammen. Er schrie aus Leibeskräften und ließ Carl los, der vor Schreck wieder ohnmächtig geworden war, wie ein nasser Sack zu Boden fiel – und gerade noch von Azarael aufgefangen wurde, der nun alle Mühe hatte, mit dem jungen Mann über der Schulter Evelyn zu bekämpfen, die ihn ihrerseits angegriffen hatte.

Der brennende Shuk hatte es indes irgendwie geschafft, seinen Körper zu löschen, und ging weiter zum Angriff auf mich über, indem er seine Hände zu Fäusten ballte, die daraufhin rot glühten, und mich mit ihnen an der Kehle packte.

Glühende Hitze verbrannte mich, ich wollte schreien, bekam aber keine Luft, ich strampelte, schlug wild um mich und schaffte es, mich loszureißen. Ich wollte ihm einen Feuerball entgegenschleudern, stellte aber mit Entsetzen fest, dass ich nicht mehr in der Lage war, Feuer zu erzeugen.

Er grinste fies, streckte die Hand aus und schuf dann einen so großen Feuerball, wie ich ihn noch nie irgendwo gesehen hatte. Er war so groß wie ein Haus und der ganze Garten leuchtete in flackerndem Rot-Orange-Gelb. Er musste weit über ganz L.A. zu sehen sein, schoss es mir durch den Kopf.

»Suchst du das hier?«, fragte der Shuk triumphierend und ich verstand. Er musste so etwas wie ein Witchdrawal sein, wie Lila, jemand, der seinem Gegenüber die Kräfte entziehen und selbst einsetzen konnte!

Ich sah mich nach Azarael um, der immer noch in den Kampf mit Evelyn verstrickt war. Verdammt, sie war stark und er hatte doch tatsächlich Mühe mit ihr! Vermutlich hatte er sich vorhin bei den Dämonen zu sehr verausgabt.

Doch ich hatte keine weitere Zeit, um ihm zuzusehen, denn der Shuk hatte den Feuerball losgelassen.

O mein Gott, er würde das ganze Stadtviertel verbrennen und uns noch gleich dazu!

Was soll ich tun? Was soll ich tun? Was soll ich tun?, schoss es mir durch den Kopf. Mir blieb keine Zeit mehr.

Dann fiel mein Blick auf den Pool. Ich wusste nicht, was ich tat, reagierte blind, meinen Impulsen und Instinkten folgend, streckte die Arme aus, versuchte das Wasser zu fühlen, genauso wie mein Lehrer Fancy es mir einst auf der MS Fairytale mit dem Feuer beigebracht hatte, und als ich dachte es geschafft zu haben, zog ich wie an einem unsichtbaren Seil, um es aus dem Pool auf den Feuerball zu schleudern.

Ich öffnete die Augen und keuchte vor Erstaunen. Wie war das möglich? Um mich herum tanzte eine wirbelnde Wassersäule wie ein Tornado. Schnell schleuderte ich die Wassermassen auf den Feuerball zu, der zischend in der Luft verdampfte.

Der Shuk schien beeindruckt, aber nicht sehr, denn gleich darauf hatte er die Distanz zu mir wieder überbrückt und griff mir erneut an die Kehle. Diesmal kratzte es und ich hustete und keuchte. Ich dachte nicht lange nach, konzentrierte mich und griff nach ihm, bekam seinen Arm zu fassen und er schrie auf. Sein Arm qualmte und es roch ekelhaft nach verbranntem Fleisch. Keuchend landete ich auf dem Boden.

Kurz nachdem er mich losgelassen hatte, merkte ich, wie die Büsche sich um uns herum bewegten. Wurzeln schossen aus dem Boden, packten meine Hände und Füße und rissen mich auf die Erde. Sie zogen meinen Körper in alle Himmelsrichtungen, dehnten meine Glieder und drohten mich zu zerreißen. Die Schmerzen waren unerträglich und mein Verstand setzte aus. Ich musste etwas tun! Irgendwas! Und zwar schnell, denn lange würden das meine Knochen und Gelenke nicht mehr mitmachen!

Luft! Ich bekam keine Luft mehr! Ich merkte bereits, wie mir schwarz vor den Augen zu werden drohte, da hörte ich das Klacken von Metall auf Holz. Jemand hackte an den Schlingen und Wurzeln!

Und plötzlich konnte ich meinen rechten Arm wieder bewegen.

Ich dachte nicht nach, griff in die Luft, wirbelte kreisende Bewegungen auf und schuf eine Windhose, die alles in ihrer Umgebung mit sich zu reißen drohte. Diese schleuderte ich auf den Shuk, der von ihr gepackt und fortgerissen wurde.

In der Zwischenzeit hatte Carl – ach, du meine Güte, Carl! – die letzten Ranken um meine Gelenke mithilfe einer Axt aus dem Gartenhaus abgetrennt und half mir, mich wieder aufzurichten.

Er starrte mich mit einem Blick an, in dem ich einen tief sitzenden Schock lesen konnte. Für ihn musste das alles wie ein Albtraum sein, der schrecklicherweise aus den Fantasy- und Horrorfilmen in die Realität gewechselt war. Doch er war so klug gewesen, die Ranken zu durchtrennen, und hatte somit mein Leben gerettet, etwas, wofür ich ihm immer dankbar sein würde.

Mein Blick wanderte hinüber zu Azarael. Er hatte inzwischen die Oberhand in seinem Kampf gewonnen und Evelyn lag blutend und schwer verletzt am Boden. Keuchend robbte sie in eine Ecke und Azarael baute sich drohend vor ihr auf.

»Lass sie!«, rief ich ihm zu.

Ich wusste nicht, wieso ich ihr Leben plötzlich verschonen wollte, aber dennoch war es so.

Azarael seufzte ebenfalls schwer atmend, ging zu ihr in die Hocke und sah verachtend auf sie herab.

»Was will Tanian?«

Evelyns Blick flackerte, dann erlosch das Gold in ihren Augen und ihr Körper erschlaffte. Die Shuk war tot.

Azarael atmete langsam aus, spuckte auf den Boden und kam zu uns herüber. Er blickte mich wortlos an.

»Du hast mehr als ein Element beherrscht«, stellte er fest und wischte sich Blut und Schweiß aus dem Gesicht. »Wie ist das möglich?«

Ich zuckte mit den Schultern. »Ich habe keine Ahnung.«

Er trat ernst auf mich zu und sein Blick sagte alles. Er war unglaublich zornig. »Hast du uns allen nur etwas vorgespielt? Hast du gemeint, es sei klug, uns das schüchterne Mädchen vorzumachen, das bis auf spärliche Feuerkraft keinerlei Magie von Cayuga übernommen hat? Ich habe wegen dieser Aktion in Las Vegas das Leben meiner Organisation aufs Spiel gesetzt! Beinahe hätten uns die dunklen Jäger erwischt! Und wofür? Nur damit du deine Freundin wiederhast!«

Er sprühte vor Zorn, sein gesamter Körper war angespannt.

»Nein, Azarael, bitte! So war das nicht!«, versuchte ich mich zu erklären. Das ganze Gefühl der Verbundenheit von vorhin schien sich in nichts aufzulösen. »Ich hatte wirklich keine Elementarkräfte! Ich ... ich weiß selbst nicht ...!«

»Ach, sei still.« Er brachte mich mit einer einzigen Handbewegung zum Schweigen und sein Blick wanderte zu dem jungen Carl, der uns immer noch ungläubig anstarrte und die zerstörte Umgebung, die vielen Leichen, die von den Vampiren ausgesaugt zurückgelassen worden waren, betrachtete.

Ich zitterte und hatte Tränen in den Augen.

»Wir müssen hier weg«, flüsterte ich leise und Azarael nickte, immer noch mit zusammengezogenem Mund.

In dem Moment registrierte ich hinter ihm eine Bewegung.

Der männliche Shuk war zurückgekehrt und hockte regungslos neben der toten Evelyn. Ich ging in Angriffsstellung.

Er wandte mir den Kopf zu. Seine goldenen Augen waren glasig, aber funkelten vor unbändiger Wut, und noch ehe ich reagieren konnte, zückte er seine Waffe und richtete den Lauf auf den Rücken Azaraels.

In dem Moment vergaß ich, dass er unsterblich war, und sprang mitten in die Kugel, die der Shuk mit einem lauten, widerhallenden Knall abgefeuert hatte.

Die nächsten Sekunden liefen wie in Zeitlupe für mich ab.

Ich fiel zu Boden, blickte erstaunt in die entsetzten Gesichter von Azarael und Carl, die sich über mich gebeugt hatten und mir etwas zuriefen, das ich nicht verstehen konnte.

Ich sah meine eigene Hand, die irgendwie rot war. Blutrot. Was war geschehen?

Ich versuchte meinen Oberkörper etwas anzuheben. Meine gesamte Kleidung war blutdurchtränkt!

Dann sah ich die Schusswunde unterhalb meiner Brust und der Schmerz setzte ein.

Ein Schmerz, der mir binnen Sekunden den Atem raubte und mich in eine tiefe Dunkelheit abdriften ließ.

KAPITEL 11

Dumpfe Stimmen drangen an mein Ohr, doch ich konnte sie nicht verstehen. Es war, als hätte ich Watte in den Ohrmuscheln.

Mein gesamter Körper schmerzte und ich fühlte mich furchtbar. Mir war schlecht und eiskalt, obwohl ich – wenn ich das richtig erkannt hatte – in dicke Decken gehüllt war. Mein Kopf dröhnte.

Ich wollte mich noch nicht bewegen, wollte noch nicht zeigen, dass ich wieder bei Bewusstsein war, wer wusste schon, in welcher Obhut ich mich befand?

So blieb ich steif mit geschlossenen Lidern liegen, darauf bedacht, mich keinen Millimeter zu bewegen.

Schließlich wurde es ruhig und die Stimmen verstummten allmählich. Ich ging davon aus, dass alle das Zimmer verlassen hatten.

Mit einem Mal überkam mich wieder die Müdigkeit und ich begann in einen unruhigen Schlaf abzudriften.

* * *

Jemand strich mir sanft über die Stirn und ich schlug die Augen auf. Zunächst konnte ich nur schemenhaft Umrisse erkennen, doch etwas nahm ich ganz genau wahr, die Farbe Saphirblau. Die Farbe seiner Augen.

»Azarael«, krächzte ich und diese Stimme hörte sich irgendwie nicht wie meine an.

»Schschsch«, sagte er und legte mir eine warme Hand auf die Augen, sodass ich sie wieder schließen musste.

»Streng dich nicht an, du brauchst noch sehr viel Ruhe.« Seine Stimme klang so tief und so beruhigend, dass ich beinahe wieder einschlief. In letztem Moment jedoch riss ich mich zusammen und stammelte: »Wie geht ... es dir? Carl?«

Erschöpfung machte sich breit, doch ich kämpfte dagegen an und zwang mich ihn anzusehen. Wieder war alles verschwommen bis auf sein Gesicht, dessen Umrisse ich klar und deutlich erkennen konnte.

»Mir geht es gut, und Carl auch. Der Shuk ist geflohen, nachdem er sah, wie du zu Boden gingst.«

»W-was waren das für Kugeln?« Langsam fiel es mir ein wenig leichter, wach zu bleiben.

Azarael runzelte die Stirn. »Das ist eine Sache, die es noch zu klären gilt.«

Ich schluckte und merkte, dass sich meine Kehle seltsam kratzig anfühlte. »Wa... Wasser«, kam es über meine trockenen Lippen. »Könnte ich etwas Wasser haben.«

Er nickte, half mir, mich ein wenig aufzusetzen, und reichte mir ein Glas klares Wasser. Dankbar nahm ich es und trank gierig ein paar Schlucke. Es tat gut, wie die kühle Flüssigkeit meinen ausgetrockneten Hals hinabrann.

Langsam klärte sich auch mein Blick. Ich lag in einem riesigen, goldenen Himmelbett, umgeben von weißen Seidenvorhängen, die von goldenen Kordeln zusammengehalten wurden. Rollläden dunkelten das Zimmer ab, sodass die restliche Einrichtung im dämmrigen Schattenlicht schwer auszumachen war. Soweit ich das erkennen konnte, bedeckte weißer Stuck die Decke in geschwungenen Bögen und blumigen Ranken. Goldene, wallende Brokatvorhänge umrahmten wuchtige Fenster und überall standen massive lackierte Holzmöbel mit goldenen Lampen, Vasen und edlem Porzellan.

»Wo sind wir denn hier?«, sagte ich und ließ staunend meinen Blick über die Einrichtung schweifen.

»In einem Haus«, verkündete er schmunzelnd.

»Wohl eher in einer Villa.«

Er nickte. »Eine kleine Villa im viktorianischen Stil, die vollkommen abgeschieden am Rande von Palm Springs liegt – perfekt für eine gewisse Organisation.«

»Sie gehört dir?« Es klang mehr wie eine Feststellung und erneut nickte er. Dann schwand das Lächeln aus seinem Gesicht und er blickte mich ernst an.

»Wie fühlst du dich?«

Ich überlegte kurz, horchte in meinen Körper, suchte nach dem Schmerz, doch da war nichts mehr. Mir war auch nicht mehr übel und auch die Kopfschmerzen hatten sich verflüchtigt. »Ich fühle mich erschöpft und irgendwie ... ausgelaugt, aber es geht von Minute zu Minute besser.«

»Das war sehr mutig von dir«, setzte er an, doch ich fiel ihm ins Wort.

»Wohl eher bescheuert, wenn man bedenkt, dass du unsterblich bist!« Ich setzte ein mattes Lächeln auf, das er jedoch nicht erwiderte.

»Ich fand es sehr mutig und bin sehr stolz auf dich.« Sein Blick verweilte ruhig auf mir und plötzlich begann mein Herz wie wild zu schlagen. Ich merkte, wie mir die Hitze ins Gesicht stieg. Weil ich diese Gefühle nicht recht einordnen konnte, blickte ich schnell zur Seite.

»Es tut mir leid, was ich zu dir gesagt habe. Ich hätte dir nicht unterstellen sollen, dass du mich angelogen hast. Bitte verzeih. Aber sag mir, Sophie, wie kommt es, dass du die anderen Elemente einsetzen konntest?«, fragte er weiter und mein Herz beruhigte sich langsam wieder.

»Ich kann es mir nur so erklären, dass die Kräfte unbewusst auf mich zurückgegangen sind, sobald wir Lila in Las Vegas gerettet hatten, oder schon früher.« Dann setzte ich nach einer kleinen Pause hinzu: »Wenn ich aber ehrlich bin, dann weiß ich es nicht.«

»Vielleicht kannst du diese Kräfte nur einsetzen, wenn du unter immensem Druck stehst?«, mutmaßte er und legte eine Hand an sein Kinn.

Ich schwieg. Natürlich war das möglich, aber was diese Tatsache für mein Training bedeuten würde, wollte ich mir nicht ausmalen.

»Was hast du mit den Dämonen angestellt?« Ich versuchte elegant das Thema zu wechseln.

Er schloss die Augen und als er sie wieder öffnete, lag darin ein Ausdruck, den ich schwer deuten konnte.

»Diese Dämonen sind Teil dieser Welt. Sie leben hier seit Anbeginn der Zeit, genau wie wir Engel. Wir wurden geschaffen, um die Menschen vor solchen Wesen zu beschützen. Das ist unsere Aufgabe. Dafür wurden wir mit seltenen Gaben ausgestattet, die es uns erlauben, diese Wesen zu bestrafen und dorthin zu schicken, wo sie hingehören.«

»In die Hölle?«, fragte ich mit erstarrtem Blick.

»Die Hölle ist eine Erfindung der Menschen. Aber glaub mir, Sophie, der Ort, an den die Dämonen gehen, ist genau der Ort, an den sie gehören. Mehr kann und darf ich nicht dazu sagen.«

Ich nickte. Er hatte mir ohnehin bereits mehr erklärt als in den ganzen Monaten zuvor.

»Und wieso hast du das nicht gleich gemacht, sobald die Dämonen aufgetaucht sind?«

Er holte tief Luft. »Nun, ich musste mir zunächst einen Überblick verschaffen, herausfinden, wie viele Dämonen hier sind, ihre Stärke einschätzen. Dann tauchten die beiden Shuk auf, bei denen die Engelsgabe nicht wirkt, musst du wissen. Außerdem benötigt es viel Konzentration und Energie, diese Gabe einzusetzen. Dies alles musste ich zunächst bedenken.«

»Wieso konntest du diese Gabe nicht bei Evelyn einsetzen?«, wollte ich weiter wissen. Er antwortete geduldig.

»Die Shuk, genauso wie die Fairies, stammen nicht von dieser Welt. Unser Auftrag euch gegenüber ist unklar. Aus diesem Grund wirkt unsere besondere Kraft nicht bei euch, weil es keinen Ort gibt, an den ich oder jeder andere Engel dieser Erde euch schicken könnte. Bei den Shuk oder den Fairies müssen wir auf andere Weise versuchen zu siegen. Wir müssen auf unsere körperliche Stärke und unsere übernatürliche, geistige Überlegenheit zurückgreifen – verstehst du?«

Ich nickte. Deswegen hatte Evelyn blutend am Boden gelegen.

Er stand auf. »Sophie, ich möchte dir ein paar Tage Erholung gönnen, aber dann müssen wir mit dem Elementar-Training fortfahren. Ich habe Evangeline bereits informiert. Sie wird in Kürze hier eintreffen, um unter anderem auch Carl zu unterrichten.«

»Natürlich.« Ich nickte und fügte hinzu: »Außerdem werde ich die Liste weiter auf den Kristall transferieren.«

Er warf mir einen anerkennenden Blick zu. »Es ist schön, dass es dir besser geht.« Er hielt inne, lauschte, dann lächelte er. »Und noch jemand wird sich sehr freuen zu sehen, dass du dich langsam erholst.«

In dem Moment öffnete sich die Tür und Taylor trat ein. Er stutzte, als er Azarael sah. Der Engel nickte ihm jedoch freundlich zu und verließ das Zimmer.

Bei Taylors Anblick begann mein Herz vor Freude zu rasen und ich strahlte ihn an. Mit wenigen Schritten war er bei mir, umfasste meine Hände und auch seine Augen glänzten.

»Sophie!« Er löste eine Hand und strich mir sanft über den Kopf. Ich schloss für einen Moment die Augen und verlor mich ganz in dieser einen Berührung. Als ich sie öffnete, begegnete ich seinem unergründlichen, schwarzen Blick.

Er strich gedankenverloren eine meiner Haarsträhnen nach hinten, dann verdrängte ein sorgenvoller Ausdruck das Lächeln aus seinem Gesicht.

»Wie geht es dir?«

Ich atmete tief ein.

»Besser«, antwortete ich ihm und atmete laut wieder aus.

Er nickte. »Ich bin ja so froh, Sophie!«

Wieder fand sein dunkler Blick den meinen und spiegelte seine gesamten Gefühle wider. Angst, Sorge, Hoffnung und unbändige Freude. Ich legte sanft eine Hand an seine Wange und streichelte sie leicht. Er schloss die Augen.

»Ich habe jeden Tag an deinem Bett gesessen«, sagte er leise und ich horchte auf. Jeden Tag?

»Wie lange sind wir schon hier?«, wollte ich weiter wissen.

Er seufzte. »Ein paar Tage.«

Ich schwieg und ließ diese Aussage auf mich wirken. Ein paar Tage? Was war das für eine seltsame Kugel, die eine Urfairy dermaßen außer Gefecht setzen konnte?

»Was ist da genau in L.A. passiert?« Er kniff die Augen zusammen. »Ich meine, Azarael hat knapp davon berichtet, Carl steht ziemlich neben sich, für ihn ist das alles natürlich noch so neu, aber ich möchte es von dir wissen. Was hast du erlebt, Sophie?«

Ich rieb mir den Kopf, versuchte mich genau zu erinnern und begann zu erzählen. Davon, wie wir die einzelnen Ungezeichneten aufgesucht hatten, wie wir Tracy am Venice Beach gefunden und sie und ihre Freundin uns zu der Hausparty eingeladen hatten, und von Evelyn, den Vampiren und dem zweiten Shuk.

»Alle sagen, du seist von einer magischen Kugel getroffen worden«, berichtete er und strich mir immer wieder gedankenverloren über die Stirn.

»Ich wurde von einer Kugel getroffen, das stimmt.«

»Das ist unfassbar, dass die Shuk mit magischen Kugeln arbeiten! Niemand in Fairy-Kreisen – egal ob gut oder verflucht – hat sich je der Waffen der Menschen bedient! Es ist uns ein großes Rätsel, wie es ihnen gelungen ist, diese Kugeln so zu verändern, dass sie Fairies verletzen und töten können.« Er machte eine kleine Pause. »Du hättest eigentlich tot sein müssen.«

Wir schwiegen und sahen uns wieder tief in die Augen. Schließlich legte er seine Stirn an meine, ich spürte seinen Atem ganz dicht auf meinem Gesicht, atmete seinen rauchigen, aber angenehmen Geruch ein. Er roch nach loderndem Feuer, ein für mich unverwechselbarer, atemberaubender Duft, vermischt mit leichtem Sommerregen, der wie eine Erlösung nach einem heißen, schwülen Tag herabfällt.

»Ich hatte schon geglaubt, dich für immer verloren zu haben«, gestand er leise. Dann strich er sanft mit den Lippen über meine. »Ich liebe dich, Sophie.«

Er hauchte diese Worte und mir lief ein wohliger Schauer über den Rücken. Dann küsste er mich, so unendlich sanft und zärtlich, als wolle er mich nicht zerbrechen. Doch mein

Körper reagierte anders. Impulsiv griff ich mit beiden Händen in seine Haare, zog seinen Kopf dicht an mich heran und küsste ihn leidenschaftlich.

Er wirkte einen Moment überrascht, dann erwiderte er den wilden Kuss, überbot mich an Leidenschaft, beugte sich mit seinem Oberkörper über mich und ließ seine Hände auf Wanderschaft gehen.

Zunächst streichelte er nur mein Gesicht und mein Haar, das wie üblich wie ein Mantel um mich herumdrapiert war. Dann strich er meine Arme entlang über meine Hüfte.

Mein ganzer Körper vibrierte, mir wurde heiß und kalt, seine Lippen, die mittlerweile über meinen Hals wanderten, brannten auf meiner Haut, und hätte ich in dem Moment nicht den zarten Duft nach Veilchen, Jasmin und einem Hauch Zimt gerochen, hätte ich mich in seinen Armen vergessen.

Erschrocken hielt ich inne, drückte meine Hand gegen seine Brust und sah ihn ernst an. Er wirkte überrascht und verwirrt, erkannte aber an meiner Miene, dass er schleunigst von mir runtergehen sollte, was er auch sofort tat und hastig sein mittlerweile arg in Mitleidenschaft gezogenes Hemd glatt strich.

Mein Blick glitt durch den Raum und blieb an einem Fenster hängen, durch dessen halb geschlossenen Rollladen vereinzelte Glitzerpartikel drangen, die sich immer weiter verdichteten, bis heller, silberner Rauch den ganzen Bereich vor dem Fenster einnahm.

Ich warf Taylor einen vielsagenden Blick zu, der sofort

noch einen weiteren Schritt zurücktrat, dann kristallisierte sich aus dem Rauch eine Frauengestalt heraus.

Sie trug, wie so oft, ein bombastisches Glitzerkleid, das um sie herumwaberte, wie zuvor der Nebel. In der Hand hielt sie einen Stab, der vorn an der Spitze funkelte wie eine brennende Wunderkerze.

»Schätzchen«, sagte sie mit glockenheller Stimme und eilte mit raschelnden Röcken und theatralisch erhobenen Armen zu mir ans Bett. »Was machst du nur für Sachen?«

Sie schüttelte den Kopf und musterte mich von oben bis unten, wie ich im Bett lag, um mich herum die noch von Taylor zerwühlten Decken und Kissen.

»Evangeline«, stellte ich fest und lächelte sie an. Ich freute mich sie wiederzusehen, doch sie hätte sich wohl keinen unpassenderen Zeitpunkt für ihr Erscheinen aussuchen können.

Taylor indes fühlte sich in seiner Haut sichtlich unwohl, wie er dort in der Ecke stand und nichts mit sich anzufangen wusste. »Ich geh dann. Wir sehen uns später, Sophie«, presste er zwischen zusammengebissenen Zähnen hervor und verließ fluchtartig die Bühne.

Evangeline, meine gute Fee und Lehrerin, kümmerte das nicht im Geringsten. Sie wedelte kurz mit ihrem Zauberstab und sofort hüpfte ein kleiner Hocker herbei, auf dem sie sich elegant niederließ und mir dann ernst in die Augen blickte. Ich war auf alles gefasst. Bei Evangeline wusste man nie, ob gleich ein Wutausbruch, ein langweiliger Vortrag über die Elementarmagie, eine tiefgründige Rede über meine innere Fairy-Seele oder eine Lobeshymne folgte. Letzteres konnte ich angesichts der düsteren Miene heute wohl eher ausschließen.

Doch dann wandelte sich ihr Gesichtsausdruck, ihre Augen wurden milde und ein kleines Lächeln stahl sich in ihre Mundwinkel.

»Wie ich höre, konntest du ein paar Ungezeichnete identifizieren und bist jetzt im Vollbesitz deiner Kräfte?«

Ich erwiderte ihr Lächeln vorsichtig und nickte. Ich wollte ihr erklären, dass ich mir meiner Kräfte noch nicht sicher war und auch nicht wusste, weshalb ich plötzlich Zugriff auf sie hatte, doch sie klatschte in die Hände und wedelte dann wild mit dem Zauberstab vor meinem Gesicht herum.

»Jetzt gilt es, diese Fähigkeiten bewusst einzusetzen und zu trainieren! Ich freue mich so für dich, Sophie!«

Impulsiv drückte sie mir einen Kuss auf die Wange.

Ich wollte etwas sagen, wurde jedoch sofort von ihr unterbrochen.

»Am besten, wir beginnen auf der Stelle mit dem Training«, fuhr sie übereifrig fort.

»Aber doch nicht von jetzt auf gleich? Ich meine, ich bin gerade erst aus einer Ohnmacht aufgewacht, Evangeline. Ich bin angeschossen worden!«

Ihre Miene wurde ernst und sie sah mich traurig an. »Ich weiß, Liebes, ich weiß. Sehr unschön.«

Sehr unschön? Ich setzte zu einer Entgegnung an, schwieg dann aber in letzter Sekunde. Inzwischen kannte ich die gute Fee, und wenn ihr ein Talent komplett abging, dann war das die Fähigkeit, ihr Mitgefühl in passende Worte zu kleiden. Abgesehen davon lag ihr das Timing für ihre Aktionen nicht besonders. Das hatte sie gerade wieder bewiesen, als sie den traumhaften Moment mit Taylor gecrasht hatte, und jetzt wollte sie mich in eine Trainingsdimension jagen, nachdem ich kaum eine halbe Stunde zu mir gekommen war!

»Bitte gib mir noch ein paar Tage Zeit, ja?« Ich sah sie flehend an, doch ihre Miene blieb unnachgiebig.

»Ich fürchte, diese Zeit haben wir nicht.«

»Wie bitte?« Ich setzte mich im Bett auf.

»Dass euch die Shuk so einfach finden konnten, sagt mir, sie haben euch beobachtet. Vor allem dich. Dein Training hat jetzt oberste Priorität.«

»Evangeline, ich konnte mich bis vor ein paar Stunden noch nicht einmal schmerzfrei bewegen, geschweige denn aufsetzen. Azarael hat von einigen Tagen Ruhe gesprochen und die benötige ich auch dringend.« Ich versuchte, meine Stimme so fest wie möglich klingen zu lassen, ohne mich zu sehr gegen sie zu stellen. Bei Evangeline musste man immer mit Bedacht vorgehen.

Sie zog die Stirn in Falten, dachte nach. »Hm, wenn er das sagt.«

Ich atmete erleichtert auf, in der Hoffnung, sie würde mein Zimmer nun verlassen. Doch sie machte keine Anstalten zu gehen. Im Gegenteil. Sie begann es sich auf dem Hocker richtig gemütlich zu machen und legte sogar den Zauberstab beiseite.

»Könntest du Azarael für mich herbitten? Ich möchte mit

ihm über die Angelegenheit in L.A. sprechen«, versuchte ich sie diskret aus dem Zimmer zu vertreiben.

Doch sie schüttelte den Kopf. »Nein, tut mir leid. Er hat das Haus eben verlassen.«

»Was?« Fassungslos starrte ich sie an.

Sie nickte und sah mich verständnislos an. »Hat er es dir nicht erzählt? Er ist sich sicher, dass die Shuk und insbesondere Tanian sich in der Nähe aufhalten. Sagte etwas von *Die Stadt der Engel zieht sie an*«, erklärte sie in fröhlichem Singsang, als wäre es das Normalste auf der ganzen Welt.

»Ist er allein gegangen?« Ich dachte an unsere Unterhaltung und daran, dass er seine Engelsmacht nicht bei den Shuk einsetzen konnte.

»Oh.« Evangeline überlegte. »Fast dieses gesamte Team hier. Bis auf Arion und Taylor – und natürlich Carl, den ich eben kennenlernen durfte. Ein intelligenter Bursche, muss ich schon sagen. Und wie ich höre, steckt in ihm kein Geringerer als Korolyan, unser König. Er ist an allem, was uns Fairies ausmacht, sehr interessiert. Ein wissbegieriger junger Mann. Du könntest dir eine Scheibe von ihm abschneiden, Sophie, und bedenke, er ist gerade erst frisch gezeichnet!«

Ich verdrehte die Augen. Da waren wir wieder einmal. Evangeline liebte Vorträge, in denen sie mir vorhalten konnte, ich würde mich nicht anstrengen.

»Wie stellt sich Azarael eigentlich Carls Beltane-Zeremonie vor? Wollt ihr ihn eigenhändig auf die Insel schleppen und vor allen anderen unter das Wasser stellen?« Ich sah sie prüfend an, doch sie verzog keine Miene, lächelte unentwegt, auch wenn es in ihren Augen blitzte.

»Wie du ja sicher weißt, gibt es andere Wege, um wiederzuerwachen. Sie sind zwar bei Weitem nicht so angenehm wie das Wasser, erfüllen aber ihren Zweck, nicht wahr?«

Damit traf sie mich. Ich dachte an meine eigene Erweckung zurück, Taylors Kuss und diese unsäglichen Schmerzen. Das stand dem armen Carl also noch bevor.

»Kann ... kann ich mit Carl sprechen?«, fragte ich nach und wieder schüttelte sie den Kopf.

»Nein, das geht jetzt nicht. Aber du wirst ihm noch früh genug begegnen. Ich unterrichte euch ab sofort gemeinsam.«

* * *

Ich hätte es ja nie vor den anderen und vor allem nicht vor Azarael zugegeben, aber der gemeinsame Unterricht mit Carl spornte mich an. Evangeline hatte nicht gelogen, er war sehr begabt, wissbegierig und intelligent noch obendrein. Und er machte es mir schwer, mich nicht anstrengen zu wollen.

Wir wetteiferten in den Geschichtslektionen, die Evangeline ja so liebte, in Dingen wie Gedankenkontrolle (eine spezielle neue Fähigkeit von mir seit der Nacht in L.A.) und in der Erd- und Wassermagie. Carl beherrschte beides sehr gut, worin ich, die ich ja schon stolz war, dass ich beide inzwischen bewusst kontrollieren konnte, noch sehr mittelmäßige Leistungen ablieferte. Verbissen versuchte ich mich daran zu erinnern, wie mir der unglaubliche Wirbelsturm und der Wassertornado gelungen waren, während ich gegen den Shuk gekämpft hatte, aber so intensiv ich auch trainierte, nie gelang mir ein derartiges Naturschauspiel erneut. Zudem war es mir immer noch schleierhaft, wieso ich diese Kräfte so plötzlich einsetzen konnte. Wie hatte Lila sie mir zurückgeben können, ohne bei Bewusstsein zu sein?

Carl war der geborene Erd-Elementarier. Er ließ Wurzelranken von drei Metern Durchmesser zum Himmel aufsteigen. Er spielte mit Felsblöcken, als wären es Kieselsteine, schmetterte sie aus der Luft zu Boden, dass die gesamte Umgebung erzitterte, und er konnte Risse im Boden erzeugen, die sich abgrundtief ins Erdreich hineinzogen. Dies alles trainierte er in einem speziell von Evangeline erschaffenen Portal und ich stand meist staunend daneben.

Gut, in der Feuermagie konnte mir niemand etwas vormachen. Er, der ja dieses Element nicht beherrschte, wollte jedoch alles darüber wissen und wagte es sogar noch, mir hier und da Tipps zu geben! Als ob ich das nötig hatte!

In Momenten allerdings, da ich vor Zorn überschäumte, gerieten meine Kräfte meist außer Kontrolle. Dann war ich die Cayuga, vor der sich alle fürchteten – mich selbst eingeschlossen. Diese Cayuga war unberechenbar. Nicht auszuschließen, dass ich in solch einer Situation sogar Taylor oder die anderen verletzte.

Doch Evangeline glaubte fest an mich. Sie war überzeugt, dass ich diese Kräfte zähmen und gezielt einsetzen konnte, ohne die Kontrolle über mich zu verlieren.

»Sehr gut, Carl! Ausgezeichnet!« Evangeline klatschte begeistert. Der Junge hatte soeben einen braunen Felsen gegen eine magische Shuk-Attrappe geschleudert, die daraufhin ächzend zusammenbrach und verschwand.

Ich verdrehte die Augen.

In solchen Momenten sehnte ich mir andere Zirkelkameraden herbei, die mit mir über den Streber herzogen, auch wenn ich ihn im Grunde gut leiden konnte.

Lila.

Meine beste Freundin Lila.

Kurz nachdem ich mich einigermaßen von den Vorkommnissen in L.A. erholt hatte, erfuhr ich, dass Lila aus ihrem Koma erwacht war, und unwillkürlich hatte sich mir die Frage gestellt, ob wohl meine Kräfte im selben Augenblick zu mir zurückgekehrt waren, als sie die Augen aufgeschlagen hatte. Ich wollte sofort zu ihr, sie fragen, sehen, wie es ihr ging, doch immer noch wurde es mir verwehrt, sie zu besuchen.

Sie wurde im Keller dieses Hauses festgehalten und ich durfte diesen Keller auf keinen Fall betreten. Azarael war in diesem Punkt sehr eindeutig gewesen. Meine Sicherheit hatte oberste Priorität.

Gott, wie ich es mittlerweile bereute, sie aus Las Vegas gerettet zu haben. Dort war sie wenigstens glücklich gewesen oder immerhin mit einem Bann belegt, der sie hatte glauben lassen glücklich zu sein. Hier wurde sie wie eine richtige Gefangene behandelt. Eingesperrt in eine Zelle im Verlies. Da konnte Azarael noch so sehr beteuern, dass ihr Zimmer luxuriös eingerichtet war und es ihr an nichts fehlte – eingesperrt war immer noch eingesperrt. Laut den anderen konnte man sich ihr nicht gefahrlos nähern. Jeden, der auch nur in die Nähe ihres Zimmers kam, fuhr sie an, keifte und schrie und versuchte dessen Kräfte gegen denjenigen selbst einzusetzen – worin sie, wie ich hörte, verdammt gut war. Eine äußerst begabte Witchdrawal, die beste, die es wohl je gegeben hatte, schenkte man Taylor Glauben.

Ich selbst hatte mich oft hinunter in den Keller gepirscht, war aber dann auf halber Strecke umgedreht.

Erstens, weil ich mich diesmal wirklich an Azaraels Verbot halten wollte, und zweitens, weil ich es wahrscheinlich nicht ertragen könnte, von ihr abgewiesen, beschimpft und bedroht zu werden.

Ich ging hinüber zu Evangeline und Carl, sah ihnen eine Weile bei weiteren Erdelement-Lektionen zu, verschränkte die Arme hinter dem Rücken und leckte mir immer wieder gedankenverloren über die Zähne.

»Sophie, Liebes, du darfst dich gerne anschließen«, ermahnte mich Evangeline und sah mich prüfend an. Sie sah heute überhaupt nicht aus wie die Glitzer-Glimmer-Fee, denn sie hatte ihr bombastisches Kleid gegen dunkle Kaki-Hosen und ein Tanktop getauscht, in dem sie so seltsam wirkte, dass ich jedes Mal, wenn sie mich direkt anblickte, einen Lachkrampf unterdrücken musste. Ihre silbernen Haare hatte sie zu einem langen Zopf geflochten, der bei jeder ihrer Bewegungen hin und her schwang. Aber so war sie nun mal. Evangeline hatte tausend Gesichter. Mal war sie die gute Fee im Glitzerkleid, dann die harte Trainerin, die für uns seltsame dunkle Dimensionen erschuf, in denen wir gegen imaginäre Shuk und Dämonen-Attrappen kämpfen mussten, dann wiederum war sie die nette Geschichtslehrerin, die mit endlos langen Vorträgen langweilte. Aber sie konnte auch eine Freundin sein, die stets gute Ratschläge und tiefgründige Aussagen parat hatte.

Inzwischen erschuf sie eine erneute Shuk-Attrappe und Carl trat mit einem Schmunzeln beiseite, um Platz für mich zu machen. Ich ballte die Hände zu Fäusten.

Ich schaffe das!, sagte ich mir, atmete tief ein und aus und schloss die Augen, um mich auf die Magie in meinem Inneren zu konzentrieren. Zunächst spürte ich wie immer – nichts. Dann begann es, irgendwo in meiner Magengegend zu kribbeln, ich versuchte dieses Kribbeln zu packen, zu mir zu lenken, hielt die Arme in die Höhe und öffnete entschieden die Augen.

Drei Steine, in der Größe eines Golfballs etwa, hüpften fröhlich vor meiner Nase auf und ab. Enttäuscht schnaufte ich aus und die Steine fielen polternd zu Boden. Carl lachte.

Mein Blick flog zu Evangeline. Die Miene meiner Lehrerin kündigte den aufziehenden Sturm an. Ich schluckte.

»Sophie. Ich war wirklich lange geduldig mit dir. Aber langsam reicht es.«

»Ich schwöre, Evangeline, ich habe es wirklich versucht! Und es ist ja nicht so, dass ich es nicht könnte! In Los Angeles …«, versuchte ich mich zu erklären, doch sie winkte mit einer erhobenen Hand ab.

»Hör auf!« Sie kam auf mich zu und baute sich vor mir auf. »Irgendetwas blockiert dich, Sophie. Ich weiß nicht, bist es du oder Cayuga selbst. Aber es wird Zeit, dich von dieser Blockade zu befreien! Der Angriff in Los Angeles sollte dir doch Warnung genug sein. Die Shuk verfolgen dich und sie werden dich erneut aufsuchen und dann, meine Liebe, solltest du in der Lage sein, dich wie eine mächtige Urfairy zu verteidigen.«

Sie seufzte und blickte zu Boden.

»Genug für heute. Geht zurück ins Haus, ich bleibe noch ein wenig im Portal.«

Carl und ich nickten und verließen dann dicht nebeneinander das Portal über eine große Doppelflügeltür, die direkt in ein weiteres Zimmer des prunkvollen Häuschens führte.

»Du bist echt mies in Elementarmagie«, stellte Carl fest und sah mich schief von der Seite an.

»Das ist dein Glück, Junge. Sonst könntest du es dir nämlich nicht leisten, ungestraft so mit einer Urfairy zu reden. Die Akademieausbildung geht dir halt völlig ab und das merkt man auch, aber …«, ich beugte mich fast schon vertrauensvoll zu ihm vor, »… du hast Glück, ich habe Cayuga unter Kontrolle. Noch! Ihr reißt leider schnell der Geduldsfaden und dann ist sie unberechenbar … wenn diese Blockade verschwindet, wer weiß … also, ich würde sagen: Reiß dich ein ganz kleines bisschen am Riemen. Auch wenn es schwerfällt, hm?« Ich lächelte überlegen, tätschelte ihm kurz die Wange und drehte dann auf dem Absatz um, bevor ihm noch eine Antwort dazu einfiel.

* * *

In dieser Nacht schlief ich wie immer schlecht, wälzte mich unruhig im Bett hin und her und wurde von unruhigen Träumen geplagt. Mal fand ich mich in dem Garten wieder, in dem uns die Shuk aufgelauert hatten, dann träumte ich, Evelyn hätte mich in Las Vegas heimgesucht und mich dort vor allen anderen in ein flammendes Inferno gestoßen. Ein anderes Mal erschien mir Azarael im Traum, dann wieder Taylor.

Diesmal fand ich mich auf einer blühenden Wiese wieder. Das Gras wuchs hier kniehoch und strich mir weich um die Beine. Überall reckten rote Mohnblumen und blaue Kornblumen ihre Blüten empor, dazwischen leuchtete der gelbe Hahnenfuß, wiegten zarte Kamillepflänzchen sich im Wind und sogar einige Sonnenblumen reckten ihr Gesicht dem strahlenden Licht entgegen. Verzaubert lief ich durch dieses Blütenmeer und atmete den lieblichen Duft ein, den sie alle verströmten.

Mit einem Mal stutzte ich. Vor mir, gar nicht weit entfernt, glitzerte ein großer breiter Spiegel mit Goldrahmen im Sonnenlicht.

»Sophie!« Eine zarte Stimme rief nach mir. Ich sah mich um, konnte aber weit und breit niemanden entdecken.

»Sophie!« Erneut diese Stimme. Sie schien aus dem Spiegel zu kommen.

Vorsichtig, um keine der Blüten zu zertreten, ging ich hinüber und stellte mich direkt vor ihn.

Mein Spiegelbild blickte mir entgegen. Ich trug ein weißes, leichtes Sommerkleid, das im Wind meinen schlanken Körper sanft umspielte. Die sanfte Brise bewegte meine offenen Haare in der

Sommerluft. Meine eisblauen Augen musterten mich: meine roten Lippen, den leicht gebräunten Teint, die kleine Nase, das glitzernde, schön über die Augenbrauen geschwungene kristallblaue Prueba. Dann jedoch begann mein Gegenüber zu sprechen, obwohl ich selbst die Lippen nicht bewegte.

»Sophie«, sagte die Stimme und jetzt erkannte ich auch, dass es meine eigene war.

Ich runzelte die Stirn, doch mein Spiegelbild reagierte nicht darauf, sondern blickte mich weiterhin sanft an.

»Cayuga?«, fragte ich ungläubig und das Mädchen mir gegenüber nickte lächelnd.

»Es ist Zeit, dass ich direkt mit dir spreche, Sophie. Leider lässt du mir keine andere Wahl.« Sie wirkte traurig.

»Was? Warum?« Instinktiv wich ich einen Schritt vom Spiegel zurück.

»Du lässt mich nicht an dich heran, Sophie«, sagte sie und blickte mich wieder mit diesen traurigen Augen an.

»Wie?« Ich zog die Augenbrauen hoch. »Ich lasse dich nicht an mich heran? Ich sehe komplett aus wie du! Wie kannst du da so etwas sagen?«

Cayuga ließ die Hände sinken.

»Natürlich siehst du aus wie ich, wir sind eins. Aber dennoch lässt du mich nicht an dich heran.« Sie seufzte und machte eine kleine Pause. Ich schwieg, wartete ab, was sie weiter zu sagen hatte.

»Ich ...«, begann sie zögernd, suchte nach den richtigen Worten. »Ich hatte nicht erwartet, dass deine Seele so stark ist. – Ich meine«, korrigierte sie sich schnell, »ich wusste, dass du eine starke Persönlichkeit bist, deswegen habe ich mir dich ausgesucht, aber dass du

es schaffst, mich komplett auszuschließen, das habe ich nicht erwartet.«

Verblüfft starrte ich sie an.

»Ich schließe dich aus?«, wiederholte ich dann perplex ihre Worte. »Das ist nicht möglich. Ich ...«

Sie unterbrach mich.

»Doch, das tust du und ich weiß auch den Grund dafür. Taylor. Du liebst ihn sehr. Das verstehe und respektiere ich. Aber du darfst Gefühle nicht über alles stellen und vor allem darfst du eines nicht, Sophie: Du darfst keine Angst vor mir haben! Wir sind eins, für alle Zeit.«

Ich schluckte betreten.

»Ich habe Angst, dass ich dann nicht mehr ich bin. Ich habe Angst, dass ...« Ich brach ab und merkte, wie erste Tränen über meine Wangen rollten. Als ich in ihre Augen blickte, in die schönen, eisblauen Augen, die ich selbst jetzt mein Eigen nannte, erkannte ich darin Hilflosigkeit, aber Verstehen.

»Du hast solche Angst, Taylor zu verlieren, dass du blind bist. Er wird dich auch noch lieben ...«

Doch ich ließ sie nicht ausreden.

»Du hast Gefühle für Azarael«, stellte ich fest.

Sie stutzte, blickte dann zu Boden und nickte.

»Ja, das habe ich. Ich liebe ihn. Mehr als alles andere auf der Welt«, gestand sie. »Genau wie du Taylor.«

Ich spürte, wie meine Augen brannten, doch ich versuchte die Tränen zurückzuhalten. »Dann verstehst du sicher, dass ich das nicht zulassen kann, dass du das zwischen mir und Taylor zerstörst!«

»Aber ich zerstöre das doch nicht …«, begann sie, doch ich unterbrach sie schnell.

»Ach nein? Ich habe ja jetzt schon Schmetterlinge im Bauch, wenn Azarael auch nur in meine Nähe kommt! Wie wird das erst sein, wenn ich mich komplett auf dich einlasse? Dann verliere ich Taylor!«, warf ich ihr vor. Die Tränen liefen mir nun unaufhaltsam über das Gesicht und ich schluchzte laut.

»Sophie, bitte! Tu das nicht, verschließ dich nicht vor mir! Wir müssen zusammenarbeiten, nur so können wir einander helfen! Nur gemeinsam können wir Tanian aufhalten! Ich bitte dich!«

Sie flehte so eindringlich, dass ich nur immer lauter schluchzte.

»Ich … ich kann nicht, Cayuga! Ich kann einfach nicht!«, brach es aus mir hervor und ich ging in die Knie.

»Ich kann den Bann von Lila nehmen«, sagte sie schließlich leise und ich sah auf. Durch den Schleier der Tränen blickte ich in ihr ernstes Gesicht. »Und ich kann noch mehr.«

»Du lügst doch!« Wieder schluchzte ich, doch langsam versiegten die Tränen.

»Sophie, sieh mich genau an. Du weißt, dass das nicht gelogen ist.«

Ich stellte mich wieder auf die Beine und blickte ihr tief in die Augen, rang mit mir. Was sollte ich tun? Ich dachte an die Zeit kurz nach meiner Erweckung zurück. Damals hatte Cayuga für einen kurzen Moment komplett die Kontrolle über meinen Körper, meine Sinne, mein gesamtes Verhalten übernommen. Ich hatte es verdrängt, in mein Vergessen abgeschoben, aber jetzt kam es mit aller Macht an die Oberfläche. Kurz nachdem ich in dem Kerker als Cayuga erwacht war, hatte ich sämtliche Wachen niedergeschlagen und erledigt. Es war so furchtbar gewesen, ich war nicht mehr ich gewesen, hatte mich gefühlt wie eine Marionette in meinem eigenen Körper. Ich hatte so mit aller Macht darum gekämpft, wieder ich sein zu können, dass ich in Ohnmacht gefallen war, und ich hatte beschlossen mich gegen dieses neue Ich in mir zu wehren, koste es, was es wolle.

»Bitte, Sophie«, bat Cayuga wieder mit der eindringlichen Stimme. »Bitte! Lass dich auf mich ein!«

Sie streckte die Hand nach mir aus, griff durch den Spiegel hindurch und fasste nach meinen Händen.

»Weshalb kann ich plötzlich meine Kräfte wieder einsetzen? Hatte ich sie schon die ganze Zeit über?«, fragte ich leise und blickte starr auf den Boden.

Sie schüttelte den Kopf. »Nein, es gelang mir, sie während deines einzigen Besuches an Lilas Krankenbett zurückzuholen. Sie war noch bewusstlos und du hieltest ihre Hand, erinnerst du dich?«

Ich sah auf, runzelte die Stirn. Dann erinnerte ich mich.

»Dieses Gefühl ... diese Freude ... diese Erinnerung, als wäre ich angekommen ...«

Sie nickte. »In diesem Moment hattest du die Kräfte wieder.«

»Aber ... aber ich kann sie nicht bewusst steuern. Ich habe Angst, sie wachsen mir über den Kopf.«

»Lass den Dingen ihren Lauf, Sophie. So wie es seit Anbeginn dieses schrecklichen Fluches bestimmt ist. Gib mir ... nein, gib uns eine Chance!«

Ich zögerte, in mir tobte ein Tornado an widersprüchlichen Gefühlen. Ich durfte Taylor auf keinen Fall verlieren, meine große Liebe, er hatte so viel für mich getan, vertraute mir, ich durfte ihn nicht enttäuschen, durfte sie nicht gewinnen lassen. Andererseits würde ich dann immer die schutzbedürftige, schwache Sophie sein, die in den Augen der Organisation nutzlos und nur bedingt einsatzbereit war. Dann dachte ich an Lila, die arme Lila, auf der ein schrecklicher Bann lastete. Ich konnte sie doch nicht im Stich lassen? Eine weitere Erinnerung strömte auf mich ein, die ich noch tiefer verdrängt hatte als alles andere. Die Ereignisse am letzten Samhain-Fest, an dem so viele Fairies gestorben und den Shuk zum Opfer gefallen waren. Ralph! Mein lieber Ralph! Natascha! Ihr Tod – so vollkommen sinnlos. Unaufhaltsam rannen mir Tränen übers Gesicht, ich streckte beide Arme aus und ließ Cayuga durch die gläserne Hülle auf mich zukommen.

Wir standen einen Moment voreinander, blickten uns in dieselben eisblauen Augen.

Dann umarmten wir uns. Ich schloss die Augen, sog ihren Duft – meinen Duft – ein, der nach der gesamten blühenden Wiese um uns roch, und mein Körper steckte augenblicklich in einem unglaublichen Wirbel aus Macht, Gefühlen, Erinnerungen. Sie alle strömten wie ein Blitzlichtgewitter auf mich ein und ich krümmte mich aufgrund ihrer Intensität und Wirkung.

Als ich die Augen wieder öffnete, war sie verschwunden. Auch der Spiegel war weg und ich stand allein inmitten des Blütenmeers, aber ich war nicht allein. Ich war Cayuga. Sophie Cayuga.

Ich schlug die Augen auf.

Mein Herz raste.

Adrenalin pumpte durch meine Venen.

Ich schob meine Beine über den Bettrand, wusste, was zu tun war, wohin ich gehen musste.

Leise schlüpfte ich in meine dunkelblaue kurze Jeans, verschloss die breite Gürtelschnalle und zog das dünne trägerlose weiße Top darüber. Dann drapierte ich einen blutroten Schal um meinen Hals, flocht meine Haare über meine rechte Schulter zu einem lockeren Zopf und zog meine flachen hellen Turnschuhe an.

So leise wie möglich verließ ich mein Zimmer, eilte über den dunklen Holzflur, ging die breite, mit grünem Teppich belegte Treppe hinunter und hoffte inständig, dass von dem lauten Knarzen der Holzstufen niemand in diesem Haus wach wurde. Dann stand ich auch schon vor der wuchtigen Tür, die hinab in den dunklen Keller führte und wie immer verschlossen war. Doch ich hatte bereits bei meinen vorherigen Versuchen herausgefunden, wo sich der Schlüssel befand, nämlich in einem kleinen, innen ausgehöhlten Buch in der Bibliothek. Ich steckte ihn ins Schloss, die Tür sprang auf. Mit einer schnellen Bewegung ließ ich ein kaltes, weißblaues Feuer erscheinen, nicht größer als ein Apfel. Sofort beleuchtete es meine Umgebung strahlend hell und ich eilte die kalten Steinstufen hinab, während das Feuer mir schwebend folgte. Am Fuß der Treppe angekommen, hielt ich erst einmal inne. Weiter hatte ich es bisher noch nicht gewagt. Jedes Mal waren Zweifel über mich gekommen, sei es wegen Azaraels Verbot oder der Angst vor meiner eigenen besten Freundin, und ich hatte doch wieder den Rückzug angetreten. Heute war es anders.

Ich folgte dem kalten Flur, von dem links und rechts mehrere dicke Türen abgingen.

Die meisten Räume waren nicht verschlossen.

In einem Raum befand sich eine große Werkstatt mit einer breiten Hobelbank in der Mitte, dahinter allerlei Werkzeug, fein säuberlich an den Wänden befestigt. Ein anderer beherbergte einen Heizungsraum, wieder ein anderer einen Waschraum.

Ich schrie auf.

Jemand hatte mich fest am Handgelenk gepackt und zog mich kräftig nach hinten.

»Lass es, Sophie!«, sagte Taylor entschieden und sah mir fest in die Augen.

»Lass mich los!« Ich versuchte meinen Arm zu befreien. »Du verstehst nicht das Geringste!«

Erschrocken ließ er mich los und sah mich verwirrt an.

»Sophie, du tust dir keinen Gefallen, wenn du zu ihr gehst. Sie ist unberechenbar. Wenn du nicht aufpasst, könnte sie dich töten – ganz abgesehen davon, dass Azarael es ausdrücklich verboten hat. Komm, wir gehen wieder nach oben.«

»Nein!«, sagte ich entschieden. »Du wirst mir jetzt sagen, wo sie ist. Ich werde das ohnehin herausfinden, aber mit deiner Hilfe geht es schneller.«

Die Vehemenz in meiner Stimme verwirrte ihn zusehends, das konnte ich an seinem sorgenvollen Blick erkennen.

»Sophie, bitte«, versuchte er es erneut und ergriff sanft meinen Arm, den ich ihm sofort entzog.

»Sie wird mir nichts tun! Vertrau mir.« Ich blickte ihm eindringlich in die Augen. Er zögerte, rang mit sich.

Dann stieß er ein kaum hörbares Seufzen aus und ich wusste, ich hatte gewonnen.

»Komm mit.« Er gab mir ein Zeichen und führte mich weiter den Gang entlang zu einem großen, wuchtigen Wandschrank.

»Wie? Sie ist da drin? Das ist ja wie in Narnia.« Mein Witz kam wohl nicht an, seine Miene blieb ernst.

»Okay, okay.« Ich hob entschuldigend eine Hand hoch. »Ich nehme an, ich muss einfach nur durch die Schranktüren gehen?«

»Ich gehe voraus«, sagte Taylor und öffnete bereits.

Ich nickte, folgte ihm in gewissem Abstand.

Der Schrank entpuppte sich als Portal, über das wir in einen dunklen Raum gelangten. Das weißblaue kalte Feuer schwebte in den Raum und beleuchtete den dicken grünen Teppichboden, einen Schreibtisch mit breiten Holzfüßen, einige hölzerne Kommoden, einen Beistelltisch, ein Sofa, ein Bett.

Ich schrie laut, als das Wesen aus der Dunkelheit einer Zimmerecke auf uns zustürzte und krallenartige Fingernägel in Taylors Schultern bohrte, der vor Schmerz aufschrie. Er ging zu Boden, rang mit der keifenden, nur aus Haut und Knochen bestehenden Kreatur, die ihm zischend an die Kehle wollte.

Instinktiv packte ich das Wesen an den Haaren und schleuderte es in eine Ecke. Taylor sprang hinter mir auf, wollte sich vor mich stellen, doch ich winkte ab und schob ihn zurück hinter mich.

Das Wesen setzte erneut zum Sprung an, doch ich war schneller, packte es am Hals und drückte es fest gegen eine Wand. Seine dürren Beine baumelten in der Luft und es stieß gurgelnde, erstickende Laute aus.

»Was haben sie dir bloß angetan?«, murmelte ich kopfschüttelnd und strich mit der freien Hand der Kreatur die dünnen lila Haarsträhnen aus dem Gesicht.

Ich blickte in die leeren Augen, auf die ausgezehrten, leichenblassen, eingefallenen Wangen, die blutleeren Lippen, den aufgerissenen Mund, die messerscharfen, spitzen Zähne.

»Schsch, alles wird gut«, sagte ich beruhigend.

Aus den Augenwinkeln bemerkte ich eine Bewegung, vermutlich Taylor, der das Ganze wahrscheinlich recht fassungslos verfolgte.

»Schau mich an, Lila Liliané, sieh mir tief in die Augen«, begann ich weiter mit der ruhigen Stimme auf sie einzureden.

»Et arium, sarabané, laif sin aerleum. Cabanet al aria, servenis Orima – korreo al aílaín!«, beschwor ich die uralte Formel in der ursprünglichen Sprache der Fairies, einer Sprache, die in dieser Welt allein die Urfairies noch beherrschten. Nur mit dieser Formel konnte der Bann einer anderen Urfairy rückgängig gemacht werden.

Die Kreatur, die einmal meine beste Freundin gewesen war, schrie vor Schmerz auf, dann schlossen sich ihre Augen und sie hing schlaff in meinen Armen, die ich ausgebreitet hatte, bevor sie auf den Boden fallen konnte.

Taylor nahm sie mir ab und legte sie auf das nebenstehende Bett, während ich das Licht anknipste, das mich zunächst grell blendete. Sofort ließ ich das schwebende Feuer verschwinden.

Als ich neben Taylor trat, stellte ich zufrieden fest, wie sich die Gesichtskonturen des Wesens veränderten, wieder voller, runder und rosiger wurden. Das dünne Haar verdichtete sich und bald schlängelten sich die violetten Locken um Lilas schlanken Körper. Ihr Gesicht war wieder das alte, mit violetten Lippen, violetten Wimpern und einem Hauch Rosé auf den Wangen.

»Wie …«, begann Taylor, doch ich legte ihm schnell eine Hand auf die Lippen.

»Sei bei ihr, wenn sie aufwacht. Sie wird noch Schmerzen haben. Aber sie wird wieder die Alte«, erklärte ich ihm.

»Was … aber wo willst du denn hin?«, fragte er und starrte mich drängend an.

»Ich bin bald wieder da – vertrau mir!« Ich stellte mich auf die Zehenspitzen und hauchte ihm einen zärtlichen Kuss auf die Lippen.

Er hielt mich fest, blickte mir tief in die Augen und wirkte mit einem Mal so verletzlich.

»Pass auf dich auf.« Er schluckte. »Cayuga.«

In dem Moment öffnete Lila die Augen, sprang im Bett auf, sah sich gehetzt um und noch ehe wir beide reagieren konnten, stürzte sie in Panik an uns vorbei.

KAPITEL 12

Wir rannten keuchend nach oben, von dort zur offen stehenden Haustür, vor der uns bereits ein verwirrter Arion erwartete, der so aussah, als wäre er eben aus dem Bett gefallen.

»Was ist denn los?«, fragte er.

»Keine Zeit«, rief ich ihm im Laufen zu. »Lila. Müssen sie finden.«

Er verstand augenblicklich und schloss sich uns an, den Umstand ignorierend, dass er barfuß und nur mit einer leichten Jogginghose bekleidet war.

Wir rannten durch den Vorgarten, die Auffahrt entlang zur Straße.

»Wir sollten uns trennen«, schlug ich vor und blickte mich in alle Richtungen um.

»Keine gute Idee.« Arion kam neben mir zum Stehen.

Ich ignorierte ihn, wandte mich an Taylor. »Du gehst nach rechts, folgst der Straße, und du …«, ich deutete mit dem Zeigefinger direkt auf Arions Brust, »… gehst in die andere Richtung. Ich selbst gehe diesen Weg.«

Damit deutete ich auf die gegenüberliegende Seite der Straße, von der ein kleiner, gekiester und nicht geteerter Weg abzweigte und ins Nirgendwo zu führen schien.

»Sophie, das ist Schwachsinn. Wir werden dich auf keinen Fall allein lassen. Deine Sicherheit hat oberste Priorität«, sagte Arion. »Du gehst zurück ins Haus zu Evangeline. Taylor und ich suchen sie allein.«

»Nein, Arion, DAS ist absoluter Schwachsinn.« Damit ließ ich die beiden stehen und rannte blindlings den Seitenweg entlang. »Und wehe, ihr folgt mir! Sucht in den anderen Richtungen!«, rief ich noch über den Rücken.

Ich wusste nicht, ob sie mir folgen würden, aber ich erwartete es, weil sie es immer taten. Azaraels Wort stand stets über meinem und wenn er sagte, meine Sicherheit hatte oberste Priorität, hielten sich die anderen Mitglieder der Organisation ausnahmslos daran. Also bemühte ich mich darum, schneller zu laufen als die beiden, um sie abzuschütteln. Ich wollte Lila allein finden und ich hatte die vage Vermutung, dass sie nicht der großen Straße gefolgt war, sondern versuchte, mir auf diesem abseits gelegenen Schotterweg zu entkommen. Dass sie mich fürchtete, stand außer Frage. Es war die einzig logische Erklärung für ihre überhastete Flucht.

Ich rannte über staubiges Geröll. Steine, Felsen, dunkle Palmen, trockene Bäume und unleserliche, teils umgeknickte Straßenschilder säumten in der Dunkelheit meinen Weg, der stetig anstieg und hinein ins Gebirge führte, das Palm Springs umgab. Immer anstrengender wurde es, die Kiesstraße stieg steil an und langsam zweifelte ich daran, dass Lila wirklich diesen Weg gewählt hatte. Ich merkte, dass ich langsamer wurde, und spornte mich innerlich weiter an.

Meine Lungen brannten, ich keuchte, schnaufte, der Schweiß brach mir aus, aber ich gönnte mir keine Pause, ignorierte die Warnzeichen meines Körpers, der dieses Tempo bald nicht mehr mitmachte. Cayuga war durchaus in der Lage, wahnsinnig schnell zu laufen, aber ich hatte mein Training viel zu lange vernachlässigt und meine Kondition ließ gelinde gesagt zu wünschen übrig.

An der nächsten Wegbiegung, die auf einer weiteren Anhöhe lag, blieb ich stehen, um zu verschnaufen. Ich blickte kurz zurück. Also, entweder hatten meine beiden Verfolger es aufgegeben, oder sie waren zurück zum Haus gelaufen, um den Wagen zu holen, denn in einigen Metern Entfernung leuchteten die Scheinwerfer eines Autos auf, das genau der Straße folgte, die ich soeben entlanggerannt war.

Ich stützte schwer atmend die Hände auf den Oberschenkeln ab und bemühte mich meinen rasenden Puls wieder einigermaßen zu normalisieren. Na gut, sollten sie mich doch mit dem Auto abholen. Damit waren wir ohnehin schneller, allerdings auch von Weitem sehr gut sichtbar, was es wiederum Lila ermöglichte, sich hinter den Felsen, Palmen und Büschen der Umgebung zu verstecken.

Als die Lichtkegel der Scheinwerfer mich erfassten, überkam mich mit einem Schlag wieder dieses seltsame Gefühl der Nervosität und Angst. Dasselbe Gefühl, das mich in Las Vegas angetrieben hatte, dasselbe Gefühl, das mich zu Carl geführt hatte, konnte es sein? Der Fahrer bremste ab, das Auto rollte langsam auf mich zu und blieb neben mir stehen. Die Scheibe der Beifahrerseite wurde heruntergelassen und wider Erwarten blickte ich weder in das Gesicht von Arion noch von Taylor.

Es war ein blondes, zierliches Mädchen mit einem Pferdeschwanz. Erschrocken sah sie mich an. Das Gefühl verschwand so schnell, wie es gekommen war.

»Alles in Ordnung?«, fragte sie und musterte mich besorgt, wie ich da am Wegrand stand, vollkommen außer Atem.

»Ja, danke«, keuchte ich. »Es ... mir geht es gut.«

Sie zog die Stirn in Falten. »Ich habe einige Meter zurück einen Mann laufen sehen. Verfolgt er dich etwa?«

Hm, nur einen? Verdammt, Arion musste geflogen sein! Meine Augen zuckten kurz zum dunklen Himmel.

Sie deutete mein Schweigen als ein Ja.

»Ich kann dich mitnehmen. Ich bin auf dem Weg zu meinem Onkel und meiner Tante. Sie haben ganz in der Nähe eine kleine Ranch.«

Als ich zögerte, beugte sie sich über ihren Sitz und stieß die Beifahrertür auf. »Worauf wartest du? Du kannst mir wirklich vertrauen.«

Ich wartete eine Sekunde, überlegte krampfhaft, was ich tun sollte. Schließlich stieg ich in den Wagen und knallte die Tür hinter mir zu. Sofort trat die Fahrerin aufs Gas und wirbelte allerhand Staub und Geröll hinter uns auf, was meinem am Boden laufenden »Verfolger« wohl fürs Erste die Sicht versperren würde. Über den am Himmel kreisenden Verfolger dachte ich lieber nicht nach. Aber was konnten sie mir schon groß antun? Sollten sie mich doch finden. Ich würde ihnen wieder entwischen und meine Freundin suchen.

»Danke«, sagte ich leise.

»Keine Ursache. Ich bin übrigens Rose«, stellte sich das blonde Mädchen vor und lächelte mich an.

Ich lächelte zurück und überlegte einen Moment, welchen Namen ich ihr nennen sollte, entschied mich dann aber für die Wahrheit. »Sophie.«

»Freut mich, Sophie.«

Ich richtete meinen Blick auf die vorbeiziehende dunkle Landschaft, in der man kaum etwas erkennen konnte. Es war zwecklos, hier vom Auto aus nach Lila suchen zu wollen. Aber vielleicht schaffte sie es ja bis zu dem Haus von Roses Onkel und Tante und suchte dort Unterschlupf. Mit Sicherheit, denn ich konnte mir nicht vorstellen, dass es hier in der Umgebung weitere Ranches geben sollte.

»Tante Cassidy und Onkel James haben sicher nichts dagegen, wenn du heute bei uns übernachtest, und ich sage ihnen sofort, dass sie – sollte ein Mann uns heute Nacht noch die Ehre erweisen – sofort die Polizei rufen sollen. Aber vielleicht schafft er es gar nicht erst bis zu uns raus«, plapperte Rose munter drauflos.

»Danke, aber ich denke, das ist nicht nötig«, sagte ich leise, den Blick noch immer auf die dunkle Landschaft gerichtet.

»Doch, das ist es. Es gibt so viele Psychopathen und dass der Kerl nichts Gutes im Schilde führt, das habe ich sofort erkannt.«

Ich konnte mir ein Schmunzeln nicht verkneifen.

»Hör zu, Rose, das ist wirklich sehr nett von dir, aber ich glaube nicht, dass er ...«

»Nimm ihn bloß nicht in Schutz!«, unterbrach sie mich entschieden. »Der bekommt schon noch, was er verdient. Und du kannst dich auf ein gemütliches Bett freuen. Cassy und James werden begeistert sein, wenn ich mit einem so netten Mädchen heute bei ihnen auftauche! Ich bin ja mal gespannt, was sie für Augen machen werden!«

Ich stutzte und sah sie mit gerunzelter Stirn an. »Wie auftauchen? Wie meinst du das?«

»Ach«, begann Rose zu erklären, als wäre es Nebensache. »Weißt du, eigentlich studiere ich Kunst in London. Aber – und bitte lach mich nicht aus – ich habe einen siebten Sinn!« Sie bemühte sich ihre Stimme geheimnisvoll klingen zu lassen. Ich lachte nicht. Im Gegenteil.

»Weißt du«, fuhr sie mit dieser verschwörerischen Stimme fort. »Ich hatte ein seltsames Gefühl in der letzten Zeit. Irgendetwas sagte mir ständig, dass ich Tante Cassy und Onkel James besuchen sollte. Also habe ich kurzerhand einen Flug gebucht und tadah, hier bin ich.«

Ich starrte sie unentwegt an. »Und du meinst ...«

»Ob meinem Onkel und meiner Tante etwas zugestoßen sein könnte?« Sie schüttelte vehement den Kopf, sodass ihre blonden Locken um sie herumflogen. »Nein, dazu war das Gefühl zu positiv. Es war mehr so ein Drang hierherzukommen.« Sie lachte laut auf. »Ha, du wirst jetzt denken, die spinnt!«

Sie wandte mir den Kopf zu und ich blickte in ihre hellen, blaugrauen Augen. Die Erkenntnis traf mich vollkommen unvorbereitet. Dieses Gefühl, das sie hatte, war dem meinen so ähnlich und da erkannte, nein, da wusste ich, dass ihr Gefühl sie nicht zu ihrer Tante und ihrem Onkel gerufen, sondern zu mir geführt hatte.

Schockiert hielt ich die Luft an und starrte sie entgeistert an.

Sie bemerkte die Veränderung in mir sofort und warf mir einen verunsicherten, fast ängstlichen Blick zu. »Alles in Ordnung mit dir? Du bist hier bei mir wirklich sicher, du kannst mir vertrauen. Ich rede manchmal einfach wirres Zeug.«

»Das … ist es nicht«, sagte ich zögernd und konnte den Blick nicht von ihr nehmen. »Ich bin nur einfach müde.«

»Na, da wirst du dich aber freuen. Es gibt ein ganz gemütliches Gästezimmer mit Blick auf die gesamte Ranch. Du wirst begeistert sein.«

Ich nickte stumm.

Überall hatten wir nach ihr gesucht. Azarael hatte die ganze Welt bereist, um sie zu finden, und jetzt fiel sie mir so einfach vor die Füße. Nein, nicht einfach so! Sie war zu mir geführt worden! Allein zu mir! Ich hatte sie angezogen, niemand sonst!

Rose. Natürlich. Allein schon der Name!

Die Dornenrose.

Dornröschen.

Unsere Prinzessin.

Prinzessin Aurora.

Ich steckte meine Hand in meine rechte Hosentasche und umfasste das kleine Fläschchen, das ich – seit ich mit Azarael in Los Angeles gewesen war – immer bei mir trug. Es enthielt die Flüssigkeit, mit der ich bereits Carl gezeichnet hatte.

* * *

Rose steuerte den Wagen durch ein hölzernes, offen stehendes Tor, passierte einige Zäune und kam schließlich vor einem in der Dunkelheit riesig wirkenden Gebäude zum Stehen.

Wir hatten den Rest der kurzen Fahrt schweigend verbracht, weil ich nicht gewusst hatte, wie ich mit der neuen Situation umgehen sollte. Ich hatte mir dringend Azarael oder eines der anderen Teammitglieder herbeigewünscht und Rose hatte wahrscheinlich angenommen, ich sei von der Flucht noch recht traumatisiert, und mich aus Respekt nicht weiter in meinen Gedanken gestört.

Sie stieg aus dem Wagen und auch ich schob die quietschende Beifahrertür auf. Kies knirschte unter meinen Füßen, als ich ausstieg und mich prüfend umsah. Es war mitten in der Nacht und nur der Mond beschien matt das hölzerne Ranchhaus mit der großzügigen Veranda. Vereinzelt zirpten Grillen und hier und da war das Prusten und Schnauben eines der Pferde zu hören, die auf den nicht weit entfernten Koppeln und Paddocks standen und offenbar im Stehen schliefen. Nein, einige lagen am Boden, wie ich jetzt erkennen konnte.

Rose hievte einen Koffer aus dem Auto, umrundete den

Wagen und stellte sich direkt neben mich. Wir waren beinahe gleich groß und konnten uns direkt in die Augen sehen.

Ich sah sie so, wie ich sie vor vielen, vielen Jahren das letzte Mal gesehen hatte.

Groß, schlank, elegant. Sie bewegte sich beinahe schwebend in dem herrlich weiten, ausgestellten weißen Kleid. Die großen goldblonden Locken reichten ihr bis zur Taille und wippten bei jedem ihrer Schritte. Sie musterte mich mit ihren grauen Augen durchdringend und lächelte mit ihren schön geformten, blutroten Lippen. Ihr Prueba reflektierte das Licht des Kerzenleuchters wie ein Diadem aus Diamanten, das einer geschwungenen Krone glich und genau an dem Punkt zwischen den Augen ein A bildete.

Ich schüttelte den Kopf.

»Und deine Tante und dein Onkel wissen nicht, dass du kommst?«

Sie schüttelte fröhlich den Kopf. »Nein, es ist eine Überraschung, sagte ich doch. Zum Glück weiß ich, wo der Schlüssel für das Haupthaus versteckt ist. Die werden Augen machen, sag ich dir, wenn wir so plötzlich im Haus stehen!«

Ich konnte mir nicht vorstellen, dass irgendjemand sehr erfreut war, wenn die eigene Nichte samt einem unbekannten Mädchen plötzlich mitten in der Nacht im Hausflur stand, wo sie sich doch eigentlich auf einem anderen Kontinent befinden sollte.

Doch ich erwiderte nichts. Meine Gedanken wanderten erneut zu dem Fläschchen in meiner Tasche, um das sich meine Finger krallten. Sollte ich sie zeichnen? Aber was dann? Wohin sollte ich sie bringen? Zurück in Azaraels Haus? Was würden sie mit ihr machen?

Ich sah das unbeschwerte, fröhliche Mädchen neben mir an.

Die Wahrheit war, ich mochte sie und ich wusste, dass auch Cayuga Aurora gerngehabt hatte. Ich würde nicht zulassen, dass ihr etwas zustieß. Ich würde sie mit meinem Leben beschützen. Irgendwo in der Dunkelheit stieß ein Pferd ein lang gezogenes Prusten aus. Hufe trappelten, die Tiere kamen in Bewegung.

Ich zog das Fläschchen aus der Tasche und blickte es prüfend an.

»Wollen wir reingehen?« Rose kam lächelnd auf mich zu und deutete auf die breite Eingangstür.

»Warte«, sagte ich leise und wollte es entkorken.

Sie drehte sich zu mir um. »Was hast du gesagt?«

Die Pferde hatten sich auf der nachtschwarzen Koppel zu einer Herde formiert und starrten mit erhobenen Hälsen in die Dunkelheit. Ein geschecktes Tier trabte mit ausladenden Schritten am Paddockzaun entlang und wieherte nach seinen Kollegen.

»Ach, nichts, gehen wir.« Seufzend ließ ich das Fläschchen wieder in meiner Hose verschwinden und folgte ihr.

Doch noch ehe wir einen Fuß auf die Veranda setzen konnten, stürzten sich aus dem Nichts dunkle Gestalten auf uns.

Alles, was ich sah, waren goldene Mäntel und Augen – Shuk!

Blitzschnell reagierte ich, stieß einen der Angreifer von

mir, wirbelte Luft auf, welche die anderen umfing und sie in einer Windhose davontrug. Doch da erschienen bereits weitere Shuk, die mich von allen Seiten angriffen und es schafften, mich zu Boden zu reißen. Ich ballte eine freie Hand zur Faust und schlug damit auf die Erde, die daraufhin zu beben begann und die stehenden Shuk aus dem Gleichgewicht brachte.

Hinter mir schrie Rose auf. Sie hatten sie geschnappt und waren im Begriff, sie fortzubringen!

Nein, um Himmels willen! Rose! Das durfte nicht passieren!

Ich schlug wild um mich, hatte nur einen Gedanken, ich musste sie retten, und schaffte es, mich zu befreien.

Sofort lief ich in die Richtung, aus der Roses Schreie kamen, holte die kleine Gruppe ein und schickte den Wind erneut nach vorn, um sie auseinanderzutreiben. Mit einigen gekonnten Fußtritten in die Magengegend setzte ich zwei angreifende Männer schachmatt und schlang meinen Arm um die am Boden liegende Rose, die mittlerweile ohnmächtig geworden war. Doch ich wurde von weiteren Armen gepackt, die mich von dem Mädchen fortrissen und einige Meter weit mit sich schleiften.

Ich streckte die Hände aus, erneut bebte die Erde und Wurzeln erhoben sich aus dem Boden, griffen nach den Gliedmaßen der Shuk und rissen sie von mir. Ihre wutgeladenen Schreie hallten durch die Nacht.

Ich stürzte wieder weiter, suchte nach Rose. Wo war sie? Wo war sie? Wo war sie?

Ich konnte sie nirgends entdecken und verfluchte mich dafür, dass ich in diesem matten Licht nicht besser sehen konnte.

Besser sehen! Natürlich! Ich entfachte einen Feuerball, der alles in meiner Umgebung hell erleuchtete.

Da vorne! Eine Bewegung!

Schnell rannte ich in die Richtung und konnte dort drei Shuk ausmachen. Einer hatte seine goldenen Fledermausflügel erscheinen lassen und war im Begriff, diese auszubreiten und in die Luft aufzusteigen. Soweit ich das erkennen konnte, trug er einen schlaffen Körper in seinen Armen.

Ich schleuderte den Feuerball auf ihn und versuchte gleichzeitig, mit Wasser Roses Körper vor Verbrennungen zu schützen. Der Shuk schrie auf, als seine Flügel Feuer fingen, stürzte zu Boden, wälzte sich kreischend im Dreck. Rose lag einige Meter entfernt auf dem Boden.

Ich hastete zu ihr, stellte mich vor sie und umgab mich mit allen mir zur Verfügung stehenden Elementen – einem Feuerball, einer Mauer aus Wasser, einer wild um uns wirbelnden Windhose und großen Dornenranken. Die Shuk würden keinen weiteren Meter an Rose herankommen.

»Übergib sie uns!«, ertönte eine unsichere, aber doch feste Stimme.

Ich traute meinen Ohren kaum, aber ich kannte sie. Nie hätte ich geglaubt, sie eines Tages wieder zu hören, und schon gar nicht auf so eine Weise.

»Ralph?«, fragte ich ungläubig und versuchte durch das

Gewirr aus Feuer, Wasser, Luft und Pflanzen etwas zu erkennen. Eine dunkle Gestalt schälte sich aus den Schatten.

Ich ließ ein kleines Loch in meinem Schutzwall entstehen, gerade so groß, dass ich hindurchsehen, aber niemand hereinkommen konnte.

Und da stand er. Mein ehemals bester Freund Ralph.

Er hatte sich kaum verändert. Seine hochgewachsene, schlaksige Gestalt war dieselbe geblieben, ebenso die schwarzen, in alle Himmelsrichtungen abstehenden Haare. Aber die goldumrandeten Augen machten deutlich, dass vor mir nicht der Ralph stand, der er vor seiner Entführung an Samhain gewesen war.

»Gib uns die Prinzessin!«, befahl er, aber wie zuvor klang er unsicher, als wüsste er nicht, was er tat.

»Woher wisst ihr, dass sie die Prinzessin ist? Sie ist einfach nur eine Ungezeichnete«, log ich.

»Lüg doch nicht. Ihr zeichnet nur Menschen, die dem Königshaus angehören. Korolyan habt ihr schon, also entweder es handelt sich bei Blondie hier um Königin Tamalia oder – und das halte ich für wahrscheinlicher – um Prinzessin Aurora, denn du wolltest sie doch zeichnen, oder nicht?«

Mir rannen die Tränen über das Gesicht. Ralph, unser lieber Ralph! Was war nur mit ihm passiert? Was hatten sie nur mit ihm gemacht?

»Ralph«, begann ich unter Schluchzern und brach ab.

Sein Blick verfinsterte sich.

»Gib sie mir, oder Lila stirbt.« Er drehte den Kopf zur Seite, ich folgte seinem Blick und da sah ich sie.

Lila lag bewusstlos in den Armen eines weiteren Shuk. Ein anderer stand daneben, einen kleinen Ball magischen Feuers auf der Hand tanzend, bereit, ihr damit das Leben auszulöschen.

»Ralph, das kannst du nicht machen! Das ist Lila! Unsere Lila! – Deine Lila!« Ich versuchte so viel Ausdruck in meine Worte zu legen, so viel Gefühl ... Irgendetwas musste ihn doch wieder zur Vernunft bringen. Ich sah, wie seine Mundwinkel zuckten, doch er sagte nichts, blickte mich weiterhin ausdruckslos an. Seine Augen waren in gewisser Weise noch dieselben wie vorher, schillernd grün, durchdringend, wachsam, intelligent und doch flackerten sie an den Rändern golden.

Ich schluckte und sackte zu Boden.

Nein, nein, nein!

So durfte es nicht enden.

Weinend umfasste ich meinen Körper, merkte, wie die Schutzmauer um mich und Rose bereits zu zittern begann.

»Ich zähle bis drei«, sagte Ralph und seine Stimme tat mir mehr weh als alles andere in diesem Moment. »Eins – zwei –«

»Du bekommst sie! Du bekommst sie!«, schrie ich panisch und sprang auf, um mich davon zu überzeugen, dass Lila noch lebte.

Die Mauern um mich brachen. Das Wasser fiel klatschend in sich zusammen, das Feuer hörte auf zu prasseln, der Wind ebbte ab und auch die Dornenranken zogen sich ins Nichts zurück.

Da stand ich nun, allein, von allen meinen Beschützern

verlassen, hinter mir die bewusstlose Rose. Und ich wusste, ich war an allem selbst schuld. Wie hatte ich nur annehmen können, dass ich imstande war, alles ohne Hilfe zu schaffen?

Ralph hatte Lila inzwischen auf den Arm genommen und kam langsam auf mich zu. Ich bewegte mich keinen Zentimeter, wartete, bis er bei mir angelangt war.

Seine flackernden Shuk-Augen blickten irgendwie gequält auf mich herab, doch meine Aufmerksamkeit galt nur Lila, die ich ihm augenblicklich aus den Armen riss, sobald er vor mir stand. Vorsichtig ließ ich sie ins Gras gleiten.

Ralph indessen stürzte nach vorn, schlang seine Arme um die bewusstlose Rose, doch ich war bereits zur Stelle, packte ihn im Genick und riss ihn zurück.

Er wollte sich wehren, um sich schlagen, mich treffen und es wäre ihm beinahe gelungen, doch da wurde er von einem Wasserstrahl erfasst und von den Füßen gerissen.

Taylor und Arion tauchten auf, beide noch völlig außer Atem, aber aufs Äußerste gefasst. Sie hatten die Situation sofort überrissen und steckten bereits mitten in einem Kampf gegen weitere Shuk, die sich in einiger Entfernung positioniert hatten, um abzuwarten, was zwischen Ralph und mir geschah.

Ich stellte mich Ralph entgegen, der völlig durchnässt von den Wassermassen, die Taylor ihm entgegengeschleudert hatte, am Boden kauerte und spuckte. Aus den Augenwinkeln bemerkte ich, wie Arion herbeieilte, sich auf einen Wink von mir der immer noch bewusstlosen Rose widmete, sie hochhob und seine Flügel ausbreitete.

»Nein!«, schrie Ralph da plötzlich mit Panik in den Augen. Er rappelte sich mit Mühe hoch und wollte auf den Engel zustürzen, doch dieser hatte sich bereits in die Lüfte erhoben und entfernte sich.

Ralph rannte ihm blind vor Zorn hinterher, sah aber schnell ein, dass er den beiden nicht folgen konnte.

Vollkommen außer sich fuhr er sich immer wieder durch die Haare, lief orientierungslos hin und her und schüttelte den Kopf.

»Nein, nein, nein«, murmelte er immer wieder.

Ich hockte indessen neben Lila, die mit geschlossenen Augen regungslos im Gras lag. Sie lebte noch, atmete. Ich überzeugte mich davon, dass es ihr so weit gut ging, dann ging ich zögernd hinüber zu dem mittlerweile im Kreis laufenden Ralph.

»Ralph«, sagte ich leise.

Er reagierte nicht, lief immer noch vor sich hin murmelnd an mir vorbei.

Ich versuchte es noch einmal, diesmal etwas lauter.

»Ralph!«

Diesmal sah er auf, musterte mich kurz, ging dann in Abwehrhaltung.

»Lass mich in Ruhe!« Seine Augen blitzten vor Zorn, doch dann erkannte ich noch ein anderes Gefühl in seinem Blick. Angst.

Ralph hatte unglaubliche Angst.

Ich hob die Hände hoch, um ihm zu zeigen, dass ich nicht beabsichtigte ihn anzugreifen.

»Ralph, ich bin es, Sophie!«

Er kniff die Augen zusammen und sah mich einfach nur stumm an.

»Du kannst mir vertrauen, ich bin es wirklich! Ich wurde an Beltane als Cayuga wiedergeboren!«

Wieder stand er reglos da, doch in seinen Augen flackerte es leicht amüsiert. »Glaubst du, das weiß ich nicht?«

Dieser eine Satz erinnerte mich entfernt an den alten Ralph und ich schöpfte Hoffnung.

»Du hast nichts zu befürchten«, fuhr ich fort, doch er stieß ein verzweifeltes Lachen aus.

»Du hast ja keine Ahnung, Sophie!« Er ließ seine Schultern hängen, schielte hinüber zu Lila.

»Geht ...«, setzte er an, dann schluckte er. »Geht es ihr gut?«

Ich nickte. »So weit ja. – Das ist Lila, Ralph, unsere Freundin, deine Freundin! Ich bin so froh dich zu sehen!«

Ich lächelte ihn an, erwartete, dass er das Lächeln zumindest ein wenig erwidern würde, doch stattdessen verzog er die Lippen zu einem Strich und blickte hinter mich.

Augenblicklich versteifte sich sein Körper und er ging in Angriffshaltung.

Kurz darauf wusste ich auch, weshalb. Taylor hatte die anderen beiden Shuk überwältigt und kam auf uns zu, in der Hand einen flackernden Feuerball haltend, bereit, Ralph zu töten.

Ich sah erneut die Panik in Ralphs Augen, die sich Hilfe suchend umsahen, kreisend über den Boden blickten, als würde er nach etwas suchen, was dort im Gras verborgen lag.

Taylor kam immer näher.

Ich versuchte ihn mit einer Geste meiner hinter dem Rücken verborgenen Hände aufzuhalten, doch er schien nicht zu verstehen. Im Gegenteil, seine Schritte beschleunigten sich und Ralph geriet jetzt völlig außer Kontrolle.

Ich sah die Wut in seinen Augen und die Verzweiflung, die Angst. Er warf sich herum und rannte los.

Ich versuchte mich ihm in den Weg zu stellen, ihn zu beruhigen. Doch er wich mir aus, machte einen schnellen Schritt zur Seite und noch ehe ich reagieren konnte, war er bei Lila, griff nach ihrem Arm, warf sich kurzerhand ihren schlaffen Körper über die Schulter und hob dann etwas vom Boden auf, das aussah wie ein glitzernder Stein.

Und urplötzlich war er verschwunden, wie in Luft aufgelöst.

»Nein!« Ich schrie auf, drehte mich um meine eigene Achse. »Ralph, wo bist du? RALPH!«

Ich rief seinen Namen in die Nacht hinaus.

»Nicht sie! Nicht Lila!«

Weinend brach ich auf dem Boden zusammen und es war mir vollkommen gleichgültig, dass Taylor mich so sah. Er kam auf mich zu, kniete sich zu mir, schlang mir die Arme um den Körper und hielt mich fest, vergrub seinen Kopf an meiner Schulter und versuchte mir Halt zu geben.

»Lila ... Ralph«, schluckte ich und spürte, wie er an meiner Schulter nickte und mir beruhigend über die Haare strich.

Eine Erinnerung schlich sich in meine Gedanken.

Lila, Ralph und ich. Wir waren Frisch-Gezeichnete, eben an der MS Fairytale angekommen, hatten so viele Erwartungen und Träume, Wünsche und Vorstellungen von unserem neuen Leben. Wir waren so aufgeregt, als die Elementarprüfungen begannen. Damals war unsere größte Sorge noch, welche Fähigkeiten wir besaßen und was wohl die Barbies dazu sagen würden. Neugierig hatten wir uns auf alles eingelassen, glücklich, ein Teil dieser magischen und absolut fantastischen Welt zu sein. Wir hatten den Lehrern blind vertraut, der Regierung, jedem, von dem wir dachten, ihnen sei unser Schutz wichtiger als alle andere.

Und dann? Dann wurde Lila als Sklavin ausgebeutet, und das nur, weil sie mir, ihrer besten Freundin, dazu einer Urfairy, die eigentlich über allen Dingen stehen sollte, das Leben gerettet hatte! Und jetzt hatte ich beide verloren. Ralph und Lila. Ich fühlte mich so schändlich belogen und betrogen. Von allen!

»Schon gut, Sophie – alles gut«, flüsterte Taylor leise.

Ich schniefte, stemmte dann entschieden meine Hände gegen seine Brust und schob ihn einige Zentimeter von mir weg.

»Alles gut?« Ich sah ihn an. »Alles gut?«, wiederholte ich und meine Schluchzer verebbten. Wut trat an die Stelle von Verzweiflung.

»Nichts ist gut! Nichts! Mein ehemals bester Freund hat soeben meine ehemals beste Freundin gekidnappt und wer weiß, wo er sie hinbringen wird, was mit ihr geschehen wird!«

Ich ballte die Hände zu Fäusten und stand auf, blickte mit wild entschlossenem Blick der eben aufgehenden Sonne entgegen, die die Umgebung sofort in mildes, wunderschönes Licht tauchte.

»Was hast du vor?« Er hatte sich ebenfalls erhoben und sah mich verwirrt an.

»Ich hole sie beide da raus, koste es, was es wolle!«

EPILOG

Mit starrem Blick sah er auf die Skyline einer atemberaubenden, überwältigenden Stadt hinab, aber er konnte den Anblick nicht genießen. Zu stürmisch waren seine Gedanken, zu mächtig das Pochen seines Herzens, zu aufgewühlt seine Gefühle.

Was er soeben erfahren hatte, vermochte er kaum zu glauben, doch es musste wahr sein, sonst hätten sie niemals so viel auf sich genommen, um sie zu zerstören.

Er hatte ihr Gesicht vor Augen, als stünde sie vor ihm. So schön, so mächtig …

Er dachte an das Mädchen, das nur einen einzigen Wunsch an die Fairy-Welt gehabt hatte: Gesundheit.

Nein, unmöglich. Sie konnte unter keinen Umständen …

Und doch, tief in seinem Innersten wusste er, dass es stimmen musste. Alle hatten ihn eindringlich gebeten die Wahrheit vor der Außenwelt zu verheimlichen, so wie sie es taten. Aber konnte er das? Konnte er ihr die Wahrheit über ihr eigenes Schicksal verschweigen?

Er schüttelte den Kopf. Nein, das würde sie niemals verkraften.

Erneut rief er sich das Bild von ihr vor sein inneres Auge,

die zarten Gesichtszüge, das unbeschwerte Lächeln, das er um jeden Preis auf der Welt beschützen wollte.

Und wenn es nun nicht eintrat? Er konnte sich beim besten Willen nicht vorstellen, dass sie überhaupt zu so etwas imstande war. Doch wenn er es genau bedachte, kannte er sie überhaupt?

ENDE von Band 2

Die Elfen sind zurück!

Sandra Regnier
Die-Pan-Trilogie
Die magische Pforte der Anderwelt (Pan-Spin-off)
336 Seiten
Taschenbuch
ISBN 978-3-551-31687-5

Die unterirdischen Gassen Edinburghs sind für die 16-jährige Allison nichts weiter als eine Touristenattraktion. Bis sie bei einer Führung mit ihrer Schulklasse aus Versehen eine mysteriöse Pforte öffnet und unsägliches Chaos anrichtet. Denn von nun an heftet Finn sich an ihre Fersen, der zwar verdammt gut aussieht, aber leider ziemlich arrogant ist und obendrein behauptet, ein Elfenwächter zu sein. Er verlangt von Allison, das Tor zur magischen Welt wieder zu schließen. Doch wie soll sie das anstellen, wenn sie noch nicht mal an die Existenz von Elfen glaubt?

www.carlsen.de

CARLSEN